El amor
ha muerto

ASHLEY POSTON

El amor ha muerto

Traducción de
Anna Valor Blanquer

PLAZA JANÉS

Papel certificado por el Forest Stewardship Council®

Título original: *The Dead Romantics*
Primera edición: junio de 2023

© 2022, Ashley Poston
© 2023, Penguin Random House Grupo Editorial, S. A. U.
Travessera de Gràcia, 47-49. 08021 Barcelona
Publicado por acuerdo con la autora, representada por Baror International Inc., Armonk, Nueva York, EE. UU.
© 2023, Anna Valor Blanquer, por la traducción

Printed in Spain – Impreso en España

ISBN: 978-84-01-03197-7
Depósito legal: B-7894-2023

Compuesto en Comptex & Ass., S. L.

Impreso en Rodesa,
Villatuerta (Navarra)

L031977

*A todas las escritoras que nos pidieron
que creyésemos en los felices para siempre*

Una historia enterrada

En el rincón del fondo a la izquierda de la Funeraria Day, debajo de una tabla del suelo de madera, había una caja de metal con un montón de libretas viejas. Cualquiera que las encontrase vería que los garabatos eran obra de una adolescente soltando sus frustraciones sexuales con Lestat o con el prota de *Expediente X*.

Si no te disgustaban los fantasmas y vampiros, los pactos de sangre, los pantalones de cuero y el amor verdadero, las historias eran bastante buenas.

Os podríais preguntar por qué metería alguien libretas llenas de *fan fiction* guarrilla debajo de una tabla del suelo en una funeraria que tenía más de un siglo, pero no hay que intentar saber nunca lo que tiene una adolescente en la cabeza. No llegaríamos muy lejos.

Las escondí porque… Las escondí y punto. Porque cuando me fui a la universidad quise enterrar esa parte de mí, esa parte oscura y rara, como de familia Addams, y ¿qué mejor lugar que una funeraria?

Y casi lo conseguí.

1

La escritora fantasma

Toda buena historia contiene unos cuantos secretos.

O, por lo menos, eso me han dicho. A veces son secretos sobre el amor, sobre la familia, secretos sobre un asesinato… Y algunos son tan inconsecuentes que apenas nos parecen secretos, pero son enormes para la persona que los guarda. Todo el mundo tiene un secreto. Todo secreto tiene una historia.

Y en mi cabeza, todas las historias tienen un final feliz.

Si fuese la protagonista de una de esas historias, os diría que tenía tres secretos:

Uno: hacía cuatro días que no me lavaba el pelo.

Dos: mi familia tenía una funeraria.

Y tres: yo escribía para Ann Nichols, la novelista romántica superventas y aclamada por la crítica. Era su escritora fantasma.

Y llegaba tardísimo a una reunión.

—¡Que no se cierre la puerta! —grité, pasando de largo del personal de seguridad de recepción y corriendo hacia los ascensores.

—¡Señorita! —me gritó desde atrás el guardia de seguridad, confundido—. ¡Tiene que dejarnos sus datos! No puede entrar aquí y…

—¡Florence Day! ¡Editorial Falcon House! ¡Llame a Erin y le dará el visto bueno! —le fui diciendo por el camino y me metí en uno de los ascensores con un cactus a cuestas.

Mientras se cerraban las puertas, un tipo canoso que llevaba un traje elegante de hombre de negocios miró la planta en cuestión.

—Es un detalle para hacerle la pelota a mi nuevo editor —le dije, porque no solía llevar cactus encima a todos los sitios—. No es para mí, eso seguro. Mato todo lo que toco, incluidos tres *cáctuses*... ¿Cactus?

El hombre tosió tapándose la boca con el puño y me dio la espalda. La mujer que tenía al otro lado, como para consolarme, me dijo:

—Muy bonito, cielo.

Lo cual significaba que era un regalo malísimo. A ver, yo ya lo sabía, pero llevaba esperando demasiado rato al tren de la línea B en el andén, teniendo un pequeño ataque de pánico mientras hablaba por teléfono con mi hermano, y entonces pasó andando con dificultad una viejecita con rulos en la cabeza que vendía cactus a un dólar, y yo compraba cosas cuando me ponía nerviosa. Sobre todo libros, pero... parecía que ahora también plantas de interior.

El hombre trajeado se bajó en la planta veinte y la mujer que había aguantado la puerta del ascensor, en la veintisiete. Eché un vistazo a sus respectivos mundos antes de que las puertas volviesen a cerrarse. Moqueta blanca inmaculada o parquet pulido y librerías de cristal con libros que nadie usaba. Había unas cuantas editoriales en el edificio, tanto de libros electrónicos como físicos, y en una de las plantas había hasta un periódico. Por lo que sabía, ¡podía haber estado en el ascensor con el editor de Nora Roberts!

Siempre que iba a las oficinas, era hiperconsciente de que la gente me echaba un vistazo —con mis zapatos planos que chirriaban al caminar, mis medias remendadas y mi abrigo de cuadros que me venía grande— y llegaba a la conclusión de que era como una niña que no alcanzaba la altura para poder subirse a una atracción.

Y, bueno..., sí. Medía uno cincuenta y siete, y toda la ropa que llevaba la había comprado por comodidad y no para ir bien vestida. Rose, mi compañera de piso, siempre se burlaba diciendo que era una señora de ochenta años en un cuerpo de veintiocho.

A veces, yo me sentía así.

No hay nada más sexy que una almohada ortopédica y una copa de vino llena de batido nutricional.

Cuando se abrieron las puertas del ascensor en el piso treinta y siete, estaba sola, aferrándome al cactus como a un chaleco salvavidas en medio del océano. Las oficinas de la editorial Falcon House eran blancas e impolutas, con dos estanterías fluorescentes a cada lado de la entrada, presumiendo de best sellers y obras maestras de la literatura que habían publicado en sus veinticinco años de vida.

Por lo menos la mitad de la pared de la izquierda estaba cubierta de libros de Ann Nichols: *La hija del habitante del mar*, *El bosque de los sueños*, *La casa eterna*... Las novelas con las que suspiraba mi madre cuando yo era una adolescente que escribía *fanfics* guarros sobre Lestat. Al lado, estaban los libros más recientes de Ann, *La probabilidad del amor*, *Guía de un galán para ganarse a la chica* (ese era el título del que más orgullosa estaba) y *El beso en la matiné de medianoche*. El cristal reflejaba mi cara en las portadas de los libros: una mujer pálida y con falta de sueño, con el pelo rubio oscuro recogido en un moño despeinado y ojeras bajo los ojos marrones cansados, con una bufanda de colores y un jersey beis extragrande que me hacía parecer una de las conferenciantes invitadas al Club Mensual de la Lana y no a una de las editoriales más eminentes del mundo.

De hecho, hablando con propiedad, no me habían invitado a mí. Habían invitado a Ann Nichols, y todo el mundo suponía que yo era su humilde ayudante.

Y tenía una reunión a la que llegar.

Me quedé plantada en la recepción, algo incómoda, apretándome el cactus contra el pecho mientras la recepcionista de pelo oscuro, Erin, terminaba una conversación por teléfono mientras levantaba un dedo para pedirme que esperara. Algo sobre una ensalada para comer. Cuando por fin colgó, alzó la vista de la pantalla y me reconoció.

—¡Florence! —me saludó con una sonrisa radiante—. ¡Me alegro de ver que te has levantado y has salido de casa! ¿Cómo está Rose? ¡La fiesta de anoche fue brutal!

Intenté reprimir una mueca de remordimiento al pensar en Rose y en mí entrando a casa dando tumbos a las tres de la mañana.

—No sé si «brutal» es la palabra, pero sí.

—¿Rose está viva?

—Ha sobrevivido a cosas mucho peores.

Erin se rio. Entonces miró el vestíbulo como si buscase a otra persona.

—¿No viene hoy la señora Nichols?

—Pues no, sigue en Maine haciendo... cosas de Maine.

Erin negó con la cabeza.

—A veces me pregunto cómo será ser las Ann Nichols y los Stephen Kings del mundo.

—Debe de estar muy bien —convine yo.

Ann Nichols llevaba sin salir de su islita de Maine... ¿cinco años? Por lo menos desde que yo escribía para ella.

Tiré un poco hacia abajo de la bufanda multicolor que me cubría el cuello y la boca. Aunque ya no era invierno, en Nueva York siempre había un último repunte de frío antes de la primavera y eso era lo que pasaba ese día. Yo estaba empezando a sudar por los nervios bajo el abrigo.

—Algún día tienes que contarme cómo conseguiste ser la ayudante de la mismísima Ann Nichols —añadió Erin.

Me reí.

—Ya te lo conté: por un anuncio que vi en internet.

—No me lo creo.

Me encogí de hombros.

—*C'est la vie.*

Erin tenía algunos años menos que yo. Exhibía con orgullo el título de Edición de la Universidad de Columbia sobre el mostrador. Rose la había conocido hacía un tiempo en una *app* para ligar y se habían liado varias veces, aunque, por lo que yo tenía entendido, ahora eran solo amigas.

Empezó a sonar el teléfono del mostrador y me dijo deprisa:

—En fin, puedes pasar… Te acuerdas de cómo llegar, ¿no?

—Claro.

—*Perfe.* ¡Buena suerte! —añadió y contestó con su mejor voz de atención al cliente—: ¡Buenos días! Ha llamado a la editorial Falcon House, habla con Erin…

Y me dejó para que me las apañara sola.

Sabía dónde tenía que ir, porque había visitado a la antigua editora tantas veces que podía ir por los pasillos con los ojos cerrados. Tabitha Margraves se había jubilado hacía poco, en el peor momento posible, y yo, con cada paso que daba hacia el despacho, me aferraba con más fuerza al cactus.

Tabitha sabía que yo escribía para Ann. Ella y la agente literaria eran las únicas que lo sabían. Bueno, aparte de Rose, pero no contaba. ¿Le habría revelado Tabitha ese detalle al nuevo editor? Deseaba con todas mis fuerzas que sí. Si no, aquel primer encuentro sería bastante incómodo.

El pasillo estaba formado por paredes de cristal esmerilado que se suponía que daban privacidad, pero lo cierto es que no cumplían en absoluto su cometido. Oía a sombras de editores y del personal de Marketing y de Relaciones Públicas hablar en susurros sobre compras, estrategias de mercado, obligaciones contractuales, giras de firmas… y de quitarle presupuesto a un libro para dárselo a otro.

Las cosas de la edición de las que nunca hablaba nadie.

Publicar libros es muy bonito hasta que te dedicas a publicar libros. Entonces se convierte en otro infierno empresarial más.

Pasé al lado de varios editores adjuntos sentados en cubículos cuadrados y rodeados de manuscritos amontonados que casi superaban la altura de los biombos, con cara de agotamiento y comiendo zanahorias con humus. No habrían contado con ellos para el pedido de ensaladas que había hecho Erin, aunque la verdad era que los editores adjuntos tampoco ganaban tanto como para pedir comida todos los días. Las oficinas estaban organizadas en una especie de jerarquía y, cuanto más te adentrabas en ellas, más altos eran los sueldos. Casi no reconocí el despacho del final del pasillo. Habían desaparecido la guirnalda de flores que colgaba de la puerta para atraer la buena suerte y las pegatinas del cristal esmerilado que decían: ¡NO LO INTENTES, HAZLO! y ¡LA NOVELA ROMÁNTICA NO HA MUERTO!

Por un momento, pensé que había doblado la esquina que no era, hasta que reconocí a la becaria en su cubículo diminuto, metiendo ediciones anticipadas —básicamente, borradores de un libro en edición rústica— en sobres con ese agobio histérico que rozaba las lágrimas.

Mi nuevo editor no había perdido ni un segundo en arrancar las pegatinas y tirar la guirnalda de la suerte a la basura. Yo no sabía si eso era buena señal... o no.

Hacia el final de su etapa en Falcon House, Tabitha Margraves y yo habíamos tenido bastantes encontronazos. «La literatura romántica cree en los finales felices. Díselo a Ann», me decía con sorna, porque, a todos los efectos, yo era Ann.

«Bueno, pero Ann ya no cree en ellos», le soltaba yo.

Y, para cuando se jubiló y se fue a Florida, estoy segura de que las dos estábamos planeando la muerte de la otra. Ella todavía creía en el amor (no sé por qué, la verdad).

Yo no pensaba dejarme engañar.

El amor era soportar a una persona cincuenta años para tener a alguien que te enterrase cuando murieses. Lo sabía de primera mano, mi familia se dedicaba al negocio de la muerte.

Tabitha me llamó cínica cuando se lo dije.

Yo le respondí que era realista.

Eran cosas diferentes.

Me senté en una de las dos sillas que había fuera del despacho con el cactus en el regazo y esperé mirando Instagram. Mi hermana pequeña había publicado una foto de ella con el alcalde de mi pueblo, un golden retriever, y sentí una punzada de añoranza. Por el clima, por la funeraria y por el pollo frito increíble que hacía mi madre.

Me pregunté qué haría esa noche para cenar.

Sumida en mis pensamientos, no me di cuenta de que se abría la puerta hasta que una voz claramente masculina dijo:

—Disculpe la espera. Pase, por favor.

Yo me levanté de un salto por la sorpresa. ¿Había ido al despacho que no era? Volví a mirar los cubículos. A la izquierda estaba la becaria de pelo castaño adicta al trabajo que embutía libros en sobres. A la derecha, el director de Recursos Humanos llorando encima de su ensalada. No, estaba claro que ese era el despacho.

El hombre carraspeó, esperando con impaciencia.

Yo me apreté el cactus contra el pecho y la maceta empezó a chirriar por la presión; entré en el despacho y…

… me quedé inmóvil.

El hombre en cuestión estaba sentado en la silla de cuero que había ocupado Tabitha Margraves durante treinta y cinco años («desde antes de que yo naciera», pensé). El escritorio, antes atestado de figuritas de porcelana y fotos de su perro, ahora estaba limpio y ordenado, todo colocado en el sitio que le correspondía, un reflejo casi perfecto del hombre que había sentado detrás: demasiado refinado, vestido con una camisa blanca almidonada que se estiraba en la zona de su ancha espalda y arremangada hasta los codos, mostrando unos antebrazos bastante atractivos e intimidantes. Llevaba el pelo negro peinado hacia atrás, de modo que no le tapase la cara alargada, y, no sé cómo, eso le acentuaba la nariz, también larga, sobre la que se apoyaban unas gafas negras cuadradas. Y algunas pecas muy claras le salpicaban la cara: una al lado de la aleta de la nariz, dos en la mejilla, una justo encima de su tupida ceja derecha. Toda una constelación. Por un momento, quise coger un rotulador y conectarlas para ver qué mito representaban. Acto seguido, me di cuenta de que…

Oh.

Estaba bueno. Y lo conocía de vista. De encuentros de edición a los que había ido con Rose o con mi exnovio. No me venía a la cabeza su nombre, pero estaba segura de que me lo había cruzado más de una vez. Contuve la respiración, preguntándome si él me reconocería a mí.

Por un instante, pensé que sí, porque se le abrieron los ojos una fracción de segundo, lo suficiente para hacerme sospechar que algo sabía antes de que la expresión se esfumase.

Volvió a carraspear.

—Usted debe de ser la ayudante de Ann Nichols —me saludó sin perder un segundo.

Se puso en pie y rodeó el escritorio para darme la mano. Era... enorme, tan alto que de pronto me sentí como si hubiese viajado a una nueva adaptación de *Jack y las habichuelas mágicas* en la que él era un tallo macizo al que yo tenía muchas ganas de subirme...

«No, Florence, no. Muy mal —me reñí—. No quieres subirte encima de él, porque es tu nuevo editor y, por lo tanto, increíble y extremadamente *insubible*».

—Florence Day —dije mientras le daba la mano.

Casi me la envolvió en un apretón fuerte.

—Benji Andor, pero puede llamarme Ben —se presentó.

—Florence —repetí, sorprendida de ser capaz de soltar algo por la boca que no fuese un gritito.

Las comisuras de los labios se le curvaron hacia arriba.

—Eso me ha dicho.

Yo retiré la mano deprisa, muerta de vergüenza.

—Ay, Dios. Sí... Disculpe.

Me senté con un poco más de fuerza de la que debía en la incómoda silla de IKEA con el cactus colocado con firmeza sobre las rodillas. Tenía las mejillas ardiendo y, si yo lo sentía, estaba segura de que él vería que me había sonrojado.

Volvió a sentarse y recolocó el bolígrafo que tenía sobre el escritorio.

—Encantado de conocerla. Disculpe que la haya hecho esperar, el metro estaba horrible esta mañana. Erin no deja de decirme que no coja la línea B y yo soy el tonto que va y la coge siempre.

—O el masoquista —añadí antes de poder frenarme.

Él soltó una carcajada.

—Puede que ambas cosas.

Yo me mordí el interior de la mejilla para no sonreír. Tenía una risa genial, de las que son graves y profundas, de las que retumban.

Oh, no, aquello no iba para nada como lo había planeado.

Le había caído bien, pero iba a dejar de caerle bien en, más o menos, cinco minutos. Ni siquiera yo me caía bien si pensaba en lo que había ido a hacer allí; ¿cómo había creído que regalarle un cactus haría que todo aquello fuera más fácil?

Acercó la silla al escritorio y recolocó un bolígrafo para que quedase paralelo al teclado en horizontal. Todo estaba así de ordenado en el despacho y me dio la clara sensación de que era el tipo de persona que, si encontraba un libro mal colocado en una librería, lo devolvería a la estantería que le correspondía.

Cada cosa tenía su lugar.

Era de esos que se organizaba a rajatabla con su agenda, mientras que yo era de las que iba dejando post-it por ahí.

De hecho, eso podía ser bueno. Parecía muy práctico y la gente práctica no solía ser muy romántica, de modo que no me llevaría una mirada de pena cuando terminase por contarle que ya no creía en las novelas románticas. Asentiría con solemnidad y sabría justo a lo que me refería. Y yo prefería eso a Tabitha Margraves mirándome con esos ojos oscuros y tristes y preguntándome: «¿Por qué has dejado de creer en el amor, Florence?».

Porque cuando pones la mano en el fuego demasiadas veces aprendes que quema.

Mi nuevo editor se revolvió en la silla.

—Lamento que la señora Nichols no pueda venir hoy. Me hubiera encantado conocerla —empezó a decir, apartándome de golpe de mis pensamientos.

Esta vez me revolví yo en la silla.

—Ah, ¿no se lo dijo Tabitha? Nunca sale de Maine. Creo que vive en una isla o algo así. Suena bien. Yo tampoco querría salir nunca de allí. Dicen que Maine es bonito.

—¡Lo es! Yo me crie allí —respondió—. He visto muchos alces. Son enormes.

«¿Estás seguro de que tú no eres medio alce?», me dijo mi cerebro traidor y me encogí un poco, porque pensar eso estaba muy muy mal.

—Supongo que lo prepararon para las ratas de Nueva York.

Volvió a reír y esta vez se sorprendió a sí mismo. Y tenía una sonrisa blanca espectacular. Sonreía también con los ojos, que pasaron del marrón a un ocre fundente.

—Nada podría haberme preparado para las ratas de Nueva York. ¿Ha visto las de Union Square? Le juro que vi una que llevaba a un tipo montado encima.

—Ah, ¿no lo sabía? Hacen unas carreras de ratas increíbles en la estación de la calle Dieciocho.

—¿Y va mucho?

—Muchísimo. Además, la comida es *ba-rata*.

—Tendré que ir a animar a los *co-roedores*.

Yo me reí por la nariz y aparté la vista; quería mirar donde fuera menos a él, porque me gustaba su encanto y no quería que me gustara y no soportaba decepcionar a la gente y…

Carraspeó y dijo:

—Bueno, señorita Day, creo que deberíamos hablar de la próxima novela de Ann…

Yo me aferré con más fuerza al cactus que tenía en el regazo. Mis ojos iban de una pared vacía a otra. No había nada que mirar en aquel despacho. Antes estaba abarrotado —flores artificiales y fotos y portadas de libros en las paredes—, pero ahora lo único colgado era un título de máster en Ficción.

—¿Tiene que ser romántica? —solté.

Sorprendido, ladeó la cabeza.

—Este… es un sello de romántica.

—Y-ya lo sé, pero… Nicholas Sparks escribe libros deprimentes y John Green escribe libros melodramáticos con protagonistas enfermos, ¿no? ¿Cree que yo…? Digo, ¿cree que la señora Nichols podría escribir algo de ese estilo?

Se quedó en silencio un momento.

—¿Quiere decir una tragedia?

—¡No, no, seguiría siendo una historia de amor! Eso está claro. Pero sería una historia de amor en la que las cosas no son perfectas al final, a lo «felices para siempre».

—Nos dedicamos al negocio de los felices para siempre —dijo despacio, eligiendo bien las palabras.

—Y es todo mentira, ¿no? —Él frunció los labios—. El amor ha muerto y esto, todo esto, me parece una estafa —me oí diciendo antes de que mi cerebro diese el visto bueno. En cuanto me di cuenta de que lo había dicho en voz alta, me encogí de vergüenza—. No quería… No es la perspectiva de Ann, es solo lo que yo creo…

—¿Es usted su ayudante o su editora?

Aquellas palabras fueron como una bofetada. Volví la mirada hacia él al momento y me quedé muy quieta. Sus ojos habían perdido el ocre cálido y las arrugas de la sonrisa habían dado paso a una máscara lisa e impasible.

Me aferré todavía más fuerte al cactus. De pronto, la planta se había convertido en mi compañera de batalla. Aquel hombre no sabía que yo era la escritora fantasma de Ann. Tabitha no se lo había dicho o se le había olvidado… ¡Uy, qué despiste! Y ahora tenía que decírselo yo.

Al fin y al cabo, era mi editor.

Pero una parte resentida y avergonzada de mí no quería. No quería que viese el desastre que era mi vida, porque, como escritora de la obra de Ann, ¿no debería tenerla en orden?

Cuando era adolescente, mi madre leía los libros de Ann Nichols y por eso los leí yo también. Con doce años, me colaba en la sección de romántica de la biblioteca y leía en silencio *El bosque de los sueños* entre las pilas de libros. Me sabía su bibliografía de cabo a rabo como si fuese la discografía de mi grupo favorito, que había escuchado mil veces.

Y, entonces, me convertí en su escritora fantasma.

Aunque el nombre de Ann aparecía en la portada, fui yo la que escribió *La probabilidad del amor* y *Guía de un galán para ganarse a la chica* y *El beso en la matiné de medianoche*. Durante los últimos cinco años, Ann Nichols me había mandado un cheque para que escribiese el libro en cuestión y yo lo había hecho y las palabras de esos libros —mis palabras— habían sido elogiadas en publicaciones que iban desde el *New York Times Book Review* hasta *Vogue*. Esos libros estaban expuestos en estanterías al lado de los de Nora Roberts y Nicholas Sparks y Julia Quinn, y eran *míos*.

Escribía para una de las grandes de la literatura romántica —un trabajo que todo el mundo se moriría por tener— e iba... a fracasar.

Puede que ya hubiera fracasado. Acababa de jugar mi mejor carta —pedir escribir un libro que tuviera cualquier cosa menos un felices para siempre— y me habían dicho que no.

—Señor Andor —empecé a decir con la voz temblorosa—, la verdad es que...

—Ann tiene que entregar el manuscrito dentro de la fecha límite —me interrumpió con una voz práctica y fría.

La calidez con la que había hablado unos minutos antes había desaparecido. Yo sentía que me iba empequeñeciendo por momentos, encogiéndome en aquella silla dura de IKEA.

—Eso es mañana —dije en voz baja.

—Sí, mañana.

—¿Y si... no puede?

Apretó los labios formando una línea fina. Tenía una de esas bocas anchas que bajaban en el centro y transmitía cosas con ella que el resto de la cara se cuidaba de expresar.

—¿Cuánto tiempo necesita?

«Un año. Diez. Una eternidad».

—Pues... ¿Un...? ¿Un mes? —pregunté, esperanzada.

Sus cejas oscuras subieron de golpe.

—Ni hablar.

—¡Estas cosas llevan tiempo!

—Y lo entiendo —respondió y yo me encogí. Se quitó las gafas de montura negra y me miró—. ¿Puedo serle sincero?

«No, ni hablar».

—¿Sí...? —me arriesgué a decir.

—Como Ann ya ha pedido tres ampliaciones del plazo de entrega, aunque lo recibiésemos mañana, tendríamos que acelerar los procesos de revisión de estilo y de galeradas para cumplir con el calendario que tenemos programado. Y eso si lo recibiésemos mañana. Este es el gran libro de Ann del otoño. Una novela romántica con final feliz, aunque eso la sorprenda. Esa es su marca. Eso es lo que acordamos. Ya tenemos la promoción preparada. Puede que hasta consigamos una doble página en el *New York Times*. Estamos trabajando mucho en este libro y, cuando le insistí a la agente de Ann en que quería hablar con ella, me remitió a usted, su ayudante.

Eso yo lo sabía. Molly Stein, la agente de Ann, no pareció muy contenta cuando recibió una llamada relativa al libro en cuestión. Pensaba que todo iba sobre ruedas. Yo no había tenido valor para desengañarla. Molly no se había inmiscuido casi nada en mi trabajo como escritora fantasma de Ann, sobre todo porque los libros formaban parte de un contrato de cuatro novelas, de las cuales esta era la última, y la mujer confiaba en que yo no la cagaría.

Pero se equivocaba.

No quería ni pensar en cómo le contaría Molly a Ann la noticia. No quería pensar en lo decepcionada que estaría Ann. Solo la había visto una vez y estaba muerta de miedo ante la idea de decepcionarla. Defraudarla era lo que menos quería.

La admiraba. Y la sensación de fallarle a alguien a quien admiras... es una mierda cuando eres niña y también cuando eres adulta.

Benji continuó:

—Lo que sea que esté impidiendo a la señora Nichols acabar el manuscrito se ha vuelto un problema no solo para mí, sino también para Marketing y Producción, y queremos cumplir con las fechas. Necesitamos el manuscrito.

—Y-ya lo sé, pero...

—Y, si no puede entregarlo —añadió—, me temo que tendremos que involucrar al Departamento Legal.

El Departamento Legal. Eso implicaba un incumplimiento del contrato. Eso querría decir que la habría cagado tanto que no habría forma de arreglarlo. No solo le habría fallado a Ann, sino a su editorial y a su público. A todo el mundo.

Ya había fracasado así una vez.

La oficina empezó a encogerse o yo estaba teniendo un ataque de pánico, y esperaba de corazón que fuese lo primero. Respiraba con pequeños resoplidos. Me costaba coger aire.

—¿Florence? ¿Está bien? Parece algo pálida —observó, pero su voz sonó como si estuviese en la otra punta de un campo de fútbol—. ¿Necesita agua?

Metí el pánico en esa cajita de un rincón de mi cabeza donde iba todo. Todo lo malo. Las cosas con las que no quería lidiar. Las cosas con las que no podía lidiar. La cajita era útil. Lo metí todo dentro. La cerré con fuerza y le puse un candado. Me esforcé por sonreír.

—No, no, estoy bien. Son muchas cosas que asimilar. Y... tiene razón. Tiene razón, cómo no.

Parecía dubitativo.

—Entonces ¿mañana?

—Sí —grazné.

—Bien. Por favor, salude a la señora Nichols de mi parte y dígale que estoy muy contento de trabajar con ella. Y, disculpe, pero... ¿lleva ahí un cactus? Acabo de darme cuenta.

Yo bajé la mirada hacia la planta que se me había olvidado que tenía en el regazo mientras el pánico golpeaba la cajita de mi cabeza para liberarse y el candado temblaba. Pensé que odiaba a aquel hombre y que, si me quedaba en el despacho más tiempo, iba a tirarle el cactus a la cabeza o a ponerme a llorar.

O puede que ambas cosas.

Me puse de pie con brusquedad y dejé el cactus en el borde de la mesa.

—Es un regalo.

Entonces recogí el bolso, di media vuelta y me fui de Falcon House sin una palabra más. Mantuve la compostura hasta que salí como pude por la puerta giratoria del edificio al fresco día de abril y me permití desmoronarme.

Respiré hondo y grité una obscenidad al cielo azul de la tarde que asustó a una bandada de palomas que había al lado del edificio.

Necesitaba una copa.

No, necesitaba un libro. Un thriller de asesinatos. Hannibal. Lizzie Borden. Cualquiera me iría bien.

O tal vez necesitaba las dos cosas.

Sí, estaba claro que necesitaba las dos cosas.

2

La ruptura

No es que no fuese capaz de terminar el libro.

Simplemente, no sabía cómo.

Había pasado un año desde «la Ruptura». Todo el mundo tiene una en su vida. Sabéis a cuál me refiero, ¿no? El tipo de ruptura de un amor que pensabais que os duraría toda la vida, pero con la que, de repente, vuestra pareja os arranca el corazón con una de esas cucharas tenedor, lo coloca en una bandeja de plata y encima escribe QUE TE JODAN con kétchup. Había pasado un año desde que arrastré las maletas bajo la lluvia esa noche de mierda de abril sin mirar atrás. Esa no era la parte que lamentaba. Nunca iba a arrepentirme de haberlo dejado con él.

Lo que lamentaba era ser el tipo de chica que se enamoraba de alguien como él.

Después de eso, el tiempo pasó como arrastrándose. Al principio, intentaba levantarme todos los días y sentarme en el sofá a escribir, pero no podía. Es decir, sí que podía, pero cada palabra que escribía me parecía un diente que me estaban arrancando y, al día siguiente, terminaba borrando todas y cada una de ellas.

Era como si un día supiese escribir —supiese cómo eran las escenas, los encuentros fortuitos y los momentos románticos, supiese a la perfección a qué sabía el protagonista cuando la protagonista lo besaba…— y, al día siguiente, se hubiera desvanecido todo. Como si hubiese quedado enterrado bajo la nieve tras una ventisca y yo no supiese descongelar las palabras.

No recordaba cuándo dejé de abrir el documento de Word, cuándo dejé de intentar buscar lo romántico entre las líneas del texto, pero así había sido. Y ahora estaba entre una espada llamada desesperación y una pared llamada Benji Andor.

Distraída, acaricié con los dedos los lomos de los libros de Mc-Nally Jackson, una librería escondida en el norte de Little Italy. Seguí las filas de títulos y apellidos hasta el pasillo siguiente —romántica— y enseguida pasé a la ciencia ficción y la fantasía. Si no los miraba, no existían.

Nunca me había imaginado que sería escritora fantasma. De hecho, cuando firmé con una agente literaria y vendí mi primer libro, pensé que me invitarían a conferencias y actos literarios y que por fin había encontrado la puerta a las escaleras que me llevarían siempre arriba en mi carrera como escritora. Pero la puerta se cerró tan deprisa como se había abierto y me mandó un e-mail que decía: «Lamentamos informarle de que...», como si el hecho de que mi libro hubiese sido un fiasco fuera culpa mía. Como si yo, una chica sin seguidores en redes, todavía menos dinero y casi ningún contacto, fuese responsable de la suerte de un libro que había publicado una empresa multimillonaria que tenía a su disposición todos los recursos y contactos.

Puede que sí que fuese culpa mía.

Puede que no hubiese hecho suficiente.

Total, ahora estaba ahí, escribiendo para una autora de novelas románticas a quien solo había visto una vez y a punto de fracasar también en eso si no conseguía terminar el maldito libro. Sabía que los personajes —Amelia, una camarera con un pico de oro que soñaba con ser periodista musical, y Jackson, un guitarrista de capa caída que huye de la estabilidad— habían quedado atrapados juntos de vacaciones en una pequeña isla escocesa cuando su anfitrión de Airbnb les alquiló sin querer la casa a ambos. La isla es mágica y el romanticismo es tan electrizante como las tormentas que llegan del Atlántico, pero, entonces, ella descubre que él le ha mentido sobre su pasado, y ella le había mentido a él, porque, aunque lo del alquiler fue una coincidencia, ella había decidido usarla para intentar ganarse la confianza de un editor de la *Rolling Stone*.

Y suponía que la trama me tocaba de demasiado cerca. ¿Cómo podían reconciliarse y volver a confiar dos personas cuando se habían enamorado de las mentiras del otro?

¿Cómo podía seguir la historia?

La última vez que intenté escribir la escena —la reconciliación, en la que se encuentran bajo una fría tormenta escocesa y abren su corazón para intentar arreglar el daño que han hecho—, Jackson murió alcanzado por un rayo.

Lo cual sería genial si escribiese fantasías de venganza. Pero no.

Me había puesto a curiosear por la sección de libros de segunda mano de J. D. Robb cuando empezó a vibrarme el teléfono en el bolso. Lo rebusqué rezando por que no fuese Molly, la agente de Ann Nichols.

No era ella.

—Qué oportuno —dije al contestar a la llamada—. Tengo un problema.

Mi hermano se rio.

—Entonces ¿la reunión no ha ido bien?

—Fatal.

—Ya te he dicho que tenías que llevar una orquídea en vez de un cactus.

—No creo que haya sido por la planta, Carver.

Mi hermano se rio por la nariz.

—Vale, vale... Entonces ¿cuál es el problema? ¿Está bueno?

Yo cogí un libro que no pertenecía en absoluto a los thrillers políticos —*Rojo, blanco y sangre azul*, de Casey McQuiston— y decidí devolverlo a la sección de romántica, que era su lugar.

—Vale, tenemos dos problemas.

—Madre mía, ¿tan bueno está?

—¿Te acuerdas de ese libro que te presté? ¿El de Sally Thorne, *Cariño, cuánto te odio*?

—¿Alto, estoico, pero poco convencional, que tiene una pared del dormitorio pintada a juego con los ojos de ella?

—¡Exacto! Aunque este tiene los ojos marrones. Como de chocolate.

—¿Del caro?

—No, más bien como los bombones Hershey's de chocolate con leche que se te derriten en la boca el peor día de la regla.

—Joder.

—Sí. Y, cuando me he presentado, le he dicho mi nombre... dos veces.

—¡No!

Gruñí.

—¡Sí! Y encima no me ha dado otra prórroga para la entrega de la novela. Tengo que terminarla. Y tiene que ser con un final feliz.

Soltó una carcajada.

—¿Te lo ha dicho él?

—Sí.

—No sé si eso me pone más o menos...

—¡Carver!

—¿Qué? ¡Me gustan los hombres que saben lo que quieren!

Me entraron ganas de estrangularlo a través del teléfono. Carver era el mediano de los hermanos Day y el único que sabía que era escritora fantasma. Y le había hecho jurar que me guardaría el secreto o imprimiría en el periódico del pueblo todos sus *fanfics* vergonzosos de Hugh Jackman de cuando era adolescente. Un poco de chantaje amistoso fraternal, ese rollo. Aunque no sabía a quién le escribía los libros. Y eso que no paraba de intentar adivinarlo.

Llegué a la sección de romántica y los hombres medio desnudos me miraban con el ceño fruncido desde las estanterías. Dejé el libro en la zona de la «M».

—No me gusta ser el que te lo pregunta, pero ¿qué vas a hacer con el manuscrito? —dijo Carver.

—No lo sé —le respondí con sinceridad.

Los títulos de las estanterías se me mezclaban todos.

—Puede que sea el momento de hacer otra cosa, ¿no? —sugirió—. Está claro que este trabajo no te va bien y tienes demasiado talento para andar escondiéndote detrás de Nora Roberts.

—No escribo para Nora.

—Sí, ya…

—De verdad que no.

—¿Nicholas Sparks? ¿Jude Deveraux? ¿Christina Lauren? ¿Ann Nichols…?

—¿Está papá por ahí? —lo interrumpí mientras mi mirada caía hasta la «N».

Nichols. Pasé los dedos por el lomo de *El bosque de los sueños*. Percibí en la voz de Carver que estaba frunciendo el ceño.

—¿Cómo sabes que estoy en la funeraria?

—Solo me llamas cuando estás allí aburrido. ¿Hoy no había mucho trabajo de informático?

—Quería salir pronto. Papá está terminando una reunión con un cliente —añadió, lo cual significaba que estaba hablando con alguien que había perdido a un ser querido sobre las preparaciones para el funeral, el ataúd y los precios.

—¿Has hablado ya con él?

—¿Sobre el dolor de pecho? No.

Hice un sonido de desaprobación.

—Mamá dice que no quiere ir a ver al doctor Martin.

—Ya sabes cómo es. Acabará encontrando el momento.

—¿Crees que Alice podría presionarlo un poco?

A Alice se le daba muy bien conseguir que mi padre hiciese cosas que no quería hacer. Era la hermana pequeña y lo tenía comiendo de la palma de su mano hasta tal punto que solo la idea de que pudiera enfadarse haría que le bajase la luna si hacía falta. Además, también era la que había decidido continuar con el negocio familiar. La única que quería seguir dedicándose a ello.

—Ya se lo ha pedido —respondió Carver—. Creo que tienen tres funerales este fin de semana. Seguro que irá la semana que viene, cuando no tenga tanto trabajo. Y él está bien. Si pasa algo, mamá está aquí.

—¿Por qué tiene que ser tan cabezota?

—Es gracioso que lo preguntes tú.

—Ja, ja… —Cogí dos libros de ciencia ficción y uno de bolsillo con muy buena pinta, *El castillo ambulante*, de Diana Wynne Jones. Comprar libros siempre me hacía sentir mejor, aunque no llegara a leerlos—. ¿Puedes intentarlo, al menos? A ver si convences a papá de que vaya lo antes posible.

—Claro, si tú lo convences de que se coja un día de vacaciones...

De fondo oí a mi padre gritar:

—¿Convencer a quién de qué?

Carver respondió tapando el teléfono (aunque a mis tímpanos no les sirvió de nada):

—¡Nada, señor! ¡Váyase a tomarse su yogur con fibra! Oye, que era broma... ¿Qué, mamá? ¿Que vaya a ayudarte? ¡Voy! Toma, aquí tienes a tu segunda hija preferida...

—No soy la segunda preferida —lo interrumpí.

—¡Vale, adiós!

Oí una refriega al otro lado del teléfono cuando Carver se lo pasó deprisa a mi padre. Me imaginé el intercambio: mi hermano lanzándole el móvil a mi padre mientras este intentaba darle un cachete en el brazo y se le caía el teléfono y Carver escabulléndose hacia otra de las salas detrás de mi madre y riéndose mientras se iba.

Mi padre se llevó el móvil a la oreja y me llegó su voz intensa y escandalosa.

—¡Cariño! ¿Cómo va por la Gran Manzana?

Me invadió la emoción al oír su voz, coreada por la risa de Carver alejándose de fondo. Echaba de menos a mi familia más de lo que quería admitir la mayor parte del tiempo.

—Bien.

—¿Estás comiendo suficiente? ¿Bebes agua?

—Eso te lo tendría que preguntar yo a ti. —Salí de entre las estanterías y me senté en un taburete de la librería con el bolso y los libros en el regazo—. Que eres un señor mayor.

Casi oí cómo ponía los ojos en blanco.

—Estoy bien. Estos viejos huesos todavía no me han abandonado. ¿Cómo va mi hija mayor? ¿Ya has encontrado a un buen partido en la gran ciudad?

Me reí por la nariz.

—Sabes que mi vida no es solo con quién salgo, papá. El amor no lo es todo.

—¿Cómo se ha amargado tanto mi preciosa hija mayor? Qué tragedia —se lamentó con un profundo suspiro—. ¡Si salió de las entrañas del amor!

—Qué asco, papá.

—Si yo, cuando conocí a tu madre, estaba tan prendado de ella…

—Papá.

—Tenía los labios como los pétalos de una rosa recién cortada…

—¡Sí, ya lo pillo! Es que… Me parece que todavía no estoy preparada para una relación. Creo que nunca lo estaré.

—Puede que el universo te sorprenda.

Por alguna razón, el rostro anguloso de mi nuevo editor me vino a la mente. Sí, claro. Pasé el pulgar por las páginas de uno de los libros que tenía en el regazo y sentí que zumbaban con delicadeza al pasar.

—¿Cómo va el negocio?

—No puede ir mejor —contestó mi padre—. ¿Te acuerdas del doctor Cho, tu ortodoncista?

—Alice me dijo que murió.

—Pero fue un buen funeral. Hizo un tiempo precioso para ser abril. El viento bailaba entre los árboles, de verdad. Una despedida buenísima —me dijo y añadió en voz más baja—: Luego me dio las gracias.

Yo tragué para deshacer el nudo que se me formó en la garganta, porque cualquiera que lo oyese pensaría que estaba loco. Puede que estuviera un poco loco, pero, si lo estaba, yo también.

—Ah, ¿sí?

—Estuvo bien. Me dio algunas ideas para mi propio funeral.

—Todavía queda para eso —bromeé.

—¡Eso espero! Igual entonces vienes a casa.

—Andaré en boca de todos.

Se rio, pero en la risa había un tono de amargura, una amargura que compartíamos. Al fin y al cabo, por eso me fui. Por eso no me quedé en Mairmont. Por eso me marché todo lo lejos que pude, donde nadie sabía mi historia.

Resulta que, cuando resuelves un asesinato a los trece años hablando con fantasmas, los periódicos publican eso, ni más ni menos. «Una joven del pueblo resuelve un asesinato hablando con fantasmas».

Ya os podéis imaginar que ese tipo de noticia te persigue como una sombra, como un espíritu. En el instituto, no era lo que se dice de las más populares y, después de eso, estaba claro que no iban a pedirme ir al baile de graduación ni muertos. Carver y Alice no los veían, como tampoco los veía la hermana pequeña de mi padre, Liza, ni mi madre. Solo nosotros dos.

Éramos los únicos capaces de entenderlo.

Otro motivo por el que estaba mejor sola.

—Por favor, ve a ver al doctor Martin la semana que viene… —empecé a decirle.

—Ay, me está llamando otra persona —me interrumpió él—. Hablamos pronto, ¿vale, cariño? ¡No te olvides de llamar a tu madre!

Yo suspiré más por resignación que por arrepentimiento de haberle dicho algo.

—Te quiero, papá. Adiós.

—¡Y yo a ti más! ¡Adiós!

Colgó y yo por fin reparé en la librera, que me fulminaba con la mirada por haberme sentado en el taburete. Me puse en pie de un salto, me disculpé por ocupar el espacio y fui deprisa hacia la caja.

Una de las pocas cosas buenas que había sacado de aquel trabajo era que podía comprar libros sin pagar impuestos. Aunque nunca los leyera. Aunque los usara para fabricar tronos y sentarme encima y llorar mientras me servía copa tras copa de merlot.

Seguía compensándome.

Y el subidoncito de serotonina me hizo sentir algo menos homicida. Metí los libros en el bolso y me fui hacia el metro más cercano para volver a Jersey. Tenía que andar veinte minutos hasta la estación de la calle Nueve, pero aquella tarde hacía sol y el abrigo que llevaba era lo bastante tupido para protegerme del último frío cortante del invierno. Me gustaban las largas caminatas por Nueva York. Antes me ayudaban a aclarar dificultades de la trama o a resolver una escena que no había terminado de funcionar, pero ninguno de los paseos del último año habían conseguido que mi cabeza volviese a crear, por muy lejos que anduviese. Ni siquiera aquel día, la víspera de que todo se viniese abajo.

En la calle Nueve, bajé a las entrañas del metro. La temperatura era mucho más alta en la estación que fuera; me desabroché el abrigo y tiré de la bufanda hacia abajo para no pasar calor mientras bajaba los escalones de dos en dos camino al andén.

El tren se detuvo y sonó la campanilla de las puertas. Me abrí paso a codazos hasta el interior del vagón, me apoyé en la puerta más alejada y me instalé, preparándome para el largo viaje. El tren empezó a moverse de nuevo, balanceándose un poco de lado a lado, y yo miré por la ventana cómo pasaba una luz tras otra.

No presté atención a la mujer transparente y resplandeciente que había a unas cuantas personas de distancia, la cual, de forma inexplicable, ocupaba un espacio vacío. No apartó los ojos de mí hasta que el tren se paró en la estación siguiente y me senté en un asiento que se acababa de quedar libre; luego saqué uno de los libros que me había comprado.

A mi padre no le habría gustado nada lo que acababa de hacer. Me habría dicho que le diese una oportunidad. Que me sentase a escuchar su historia.

Normalmente, lo único que querían era que alguien los escuchase.

Pero yo ignoré al fantasma, igual que llevaba haciendo casi una década en aquella ciudad. Era más fácil cuando estabas rodeada de gente. Podías fingir que eran una persona sin rostro más entre la multitud. Y eso hice. Y, cuando el tren de la línea PATH cruzó el río Hudson por debajo camino a Jersey, el fantasma parpadeó y desapareció.

3

Amor muerto

Apuré la copa de vino y me serví otra.

Antes se me daba bien escribir romántica.

Todas y cada una de las nuevas novelas de Ann Nichols habían recibido elogios tanto de sus fans como de la crítica. «Un deslumbrante alarde de pasión y corazón», había dicho de *Matiné de medianoche* el *New York Times Book Review*. Y *Kirkus Reviews* había dicho que *Guía de un galán* era «un divertimento sorprendentemente agradable» (lo cual decidí tomarme como algo positivo, ¿por qué no?). «Una novela fantástica de una escritora querida», reseñó *Booklist*, por no mencionar los pasajes de *Vogue*, *Entertainment Weekly* y un millón de medios más. Los tenía todos colgados en un corcho en mi habitación, recortados de revistas y de cadenas de e-mails durante ese último año con la esperanza de que, al verlos todos juntos, me inspirasen para escribir un último libro.

Solo uno más.

Se me daba bien escribir romántica. Muy bien, diría. Pero no era capaz, por más que lo procurase, de escribir aquella novela. Cada vez que lo intentaba, sentía que lo que había escrito no estaba bien.

Era como si me faltase algo.

Tendría que haber sido fácil: un gran gesto romántico, una pedida de mano preciosa y un felices para siempre. Como el de mis padres. Yo me había pasado toda la vida buscando uno igual de maravilloso. Los escribía en las novelas mientras buscaba un equivalente en la vida real, en hombres que llevaban corbatas desarregladas o camisetas arrugadas en los bares y en desconocidos que me robaban miradas en el metro. Una mala idea tras otra.

Yo solo quería lo que tenían mis padres. Quería entrar en un grupo de bailes de salón y conocer al amor de mi vida. A mi madre y a mi padre ni siquiera los pusieron juntos a bailar hasta que sus respectivas parejas cogieron la gripe al mismo tiempo y, el resto, como suele decirse, es historia. Llevaban casados treinta y cinco años y era el tipo de amor que solo había vuelto a encontrar en la ficción. Discutían y no estaban de acuerdo en todo, claro, pero siempre volvían a acercarse como una estrella binaria, bailando juntos por la vida. Los pequeños momentos eran lo que los unía: la forma en que mi padre le tocaba la parte baja de la espada a mi madre al pasar por su lado; la forma en que ella le besaba la calva; la forma en que se daban la mano como niños cuando salíamos a cenar; la forma en que se defendían mutuamente cuando sabían que el otro tenía razón y la paciencia que tenían al hablar cuando el otro se equivocaba.

Incluso después de que los hijos nos fuésemos de casa, me habían dicho que seguían subiéndole el volumen al equipo de música de la funeraria y bailando sobre el viejo parquet de cerezo al ritmo de Bruce Springsteen y Van Morrison.

Eso era lo que yo quería, lo que yo buscaba.

Y entonces, aquella noche de abril de hacía casi justo un año, bajo la lluvia, me di cuenta de que nunca lo tendría.

Tomé otro trago de vino y miré con asco la pantalla. Tenía que hacerlo, no me quedaba más remedio. Fuese bueno o no, debía entregar algo.

—¿Y si...?

La noche era húmeda y las gotas frías la atravesaban como un estremecimiento letal. Amelia estaba de pie bajo la lluvia, empapada y temblando. Tendría que haber cogido el paraguas, pero, cuando salió, no estaba pensando.

—¿Qué haces aquí?

Jackson, por su parte, estaba igual de empapado y helado.

—No lo sé.

—Pues vete.

—Eso no es muy romántico —murmuré.

Borré la escena y apuré el vino que quedaba en la copa. Otra vez.

Decían que las noches en la isla eran mágicas, pero aquella lluvia era especialmente fría e intensa. A Amelia se le pegaba la ropa como una segunda piel. Se cruzó la chaqueta con más fuerza sobre el pecho para protegerse del frío cortante.

—No pensaba que la reina del hielo pudiese pasar frío —dijo Jackson, y el aliento le salió por la boca como humo.

Ella le dio un puñetazo.

—Sí, muy bien... —dije con un suspiro y borré también esa escena.

Se suponía que Amelia y Jackson tenían que reconciliarse, regresar de la noche oscura del alma y salir a la luz juntos. Aquello era el gran gesto romántico final, el broche de oro que tenían los libros de Ann Nichols y que esperaba todo el mundo al leerlos.

Y yo no era capaz de escribir la puta escena.

Yo era un fracaso y la carrera de Ann estaba empantanada.

Había pocas cosas más deprimentes que eso, excepto el estado de mi nevera y de los armarios de la cocina. Lo único que nos quedaba era una caja de pasta en forma de dinosaurios que llevaba un paquete precocinado para preparar salsa de queso. Al menos era la comida perfecta para un momento de bajón. Cuando estaba sacando la caja del armario, mi compañera de piso entró por la puerta de golpe y lanzó el bolso al sofá.

—¡Que les den a los jefes! —gritó.

—Que les den —repetí con diligencia.

—¡Que les den a todos los tíos!

Rose entró como una exhalación a la cocina, abrió la nevera y se puso a comer zanahorias directamente de la bolsa. Rose Wu había sido mi compañera de piso en la universidad, pero se graduó un año antes de lo que le tocaba y se mudó a Nueva York para intentar forjarse una carrera en el mundo de la publicidad. Hacía un año, tenía una habitación libre en su piso, así que me fui a vivir con ella y ya está. Era mi mejor amiga y lo mejor que tenía la ciudad entera condensado en un solo ser.

Era de esas personas que exigían que se las mirase, de las que entraban en una sala y se hacían las dueñas con una mirada. Sabía lo que quería y siempre iba a por ello. Su mantra era: «Si ves algo, lo coges».

Puede que ese fuera el motivo de su éxito en la empresa de publicidad en la que trabajaba. Solo hacía dos años que había empezado allí y ya era la directora de marketing en redes sociales.

—Michael —comenzó a decir mientras se metía otra zanahoria en la boca— ha venido hoy y ha empezado a decirme que yo me había equivocado con nuestra clienta… Jessica Stone, la actriz. Pues estábamos trabajando en la publicidad de su marca de ropa y dice Michael que es todo culpa mía. ¡Coño, pero si ni siquiera es clienta mía! ¡Si yo ni estoy en publicidad! ¡Es la clienta de Stacee! Qué rabia me da cuando los tíos blancos no saben distinguir entre dos asiáticas.

—Puedo asesinarlo si quieres —respondí con total sinceridad.

Abrí la caja de macarrones, saqué el paquete de queso y eché la pasta en una olla llena de agua. Ni siquiera esperé a que empezase a hervir. Ya lo haría.

Rose se metió otra zanahoria en la boca.

—Solo si no nos pillan.

Yo me encogí de hombros.

—Trituramos el cuerpo, hacemos una barbacoa y se lo damos de comer a la gente de tu oficina. Ya está.

—Eso me suena a argumento de peli.

—*Tomates verdes fritos* —reconocí.

Rose ladeó la cabeza.

—¿Y funciona?

—¡Claro que sí! Y tengo una receta buenísima para la barbacoa que podemos probar.

Suspiró y negó con la cabeza, enrolló la parte de arriba de la bolsa de zanahorias para cerrarla y la metió en la nevera.

—No, no. No quiero arriesgarme a provocar una intoxicación alimentaria a personas inocentes. Tengo una idea mejor.

—¿Una trituradora de madera?

—Beber.

El agua empezó a hervir. Yo la removí con una espátula, porque todo lo demás estaba sucio.

—¿Quieres decir darle arsénico o…?

—No, quiero decir que vamos a salir a tomar algo.

Yo le lancé una mirada desconcertada. Estaba en la cocina haciendo la cena antes de la entrega con mis pantalones de pijama de franela calentitos y un suéter de Tigger, de *Winnie the Pooh*, que me venía grande, sin sujetador y con el peinado que me hice el día anterior.

—¿A salir…?

—Sí, vamos a salir.

Se fue a la puerta de la cocina y se plantó ahí como Gandalf ante el *balrog*. No podía pasar.

—Vamos a salir. Es evidente que he tenido un mal día y, a juzgar por los libros nuevos de la encimera, tú también.

Gruñí.

—No, Rose, por favor, déjame quedarme a comer pasta y morir. Sola.

—No vas a morir sola —me contestó mi compañera con obstinación—. En todo caso, tendrás un gato por lo menos.

—No soporto a los gatos.

—Te encantan.

—Son unos cabrones.

—Igual que tus exnovios y te encantaban todos.

Eso no se lo podía discutir, pero ni tenía gatos ni quería salir a beber. Abrí el paquete de queso en polvo.

—Tengo la cuenta del banco tan vacía como la vida amorosa. No podría permitirme ni una lata de cerveza, Rose.

Ella soltó un sonoro suspiro, me quitó el paquete de la mano y trasladó la olla hirviendo a un fogón apagado.

—Vamos a salir. Vamos a divertirnos. Yo necesito divertirme y sé que tú también. Supongo, por la olla de pasta, que la reunión no ha ido muy bien, ¿no?

Pues claro que no. ¿Por qué si no estaría haciéndome esa triste pasta? Me encogí de hombros.

—No ha ido mal.

—Florence.

Exhalé.

—Ann tiene un editor nuevo. Creo que puede que lo conozcas..., me suena. Se llama Benji nosequé. ¿Ainer? ¿Ander?

Rose me miró, boquiabierta.

—¿Benji Andor?

La señalé con la espátula.

—Eso.

—¿Es broma?

—Qué va.

—¡Qué suerte tienes! —Rose soltó una carcajada—. Está tremendo.

—Sí, ya lo sé... ¿Cómo lo sabes tú?

—Estuvo en eso de «Las treinta y cinco personas más exitosas de menos de treinta y cinco años» de *Time Out* el año pasado. Era director editorial en Elderwood Books antes de que cerrasen. ¿Se puede saber dónde estabas tú entonces?

Le dirigí una mirada de agotamiento. Ella sabía muy bien dónde estaba yo hacía un año. Haciendo pasta deprimente por otro motivo.

Hizo un gesto con la mano para quitarle importancia.

—Bueno, pues me alegra saber que sigue en el mundo editorial, pero ¿en el sello de romántica de Falcon House? Qué fuerte.

Me encogí de hombros.

—Puede que le guste la romántica, ¿no? ¿Conozco algún libro de los que publicó cuando estaba en Elderwood?

Rose devolvió el paquete de queso en polvo a la caja.

—¿*Las aves asesinadas*? ¿*La mujer de Cabin Creek*?

Me quedé mirándola y dije:

—¿Libros oscuros sobre asesinatos?

—Libros de miedo, mórbidos, sobre asesinatos. Básicamente, Benji Andor es un Rochester moderno, pero sin la mujer encerrada en el ático. Dicen que hasta estuvo prometido, pero fue él quien la dejó plantada a ella en el altar.

Atravesé con la mirada a Rose.

—Pero ¿tú sabes lo que pasa en *Jane Eyre*?

—He visto las películas a medias. Pero, bueno, que ahora eso no es lo importante. Tienes al editor más buenorro del mundillo trabajando en los libros de Ann. Qué ganas tengo de que llegue a las escenas de sexo que escribes. En serio, son de las mejores que he leído en mi vida y he leído *muchos* libros guarros. Y *fanfics* —añadió en el último momento.

—Pues no llegará —le dije, inexpresiva—. Tengo hasta mañana por la noche para entregar el libro.

—No ha querido ni hablar de otra prórroga, ¿no?

Gruñí y hundí la cara en las manos.

—No y, si no lo entrego, hablará con el Departamento Legal. ¡Y entonces se destapará todo! ¡Hola, soy yo: la escritora fantasma! Pero ni eso puedo hacer bien. Y entonces querrán saber dónde está Ann y un detective canoso vendrá a interrogarme y todo el mundo empezará a preguntarse si he asesinado a Ann Nichols…

—Tía, te quiero, pero se te está yendo la olla.

—¡Nunca se sabe!

—Pero ¿está muerta?

—¡No lo sé! ¡No! —Y luego, con algo más de calma, añadí—: Seguramente no.

—Y ¿por qué no le has dicho al editor que eres tú la que escribe y ya está?

Suspiré.

—No he sido capaz. Tendrías que haber visto cómo me ha mirado cuando le he pedido escribir una historia de amor triste. Ha sido como si hubiese matado a su perrito favorito.

—Lo dices como si tuviese más de uno.

—Pues claro. Parece una de esas personas con varios perros, pero no estamos hablando de eso. Lo que te estaba diciendo es que no se lo he dicho. No he podido.

—Y, en lugar de eso, vas a echar a perder tu carrera y a decepcionar a tu ídolo literario.

Se me hundieron los hombros.

—Sí. Y ahora, por favor, ¿me dejas comerme mi pasta con queso y revolcarme en la desesperanza?

La expresión de Rose se volvió pétrea.

—No —dijo, tan afilada como su raya de ojos.

Me cogió por la muñeca y me arrastró fuera de la cocina y por el pasillo hasta las habitaciones.

—Venga. Vamos a salir. Vamos a olvidarnos de nuestras preocupaciones. ¡Vamos a conquistar esta ciudad estúpida, ruidosa y cargante! ¡O moriremos en el intento!

En ese momento, prefería morir.

Rose tenía el armario lleno de ropa con mucho estilo. Era como una pasarela en nuestro piso. Vestidos brillantes preciosos y blusas vaporosas y faldas de tubo con la raja justa para usarlas en el trabajo. Sacó un vestido negro corto, el que llevaba ya un mes intentando que me pusiera. Y por fin su plan maléfico iba a cumplirse.

Yo negué con la cabeza.

—No.

—Porfaaa —me suplicó, poniéndome el vestido delante—. Se te verá un culo increíble.

—Querrás decir que se me verá todo el culo.

—Floreeence —lloriqueó.

—Rooose —lloriqueé yo.

Frunció el ceño. Entrecerró los ojos. Y me dijo:

—*Gamusino*.

Se me abrieron los ojos al oírlo.

—Ni se te ocurra —le advertí con un susurro.

—*Ga-mu-si-no* —dijo ella exagerando cada sílaba.

Ya estaba dicha. Nuestra palabra de emergencia. La palabra que no admitía peros. Ya no era una petición, era una orden. Cada una podía usarla una vez al año.

—No eres una vieja solterona encerrada en una torre y llevas demasiado tiempo comportándote como tal. Y la verdad es que tendría que haber hecho esto antes. Si no estás avanzando en la mierda de novela esa...

—¡No es una mierda!

—... no tiene sentido que te quedes aquí depre comiendo pasta con queso y emborrachándote con vino barato. *Ga-mu-si-no.*

Le lancé una mirada asesina. Ella sonrió con suficiencia, cruzándose de brazos, triunfal.

Yo abrí los brazos.

—¡Vale! Vale. Te haré caso solo si me prometes que tú fregarás los platos durante un mes.

—Una semana.

—Trato hecho.

Nos dimos un apretón de manos.

En cierto modo, me parecía que ella salía ganando y mis sospechas se confirmaron cuando me dijo:

—Ahora quítate la ropa y ponte esto. Esta noche voy a meterte en líos y voy a encontrarte una fuente de inspiración a la que besar.

—No necesito ningún lío para...

—¡Quítate la ropa! ¡Venga! —gritó y me empujó hasta que me sacó de su habitación, me metió en la mía y me encerró.

Yo miré el vestido que llevaba en las manos. No estaba tan mal... Sí, era mucho más corto de lo que me gustaría y tenía, por lo menos, cien lentejuelas más de las que me gustaría. Y seguramente costaba más de un mes de alquiler, pero no era lo más chillón del armario de Rose. (La palma se la llevaba el modelito arcoíris que sacaba todos los meses de junio para el Orgullo. Había desconocidos que no veíamos el resto del año que la reconocían por el vestido en cada desfile). No era muy de mi estilo, pero puede que eso fuese justo lo que necesitaba.

Olvidarme de que había fracasado en lo único que se me daba bien. Hacer como si el día siguiente no fuese el último día del mejor trabajo de mi vida. Ser otra persona un rato.

Solo una noche.

Alguien que no hubiese fracasado.

4

Predestinados

Rose era como una enciclopedia de la noche. Sabía qué restaurante tenía la mejor hamburguesa deconstruida y en qué almacenes había *raves* silenciosas cada día. (Y cómo llegar hasta allí). Sabía en qué bares de jazz en sótanos preparaban los mejores sidecares, dónde servían la mejor cena para prevenir la resaca después de las tres de la madrugada y cuáles eran los cócteles más baratos en el bar artesanal de barrio donde el próximo Franzen se lamentaba por no tener tiempo para escribir su gran novela americana. Había llegado de un pueblecito de Indiana con solo una bolsa de viaje y el dinero metido dentro de los zapatos y, yo no sabía cómo, había hecho de Nueva York su hogar, algo que yo nunca conseguiría.

Creo que eran las estrellas. Yo echaba demasiado de menos las estrellas. Sobre todo verlas desde los escalones de ladrillo del porche de casa de mis padres.

Era una vista incomparable.

Como el callejón al que me llevó Rose aquella noche, de donde tal vez saldríamos muertas. Había tres farolas y las tres parpadeaban como si estuviesen en una competición para salir en la película de miedo más cliché del mundo. La seguí por el callejón estrecho con una mano dentro del bolso, aferrada al espray de pimienta.

—Vas a matarme —dije—, ¿es eso? Quieres mi bandolera de Gucci.

Se rio por la nariz.

—No sé cuántas veces tengo que decirte que es de imitación.

—Casi no se nota.

—No si cierras los ojos.

Entonces se detuvo en lo que, un segundo después, entendí que era una puerta y dio unos golpecitos.

—¿Con quién te has compinchado para matarme? —le pregunté—. ¿Con Sherrie, la de Recursos Humanos? ¿O con mi nuevo editor macizo…?

La puerta casi oculta chirrió, se abrió de golpe y apareció un universitario que llevaba un traje de tweed, unas gafas redondas pequeñas y el pelo engominado y peinado hacia atrás. Rose me hizo una señal con la mano para que entrásemos y la seguí.

No sabía qué esperaba encontrarme, pero, desde luego, no un bar estrecho y poco iluminado con mesas redondas de madera. Estaba lleno, aunque todo el mundo susurraba como si no quisiesen estropear el ambiente, de modo que había un silencio sorprendente. Rose nos encontró una mesa hacia el final que tenía una sola vela parpadeante en el centro. En la parte delantera del bar, por donde habíamos entrado, había un escenario con un micrófono y un solo amplificador. El público era una amalgama extraña de gente con pinta de profesor universitario con chaqueta de tweed y artistas bohemias que se hacían autorretratos desnudas o apretaban las tetas contra el lienzo para crear arte. Y, de hecho, algunas de esas piezas estaban colgadas en las paredes.

—¿Se puede saber adónde me has traído? —pregunté, perpleja.

—Colloquialism —contestó.

—¿Coloqué?

Puso los ojos en blanco.

—En un bar de copas, Florence.

Yo busqué la carta en la mesa. O puede que se hubiera caído al suelo… Pero no había.

—Está claro que no soy lo bastante guay para este sitio.

—Pero si tú estás por encima de todo esto —me contestó.

Y cuando el camarero salió de detrás de la tabla de roble que hacía las veces de barra para darnos la bienvenida, pidió algo que sonaba muy sofisticado.

—Yo con un destilado de maíz me apaño…

Rose me puso la mano en el brazo y me lanzó una mirada de advertencia, porque la última vez que nos emborrachamos con el licor destilado del maíz fue en la universidad, mezclado en un cubo con zumo de naranja. Ninguna de las dos recordábamos cómo llegamos de Bushwick al Lower East Side aquella noche, pero algunos misterios estaban mejor sin resolver.

Cambié de postura, incómoda, sintiéndome muy fuera de lugar con aquel vestido apretadísimo y pidiendo una copa carísima en un antro silencioso lleno de gente que seguramente era mucho más guay que yo. Hasta me daba miedo que viniese alguien a pedirme las credenciales artísticas y que cuando sacase de la cartera la tarjeta del supermercado y el carnet de miembro de un club de lectura erótica…

En fin.

Igual que me había pasado con Ben Andor, me temía que no era lo bastante alta para subirme a aquella atracción.

Rose sacó una tarjeta de crédito de su bolso de mano cubierto de purpurina plateada y se la dio al camarero.

—Ve cobrando todo de aquí, por favor.

Él la cogió con una inclinación de cabeza y se fue. ¿Todo? ¿Cuánto rato íbamos a quedarnos? Bueno, eso ya daba igual, ¿no? Podíamos estar toda la noche o unos minutos que yo me despertaría al día siguiente y seguiría sin saber cómo escribir esa escena. El camarero volvió con dos cócteles muy sofisticados llamados Dickinson y Rose levantó el suyo para brindar conmigo. Yo me quedé mirándola como si ya no fuese mi compañera de piso, sino un ente alienígena que había adoptado el cuerpazo de mi querida amiga Rose. Se encogió de un solo hombro.

—¿Qué? Es de crédito.

—Pensaba que querías dejar de tener deudas.

—Florence Minerva Day, te mereces que alguien te saque de casa y te mime de vez en cuando.

—¿Después vas a llevarme a tu casa a hacerme cosas? —me burlé.

—Solo si luego me abrazas y me dejas hacerte tortitas por la mañana antes de irme y no volver a llamarte nunca más.

—Perfecto.

—Salud —dijo, levantando la copa—. Por una buena noche.

—Y un buen día mañana —concluí yo.

Juntamos las copas. La bebida sabía a fresa y a ginebra carísima. Desde luego, no era una de esas botellas de dos litros por diez dólares que compraba en la tienda de la esquina cuando iba a la universidad. Aquello era peligroso. Me bebí otro trago más grande mientras una mujer que llevaba un chal marrón se levantaba de una de las mesas que había por la parte delantera y se abría paso hacia el micrófono.

—¿Es un micro abierto o algo? —pregunté.

Rose tomó otro sorbo del Dickinson.

—Algo así.

—¿Algo así...?

Antes de que Rose respondiera, la mujer del chal marrón se inclinó hacia el micrófono y dijo:

—Gracias a todo el mundo por quedaros aquí durante el interludio. Y ahora, para la siguiente lectura, quiero invitar a Sophia Kenjins —dijo con una voz dulce que me hizo pensar en una maestra de preescolar con mucha paciencia.

La gente chasqueó los dedos mientras ella dejaba el micrófono y una mujer de piel marrón y pelo corto y canoso se acercaba y sacaba una libreta.

—¿Es una lectura de poesía? —le pregunté a Rose.

—Bueno, una lectura de lo que sea —me contestó mi mejor amiga, medio encogiéndose de hombros—. He pensado que necesitabas algo de inspiración. Escribir es un trabajo solitario, dicen. Está bien escuchar las palabras de otras personas.

El relato de la mujer era sobre un pez que vivía en el océano y soñaba con ser una sirena. O puede que fuese una sirena que pensaba que era un pez. Era bonito y simple, y el bar entero se quedó en silencio para escucharlo.

Cuando terminó, todo el mundo chasqueó los dedos con educación.

No me había dado cuenta hasta ese momento de que era justo lo que necesitaba: arte tranquilo recitado para gente tranquila que lo apreciaba. Sin secretos. Sin intercambios. Sin expectativas.

—Eres muy buena amiga, Rose Wu.

Sonrió.

—Tienes razón. Y toda buena amiga te diría que seas la siguiente en subir.

—¿Qué?

—Ya me has oído.

Dudé, pero no me pareció una idea horrible cuando llevaba todo el día sintiendo que escribir era como ir a que me sacasen una muela. Y el Dickinson artesanal ayudaba. Podía subir. Podía leer una cosa que había anotado en el móvil hacía un tiempo. Podía aportar algo de creatividad a aquel mundo que parecía querer drenártela.

Podía subir ahí y, por una noche, ser alguien —daba igual quién— que no fuera Florence Day.

Porque Florence Day estaría hecha una bola en el sofá comiéndose un cuenco de pasta con queso, con el portátil haciendo equilibrios precarios sobre un cojín en el regazo, intentando desesperadamente escribir una historia en la que no creía. Porque el amor de libro solo existía para unos pocos, como mis padres. No eran la norma, sino la excepción. Era inusual, fugaz. El amor era un subidón momentáneo que te dejaba vacía cuando se iba y tú te pasabas el resto de la vida buscando otra vez esa sensación. Un falso recuerdo, demasiado bueno para ser cierto. Y yo llevaba mucho tiempo engañándome a mí misma, creyendo en grandes gestos románticos y en finales felices.

Yo no los tenía escritos en mi destino. No era la excepción.

Era la norma.

Y supongo que por fin comprendí las mentiras que le contaba a la gente con mi prosa y mis garantías de un final feliz. Les prometía que eran la excepción. Y cada vez que miraba el cursor parpadeante del documento de Word e intentaba unir a Amelia y a Jackson, lo único que veía era mi reflejo en la pantalla.

El reflejo de una mentirosa.

Pero, por una noche, por un momento, no quería ser esa chica que veía en el monitor. Quería volver al pasado. Hacer como si el amor verdadero estuviera esperándome en algún lugar del mundo. Como si las almas separadas por el espacio y el tiempo se uniesen con la fuerza de un solo beso. Como si lo imposible no estuviese fuera del alcance. No para mí.

Como si existiese el amor, real, salvaje y leal, en un mundo en el que las almas gemelas se encuentran… y en el que yo ya no era la norma.

En el que era la excepción.

Como si el universo me hubiese respondido, me levanté cuando la presentadora pidió otro voluntario, otra persona que abriese su corazón. Y también se levantó otra persona. Alguien que estaba por la parte delantera, donde las mesas estaban tan llenas que los trajes de tweed se confundían.

Me detuve.

—¡Madre mía! —murmuró la presentadora con admiración—. Eso no me lo esperaba. ¿Quién quiere subir primero?

El hombre en cuestión se volvió para ver quién más se había presentado voluntario. Nuestros ojos se encontraron. Y supe que era él.

Lo reconocería en cualquier sitio.

Hasta si hubiesen pasado cien años, tras haberme limpiado el cerebro con un estropajo para no recordarlo, lo reconocería.

El pelo rubio platino y una camiseta de manga corta holgada con cuello de pico y unos vaqueros apretados y una marca de nacimiento justo debajo de la oreja izquierda en forma de luna creciente que yo había besado tantas veces que me dolían los labios solo de pensar en todas las noches en las que me los froté hasta dejarlos en carne viva, intentado olvidar todo aquello. Olvidarlo a él.

Era el universo diciéndome que no podía olvidar. Que, si el

amor era real, era todo mentira. Que había sido feliz hacía tiempo, en aquel momento, pero no para siempre. Porque esa no era mi
historia. Ni siquiera mis historias eran mías.

Puede que nunca lo fuesen.

5

Un fantasma

El día que conocí a Lee Marlow, estaba en una fiesta con Rose y Natalie, nuestra otra compañera de piso, que ahora vivía en Corea del Sur. Fue un montón de gente del mundo editorial, aunque no era un encuentro del sector. Había autores, editores, unos cuantos ayudantes y agentes literarios. Era para celebrar algo, pero por más que lo intentaba no era capaz de recordar qué. Al final, las fiestas y las presentaciones de libros y los bares selectos y los restaurantes en azoteas y los pisos lujosos de Midtown se me mezclaban en la cabeza.

Yo agarré a Rose por el brazo y la acerqué a mí.

—Qué fuerte. A las cuatro. Vans rojas. Ya te dije yo que se podía venir en Converse.

—Pero los Louboutins que llevas te hacen un culo increíble —replicó.

—No me siento los pies, Rose —me quejé, envidiando al tío que llevaba las Vans, que entonces se volvió y me quedé sin aliento—. Oh.

—Estaría más guapo con un buen par de mocasines de Gucci.

—Eso suena muy pretencioso.

—Lo dice la chica que lleva los mejores Louboutins de su mejor amiga.

—¡Me has obligado tú!

Inclinó la cabeza.

—Y no me arrepiento lo más mínimo.

Yo, en cambio, sí que me arrepentí unas horas más tarde, cuando mis pies pasaron del entumecimiento al dolor penetrante. La fiesta era en un piso lujoso de Midtown y, mientras la mayoría de la gente estaba en el salón o en el balcón, yo me había ido renqueando hasta la biblioteca, me había hundido en el sillón de cuero que habría costado más que mi matrícula en la Universidad de Nueva York y me había quitado aquellos Louboutins de valor incalculable. Nunca había sentido un alivio mayor en mi vida. Me recosté en el cuero blando, cerré los ojos y disfruté del silencio.

A Rose le encantaban las fiestas, la energía, el griterío, la gente… A mí esas cosas me gustaban a veces, en ocasiones especiales, en conciertos o en las Comic-Cons, pero no había nada como el silencio de una biblioteca entrañable.

—Veo que no soy el único que anda buscando un poco de tranquilidad —dijo una voz animada que venía del otro lado de la estancia.

Se me abrieron los ojos de golpe y me incorporé en el sillón. Y entonces vi al hombre de las Vans sentado en una de esas absurdas escaleras de estantería con la autobiografía de no sé qué poeta muerto entre las manos. Era como una escena de la típica comedia pastelosa de los noventa, con el haz luminoso entrando a través de las cortinas de terciopelo oscuro y pintándole la cara con ángulos de luz de luna pálida.

Yo sentí que me ruborizaba incluso antes de reparar en lo pintoresco que parecía. Fueron sus ojos, creo. Cuando me miró, el mundo que nos rodeaba se emborronó. Yo solo lo veía a él y él solo me veía a mí. Y me vio de verdad. Me pareció uno de esos momentos sobre los que escribía en las novelas románticas, esa sensación de que el destino te llama, cuando las almas gemelas se encuentran. Y tuve la certeza absoluta de que yo era la excepción a la norma.

Reparó en mis tacones abandonados al lado del sillón.

—Qué atrevida, quitándote los zapatos en casa de un desconocido.

—Eso no son zapatos, son instrumentos de tortura —repuse,

sintiendo que me ponía rígida, a la defensiva—. Y no tendría que molestarte.

Los estudió.

—Parecen bastante puntiagudos.

—Perfectos para acuchillar a un hombre solo en una biblioteca.

—¿La chica rubia guapa con los Louboutins en la biblioteca privada? —Sonrió—. Nadie se lo esperaría.

Entrecerré los ojos.

—¿Estamos tonteando o jugando al *Cluedo*?

Hizo eso que hace alguna gente a veces de pasarse la lengua por los dientes, por debajo de los labios, para esconder una sonrisa.

—¿Tú qué prefe...?

—¡Marlow!

Una mujer alta con el pelo pelirrojo casi rubio entró dando pasos largos a la biblioteca con bebidas en las manos y rompió el hechizo con su suave voz melosa. Yo aparté la vista deprisa, mirándome los pies descalzos mientras él la saludaba.

—Por fin te encuentro. Pensaba que te había dejado hablando con el director editorial de Elderwood.

—Intenta tú mantener una conversación con ese tío —contestó el hombre de las Vans rojas y aceptó una de las bebidas que le dio la mujer.

—He tenido que hablar con seres peores —dijo ella; lo cogió por la solapa del abrigo y tiró de él—. Vamos, todavía queda mucha gente por conocer.

Me pregunté quién era. ¿Su novia, tal vez? ¿Prometida? Era guapa, con el flequillo recto y una chaqueta amarillo chillón combinada con unos pantalones de cintura alta y cuadros escoceses. Más tarde descubrí que era su editora adjunta antes de que él se fuese de Faux, donde había estado escalando posiciones desde hacía años.

Si el hombre de las Vans rojas se hubiese ido con ella, las cosas habrían sido muy muy diferentes. Pero se volvió para mirarme con una sonrisa escondida en la comisura de los labios y dijo:

—Ahora salgo.

—Uf, vale —dijo ella mientras reparaba en algún invitado que estaba en el salón—. Ay, ay, Dios, es él. Es el escritor. ¡Señor Brown! —lo llamó, volviendo a toda prisa hacia la multitud.

Y entonces volvimos a quedarnos solos.

Él observó cómo se iba la mujer, dejó la bebida en la estantería de caoba —esa tendría que haber sido mi primera señal de alerta: la desconsideración descarada por los libros de otra persona— y vino hacia mí. Yo sentí que se me estrechaba el pecho. No estaba segura de si prefería que me dejase sola con mis pies doloridos o que se quedase.

—Entonces —empezó—, ¿tienes algún sitio al que ir esta noche?

—Aquí.

Se rio por la nariz.

—¿Algún otro sitio?

Ladeé la cabeza.

—¿Me estás pidiendo algo?

—¿Me estás diciendo que sí?

Arqueó una ceja muy puntiaguda. Era el tipo de arco que un periodista calificaría de refinado si se sentara a escribir su perfil para *GQ*.

Tendría que haberle dicho que se fuera. Tendría que haberle dicho que tenía que quedarme allí y echarle un ojo a Rose, pero cómo iba yo a saberlo; me miró con una especie de curiosidad sincera: ¿quién podía ser aquella chica, con sus Louboutins y su vestido negro de las rebajas? Y él también era un misterio, con sus Vans rojas y su traje marrón holgado y su pelo rubio tan raro.

Me tendió la mano, como si esperase que se la cogiera.

—Soy Marlow. Lee Marlow. Venga, vamos a un sitio donde no haga falta llevar zapatos.

Le sonreí y, en aquel momento, supe, así sin más, que aquello era especial. Me sentía como una estrella que se había desprendido del cielo nocturno y había empezado a caer. Y no pude pararlo. No quise.

Aquel era el momento. El que contaríamos en las cenas con amigos. La historia de cómo nos habíamos conocido y nos habíamos enamorado y nos habíamos hecho viejos juntos, y ni siquiera morir sería el final. Porque, si había algo más poderoso que la misma muerte, era el amor verdadero e innegable.

Tuve una corazonada.

Lo único que quería era hablar con él, respirar sus palabras, entender qué era lo que ponía en marcha aquella mente brillante.

Era, como dicen los franceses, *une putain d'idiote*.

—Florence Day. —Le cogí la mano.

Y así fue como yo, la chica a la que siempre usaban de cita de repuesto, que prefería esconderse en un burrito de mantas y ver *realities* malos un viernes por la noche, empecé a salir con uno de los hombres más buenorros que había visto en mi vida.

A medida que lo conocí, cuando las citas se convirtieron en meses, en aniversarios y en besos cariñosos, pensé que era una historia de amor merecedora del legado de mi familia. Una novela romántica en la vida real. Tenía el encuentro de los enamorados perfecto, el protagonista más encantador y el escenario más bonito: una casa de arenisca en Park Slope con un jardín en la azotea al que me escapaba a escribir capítulos y más capítulos llenos de palabras mágicas.

A veces, me encontraba allí y me preguntaba con su voz grave:

—¿Qué haces aquí, conejito?

Y yo cerraba el portátil o la libreta o lo que fuera que estuviera usando para escribir esa noche, le sonreía y decía:

—Ah, nada, pensando en historias.

—¿Qué tipo de historias? —Se sentaba en el banco a mi lado, entre una azalea frondosa y una maceta con un poto que se enroscaba—. Espero que sean picantes —decía mientras enterraba la cara en mi pelo y me besaba el lado del cuello en el punto más sensible.

Siempre me hacía estremecer.

—Mucho —respondía riéndome.

—Podría echarles un ojo. Mejorarlas.

—Muy atrevido eso de pensar que no son perfectas ya.

Se reía entre mi pelo y murmuraba:

—Nada es perfecto, conejito. —Y me besaba con tanta suavidad que, si mis labios no estuviesen ya ocupados, tendría que haberlo llamado mentiroso, porque aquello era perfecto.

La forma en la que la luz del atardecer se colaba por la azotea, naranja y dorada, de ensueño, y su manera de cogerme con los dedos los lados de la cara con tanto cuidado…

Aquello era perfecto. Él era perfecto.

Aun así, seguí escribiendo para Ann en secreto.

Nunca me parecía un buen momento para decírselo, porque, cada vez que un libro que él editaba llegaba a las listas, el mío llevaba ahí ya unas semanas. Sentía que le estaba mintiendo, a pesar de que había firmado un acuerdo de confidencialidad y me había esforzado por cuidar el secreto.

Y por eso le conté el resto. Le abrí mi corazón del todo porque quería compensar el único secreto de mi vida que no sabía cómo expresarle. Le conté todos mis otros secretos y mis pesadillas y por fin, después de un año de besos y citas y promesas que queríamos cumplir, un día que estábamos sentados en el sofá viendo un documental de sucesos paranormales, se lo confesé:

—La verdad es que no les gusta que la gente les grite para invocarlos.

—¿Cómo? —Levantó la mirada del libro que estaba leyendo con las gafas puestas en la parte baja de la nariz. Años más tarde me di cuenta de que no las necesitaba, era una mentirijilla que estaba alimentando—. ¿Qué dices, conejito?

—A los fantasmas no les gusta cuando la gente les grita.

Llevaba media botella de *pinot grigio* aquella noche, así que estaba un poco más envalentonada de lo normal. Nunca había hablado de fantasmas con nadie que no fuera mi padre o Rose y pensé, tonta de mí, que, si cambiaba un secreto por otro, el de ser escritora fantasma por una historia de fantasmas de verdad, podría compensárselo.

Me lanzó una mirada rara por encima de las gafas de montura negra.

—¿Fantasmas? ¿De los que rondan a la gente?

Asentí, removiendo el vino en la copa.

—Mi padre y yo bailábamos con ellos en la funeraria.

—Florence —me dijo con tono de reprimenda.

—La mayoría solo quieren hablar, ¿sabes? Que alguien los escuche. No es tan tétrico como parece en las películas. No siempre los he visto, empecé cuando tenía… ¿ocho? ¿Nueve? Algo así.

Se quitó las gafas y se volvió para mirarme en el sofá.

—¿Dices…? ¿Dices que veías fantasmas? ¿Espíritus de verdad? ¿De los que hacen… —movió los dedos en el aire— «Buuu»?

—Veo fantasmas. En presente.

—Pero… ¿ahora?

—No, ahora mismo no. A veces. Ya no hablo con ellos. No les he hablado desde que me fui de casa…

Se estaba mordiendo el interior de la mejilla, como si intentase evitar reírse, y yo sentí que se me partía el corazón. Había cosas que no le podías decir ni siquiera a la gente a la que más querías. Había cosas que nadie entendería nunca. Que jamás podrían entender. Y Lee me estaba mirando como me habían mirado todos los días en el instituto, con compasión, casi curiosidad, preguntándose si estaba loca.

Entonces sonreí y le di un beso en la boca.

—Ja, ¿qué piensas de mi historia? —le pregunté, enterrando la parte de mí que había empezado a fracturarse, esa que nunca nunca volvería a compartir con nadie—. Es un libro en el que estoy trabajando.

Más mentiras. Pero cercanas a la realidad. Estaba siendo más sincera de lo que lo había sido con nadie que no fuera de Mairmont. Pero, de algún modo, seguía avergonzándome. Y haciéndome sentir sola. Apuré el vino y empecé a levantarme del sofá, pero él me cogió por la muñeca y me sentó de nuevo sobre el cojín.

—Espera, conejito. Es muy interesante. —Y luego, con mucha delicadeza, me preguntó—: ¿Me cuentas más?

Yo me quedé quieta.

—¿En serio?

—Claro. Si esta historia significa algo para ti, quiero escucharla. —Siempre encontraba las palabras perfectas en el momento perfecto. Se le daba bien. Sabía cómo hacerte sentir importante y apreciada—. Pero —añadió— en tercera persona, por favor. La primera me ha descolocado un poco —admitió con una carcajada.

Yo respiré hondo y empecé:

—Ella sabía que iba a ver un fantasma cuando llegaban los cuervos.

Y así es como le conté la parte de mi vida que no podía contarle.

Le hablé de los fantasmas de mi infancia, no tan comunes; pasé años sin ver ninguno. Había visto algunos en la ciudad, pero nunca me paraba a preguntarles si querían algo. Ya no tenía fuerzas para eso, no después de lo que pasé en Mairmont. Quería alejarme de esa vida, de esa parte de mí. Y la mejor forma de hacerlo era ignorarlos.

No tendría que haberle dicho nada. Ni siquiera fingiendo que eran una historia inventada.

Mi hermana pequeña, Alice, siempre decía que era demasiado inocente. Demasiado generosa. Demasiado como ese árbol del libro infantil que daba y daba hasta que no le quedó nada. Decía que me saldría el tiro por la culata.

Pero, bueno, a Lee Marlow no le gustaban los tiros y además yo lo quería y él me quería a mí y vivíamos en una casa de arenisca en Park Slope y me besó con tanta intensidad que cualquier eco de duda quedó silenciado entre nuestros labios. Puede que hubiese sido esa chica rara que veía fantasmas, pero, para él, era perfecta.

Una noche que salimos a cenar y le hablé de aquella vez que me despertó el fantasma del alcalde del pueblo, que había fallecido hacía poco, me dijo:

—Tendrías que publicar la historia. Puede que saques millones.

—Ya intenté publicar una vez y no funcionó. Y te aseguro que no gané millones.

Soltó una carcajada como un ladrido.

—Bueno, eso es porque escribiste romántica.

—¿Y qué problema hay?

—Venga, conejito, sabes que puedes aspirar a más.

Vacilé.

—¿A más…?

—A nadie lo recuerdan por haber escrito romántica, conejito. Si quieres ser una buena escritora, tienes que crear algo que perdure.

No sabía qué decir. La verdad es que tendría que haber dicho algo, lo que fuese, para refutarlo, pero, si lo hubiese hecho, me habría preguntado cómo lo sabía y tendría que decirle que escribía para Ann Nichols. En aquel momento, llevábamos dos años de relación y él sabía que siempre estaba escribiendo algo, pero yo había sido lo bastante astuta para que no se enterase. Así que forcé una sonrisa y dije:

—No lo sé. Me gusta bastante la idea de guardarme esta historia para mí.

—Si no la escribes tú, alguien la acabará publicando.

Puede que, si lo hubiese presionado, él hubiese terminado soltando prenda.

Que conste: nunca me habló del libro que estaba escribiendo. No me lo contó hasta que se vendió en una subasta por un millón de dólares, justo por lo que dijo que se vendería el mío. El libro lo compró su editorial. Donde él era editor. Y, cuando leí la noticia de la venta, me di cuenta de que no daba ningún detalle.

Gilligan Straus, de Faux Publishing, ha comprado en una subasta en la que participaban doce editoriales los derechos del debut del editor de Faux Lee Marlow y los de una segunda novela. William Brook, de Angel-Fire Lit, negoció la venta.

Y Lee tampoco me contó nada.

—Es un libro, conejito —se rio—. ¡Alégrate por mí!

—Claro que me alegro —contesté, porque era tonta, muy tonta.

Tendría que haberme alegrado por él. Tendría que haber estado eufórica. ¡Era un acuerdo que le cambiaría la vida! Podría dejar el trabajo, dedicarse solo a escribir y hacer todo lo que me había dicho que quería hacer pero no podía porque el trabajo se lo impedía.

Y ahora era un escritor de éxito.

Tendría que haberme alegrado… No, sí que me alegré.

De verdad.

Entonces, una noche, unos meses después del acuerdo, se dejó el ordenador abierto cuando se fue a recoger la colada. Yo nunca había fisgoneado sus cosas, no quería. Confiaba en él.

Era tonta.

Porque se había tomado en serio lo que me había dicho: si no escribía esa historia yo, lo haría otra persona.

Pero yo no pensaba… No pensaba que sería él.

Tres años y un día después de conocer a Lee Marlow, me di cuenta de yo que no había entendido en absoluto nuestra historia. Yo era la protagonista, pero no de mi propia narración.

Era la protagonista de la suya.

Estaba cosida a esas páginas, a cada palabra, tejida en cada frase. El libro que había vendido era sobre la funeraria de mi familia. Sobre las historias que le había contado. Los fantasmas. Los funerales. Las tumbas. Los acosadores que se habían metido conmigo y me habían llamado Miércoles Addams. Que me habían echado tinta en el pelo. Los recuerdos de mis padres bailando en la funeraria por la noche, cuando pensaban que los niños nos habíamos ido a dormir. De mí y mi hermana peleándonos por la urna de nuestra abuela y las cenizas esparciéndose por el suelo. Del gato callejero llamado Salem al que atropellaba un coche por lo menos una vez al año y nunca —nunca— moría…, hasta que el cáncer se lo llevó catorce años después.

Estaba todo ahí. Todos mis secretos. Todas mis historias.

Toda yo.

Me había usado como inspiración y me había usado a secas.

Había usado el dinero del libro para dejar el trabajo y dedicarse a escribir y, cuando le eché en cara lo de la historia —y me acordaré de eso hasta el día que me muera—, me dijo:

—Conejito, tú aún puedes escribir tus novelas románticas.

—¿Por eso crees que estoy enfadada?

—No ibas a escribir el libro.

—¡Eso no lo sabes!

—Venga, conejito, ¿no estás siendo un poco injusta?

Había intentado tranquilizarme mientras yo pasaba por su lado a empujones por la escalera de la casa de arenisca. Su casa de arenisca.

Y puede que sí.

Puede que lo estuviera siendo, pero…

—¿Qué le pasa al final? A la Florence de tu libro. ¿Llega un tío y la salva y luego le roba su historia?

Entonces cambió la actitud. Seguía encantador, seguía mirándome como si fuese el centro del universo en torno al que orbitaban el resto de las cosas, pero, de pronto, eso había dejado de tener valor.

—No puedo robarte algo que nunca habrías escrito, Florence.

Había sido una completa idiota. Lo que fuera que sintiera no era nada, no era real.

Entonces me cerró la puerta en las narices.

Literalmente.

Ni siquiera intentó explicarse ni pedirme que volviese. Me dejó en la acera una noche fría de abril con una maleta enorme, la única que tenía, y dos macetas de potos que había robado del jardín de la azotea.

Y todas sus historias empezaron a cobrar sentido al pensar en ellas del mismo modo que él pensaba en las mías.

Eran ficticias.

Pensaba que conocía a Lee. Había estudiado en Yale y lo había dejado porque quería enseñar francés a niños huérfanos en Benín. Solo había vuelto porque su madre había muerto de cáncer y quería ayudar a su padre a pasar el duelo. Tenía una hermana en un asilo en Texas que sufrió un aneurisma cerebral el día de su boda y siempre donaba dinero a asociaciones contra el maltrato animal porque había hecho un voluntariado en una cuando iba al instituto. Y yo me lo tragué todo. Nunca me lo cuestioné.

¿Por qué iba a hacerlo? Confiaba en él.

Pero empecé a entenderlo después de la noche que me dejó bajo la lluvia. Sus mentiras fueron encajando, una a una, hasta cobrar sentido. Si ni siquiera sabía cuál era la capital de Benín. (Es Porto Novo, por cierto).

La verdad era que a Lee Marlow lo echaron de Yale por los suspensos. Sus padres vivían en Florida y su hermana estaba casada con un bibliotecario y vivía en Seattle. Nunca intentó estudiar un máster en Oxford. Nunca fue becario del *Wall Street Journal*.

Y yo tenía el corazón roto.

Allí plantada en la acera bajo la lluvia de abril, hice lo único que se me ocurrió: llamé a Rose. Y su compañera se marchaba del piso. Sí que se me pasó por la cabeza volver a casa, claro, porque con un abrazo fuerte de mis padres estaría bien de nuevo, pero regresar significaba que todo el mundo que decía que no me iría bien en Nueva York, que esperaba que volviese para susurrar sobre la chica que hablaba con fantasmas, tendría razón. Y a esa historia no podía enfrentarme. Todavía no.

Así que me planté en la puerta de casa de Rose aquella noche lluviosa de miércoles.

Y, desde ese día, no he sido capaz de escribir nada romántico.

6

Recuento de muertes

No lo había visto desde aquella noche lluviosa de abril. Había intentado no pensar en sus ojos azules ni en su pelo rubio artísticamente despeinado ni en el tacto de sus dedos callosos cuando me tocaba…

De pronto, el bar me pareció demasiado pequeño. Las paredes se cerraban sobre mí. No podía quedarme allí. ¿Qué estaba haciendo? Yo era Florence Day y Florence Day no vivía así su vida. No compartía sus historias —fueran reales o no—, no se ponía vestiditos negros ni bebía cócteles artesanales con nombre de poeta.

El universo me lo estaba recordando.

Rose vio a Lee Marlow una fracción de segundo después que yo y la oí susurrar:

—Joder. Podemos irnos si quieres, Florence.

—N-necesito un poco de aire.

—Salgo contigo…

—No. —Lo dije demasiado tajantemente, pero me dio igual. La gente de las mesas colindantes no apartaba los ojos de nosotras, bebiendo de sus poetas muertos como si yo fuese parte del espectáculo—. Estoy bien. Puede… puede empezar él. Tengo que ir al baño.

Era una mentira malísima y las dos lo sabíamos, pero me dejó ir igual.

Arranqué la mirada que tenía fija en Lee Marlow y me fui hacia la parte de atrás del bar, donde debían de estar los baños. La presentadora lo invitó a subir ante el micrófono y él se presentó y dijo que iba a leer de… de…

—*Cuando los muertos cantan*. Es un librito del que quizá hayáis oído hablar. Saldrá en pocos meses, así que, por favor, no seáis muy duros —dijo con modestia.

¿En pocos meses? ¿Tan pronto? Parecía que ese último año el tiempo se me había colado entre los dedos como si fuese arena. ¿Cómo era posible que hubiera pasado un año ya y que aún siguiera doliéndome tanto? Casi no podía respirar. Y no pensé adónde iba. Solo sabía que tenía que irme de allí y tenía que irme ya.

Pero había diez mujeres en la cola del baño. Eso eran, por lo menos, treinta minutos. Y ya sentía las lágrimas quemándome las comisuras de los ojos. No podía esperar.

Y me negaba a derrumbarme donde Lee pudiese verme.

Ni hablar.

Al lado del baño de mujeres había un cartel fosforescente de salida de emergencia y lo vi cuando una chica con un vestido morado de lentejuelas me preguntó si estaba bien.

—No —murmuré con sinceridad mientras cruzaba la cola e iba hacia la salida de emergencia.

Salí de golpe al aire frío de abril.

Tenía que respirar. Tenía que tranquilizarme. Y lo hice. Llené los pulmones con tanto aire helado que sentí que me iban a explotar y luego lo dejé salir. Y otra vez. Eché la cabeza hacia atrás y parpadeé para que desapareciesen las lágrimas mientras me abrazaba con fuerza para no temblar y desmoronarme. No pensaba permitírmelo allí. Ni en ningún sitio.

Nunca más.

Me daba rabia llorar cuando estaba enfadada o triste o molesta. No soportaba llorar con la mínima emoción. No soportaba sentirme tan indefensa. No soportaba tener tantas ganas de ir y decirle cuatro cosas y, a la vez, de echar a correr y alejarme de él todo lo posible.

No soportaba no poder hacer las dos cosas.

—Ya te lo dije —dijo una voz masculina con un suspiro—, no

necesito escucharte leer del libro ese que escribiste otra ve... Ah, hola.

Me volví hacia el hombre... y me quedé de piedra. Había una sombra alta y taciturna apoyada en la pared de ladrillo. Se guardó el móvil en el bolsillo enseguida y se puso derecho, todavía más alto. Y, con los ojos ya borrosos por las lágrimas, a mí me pareció una pesadilla oscura.

Ay, no. Un callejón estrecho y con poca luz. Nadie más por allí. Mi vida entrando en una espiral descontrolada.

Ahí era donde me asesinaban.

—Si vas a matarme, hazlo ya —dije con un sollozo.

Se detuvo.

—¿Cómo?

—No hay nadie. Date prisa.

Parecía perplejo.

—¿Y por qué iba a hacer eso?

Salió de entre las sombras y por fin le vi la cara. Y todavía fue peor. Sí que era un desconocido homicida, pero no de los que acaban contigo, sino de los que acaban con tu carrera. Mi carrera.

Benji Andor.

Y lo peor de todo: ahora él también me veía la cara. Frunció las cejas.

—¿Señorita Day?

—Mierda —solté y aparté la mirada deprisa. Dios. ¿Habría visto que estaba llorando? Qué humillante. Me sequé los ojos—. ¿Qué hace aquí, señor Andor?

—Ben —me corrigió—. Y lo mismo que usted, supongo.

—¿Llorar en un callejón?

—No, eso no... —dijo, eligiendo las palabras con cuidado mientras fruncía el ceño.

¿Qué hacía justo allí? Se me pasó por la cabeza dar media vuelta y volver a entrar, pero... Lee seguiría leyendo del libro ese de mierda y yo no quería oírlo. No quería recordar que existía. Lo único que quería era desaparecer.

Me apreté las palmas de las manos contra los ojos y respiré hondo. «No pasa nada, Florence. Tranquila. No pasa nada. No pasa nada...».

Entonces, con su voz delicada y algo vacilante, preguntó:

—¿Puedo hacer algo?

No. Sí. No lo sabía.

Quería alejarme de Lee Marlow y de sus palabras. Quería alejarme de su recuerdo. De todo lo que tuviera que ver con él, porque me recordaba que solo podía culparme a mí misma. Y yo no quería que me recordara eso. No quería recordar nada. Todavía me sentía como si me acabase de romper el corazón, como si se me estuviese rompiendo otra vez y las esquirlas punzantes se me hundiesen en el vientre y me provocasen nuevos dolores.

Y ya no quería sentirme así. Había pasado un año. ¿Por qué no lo había superado ya? ¿Por qué seguía queriendo que me mirase como si yo fuese la única historia que quisiese escuchar (qué irónico) y me pusiese el pelo detrás de la oreja y me besase como si fuera la protagonista de una novela romántica y me dijese que me quería?

Eso era lo que más echaba de menos. Echaba mucho de menos la cercanía, la certeza de importarle a alguien.

A quien fuera.

Durante un momento.

—Sí —decidí.

Y levanté las manos —porque él era altísimo y yo no— y le cogí la cara y tiré de él para pegar mis labios a los suyos. Estaban calientes y suaves y secos, y le rocé con los dedos la barba corta de las mejillas. Me dolía el vientre, pero el beso tapó el dolor.

Él hizo un ruido de sorpresa y yo volví en mí. Me aparté a toda prisa.

—Ay, Dios... Lo siento mucho. N-no quería... No... no suelo hacer estas cosas.

—¿Enrollarse con alguien en un callejón?

—Besar a desconocidos altos.

Él emitió una especie de ronquido por la nariz que pareció una risa.

—¿Y ha ayudado?

Todavía sentía la humedad y el hormigueo en los labios y sabía a uno de esos poetas muertos hecho de ron con cola (¿lord Byron?) y no me importaba. Asentí.

—Pero eso no significa nada —me di prisa por añadir—. No... no significa que... No voy a enamorarme de usted.

—¿Porque el amor ha muerto? —preguntó burlón.

—Está muerto y enterrado.

—Eso dice...

Y su boca volvió a encontrar la mía. Me empujó contra la pared y me besó como no me habían besado en..., bueno, al menos en un año. La noche era fresca, pero él me parecía un horno. Enrosqué los dedos en el cuello de su abrigo oscuro y tiré de él hacia mí. Me lo acerqué tanto como pude. Sentí que tenía las manos calientes cuando subió los dedos para sostenerme la cara y bailamos en el callejón oscuro estando quietos.

No hablamos. No pensamos. O, al menos, yo no pensé. No pensé en Lee Marlow ni en el libro que tenía que entregar ni en nada más, aunque Ben no supiera que yo era la que escribía. No era su autora. No era yo la que iba a entregarle el libro tarde, sino Ann. Él pensaba que yo era su ayudante. La intermediaria. Nadie.

Y quería no ser nadie durante un rato.

Él se apartó, sin aliento.

—¿Señorita Day?

—Florence —repuse con un jadeo. Los labios me latían.

—No, eh... No es... El teléfono —dijo con rigidez—. Te llaman.

¿Ah, sí? Acababa de darme cuenta. Era el tono de mi madre. Eso me pareció raro aun estando entre la neblina tras haber besado a Benji Andor. ¿Por qué me llamaba tan tarde? Porque era tarde, ¿no? Desenrosqué los dedos de su abrigo y rebusqué el teléfono en el bolso bandolera que llevaba. Él seguía inclinado sobre mí, cerca, escudándome del mundo, y era...

... agradable.

Como pocas cosas lo habían sido aquella noche.

Cuando encontré el móvil, me di cuenta de que tenía más de veinte llamadas perdidas de mi madre...

Y de Carver.

Y de Alice.

Por favor, llama a mamá, decía un mensaje de mi hermano.

Espera... ¿Qué? ¿Por qué?

Estaba más confundida que otra cosa. Eran las 23.37. ¿Le había pasado algo a mi madre? ¿Habría ocurrido algo en la funeraria?

—¿Qué pasa? —me preguntó Ben.

—Pues... Disculpa —murmuré, agachándome para salir de debajo de él, y me alejé unos pasos.

«No es nada —me dije—. Solo... No es nada». Toqué en la pantalla el número de marcado rápido de mi madre. El teléfono apenas sonó una vez antes de que lo descolgara.

—Cariño —empezó a decir. Algo no iba bien. Lo supe incluso antes de que comenzase a hablar—. Es tu padre.

Y entonces...

—Tienes que venir a casa.

El temor que sentí en la tripa se abrió como una flor fría y enfermiza.

—¿Está bien? ¿En qué hospital está? Puedo... puedo estar allí mañana con el primer vuelo y...

—No, cielo.

Y, con esas palabras, lo supe. Fue por cómo se le agravó la voz. Por cómo se detuvo de golpe al final. Era como estar al borde de un precipicio: una caída repentina y, luego, nada. Tenía los labios entumecidos y el recuerdo de los dedos de Ben en mi pelo y mi padre estaba...

—L-le ha dado un infarto. Lo hemos intentado... La ambulancia... Ha sido jugando al póquer, iba ganando y... Alice y yo hemos ido detrás de la ambulancia, pero... —Le salían las palabras de forma esporádica, intentaba ordenar una noche de horror en la que yo, mientras tanto, había estado emborrachándome a base de martinis Dickinson—. No han podido... Se ha ido. Se había ido ya cuando llegamos allí... Cuando... Ya... se ha ido, cariño.

«Se ha ido».

Lo había dicho tan bajito que apenas la había oído. O puede que mi corazón, resonándome en las orejas, latiera demasiado fuerte. Pero, fuera lo que fuese, las palabras no me calaron de verdad. Al menos, no durante un largo rato. Y entonces, como el viento frío, me caló en lo más hondo de los huesos y sentí que empezaba a resquebrajárseme el corazón. Justo por la mitad, rompiendo todos los trozos de mí que eran de mi padre, todos los recuerdos: las noches largas en la funeraria, cuando no podía dormir porque había tormenta, cuando el viento ululaba entre las rendijas de la casa y las hacía quejarse y yo bajaba en silencio a la cocina y me ponía un vaso de leche y, a veces, veía a mi padre en la mesa. Estaba ahí sentado, observando los árboles por la ventana doblarse por la tormenta.

«Buttercup, ¿qué pasa? ¿No puedes dormir?», me preguntaba usando el mote con el que me llamaba y, cuando negaba con la cabeza, se daba unos golpecitos en el regazo y yo me encaramaba a él para sentarme.

Los rayos iluminaban el cielo y hacían que los enjutos árboles veraniegos pareciesen manos huesudas de esqueleto que se alzaban para coger las nubes. Yo me acurrucaba contra mi padre, que era robusto y rotundo y seguro. Siempre me sentía a salvo con sus brazos rodeándome; así no podía pasarme nada malo. Era de esos que dan abrazos de oso. Lo hacía de todo corazón.

«¿Qué haces levantado?», le preguntaba yo y él se reía.

«Escuchar cómo cantan los muertos. ¿Los oyes?».

Yo negaba con la cabeza, porque lo único que oía era el viento ululando y los arbustos rascando las paredes de la casa. Y era horrible.

Me abrazó con más fuerza.

«Tu abuela, mi madre, me dijo una vez que el viento es solo el aliento de todos los que vinieron antes que nosotros. Todas las personas que han fallecido, todas las que han respirado… —Y él mismo tomó aire, con fuerza y teatralidad, exhaló y continuó—: siguen en el viento. Y siempre estarán en el viento, cantando. Hasta que el viento se acabe. ¿Los oyes?».

70

Entonces, agachó la cabeza a la altura de mi oreja y me balanceó hacia delante y hacia atrás, tarareando una melodía extraña y tenue, y, cuando me esforcé, yo también empecé a oírlos... Oí a los muertos cantar.

Mientras salía como podía del callejón para sentarme en el bordillo de la acera, como anestesiada, una brisa movió una bolsa vacía de patatas por el suelo. La vi pasar, pero no oí ninguna música, sino mi nombre.

—¿Florence?

Me volví, pero tenía la mirada borrosa y lo único que vi fue una figura descomunal. Se me acercó, se arrodilló a mi lado y me puso una mano en el hombro antes de que me diera cuenta de quién era.

Ben Andor.

Ah, sí. Estaba allí. Lo había besado. Quería olvidar y ahora...

—Oye, ¿va todo bien?

Me quité su mano de encima con un movimiento de hombro y me puse en pie con dificultad.

—Estoy bien —me obligué a decir.

—Pero...

—He dicho que estoy bien —espeté.

Lo único que quería era romperme en pedazos y que se me llevara ese viento silencioso y muerto. Porque no había mundo sin los recopilatorios de canciones tontas para la funeraria que hacía mi padre, sin sus chistes malos ni sus abrazos.

Ese mundo no existía. Era imposible.

Y yo no sabía cómo vivir en un mundo sin él.

Un momento después, Rose estaba ahí, apartando a Ben Andor de mí.

—¿Se puede saber qué has hecho?

Él estaba desconcertado.

—¡Nada!

—¡Y una mierda!

Buscó en el bolso un espray de pimienta y él levantó las manos al momento y se dio prisa por volver al bar. Entonces, ella se giró hacia mí y me abrazó con fuerza, preguntándome qué me había hecho, qué había pasado.

—Se ha muerto —dije.

—¿Ben?

—Mi padre.

Sentí que un sollozo me subía por la garganta como una burbuja, como un pájaro que quería ser libre, y entonces solté un gemido y enterré la cara en el hombro de mi mejor amiga en el bordillo de una calle vacía mientras el mundo seguía girando y girando sin mi padre en él.

Y el viento no cantaba.

7

Los Day

La Funeraria Day se encontraba en el cruce perfecto entre las calles Corley y Cobblemire. Estaba ahí, paciente, como un viejo guarda que vigilaba la esquina, cerniéndose sobre el resto del pueblecito de Mairmont, en Carolina del Sur, como una parca benévola. Tenía la altura justa y estaba justo en el centro de la parcela, con el mismo aspecto de siempre: vieja, estoica y firme.

La funeraria había sido un establecimiento fundamental de Mairmont durante el último siglo, legada de un Day a otro y a otro con amor y cariño. En el pueblo, todo el mundo sabía quiénes eran los Day. Conocían a Xavier y a Isabella Day, mis padres, y sabían que les encantaba su trabajo. Y nos conocían a nosotros, los hijos —Florence, Carver y Alice Day—, a los que no nos gustaba la funeraria tantísimo como a nuestros padres, pero sí lo suficiente. Los Day trabajábamos con la muerte como los contables trabajaban con el dinero y los abogados, con sus honorarios. Y, por eso, los Day no éramos como las otras personas de Mairmont. Todo el mundo decía que, cuando un Day nacía, ya salía vestido de luto. Tratábamos la muerte con la celebración que la mayoría de la gente reservaba para la vida.

Nadie entendía a mi familia. Al menos, no de verdad.

Ni siquiera yo, sinceramente.

Pero, cuando llegaba el momento, en el pueblo todo el mundo coincidía en que prefería que lo enterrara un Day a cualquier otra persona del mundo.

Yo no pensaba que volvería a Mairmont. No así, con una maleta de mano y una mochila con el portátil y un cepillo de dientes. Mi pueblo estaba situado entre Greenville y Asheville, tan cerca de la frontera estatal que podías subir al Risco, escupir y que el escupitajo llegase a Carolina del Norte. Era el paradigma de estar en medio de la nada y antes me encantaba.

Pero de eso hacía mucho mucho tiempo.

No sabía cómo, había conseguido que un Uber me llevase de Charlotte a Mairmont y, cuando el Prius avanzó por Main Street, estaba igual que la recordaba. En Carolina del Sur hacía más calor que en Nueva York; los perales de flor que había plantados a lo largo de la calle ya desplegaban las hojas verdes y tenían motitas blancas por las flores. El sol se había puesto, pero los rojos y naranjas todavía teñían el horizonte como si fuera una cuadro de acuarela y mi padre estaba muerto.

Era raro cómo aparecía el pensamiento así, sin más.

El avión que había cogido estaba casi vacío y nos dieron *pretzels* y mi padre estaba muerto.

El Uber olía a incienso de lavanda para esconder el olor a hierba y mi padre estaba muerto.

Llevaba ya diez minutos plantada delante de las escaleras de la Funeraria Day, observando, al otro lado de las ventanas de las que emanaba luz, las figuras que entraban y salían de las salas, con menos frecuencia cada vez porque había empezado la lectura del testamento y mi padre estaba muerto.

La funeraria era una mansión victoriana renovada, pintada de blanco cada verano para que pareciese nueva y fantasmal para cualquier feliz aparición que decidiese visitarla. Las tejas eran de un color de obsidiana oscuro y, cuando los rayos de sol llegaban en el ángulo correcto, brillaban como arena negra. El enladrillado de los cimientos era rojo y naranja descolorido, y las barandillas de hierro forjado dibujaban patrones curvos y mortíferos en las ventanas y los tragaluces superiores. En San Valentín estaba decorada con corazones de papel y globos rojos y rosas; el Cuatro de Julio lanzábamos fuegos artificiales morados, y en Navidad unas luces verdes y rojas repasaban su silueta. La casa era como un abuelo cascarrabias que no quería admitir que disfrutaba de las fiestas, pero las disfrutaba mucho.

Estaba igual que el día que me marché a la universidad hacía una década. Todavía me acordaba de cuando me besó la frente mi madre y me dejó una marca de color rojo sangre con la forma de sus labios y de cuando mi padre me abrazó muy fuerte, como si no quisiera despedirse de mí.

Tenía muchas ganas de que volviese a abrazarme y entonces me acordé, como si una piedra me cayese en el estómago, de que eso no volvería a pasar. Nunca más.

Eso me dejó sin respiración.

Tendría que haber vuelto antes. Tendría que haber venido de visita algún fin de semana, como me había dicho Carver. Tendría que haber ido a pescar con Alice en verano, tendría que haber ayudado a mi padre a teñir la madera del porche y tendría que haber ido con mi madre a esas clases de bailes de salón.

Tendría que, tendría que…

Pero no lo había hecho.

La funeraria estaba igual que el último día que la vi, las vidrieras de las ventanas, los tragaluces y las torretas, pero, mientras estaba plantada en el porche reuniendo valor para entrar, vi que algo no iba bien.

Mi padre no estaba y había cuervos posados en las ramas del árbol muerto que había al lado de la casa, graznando, incitándome a entrar. No les di importancia.

Tal vez tendría que haberlo hecho.

Pero… parecía que el mundo no estaba bien. Mi padre tendría que estar abriendo la puerta, tendiendo los brazos y acercándome a él para darme un abrazo de los que te rompen las costillas y diciéndome que tenerme en casa era un regalo.

Pero, en lugar de eso, cuando llamé al timbre, con su tolón fuerte y largo que reverberaba por el viejo esqueleto de la casa, mi hermana pequeña abrió la puerta. Se había cortado su pelo negro desde la última vez que la había visto y los dilatadores que llevaba en las orejas eran algo más grandes, pero no se había pintado la raya de ojos oscura y gótica que solía llevar. O tal vez se le había borrado con las lágrimas.

—Ah, eres tú —me saludó Alice, abriendo más la puerta para que pasara con la maleta, y se echó hacia atrás en el recibidor.

—Hola a ti también.

Entré, me quité el abrigo —resultó que en Mairmont no lo necesitaba para nada— y lo colgué en la percha. Había unos diez más, así que tuve que intentar adivinar quién aguardaba en el salón. Personas a las que no quería ver.

Que eran todas.

Alice esperó en el recibidor a que colgase el abrigo y me hizo un gesto con la mano para que me diera prisa. Iba vestida de negro, desde el jersey extragrande con el que se cubría las manos hasta las Dr. Martens pasando por los vaqueros negros y, por un momento, me engañé a mí misma pensando que era solo un día más, porque Alice siempre iba de negro. Era la que más se parecía a mi padre. Alice de negro era como el cielo azul, lo más normal del mundo.

A mí no me gustaba nada el negro. Por muchas razones. Resulta que, cuando te conocían por ser como el niño de *El sexto sentido*, todo el mundo esperaba que te vistieses toda de negro y recitases a Edgar Allan Poe.

A mi padre le encantaba Edgar Allan Poe.

«No. No lo pienses». Respiré hondo, me alisé la parte delantera de la blusa azul claro que llevaba puesta y seguí a mi hermana pequeña hacia el salón más grande de la funeraria.

El interior estaba acabado con majestuosos suelos de roble y un viejo papel pintado rojo con estampado floral. Había una escalera más allá del recibidor que llevaba a la segunda —y tercera— planta de la casa, pero esas partes estaban reservadas sobre todo para la familia. Aunque parezca extraño, vivimos allí hasta que yo tuve doce años. Las escaleras que llevaban a las otras plantas tenían un aspecto tentador, como de una historia de asesinatos sobrenaturales. Mi habitación era la segunda a la izquierda, la tercera era la de mi hermano, las dos puertas de enfrente eran las de la habitación de mis padres; también había un baño con una bañera con patas y un despachito, y Alice tenía la tercera planta entera, que era una sola estancia, para ella. Ahora, todas las habitaciones estaban vacías, llenas de decoraciones y muebles de sobra, polvorientos y olvidados. Yo conocía cada tabla del suelo que chirriaba, cada bisagra oxidada. Había lámparas eléctricas en las paredes que emitían un leve fulgor amarillento. En la planta baja, la parte de la casa que correspondía a la funeraria, había tres salones. El más grande estaba a la izquierda y era donde suponía que me esperaba todo el mundo. Había otro más pequeño a la derecha, junto a las escaleras, y otro más al lado. Más allá del tercer salón, había una cocina con fogones de gas y un suelo de azulejos viejos y, enfrente de ella, estaba la puerta que llevaba al sótano. Mi padre hacía bromas sobre tener cadáveres escondidos, porque, en pocas palabras, los teníamos. El sótano era donde él, enterrador y director de funeraria, preparaba los cuerpos y yo había bajado allí algunas veces, pero no las suficientes para haber pensado mucho en ello. A mí no me gustaban demasiado los cadáveres, pero a Alice sí y siempre había disfrutado ver trabajar a nuestro padre.

Me pregunté, ausente, si ella sería la que lo preparase.

—Me sorprende que hayas vuelto —dijo Alice con la voz fría y señaló hacia el salón más grande, el rojo—. Ya casi hemos terminado.

—Perdón, se ha retrasado el vuelo.

—Ya.

Me dio la espalda y fue a ponerse al lado de mi madre; yo solté una larga exhalación. Alice y yo no siempre tuvimos una relación tan hostil. Cuando éramos niñas, me seguía a todas partes. Pero ya no lo éramos.

Y mi padre estaba muerto.

La señora Williams, una mujer negra con el pelo afro corto, ya estaba leyendo el testamento con las gafas de color amarillo chillón en la parte baja de la nariz cuando pasé al salón y me detuve en la entrada. Karen Williams había sido la única abogada de Mairmont desde que yo tenía recuerdos. Fui al instituto con su hija, que terminó casándose con un amigo mío, Seaburn Garret, el cuidador del cementerio del pueblo. Al lado de Seaburn, que estaba sentado en un sillón, estaba Carver con su novio, Nicki. Los padres de mi madre vivían en una residencia de ancianos en Florida, así que dudaba que fuesen a hacer el viaje, y los de mi padre fallecieron cuando yo era muy pequeña. De modo que ya estábamos todos.

Mi familia.

Me dio un vuelco el corazón. Se me llenó de emoción, se me quedó vacío y lo sentí raro. Me parecía horrible que estuviésemos allí, reunidos en un salón que olía a rosas y a un rastro muy débil, casi imperceptible, de formaldehído, sin mi padre.

Mi madre levantó la mirada del regazo cuando entré en el salón y se puso en pie de inmediato.

—¡Cariño! —gritó, abriendo los brazos, y corrió hacia mí.

Me envolvió en un abrazo tan fuerte que sentí que se me iban a romper las costillas y yo enterré la cara en su cálido jersey naranja. Olía a perfume de manzanas y rosas, el olor de mi infancia: rodillas peladas y tortitas en la mesa de la cocina y domingos en la biblioteca, sentada entre libros leyendo novelas románticas. Me abrazó tan fuerte que sentí como si cada hueso de mi cuerpo fuese un recuerdo al que ella necesitase aferrarse, para comprobar que todos seguían ahí. Que seguían siendo reales.

—Qué contenta estoy de que estés aquí —me dijo bajito y por fin me soltó. Me puso el pelo detrás de las orejas y vi que tenía los ojos algo húmedos—. ¡Pero sigues hecha un saco de huesos! ¿Qué te dan para comer en Nueva York, lechuga y depresión?

—Más o menos —respondí, incapaz de esconder la risa. Me apretó las manos con fuerza y yo le devolví el apretón—. Siento llegar tarde.

—¡Qué tontería! Ahora estábamos llegando a la mejor parte, ¿a que sí?

Por fin me soltó las manos y se volvió hacia Karen para pedirle que siguiese a partir de donde había parado. Solo mi madre podría encontrarle «la mejor parte» al testamento de mi padre.

Seaburn me dio un golpecito con el hombro y me saludó con la cabeza.

—Qué bien verte en casa.

—Gracias.

Karen me dirigió una sonrisa triste y nos dijo:

—Parece que Xavier dejó algunas instrucciones para su funeral.

Sacó una lista de un sobre de manila que tenía en el regazo y nos la enseñó.

Carver gruñó desde su sillón de terciopelo negro.

—¿Deberes?

Alice se masajeó el puente de la nariz.

—Hasta desde la tumba nos hace trabajar gratis.

—Alice —la reprendió mi madre—, pero si todavía no está en la tumba.

—Que Dios lo tenga en su gloria —se lamentó Karen y se bajó todavía más las gafas para leer de la lista. A mí me sorprendió que distinguiera siquiera su letra—. «Uno: para mi funeral, me gustarían mil flores silvestres. Los ramos tendrán que ir ordenados por colores».

Un murmullo de confusión cruzó la sala.

¿Mil? ¿Por qué...? Oh. Flores silvestres, como las que cogía todos los sábados para mi madre. La miré y ella escondió una sonrisa mirándose el regazo. Alice y Carver estaban estupefactos por la petición; no se habían dado cuenta de su significado.

Yo lo que no sabía era por qué tenían que ser mil.

—«Dos: quiero que Elvis cante en el funeral».

—¿No está muerto...? —le susurró Seaburn a su mujer.

—Muy muerto —respondió ella.

Mi padre habría chasqueado la lengua y habría dicho con su tono críptico: «No, solo un poquito». Porque la música también era un latido, a su modo, y la muerte no era una despedida si no había buenos temas sonando.

Empezaba a tener el peor de los presentimientos.

—«Tres: quiero que pongáis decoración de Fiesta Sin Límites.

Hice el pedido el 23 de enero de 2001. Encontraréis el recibo en el sobre de este testamento».

Karen Williams sacó el papel amarillento.

Me acordé de que un día mi padre me dijo: «Cuando me vaya, habrá serpentinas y globos, Buttercup. No habrá ni una lágrima».

Se me cerró la garganta. Apreté los puños.

Karen devolvió el recibo al sobre y siguió leyendo:

—«Cuatro: quiero una bandada de doce volando durante la ceremonia».

—¿Una bandada? —preguntó Alice.

—De cuervos, doce cuervos —traduje yo.

La misma bandada que nos robaba siempre los adornos de Halloween, que le traía a mi padre cosas brillantes cuando le daba de comer mazorcas de maíz que nos sobraban y que se posaba en el viejo roble muerto que había al lado de la funeraria cuando aparecía un fantasma. ¿Cómo íbamos a capturar a esos pajarracos?

Me odiaban.

Karen continuó:

—«Cinco: mi última voluntad. Buttercup...». —Sentí que el corazón me daba un vuelco al oír mi mote y, aunque Karen estuviese leyendo, oí a mi padre en las palabras, su cariño, su sonrisa torcida—: «He dejado una carta para que la leas en voz alta en el funeral, nunca antes...».

Llamaron al timbre.

—No esperamos a nadie más, ¿no? —preguntó Seaburn al grupo.

Miré el reloj. Eran las nueve de la noche, un poco tarde para visitas.

—Podrían ser flores —señaló Carver.

—O puede que alguien esté haciendo campaña electoral para presentarse a la alcaldía —añadió Karen.

—Nuestro alcalde es un perro. ¿Quién querría presentarse contra un perro? —dijo mi madre—. Florence, tú estás más cerca.

—Vale —respondí y fui hacia la puerta de casa para ver quién era.

«¿Una carta?». ¿Qué tipo de carta querría mi padre que leyese en su funeral? No me gustaba cómo sonaba eso. Hasta donde yo sabía, podían ser historias vergonzosas de mi infancia que se había estado guardando para chantajearme un día, como aquella vez que me metí una canica por una fosa nasal y, como no salía, me metí otra por el otro agujero por miedo a que la nariz se me quedase asimétrica. O la vez que Carver estaba jugando en un ataúd y se le cerró. O la vez que Alice pensó que era una bruja y reunió a todos los gatos callejeros del barrio para que fuesen sus mascotas, pero se comieron el canario del vecino. Mi padre era de esos. Y, desde luego, era de los que prepararían una presentación de Power Point para acompañar la carta.

Y eso me hizo echarlo de menos todavía más. No podía haberse ido, ¿verdad? A lo mejor... A lo mejor seguía allí. Como fantasma. Aguantando un poco más. Tenía asuntos pendientes, ¿no? No se había despedido. No podía ser que ya no estuviera. No había hablado lo suficiente con él, no había reído lo suficiente con él, no me había empapado de las historias que tenía por contar ni de sus crípticos conocimientos ni... ni...

Cuando abrí la puerta, al principio no vi a nadie. Solo el porche y las polillas que revoloteaban alrededor de las luces y el empedrado desigual que llevaba a la acera y las tenues farolas y el viento que pasaba entre las ramas de los robles.

Entonces, un cuervo graznó en el roble de delante de la casa y al enfocar los ojos empecé a distinguir apenas una silueta. De una sombra. Un cuerpo...

Un hombre.

Un fantasma.

Me dio un vuelco el corazón... «¿Papá?».

No... no era él. Este hombre era... demasiado alto, con la espalda demasiado ancha. Poco a poco, como si se ajustase el enfoque de unos binóculos, la figura fue tomando forma hasta que casi lo vi bien y alcé los hacia la cara de aquel desconocido imponente, enmarcada por pelo oscuro y un mentón cincelado. Solo tardé un momento en reconocer quién era...

Bueno, quién había sido.
Me quedé un segundo en silencio.
—¿Benji… Andor?
Estaba, sin duda alguna, muerto.

8

La despedida del soltero

La mirada de Ben cayó y se encontró con la mía cuando dije su nombre. Tenía los ojos oscuros, abiertos y... confundidos. La pequeña arruga que tenía entre las cejas se volvió más profunda cuando me reconoció.

—¿F-Florence?

Cerré la puerta de golpe.

«Oh, no. Oh, no, no, no».

Aquello no podía estar pasando. No había visto nada. Era un efecto óptico. Era mi cerebro agotado. Era...

—¿Florence? —me llamó mi madre desde el salón—. ¿Quién es?

—Eh... Nadie —contesté y apreté con más fuerza el pomo.

La tenue silueta de la figura seguía delante de la puerta y se veía como una sombra a través de la vidriera. No se había ido. Cerré los ojos y exhalé. Ahí no había nada, Florence.

No había nadie.

Ni tu padre ni el buenorro de tu editor, que, sin duda alguna, no estaba muerto.

Volví a abrir la puerta.

Y ahí estaba Benji Andor igual que antes.

Los fantasmas no eran como en las películas, al menos según mi experiencia. No estaban maltrechos ni se les caía la carne podrida de los huesos. No estaban pálidos como si un pobre actor se hubiese chocado contra un bote de talco para bebés ni emitían luz como Casper. Sí que reflejaban un poco la luz cuando se movían.

Lo suficiente como para que se notase que había algo raro. A veces parecían tan sólidos como cualquier vivo, pero otras estaban algo borrosos y parpadeaban, como una bombilla que está en las últimas.

Benji Andor estaba ahí, en el felpudo de la Funeraria Day. Tenía el aspecto con el que se recordaba a sí mismo la noche que estuvimos en Colloquialism, con el pelo engominado con esmero hacia atrás, la americana entallada en los hombros, los pantalones de traje bien planchados. Pero llevaba la corbata algo torcida, lo suficiente para que me entraran ganas de ponérsela recta. Detuve la mirada en sus labios. Me acordaba de ellos, de su sabor.

Pero ahora estaba… Aquel hombre estaba…

El viento primaveral que sonaba entre las ramas del roble muerto no le despeinó el pelo; la luz de nuestro recibidor no le iluminaba la cara como debía y ya no tenía sombra. Brillaba, solo un poco, como un reflejo holográfico en purpurina. Tendí la mano hacia él, poco a poco, para tocarle el pecho…

Y lo atravesé. Estaba frío. Sentí una descarga gélida.

Miró mi mano en su esternón y yo susurré justo al mismo tiempo que él espetaba:

—Joder.

9

La muerte llama a la puerta

—¿Florence? —me llamó mi madre desde el salón—. ¿Va todo bien por ahí?

Parpadeé y Benji Andor desapareció. Yo retiré la mano deprisa y me froté los dedos. Sentía un hormigueo tras haberlo tocado... o atravesado. No había estado ahí. No se había muerto.

Se me estaba yendo la olla.

—¿Florence?

Mi madre me puso una mano en el hombro y yo di un respingo. Me miró, preocupada.

—¿Estás bien? ¿Quién ha llamado?

Negué con la cabeza y me crucé de brazos para calentarme la mano fría.

—Nadie... Estoy bien. Era, eh..., alguien que ha llamado para gastar una broma. —Me apretó el hombro—. Estoy bien —le aseguré e intenté olvidarme de lo que había pasado.

Benji Andor no estaba muerto. El día anterior yo me había humillado en su despacho. Lo había besado por la noche detrás del bar. No podía estar muerto.

No lo estaba.

Pero, si mi madre era buena en algo, eso era saber enseguida cuándo estaba mintiendo.

—Has visto uno, ¿no? Un fantasma.

—¿Qué? No... Digo, no.

Decidí no decirle nada, porque era más fácil que intentar explicarle lo que fuera que hubiera pasado. Mi madre ya tenía bastante con lo que lidiar, no necesitaba que su hija mayor estuviera haciendo ya cosas raras. Era yo la que tenía que apoyarla a ella, no al revés. Le agarré las manos y se las apreté.

—Estoy bien —repetí y esta vez me esforcé—. Todo va bien. Me alegro de haber vuelto.

—Sé que es mucho que asimilar —respondió ella y nos alejamos del recibidor hacia el salón—. Pero las cosas han cambiado. La gente ha cambiado.

Pero ¿cuánto seguía igual?

No podía decírselo, pero, en el aeropuerto, me había planteado dar media vuelta y volver a mi piso. No ir al funeral. Esconderme en un pódcast sobre asesinatos. Intentar olvidar que mi padre estaba muerto. Que nunca iba a volver. Que nunca, jamás en la vida, podría hablarle de mi trabajo ni de que era escritora fantasma ni enseñarle las reseñas llenas de estrellas ni…

«Para. Para de pensar».

—Además —dije, intentando enterrar los pensamientos—, no podía dejar que la familia se viniese abajo sin que estuviese su mayor desastre presente.

—No eres un desastre —me riñó mi madre.

—Claro que sí —repuso Carver y ella le dio un golpe en el hombro. Karen la reclamó y nos dejó para entrar en el salón—. ¿Quién ha llamado a la puerta? —me preguntó Carver, metiéndose las manos en los bolsillos de los vaqueros desgastados.

—Un fantasma.

Él parpadeó, como si no estuviese seguro de si le estaba mintiendo o haciéndole una broma especialmente mala, pero entonces sonreí y él soltó una risa.

—¡Ja! Si era papá, espero que le hayas echado una buena bronca.

—Le he cantado las cuarenta.

—¿En serio?

—No. No era nadie —mentí y él se desilusionó un poco.

Mi hermano era muchas cosas: un sabiondo, un gurú informático y un ingenuo. Era como el pegamento que mantenía unidos a los hermanos Day. Yo no recordaba la última vez que Alice me había hablado por voluntad propia.

—Nunca se sabe, porque cuando éramos pequeños...

—¿Cómo estáis Nicki y tú? —lo interrumpí.

—Bien —respondió, molesto porque había cambiado de tema, pero demostró que había entendido mi intención mientras volvíamos a entrar en el salón—: ¿Qué, has llegado a algún acuerdo con el editor de Christina Lauren?

—Tanto Christina como Lauren escriben sus propios libros —le respondí de forma automática—, pero no.

—Y ¿qué ha pasado?

—Papá ha muerto. He venido a casa.

—¿No lo has entregado?

—No puedo entregar un libro a medio escribir.

—¿Crees que podrías..., no sé, copiar y pegar el mismo capítulo cincuenta veces, mandarlo y, para cuando el editor se dé cuenta de que le has dado lo que no era, tener el libro terminado?

Miré a mi hermano sorprendida.

—Eso es...

—Muy buena idea, ¿no?

—Una idea terrible —contesté. Fruncí el ceño y lo pensé un momento—. Pero podría funcionar.

—¡Ja! ¿Lo ves? De nada. Soy un genio.

Puede que el plan de Carver me diera el tiempo que necesitaba. No demasiado, pero suficiente. El fantasma que había visto en la puerta... No era un fantasma. Era una alucinación. Benji Andor no podía estar muerto. ¡Lo había besado la noche anterior! Y parecía sano. Y no era tan viejo. Y, además, me imaginaba que sería muy difícil asesinar a alguien que recordaba tanto al tronco de un árbol.

Seguro que estaba bien.

Era un truco de mi cerebro: el fantasma imaginario de mi nuevo editor con el que me había liado por accidente en un callejón de Brooklyn me rondaba porque estaba estresada y estaba funcionando con tres horas de sueño y cuatro vasos de café de avión.

Nada más.

—¿Qué habrá pasado ahora? —murmuró Carver cuando entramos al salón.

Todo el mundo se había levantado y se apiñaba alrededor de Karen y el testamento. Mi madre andaba de un lado a otro en la otra punta del salón. Sus tacones chascaban contra el suelo de madera como un metrónomo, sin perder el ritmo. Eso no era bueno. Casi nunca iba así de un lado para otro. La mayoría de las veces flotaba entre las habitaciones como una Morticia Addams etérea.

—¿A qué se debe la conmoción? —quiso saber Carver, mirando a nuestro alrededor.

Nicki levantó la vista del testamento y se lo pasó a Seaburn.

—Pues tenemos un problemilla.

—¿Cuál?

Alice suspiró mientras se masajeaba el puente de la nariz.

—Papá no le dio instrucciones a nadie para todo esto —dijo con su voz inexpresiva—. Supongo… supongo que pensó que podíamos leerle la mente.

—Tenemos el recibo de la decoración, pero eso es todo. No sé muy bien cómo va lo de las flores silvestres o la bandada de cuervos o… lo de Elvis. No sé qué hacer con eso —dijo Seaburn, encogiéndose se hombros, y me pasó el testamento.

La letra de mi padre era alargada y abigarrada y yo solo tenía ganas de pasar los dedos sobre las palabras y memorizar cómo puntuaba las íes y cruzaba las tes. Estaba escrito en papel de opalina para cartas que le había regalado hacía unos años por Navidad.

—Siempre le ha gustado la música en directo…, puede que se refiriese a un imitador de Elvis —pensé para mí misma en voz alta—. Y las flores…

Carver chasqueó los dedos y dijo:

—Siempre las recogía por el viejo sendero.

El Risco. No quería pensar en el Risco.

—¿Y la bandada de cuervos? —preguntó Alice, cruzándose de brazos.

Todos nos encogimos de hombros.

—Podríamos usar los cuervos a los que les daba de comer por las noches —bromeó mi madre—. Nunca andan muy lejos.

—Tendrá que cogerlos otra persona —dije—. Yo no les caigo bien.

—No saben ni quién eres. Hace diez años que no vienes a casa —señaló Alice.

—Los cuervos pueden llegar a vivir hasta veinte.

—Vale, tú eres la protagonista de todo —dijo Alice, con los ojos en blanco.

—No quería decir eso —salté mientras le devolvía el testamento a Karen, que lo metió con cuidado en el sobre de manila, donde estaban el recibo y otros papeles.

—Ya descifraremos el testamento de Xavier mañana — nos aseguró mi madre con una palmada para despedir a todo el mundo antes de que Alice y yo nos peleásemos—. Creo que hemos tenido bastante por hoy.

Cuando se hubo ido todo el mundo, Carver, Alice (que me ignoraba categóricamente) y yo fuimos por la casa apagando las luces de todas las habitaciones. Era algo que hacíamos ya por instinto, hasta yo, que llevaba diez años sin estar allí. Carver se ocupó de las habitaciones de la parte trasera, yo del ala izquierda y Alice de la derecha. Comprobamos que las ventanas estuviesen cerradas y echamos la llave de las puertas.

Mentiría si dijera que no iba buscando a mi padre mientras lo hacía.

Aunque, al parecer, fui sutil como un elefante en una cacharrería.

—Si quieres verlo, está al final del pasillo, ¿sabes? —me dijo Alice, rompiendo nuestra batalla silenciosa. Se abrazó a sí misma con fuerza tirando de las mangas para cubrirse las manos otra vez—. La tercera cámara refrigeradora de la izquierda. La que tiene la manilla suelta.

Cerré la puerta del segundo salón tras de mí y me quemaron las mejillas de vergüenza. Me alegraba de que la mayoría de las luces estuviesen apagadas y esperaba que Alice no estuviera viéndome.

—No lo estaba buscando.

—Sí, estabas buscando a su fantasma.

—Vale, puede que sí —admití.

Frunció los labios y apartó la mirada.

—Pues no creo que esté aquí.

—Yo tampoco —convine.

—¿Quién no está aquí? —preguntó Carver, saliendo a grandes zancadas del tercer salón.

Siempre iba a todos lados dando pasos ruidosos, era parte de su forma de ser. Nicki lo siguió al pasillo, siempre silencioso. No dejaba de sorprenderme lo diferentes que eran Carver y Nicki, como un agujero redondo y una pieza cuadrada, pero supongo que eran como piezas de un puzle. Encontraban recovecos en los que encajaba la otra persona y así era como funcionaban.

—Nadie. En mi lado ya está todo cerrado —dijo Alice y se fue hacia el recibidor, donde mi madre se estaba poniendo las botas y el abrigo.

Mi hermano me miró de soslayo y metió las manos en los bolsillos.

—No le des vueltas —dije con un suspiro y terminé el trabajo.

Pasé al lado de la puerta del sótano —la morgue—, donde guardábamos los cuerpos en neveras hasta que era el momento de prepararlos para el entierro. Los que iban a ser incinerados iban al crematorio del pueblo de al lado. La puerta del sótano era como cualquier otra, aunque el pomo era diferente: una manilla con un cerrojo de seguridad.

Por los viejos tiempos, volví a comprobar el cerrojo. Cerrado. Habría sido Alice.

Hacía mil años que no bajaba a la sala de preparación. No soportaba el olor: una mezcla de desinfectante y formaldehído y un claro matiz de algo que no nacíamos reconociendo. Era un olor que también estaba en el hospital y en los centros de cuidados prolongados.

La muerte tiene un olor particular.

Al principio no lo reconoces, pero, cuanto más tiempo pasas en esos espacios, más te familiarizas con él. Yo no me di cuenta de ello hasta que me fui de aquella casa. Siempre había pensado que así olía el mundo: un poco triste y amargo y pesado. En las mañanas de primavera, mi padre abría todas las ventanas y subía el volumen de la radio, donde sonaba Bruce Springsteen a todo trapo, e intentaba volver a insuflarle vida a la casa, despertar los viejos suelos de madera y las vigas chirriantes del ático.

Ya casi estábamos en esa época en la que las mañanas eran frías, pero el sol ya calentaba los brotes de los árboles. El ambiente de la casa estaba cargado por el incienso y el desinfectante y ese suave y triste olor a muerte que esperaba que lo liberasen al viento.

Cerré la mano con fuerza sobre la manilla de la puerta del sótano. Puede que mi padre estuviese ahí, sentado en una de las frías mesas de acero, fumando un puro y preguntándose cuándo se daría cuenta uno de sus hijos de que nos había estado engañando todo ese tiempo. Se reiría y diría: «No podía morirme, Buttercup. No hasta estar preparado».

Pero sí que estaba preparado.

Y su fantasma no estaba allí.

—¡Nos vamos! —gritó Carver desde la parte de delante de la casa—. Florence, ¿sigues ahí?

Yo solté la manilla. Ya volvería cuando fuera de día. Cuando estuviera más estable.

—Ya voy —grité, y recorrí deprisa el pasillo hasta el recibidor, donde todo el mundo se había puesto ya el abrigo y los zapatos.

Carver me pasó mi grueso abrigo de invierno, muy fuera de lugar en Mairmont, donde todo el mundo había sacado ya su chaqueta primaveral de punto o vaquera.

Carver me besó la sien y me dijo:

—Me alegro de que estés en casa.

—Qué ascooo —me quejé—, amor de hermano.

Cuando salimos de la funeraria, mi madre cerró la puerta con llave. Serpenteamos por el camino empedrado hacia la acera. Los cuervos se habían ido del roble. ¿Los había visto de verdad o no eran más que fruto de mi cabeza desquiciada, como mi editor?

Cuando me alcanzó, mi madre me pasó el brazo por los hombros y me dijo:

—Ay, qué bien que vayas a quedarte en casa, ¿verdad, Alice?

Yo me sobresalté.

—¿Ella también está en casa?

—Algunas fracasamos sin armar tanto alboroto —dijo mi hermana sin rodeos.

—No quería decir eso...

—¡Ostras! —me interrumpió Carver, con el brazo agarrado al de su novio—. Es más tarde de lo que solemos irnos a dormir Nicki y yo. ¿Nos vemos por la mañana en los Gofres Gafes? —Era nuestra forma de llamar a la cadena de restaurantes Waffle House—. ¿A las diez?

—Me parece perfecto —respondió mi madre.

Carver le dio un beso en la mejilla, nos deseó buenas noches y me dijo cuánto se alegraba de verme, y los dos se alejaron por la acera en dirección opuesta.

Mairmont no tenía muchísima actividad por la noche. La mayoría de los bares y restaurantes de Main Street cerraban sobre las ocho y los que quedaban abiertos estaban llenos de aficionados al deporte que iban a ver el partido de baloncesto que se jugaba esa noche o de familias que habían salido a tomar un helado a última hora. Nicki y Carver se habían comprado una casa al otro lado de la plaza del pueblo, en una calle muy mona con casas de los colores del arcoíris y buzones blancos, y, en cinco años, me los imaginaba siendo familia de acogida de unos cuantos niños y llevando algo de caos a su callecita tranquila.

La verdad es que tenía ganas de que pasara.

Cuando hubieron desaparecido calle abajo, mi madre nos atrajo a Alice y a mí hacia ella y, con una hija en cada brazo, nos llevó para casa. El paseo fue tranquilo, el aire nocturno era fresco, aunque no frío como en Nueva York. Los perales de flor, que justo habían florecido, desprendían un hedor muy fuerte. Mucho. Como la habitación de un adolescente. Pero los árboles estaban preciosos con sus capullitos blancos brillando bajo la luz de las farolas que había a lo largo de Main Street. El tenue resplandor dorado se reflejaba en las ventanas y el viento corría en silencio y el cielo parecía enorme.

Mis padres se mudaron a la modesta casa de dos plantas a la vuelta de la esquina de la funeraria cuando yo tenía doce años. Ni Carver ni Alice se acordaban bien de haber vivido en la funeraria ni de que el tercer escalón chirriaba; tampoco de que, por la noche, cuando el viento hacía temblar las viejas vigas, emitían quejidos ni de que, a veces, se oían pasos en el ático. (Aunque, más tarde, conseguí que pararan). Yo era la única de los hermanos que se acordaba de vivir —de verdad— en la funeraria. De mi padre persiguiéndome por los suelos de madera y de mi madre tarareando mientras restauraba la vidriera de encima de la puerta. De Alice deambulando por el jardín delantero en ropa interior con una corona funeraria en la cabeza como si fuera una diadema de flores. De Carver dibujando grandes escenas épicas de muñecos de palitos en las paredes de uno de los salones, mejorando el papel pintado lleno de flores y orquídeas, que tendría cincuenta años. Yo, con la puerta del dormitorio cerrada, susurrándole a los fantasmas que venían a hablarme.

Alice y Carver no se acordaban de por qué nos mudamos, pero fue por mí. Porque, una noche, cuando un espíritu jovencito y travieso me levantó de la cama, fui hacia el sótano.

—¿Estás seguro de que este es tu asunto pendiente? —le había preguntado al fantasma—. ¿Ver...? ¿Verte a ti?

Él me había sonreído.

—Claro. Quiero verlo... Tengo que verlo —me dijo mientras me guiaba a la morgue.

Yo había bajado allí algunas veces con mi padre, pero nunca sola. Era donde se guardaban los muertos en unas estrechas cámaras refrigeradoras hasta que llegaba su funeral. Todavía no era consciente lo que pasaba en realidad. Solo sabía que mi padre los preparaba para el resto del camino, como Caronte en el río Estigia.

Solo había dos «invitados» en la morgue aquella noche (mi padre los llamaba así). Eran cuerpos, claro. Adiviné cuál era la cámara que buscaba a la primera y saqué la bandeja. En la estrecha mesa había tumbado un chico que se parecía mucho al que estaba de pie delante de mí. Joven; tendría unos doce años, tal vez. Mi padre ya lo había preparado: le había pintado los labios azulados de color carne y le había tapado las magulladuras del cuello.

—¿Te ha ayudado? —le pregunté al fantasma, pero este parecía…—. ¿Estás bien?

—Quería llevar la camiseta de *Transformers* —me contestó y desvió la mirada—. Estoy muerto de verdad, ¿no?

—Lo siento.

Respiró hondo (o hizo como si respirase hondo) y, luego, asintió. Una sola vez.

—Gracias… Muchas gracias.

Y, como tantos otros fantasmas antes de él, las pequeñas motas centelleantes que lo conformaban empezaron a separarse como las semillas de un diente de león y se esparcieron por la sala y él siguió su camino. Un estallido y, luego, nada. Y yo me quedé sola en la morgue helada.

Deshice el camino por las escaleras hacia la salida, pero se había echado el pestillo al cerrarse la puerta; se me había olvidado quitarlo. Empujé una vez, dos.

La golpeé, pedí ayuda a gritos.

Nada sirvió.

Mi padre me encontró la mañana siguiente. Al parecer, habían buscado por todas partes tras darse cuenta de que no estaba hasta que, por fin, bajaron a la morgue y me encontraron acurrucada en la mesa de acero del centro de la sala, tapada con una manta y dormida.

Mi madre y mi padre decidieron que tal vez —y solo tal vez— ser una familia que vivía en una funeraria podía no ser tan ecléctico y maravilloso como ellos esperaban.

Por suerte, había una casa de dos plantas en aquella calle, construida en 1941, lo que le dio a mi madre cosas que renovar y arreglar durante nuestra infancia. Esa era la especialidad que había cursado en la universidad: reformas arquitectónicas. Y se le daba muy bien. Solía preguntarme si se arrepentía de haberse casado con mi padre y haberse mudado a un pueblo en medio de la nada con gente de un pueblo en medio de la nada, pero nunca daba la menor señal de que así fuera. Cogía cosas poco cuidadas, como la vidriera de encima de la puerta de la funeraria y la chimenea de piedra y latón de la casa nueva, y las convertía en maravillas.

La casa nueva era menos ostentosa que la funeraria. Estaba en una calle secundaria que salía de Main Street, entre las respectivas residencias de los Gulliver y los Manson; estaba hecha de ladrillos que se desmigajaban, rojos como la arcilla, y tenía unas contraventanas de un blanco impoluto. Pero, por la noche, cuando las luces de las habitaciones de Carver y Alice estaban encendidas, parecía que tenía ojos y una boca roja sonriente, que era la puerta.

Cuando nos acercamos por el camino empedrado, la casa estaba igual que la recordaba. Ramas desnudas de hiedra se aferraban a las paredes de ladrillo y una araña solitaria colgaba de la luz que había al lado de la puerta. El descapotable rojo de Alice estaba en el acceso para coches, aunque ahora parecía mucho más desgastado, al lado del modesto SUV de mi madre. Mi padre tenía una moto, pero no la vi allí. Pregunté dónde estaba.

—¡Ah, ese trasto! —dijo mi madre mientras rebuscaba las llaves en su pesado bolso—. La llevó al taller esta semana antes de..., bueno, ya sabes. Antes. —Sonrió, pero la sonrisa no le llegó a los ojos—. Le pediré a Seaburn que vaya a por ella mañana.

—Iré yo —dijo Alice.

—Alice, ya sabes lo poco que me gusta que te subas a ese trasto.

—Mamá...

—Vale, vale.

Mi madre abrió el cerrojo de la puerta de casa y luego la abrió de par en par con un chirrido. Entró al recibidor y encendió las luces. Alice la siguió a grandes zancadas sin molestarse en quitarse las botas y se fue directa a la cocina para abrir el armarito de la bebida. Le preguntó a mi madre si quería algo.

—Pues un whisky sería fantástico... ¿Florence?

—Sí, estaría bien —coincidí y me quité el abrigo.

En la casa hacía más calor y olía como siempre: a pino y sábanas limpias. Las paredes estaban pintadas de un gris claro y los muebles, que eran de segunda mano, habían sido restaurados, usados y queridos. Una escalera que salía del pasillo llevaba a la mayoría de los dormitorios, pero el principal estaba en la planta baja, delante de la sala de estar. Había fotos de todos nosotros en la pared de la escalera, desde primaria hasta la graduación de la universidad; momentos alegres y sonrientes congelados en el tiempo. Años de cortes de pelo horribles, tinte azul, aparatos dentales y acné.

Miré una de las primeras fotos que teníamos, de hacía tanto que Alice era todavía un bebé. La habían tomado delante de la funeraria. Mi madre llevaba un vestido rojo elegante y mi padre, un traje de tweed feísimo; Carver iba a conjunto con él. Yo había tenido una pataleta ese día porque quería ponerme mis zapatillas de unicornio de andar por casa en lugar de los zapatos blancos de vestir, que me hacían daño en los pies. Y me había salido con la mía. Ahí estaba, con mi vestido rojo voluminoso y... las zapatillas de unicornio de ir por casa.

En la mesa del pasillo había unos cuantos recortes de periódico enmarcados: mi padre cuando le entregaron las llaves del pueblo; mi madre cuando le dieron un premio local de restauración; Carver cuando ganó una competición de robótica. Y...

«UNA JOVEN DEL PUEBLO RESUELVE UN ASESINATO HABLANDO CON FANTASMAS». El titular iba acompañado de una foto mía con trece años sonriendo para los periodistas. Me entraron ganas de vomitar.

—Aquí tienes —me dijo Alice, ofreciéndome un vaso de whisky con hielo.

Di un salto al oír su voz y me volví hacia ella. Ella hizo sonar el hielo contra el cristal, esperando a que le cogiera el vaso. De pronto, se me habían pasado todas las ganas.

—C-creo que me voy a ir a la pensión.

Mi madre sacó la cabeza de la cocina.

—¿Qué? Pero es muy tarde...

—Seguro que tienen una habitación libre. —Cogí el abrigo de la percha donde lo había colgado y me lo volví a poner moviendo los hombros para ajustármelo—. Lo siento. —Salí a la fresca noche con la maleta—. Tengo que entregar un libro y... no os dejaría dormir.

—No puedes hacer tanto ruido escribiendo —dijo mi madre, con el ceño fruncido—. Y hasta te he hinchado el colchón en tu antigua habitación para que duermas aquí.

—Me duele la espalda.

—¿Desde cuándo?

—Mamá —dijo Alice y se bebió de un trago mi vaso de whisky—, déjalo. Además, el colchón hinchable está pinchado.

Mi madre la miró con sorpresa.

—¿Ah, sí?

Alice se encogió de hombros.

—Iba a dejar que lo descubriera por su cuenta.

—Gracias —respondí, sin saber bien si estaba mintiendo para ayudarme o si de verdad el colchón estaba pinchado, porque ella habría sido capaz de dejarme dormir ahí.

Pero no podía quedarme ahí. En esa casa. Después de lo que había pasado en la funeraria no quería arriesgarme. Mi madre ya tenía suficiente de lo que preocuparse con el funeral. No quería que tuviera que preocuparse también por mí.

—Nos vemos mañana por la mañana —le prometí—. En Waffle House, ¿no?

Mi madre se rindió sin resistirse más. Se le daba bien ver cuándo la gente se estaba encerrando en sí misma y dejaba que lo hiciesen.

—Claro, cariño. Nos vemos por la mañana.

Le dirigí una pequeña sonrisa de agradecimiento, intentando no cruzarme con la mirada dura de Alice, y volví a arrastrar la maleta por los escalones empedrados en dirección a Main Street.

Mairmont estaba tranquilo por la noche, pero caminar por la acera sola con todas las tiendas cerradas me hizo recordar lo fuera de lugar que me sentía en un pueblo en el que nunca me habían terminado de aceptar. En Nueva York, podía ir por la calle y encontrarme a otra criatura de la noche andando también. Pero allí todo el mundo tenía sus acogedoras casas y familias, todas recluidas durante la noche, y yo estaba sola.

Me dije a mí misma que no me importaba.

Hice las maletas y me fui el día de después de la graduación del instituto. Nunca volví de visita. Nunca miré atrás. Ni cuando Carver me propuso la idea de cubrirle la casa de papel higiénico a mi acosadora hacía unos años ni cuando mis padres celebraron su trigésimo aniversario de bodas.

Ni cuando Alice me suplicó que volviera.

Habíamos sido mejores amigas, pero eso fue hacía una vida. No me arrepentía de haberme ido, no podía arrepentirme. Fue por mi propia cordura. Pero, si lo pensaba ahora, podría haberlo llevado mejor. De eso sí que me arrepentía. Podría no haber sacado a Alice de mi vida. Podría haber vuelto de visita de vez en cuando. Podría…

«Podría, tendría que…».

Ver las cosas en retrospectiva era una mierda. Porque todas las cosas de las que había huido habían terminado pillándome. Hasta los cuervos, ahora posados en el techo de la pensión y mirándome con sus ojos negros, pequeños y brillantes.

Aferré con más fuerza la maleta. Solo eran pájaros. No significaban nada. Y, aunque no fuera así, tampoco tenía otro lugar adonde ir.

10

Almuerto incluido

La pensión de Mairmont era un pequeño hostal en la esquina de Main Street con Walnut Street. Estaba metida en un jardín verde hasta en invierno y el revestimiento de vinilo azul de la casa apenas era visible bajo las hiedras que crecían sobre ella. Empujé la verja de hierro forjado y subí por el camino empedrado hasta la puerta de entrada. Una tenue luz dorada salía por las ventanas delanteras, lo que quería decir que Dana seguía en la recepción. Era de esas personas que se quedaban despiertas hasta tarde leyendo Stephen King y libros poco conocidos de no ficción sobre la reina Victoria o los amantes de lord Byron. Le vi sentade en un taburete detrás de un pesado mostrador de madera cuando por fin abrí la puerta mosquitera con el codo y metí la maleta como pude. Levantó la vista, con sus grandes gafas redondas posadas en el puente de la nariz, aseguradas por una cadena dorada que le bajaba por ambos lados de su cara pálida y larga. Dana tenía el pelo corto y castaño y una sonrisa ancha con un espacio entre los dientes delanteros. Y, cuando me vio, se le ensanchó aún más.

—¡Florence! No me lo puedo creer —dijo, poniendo un post-it en el libro y cerrándolo.

Llevaba una sudadera con HARVARD impreso en la parte delantera y unos vaqueros de cintura alta y, no sé cómo, siempre tenía más estilo del que yo podría tener en toda mi vida. Ya en el instituto siempre iba impecable.

—¡Pensaba que estabas en Nueva York!

—Sí, pero he tenido que volver a casa. Porque… Eh…

Dana hizo una mueca.

—Sí. Mierda, es verdad. Ya lo sabía. Lo siento. Es solo que… me sorprende. Verte.

Yo me obligué a sonreír.

—Bueno, pues aquí estoy.

—¡Claro! Aquí estás. Y apuesto a que quieres una habitación.

—Si no es molestia…

—¡Claro que no! Ya sé cómo van estas cosas. Lo de que los padres se deshagan de tu habitación y todo eso. En cuanto me fui de casa, mi madre convirtió mi cuarto en su sala de tejer. ¡De tejer! Hasta quitó los pósteres de *Dawson crece* que tenía colgados. Nunca se lo perdonaré. —Abrió una *app* en el iPad y pasó unas cuantas pantallas—. ¿Cuánto tiempo te quedarás por aquí?

—Seguramente hasta final de semana.

«Si sobrevivo hasta entonces», pensé mientras sacaba la única tarjeta de crédito que tenía todavía y se la daba con todo el dolor de mi corazón. Acababa de terminar de pagar las deudas de las tarjetas, pero no podía quedarme en casa. No en ese momento. No cuando mi padre no estaba…

No podía.

Dana me registró y me preguntó si quería una cama o dos. Una, a ser posible en la segunda planta de las tres que tenía la casa y no al lado de las escaleras, si podía ser.

—Y la que menos miedo dé —añadí, medio bromeando.

Y medio en serio.

Se rio.

—¿No quieres resolver ningún asesinato?

—No me lo recuerdes —le supliqué mientras cogía la llave que me tendía.

—No sé, a mí me parecías bastante guay en el instituto. —Se inclinó hacia mí como si fuera a contarme un secreto—. ¿De verdad hablabas con los muertos?

—No —le mentí—. Solo resolví un asesinato. Fue suerte.

—Igualmente, estuvo bastante guapo, la verdad.

—Y fue raro.

—¿No lo era todo el mundo? En fin, puedes quedarte en mi habitación favorita, la llamamos la Suite Violeta.

Miré la llave y el llavero que colgaba de ella, una violeta de madera.

—A ver si lo adivino, ¿hay color morado en la habitación?

—No tanto como me gustaría —me contestó con indignación—. El desayuno es de siete y media a diez de la mañana. Yo estaré aquí toda la noche y John estará por la mañana. ¿Te acuerdas de él? Tenía unos años menos que nosotres. Un tío desaliñado, pero tiene muy buen corazón cuando lo conoces.

—Ah, sí... Os casasteis.

Movió el dedo anular. Llevaba una alianza negra hecha de roca de meteorito. No me extrañó que fuese así de guay.

—Pues sí, desposade, mira por dónde.

—Enhorabuena.

Sonrió.

—¡Gracias! Si necesitas algo, solo tienes que pedírnoslo.

—¿Qué pasó con la señora Riviera?

Dana me sonrió con tristeza.

—Pues murió hace unos años. Me dejó la pensión entera a mí, qué fuerte.

—Pues sí, muy fuerte —contesté, sorprendida—. Bueno, pues enhorabuena con retraso otra vez. Tienes la pensión muy cuidada.

—No me imaginaba que me quedaría aquí toda la vida, pero... —Se encogió de hombros con modestia y volvió a sentarse en su taburete alto, abriendo el libro por la página que había marcado. Yo vi cuál era de refilón: *El beso en la matiné de medianoche*—. A veces la vida te lleva donde no te esperas. Si necesitas algo, dímelo, ¿vale, cielo?

—Claro, gracias.

Me puse las llaves en el bolsillo del abrigo y arrastré la maleta hacia las escaleras. Por suerte, no eran tan empinadas como las que había para subir a mi piso, así que me dirigí a la planta de arriba con mis muslos de acero y fui hasta el final del pasillo con el equipaje. Todas las puertas tenían una florecita monísima gravada con mano de artista en una tabla de madera y todas eran plantas que podían matarte. Adelfa. Sanguinaria. Dedalera. Iris. Caléndula. Cicuta. La flor de la puerta del final —la de la Suite Violeta— era un acónito. Abrí y, sin haberme olvidado de los cuervos posados en el tejado, metí la cabeza con indecisión.

—¿Hola…? —susurré.

La habitación estaba oscura, solo entraba por la ventana el resplandor dorado de la farola de la calle. No se movía nada. No había apariciones fantasmales.

Podía entrar.

Encendí la luz que había al lado de la puerta y pasé con la maleta. La estancia era más grande de la que yo pagaba con sangre, sudor y lágrimas en Hoboken, Nueva Jersey. Había una cama de matrimonio en la que cabíamos yo y todos mis traumas, una cómoda, un espejo de cuerpo entero y hasta un armario. Encima de la cómoda había una cafetera, un surtido de tés y cafés propio de una boutique y una tele de pantalla plana colgada en la pared. El baño también era bonito, con una bañera con patas y un tocador grande. No tenía ninguna duda de que iba a sacarle partido. Viajar hacía que me doliese el cuerpo y el estrés del día me había contracturado el cuello y tenía la almohada ortopédica a ochocientos kilómetros. Eso sí, Dana estaba en lo cierto: no había suficiente morado en aquella habitación que se llamaba la Suite Violeta.

Mientras empezaba a deshacer la maleta de mano, metiendo la ropa interior en el primer cajón y colgando el vestido negro para funerales en el armario, me olvidé del todo de los cuervos del tejado. Tenía las manos ocupadas y —por suerte y por primera vez ese día— la mente en blanco.

Y entonces oí un ruido.

Enseguida cogí una cuchilla de depilar para defenderme —¿qué iba a hacer yo con una cuchilla de depilar?— y crucé la puerta del baño poco a poco.

—¿Hola? —pregunté, vacilante.

Mentiría si dijera que no buscaba a un editor de romántica de metro noventa con zapatos oxford de piel, calcetines de rombos, una camisa blanca arrugada y unos pantalones de vestir bien planchados. Pero en mi habitación de hotel no había nadie.

—Se me está yendo la olla —murmuré y terminé de sacar las cosas del neceser.

Mi padre estaba muerto y a mí no me hacía falta que ningún fantasma me lo complicase más. Ni él ni nadie. Mi familia ya era lo bastante complicada, por no hablar de mi pasado en Mairmont. Si volvía a empezar a hablar con fantasmas, terminaría en boca de los grupos de cotillas del pueblo en menos de una semana: «¿Has oído que Florence ha vuelto y que está hablando sola otra vez?».

Pobre Florence, con sus amigos imaginarios.

Florence y sus fantasmas...

Tragué para deshacer el nudo que tenía en la garganta y, sin decir nada más, apagué la luz y me dejé caer en la cama y me tapé la cabeza con las sábanas.

Solo podía pensar en lo silenciosa que estaba la pensión y en lo fuertes que sonaban mis pensamientos en comparación y en cómo en Nueva York nunca tenía que oír el silencio. Nunca tenía que pensar en Mairmont ni en la gente de allí ni en por qué me fui.

Durante diez años había pasado de un piso a otro, persiguiendo una historia de amor que no era la mía, intentando obligarme a ser la excepción en lugar de la norma y, una y otra vez, lo que me había encontrado era dolor y soledad, y no había visto ni una vez una bandada de cuervos en un roble muerto ni un fantasma en las escaleras de casa, porque era como el resto del mundo, una persona normal que estaba perdida, y mi padre seguía vivo.

Y por un segundo más —uno solo— quería ser esa Florence y volver a vivir en ese momento.

Pero ese momento se había ido, igual que mi padre.

11

Tensiones desenterradas

Dormí casi tres horas. Casi.

Ya sabía cómo iba lo de los fantasmas. Siempre se presentaban en los lugares más inesperados y no estaba segura de cuándo volvería a aparecer Benji Andor. Si es que volvía a aparecer. Una parte de mí muy pequeña y muy poco fiable esperaba que me lo hubiese imaginado, pero a ver quién le decía eso a mi ansiedad, que estaba empeñada en no dejarme completar ni un ciclo REM. Con cada quejido y chasquido del viejo edificio me despertaba asustada hasta que, por fin, me sonó la alarma del móvil a las nueve y media.

Me sentía como si me hubiese pasado un camión por encima, hubiese dado marcha atrás y me hubiese vuelto a aplastar.

Por lo menos me había llevado el corrector de ojeras más opaco, el bueno. Me lo unté debajo de los ojos y esperé parecer al menos un poco viva al bajar penosamente por las escaleras hacia la recepción, donde un hombre pelirrojo y corpulento estaba sentado en el taburete que había ocupado Dana la noche anterior. Llevaba una camiseta de un anime y tenía por lo menos media docena de piercings en la cara. Tardé un momento en reconocerlo.

—¡¿John?!

Levantó la vista de la revista que estaba leyendo al oír su nombre y se le dibujó una sonrisa en la cara.

—¡Flo! ¡Ya me ha dicho Dana que te quedas aquí! —Se puso de pie y rodeó deprisa el mostrador para darme un achuchón. Aproximadamente se me rompieron tres costillas y morí. Me soltó riendo—. Han pasado… ¿Cuánto? ¿Diez años?

—Más o menos —admití—. ¡Casi no te reconozco!

Se sonrojó y se frotó la nuca. Llevaba una gorra con un dibujo de una pizza y una camisa de flores llamativa por encima de la camiseta. Muy diferente del tío con el que había salido en el instituto, que llevaba polos y el pelo rapado, y había conseguido una beca para estudiar en la Universidad de Notre Dame, en Indiana, gracias al fútbol americano.

—Ah, sí, han pasado muchas cosas.

—¿Qué me vas a contar? ¡Enhorabuena por casarte con Dana!

—Sí, no me puedo creer la suerte que tengo. ¿Cómo te va a ti por Nueva York?

—Bien. Bueno, no está mal —rectifiqué.

Se rio.

—Me alegra oírlo. Y ¿cómo va lo de escr…? —El viejo teléfono de disco que tenían en el mostrador empezó a sonar y él se excusó para ir a descolgarlo—. Pensión de Mairmont, le atiende John… —Entonces, puso la mano sobre el auricular y me susurró—: Me alegro de verte. Siento lo de tu padre. Era muy buen hombre.

Las palabras me cayeron encima como un piano, porque, por un momento, se me había olvidado.

—Gracias —me obligué a decir y me esforcé por sonreír.

Él volvió a hablar con la persona que había llamado por teléfono y yo salí de allí tan deprisa como pude. Creo que me gritó algo del desayuno, pero yo ya llegaba tarde a reunirme con mi familia en Waffle House y, sin querer despreciar el desayuno de la pensión, no había nada que superase las tortitas de patatas fritas, bien aplastadas en la plancha, cubiertas con cebolla sofrita y queso derretido.

Waffle House estaba al final de Main Street, cerca del colegio y de la librería, y el aparcamiento estaba lleno de gente que paraba en Mairmont de camino de Carolina del Sur a Carolina del Norte y Tennessee. Estaba lo bastante cerca de Pigeon Forge para visitar Dollywood, el parque temático de Dolly Parton, y se podía ir a

Asheville a ver la mansión Biltmore. Mi pueblo estaba situado cerca de los montes Apalaches y era lo bastante accidentado para tener muy buenas sendas, pero lo bastante llano para ir por las carreteras de montaña en un Prius sin destrozarlo. Mi familia estaba sentada a la mesa más alejada de la puerta del restaurante y ya estaban comiendo sus tortitas de patata con queso y sus tortillas con salchichas. Yo fui hacia ellos deprisa y me senté al lado de mi madre.

—Ya te hemos pedido un gofre y unas tortitas de patata —me dijo mientras me pasaba una taza de café.

Yo tomé un largo trago.

—Mmm, ácido de batería.

—Tarde como siempre —comentó Carver en un tono seco, haciendo como si mirase un Rolex caro imaginario.

—Hay cosas que nunca cambian —coincidió Alice.

—Nadie me dijo que había que llegar justo a la hora, pensaba que era una reunión más informal —bromeé—. Oooh, qué bueno —añadí cuando la camarera vino con mi gofre y las tortitas de patata al lado.

Tenían un olor delicioso y la barriga me rugió, recordándome cuántas comidas me había saltado el día anterior (tres, es decir, todas).

—Delicioso y nutritivo azúcar para desayunar —dije, muerta de hambre, mientras la camarera se iba a otra mesa.

Carver me lanzó una mirada extraña desde el otro lado de la mesa.

—¿Tanta hambre tienes?

—En Nueva York no tienen Waffle House —respondí, clavando el tenedor en el tierno gofre y cortando un trozo tan grande que tuve que ponerlo de lado para que me cupiera en la boca. Estaba empapado en sirope, dulce y blando, justo como lo recordaba.

—¿Cómo está la pensión? —me preguntó mi madre—. Dicen que la restauraron cuando murió Nancy Riviera. ¿Ha quedado bonita?

—Preciosa —dije entre bocados—. Dana ha hecho un trabajazo.

—Vuestro padre y yo hablamos de pasar la noche allí por nuestro aniversario y… —Frunció el ceño mientras bebía de la taza de té casi vacía—. Bueno, supongo que eso no va a pasar. —Alice me lanzó una mirada sardónica, como si hubiese sido culpa mía—. En fin —continuó mi madre—, a mí dormir en un hotel siempre hace que me duela todo. Ya sabes que tienes tu habitación justo como la dejaste. Bueno, excepto la máquina de coser en un rincón. Y algunas pinturas. Y algunos muebles restaurados que me encontré por la calle…

—La ha convertido en su cuarto de manualidades —la interrumpió Alice.

—Es mi oficina de artesanía —la corrigió con elegancia.

—No pasa nada. La pensión me gusta. —Me comí otro trozo grande de gofre—. ¿De qué va la reunión familiar esta mañana?

Mi madre dio una palmada.

—¡Ah, sí! La agenda.

Parpadeé.

—¿Cómo?

—Tenemos dos funerales de los que encargarnos antes que nada. El señor Edmund McLemore y Jacey Davis.

Carver negó con la cabeza.

—Sé que nadie se atreve a decirlo, pero ¿no creéis que es una locura que tengamos que preparar los funerales de dos personas más cuando ha muerto papá? ¿No pueden ir a otro sitio?

Alice le dirigió una mirada cansada.

—¿Adónde, si se puede saber? No hay ninguna otra funeraria en el pueblo.

—Pues ¿en el de al lado? ¿Asheville? Si vas por la interestatal te plantas allí en un momento. Venga, mamá —le dijo cuando vio que Alice no iba a dejarse convencer—, no pueden pedirte que trabajes ahora mismo.

Pero mi madre no quería ni oír hablar del tema. Hizo un gesto con la mano como para quitarle importancia.

—¡Quieren que los entierre un Day y es un honor y un privilegio hacerlo! No voy a mandarlos a otro sitio cuando nosotros podemos darles el mejor final.

Era casi imposible discutir con mi madre cuando tomaba una decisión. Igual que Alice, era inamovible. Carver era el más razonable, pero también sabía cuándo algo era una causa perdida. Negó con la cabeza y murmuró para sí mismo (que sonó sospechosamente como: «Por eso nunca hemos ido de vacaciones») y yo, rebañando el sirope, dije:

—¿Puedo ayudar en algo?

—Ay, cariño, creo que no —respondió mi madre—. Además, Alice tiene controlado casi todo lo de los funerales de la semana. Yo solo tengo que estar ahí para... estar ahí. Xavier volvería para rondarme si no lo hiciera. Aunque no creo que pueda hacer los trabajos más pesados.

—Yo me encargo —sugirió Carver—. Me deben algo de tiempo.

Yo fruncí el ceño mirando el gofre. Todo seguía igual a pesar de que uno de nosotros ya no estaba. Todo aquello tenía un rollo raro como de *La dimensión desconocida*. Como si, en el vuelo de vuelta a casa, hubiese entrado en una dimensión paralela. Todo estaba lo bastante descolocado como para parecer raro. La vida de todo el mundo seguía adelante, no se paraba, pero mi padre...

Apreté los puños.

—Pero ¿y los preparativos para el funeral de papá?

—Qué excéntricos son, ¿eh? —dijo mi madre con un tono melancólico.

—Alguien tendrá que encargarse, mamá.

—Es decir, nosotros —adivinó Carver y removió el vaso de agua—. Me temo que yo no podré hacer demasiado. Tengo que entregar un informe a finales de semana y si ya voy a ayudar con los otros funerales...

—Yo no tendré tiempo entre los dos entierros y el embalsamado —añadió Alice, algo molesta—. Es que ha pedido unas cosas tan... tan... estúpidas.

—Pero es lo que papá quería.

—Lo sé, pero no tenemos tiempo, Florence.

Eso me molestó.

—Bueno, yo sí que tengo tiempo, así que lo haré yo todo.

Mi hermana pequeña puso los ojos en blanco.

—No tienes que hacerlo todo tú, solo quería decir que…

—Tú no tienes tiempo, ya lo he pillado.

Levantó las manos.

—¡Vale! ¡Haz lo que quieras! Hazlo tú. ¡Florence Day, siempre la heroína solitaria!

—No quería decir eso y lo sabes…

—Chicas —nos interrumpió mi madre con su voz firme y delicada. Tanto Alice como yo volvimos a hundirnos en el asiento—. Pelearos por esto no va a arreglar nada.

No, pero yo no era la que empezaba las peleas. Había comenzado a decirlo cuando Carver se miró el reloj inteligente y dijo:

—Karen va a traernos las cuentas de papá dentro de poco. ¿Quieres que vayamos hacia allá, mamá?

—Si es preciso… —dijo mi madre con un suspiro—. Xavier podría habernos dado al menos una pista sobre cómo traer a Elvis…

Sí, pero yo me encargaría de eso.

Quería preguntar por la abogada y las cuentas, no sabía nada de que hubieran quedado con ella, pero parecía que mis hermanos sí. Puede que no quisieran que formase parte de ello o que no me hubiese enterado cuando me avisaron o… a saber. Mil cosas.

Pero, bueno, no pasaba nada. Intenté quitarme de encima la sensación de que me estaba perdiendo algo de lo que se suponía que tendría que formar parte mientras cogía el tíquet de la cuenta.

—Id vosotros, pago yo —dije—. Creo que esta vez me toca a mí.

Mi familia se levantó de la mesa y empezó a hablar del funeral y de a cuánta gente mandarle invitaciones. A los familiares del sur del estado y a los del club de póquer y a casi todo Mairmont (incluido el alcalde, Busca, un alegre golden retriever que había ganado las elecciones tres veces).

Mi madre soltó un suspiro mientras salía de Waffle House detrás de Alice y Carver.

—Me pregunto si verán con malos ojos que baile con su retrato en el velatorio. Ya sabéis a cuál me refiero, donde sale con su esmoquin. Qué elegante iba.

—No —respondieron tajantes Carver y Alice.

La campanilla de la puerta sonó cuando salieron.

Yo me mordí los carrillos por dentro para no sonreír. Seguía enfadada con Alice —que estaba dolida, como todos—, pero los echaba de menos. Echaba de menos las mañanas como aquella y los gofres malos y reblandecidos y echaba de menos a mi padre.

Pero no pensaba que me sentiría tan sola al echarlo de menos.

Me apoyé en la barra, al lado de un tipo que hablaba consigo mismo —los pueblos pequeños siempre tenían por lo menos un tío raro—, y le di a la cajera un billete de veinte. Ella sonrió y me dijo:

—¡Tú debes de ser Florence! —El hombre que estaba a mi lado se puso tenso—. Tu padre viene todos los sábados —continuó ella—. Siempre pide lo mismo: el gofre All Star con tortitas de patata. Bien aplastadas en la plancha, cubiertas con cebolla sofrita y queso derretido. ¿Por dónde para?

—Murió anteayer —dije.

El hombre se volvió hacia mí. Nuestras miradas se encontraron. Pelo oscuro, ojos marrones, cara angulosa. No le habían servido nada —ni comida ni café— y parecía que nadie le prestaba atención. Y eso era todo un logro cuando te sentabas en la barra de Waffle House. O nadie te aguantaba o…

O no estabas allí de verdad.

Y lo peor de todo era que reconocí su pelo oscuro y sus pantalones azul marino y la forma elegante que tenía de arremangarse la camisa hasta los codos. Parecía un cuadro de un empresario desanimado…

… de esos que están algo muertos.

Empalidecí.

—¿F-Florence? —preguntó Benji Andor.

La sonrisa de la cajera flaqueó.

—Ay, no. Te acompaño en el sentimiento…

De repente, la máquina de discos soltó un chirrido fuerte y las luces parpadearon. Seleccionó uno al azar y lo insertó en el toca-discos. El neón se encendió y empezó a sonar una canción por aquellos altavoces que tendrían cuarenta años.

Me encogí. Y susurré:

—Basta.

Sus ojos abiertos se volvieron deprisa hacia la gramola y luego se fijaron otra vez en mí.

—No… No soy yo.

—Claro que sí.

—Ese trasto no deja de hacer cosas raras —se disculpó la cajera mientras contaba el cambio—. A veces pienso que tiene vida propia.

El ritmo del piano. La pandereta. Y, de pronto, volvía a estar en el salón rojo después de un velatorio, bailando subida en los pies de mi padre mientras él cantaba «Buttercup, *don't break my heart*» con una entonación malísima, con la luz dorada de la tarde colándose por la ventana. Me llené de amargura, porque ya no existía. Ese momento ya no existía. Todos esos instantes se habían desvanecido.

Se me constriñó la garganta.

—El cambio son cuatro dólares y treinta y siete centavos. Que tengas muy buen día —me dijo la cajera, dándome unos cuantos billetes y monedas.

Yo me los metí enseguida en el bolsillo del abrigo y salí de allí. Ben me siguió pasando por la rendija de la puerta mientras se cerraba.

—Anoche…, en la puerta…, eras tú, ¿verdad? Fuiste tú quien abrió —dijo, viniendo detrás de mí.

Yo mantuve los ojos fijos en la acera que tenía por delante.

—Esto no está pasando.

—¿Qué no está pasando?

«No lo mires. No lo mires».

Un señor mayor que iba paseando al perro decidió cruzar al otro lado de la calle y yo no supe si era por mí o porque su mascota tenía que hacer caca en unas azaleas que había en la otra acera, pero no pude evitar preguntármelo. Busqué el teléfono en el bolsillo y fingí que respondía a una llamada.

Dos pasos más y ya me había alcanzado.

—Por favor, no me ignores… Me está ignorando todo el mundo. ¡Todo el mundo! He estado sentado en esa barra… horas… intentando que alguien me viese. ¡No me veía nadie! ¡Nadie! ¿Qué me está pasando? Lo último que recuerdo es haber estado en la puerta de tu casa y luego estaba en el restaurante y… Nada tiene sentido… Y no me estás escuchando…

—Te estoy escuchando —lo interrumpí—. Pero no pueden verme hablando sola.

Los hombros se le desplomaron.

—Entonces, es verdad… No puede verme nadie. ¿Excepto tú? Pero… ¿por qué? —Unas cincuenta emociones le pasaron por el rostro, de la incredulidad a la confusión, antes de que se decidiese por la recriminación—. ¿Qué te hace especial?

—Vaya, eres encantador, ¿lo sabías?

—Lo soy cuando no estoy muerto de miedo, señorita Day.

Me encogí. Aunque yo caminaba a un ritmo bastante rápido, él me lo seguía con sus piernas largas sin sudar ni un poco. Era imposible deshacerme de él yendo más deprisa. A veces ser bajita era lo peor.

Muy a menudo, la verdad.

El fantasma de Benji Andor no era algo con lo que me hiciese mucha ilusión lidiar cuando ya tenía el funeral de mi padre.

Pero… tampoco podía ignorarlo.

Y menos al oír que se le cortaba la voz y me suplicaba que lo viese porque…

Mi padre me habría dicho que lo ayudase. Mi padre hubiera dicho que era nuestro trabajo, nuestro deber, nuestra responsabilidad. Una responsabilidad que yo no había cumplido en los últimos diez años, desde que me fui de Mairmont. Y, claro, ahora sentía que debía hacerlo, porque, si mi padre hubiese estado allí, lo habría hecho.

Me detuve en la esquina de la calle y me decidí a hacer que mi querido padre muerto estuviera orgulloso de mí: giré sobre los talones para estar cara a cara con Benji. Se detuvo de forma abrupta a pocos centímetros de mí y me di cuenta de lo ridícula que debía de parecerle desde ahí arriba. Me daba igual.

—Eres un fantasma —empecé a decir—. Un espíritu. Lidiando con una experiencia posvida.

—¿Lidiando con una experiencia posqué? —Desconcertado, se pasó los dedos por el pelo—. No estoy muerto. Esto es un mal sueño. Una pesadilla. Me despertaré y...

—Y no cambiará nada —lo interrumpí—. Porque no vas a despertarte.

—No... No.

La voz se le cortó otra vez, como la de Alice cuando iba a tener un ataque de pánico. Nunca me había encontrado con ningún fantasma que insistiese tanto en estar vivo. Cuando era niña, todos los que venían a buscarme sabían que estaban muertos. No era algo difícil de adivinar, pero Benji Andor parecía el tipo de tío chapado a la antigua que lidiaba con hechos y datos más que con mitos e historias de fantasmas de las que se cuentan a medianoche.

Y yo no podía creerme que estuviera haciendo aquello.

—Señor Andor —dije, porque llamarlo Benji o Ben me parecía demasiado informal y quería mantener la distancia—, lo siento.

—No estoy muerto...

Le metí el puño en el centro del pecho.

—Me haces cosquillas —masculló y bajó la mirada con el ceño fruncido hacia mi mano, que tendría que haberle estado masajeando el corazón dentro del pecho si estuviese vivo.

—¿Lo ves? —señalé—. Muerto.

—No puede ser. No... no me siento muerto.

Saqué el puño. Tocar a un fantasma también me hacía cosquillas a mí. Sentía la mano fría y entumecida..., como si los dedos se me hubiesen dormido.

—¿Ni siquiera por dentro? ¿Ni un poquito?

Ignoró mi tronchante broma.

—No puedo estar muerto porque no me acuerdo de haber muerto, así que gracias por nada. Y los fantasmas no existen. Está demostrado científicamente.

—No me digas.

—Sí.

—Pues no sé qué decirte, colega.

Llegamos a la glorieta que había en el centro del pueblo, formada por un parque verde y un templete blanco en el medio, en cuyos escalones un hombre que se parecía a mi antiguo director de orquesta del instituto practicaba una interpretación de *Don't Stop Believin'*, de Journey, con el chelo, tocando fuerte las cuerdas.

—Si estoy muerto —aventuró Ben, astuto—, ¿cómo es que tú me ves?

Qué pregunta.

Una que Lee Marlow nunca me hizo cuando le conté todas mis historias de fantasmas. Lee suspendió la incredulidad mientras yo tejía todos mis recuerdos en su ficción. ¿Habría encontrado un motivo para explicarlo? ¿Se lo habría preguntado su editor? ¿Habría tenido que inventarse algo él solo, por fin?

No lo sabía… Ni quería saberlo.

Pero los editores eran expertos en hacer preguntas sobre las lagunas que veían en una trama.

—No lo sé —admití—, pero lo que sé, Ben, es que estás muerto. Muy muerto. Requetemuerto. Tan muerto que eres un fantasma, vamos…

Levantó una mano para que parase mientras se masajeaba el puente de la nariz con la otra.

—Vale, vale, lo he pillado. Es solo que… quiero saber por qué. Y por qué tú.

—Pues ya somos dos. —Crucé la calle volviendo hacia la pensión y él me siguió sin prisa unos pasos por detrás con sus piernas largas—. Lo único que se me ocurre es el manuscrito… Pero, si estás muerto, ya no tengo que entregarlo.

—Tampoco es que lo hubieses terminado —refunfuñó.

Abrí la verja de hierro forjado de la pensión y… me paré en seco.

—Espera… —Me volví para mirarlo—. ¿¡Lo sabías!?

—¿Que eres la escritora fantasma de Annie? Sí —contestó algo perplejo—. Soy su editor, claro que lo sabía, pero no me esperaba… En fin, me sorprendió que entraras tú.

Parpadeé.

—Ah, pues vale.

—No, espera, no quería decir eso…

Di media vuelta y me fui por el camino hacia el porche.

—No, no, si entiendo a la perfección lo que quieres decir. Yo, una fracasada.

—¿Por qué no me dijiste que escribías para ella sin más?

—¿Habría cambiado algo? —lo reté. Frunció los labios a modo de respuesta. Apartó la mirada, porque yo tenía razón, no habría cambiado nada—. ¿Lo ves? Daba lo mismo. Tanto si te lo hubiese dicho como si no, tú ya sabías que era una fracasada.

—Eso no es lo que pienso de ti —insistió, sombrío.

Quería creerlo. Deseaba poder creerlo. Pero yo me conocía mejor que alguien que había hablado conmigo treinta minutos y me había besado detrás de un bar hípster, y sabía muy bien lo que era, quién era.

Una cobarde que había huido del único hogar que había tenido. Una idiota crédula que se enamoraba de tíos que le prometían la luna. Y una fracasada que no terminaba lo único que se le daba bien.

De pronto, una expresión extraña le cruzó el rostro. Confusión. Luego, curiosidad. Ladeó la cabeza.

—¿Oyes el…?

Al segundo, se había ido. Y yo me quedé plantada en el porche, sola.

12

Apoyo moral

El tono del teléfono sonó cuatro veces y media antes de que Rose contestase.

—Dios, menos mal que has llamado. Empezaba a temer que el pueblo se te hubiese engullido —me dijo.

De fondo, oía sonidos de lavabo y me di cuenta de que debía de estar... ¿trabajando? Me miré el reloj.

—¿Qué haces todavía en la oficina? ¿No es hora de comer?

—Y encima sábado —dijo con un suspiro trágico—, pero, *madremía*, tengo noticias... Pero primero quiero preguntarte cómo estás. ¿Y la familia? ¿Va todo...? Bueno, bien no, porque está claro que no, pero ¿va todo bien?

—Lo mejor que puede ir.

Me dejé caer en la cama de la Suite Violeta. Emitió un sonoro chirrido. Sería insoportable estar en una de las habitaciones de al lado si a unos recién casados les tocaba aquella habitación. A las juntas del somier les hacía falta un poco de desengrasante y cinta americana.

—Alice quiere que nos peleemos, pero ya me lo esperaba. Hace unos años que no nos entendemos.

—Si tuviera que apostar, lo apostaría todo por Alice, no te ofendas.

—¡Si ni siquiera la conoces! ¡Y yo soy tu mejor amiga!

—Sí, y te quiero, pero asustas menos que un hámster.

—Qué mala —dije. Pero no la corregí, porque tenía razón. De

todas las peleas que habíamos tenido mi hermana y yo a lo largo de nuestra conflictiva relación, Alice había ganado la mayoría—. Aunque seguramente podría asesinarme y nunca la pillarían. Ha estudiado Química Forense en la Universidad de Duke.

—Flipa. Y tu hermano es un informático con pasta... ¿Qué te pasó a ti?

—Que soy una fracasada total —respondí tajante—. Y parece que también soy la única que está dispuesta a preparar el funeral de mi padre como él lo pidió en el testamento.

—A tope, tía.

—Es agotador.

Le conté a Rose todo lo que tenía que hacer y ella me escuchó reflexivamente mientras yo rajaba de las flores silvestres, de Elvis, de la bandada de cuervos y de los adornos festivos. Le hablé de la conversación de esa mañana en Waffle House y de que me habían endosado todo ese trabajo a mí sola.

—A ver, que ellos tienen cosas que hacer, pero... ¡yo también!

—Puede que les resulte demasiado duro.

—Y a mí.

Rose soltó un fuerte suspiro.

—Sí, ya lo sé, pero eres la hermana mayor, ¿no? Siempre se te ha dado muy bien hacer lo que debías a pesar de lo que sintieras. Por ejemplo, ¿te acuerdas de cuando el tío aquel, Quinn, te dio plantón en una cita y tú tenías que entregar las correcciones de *Matiné de medianoche* doce horas después o algo así?

—Quinn era un capullo.

Uno más en la lista interminable de capullos de los que me había enamorado.

—Seguiste adelante y las correcciones salieron perfectas. ¿Y aquella vez que literalmente te explotó el váter y lo arreglaste con el poder de YouTube y una determinación pura y dura y tenías una entrega a nada? ¿Y la vez que cogí aquel bicho horrible en el intestino y llegamos a fin de mes porque tú escribiste unos artículos malísimos de autoayuda y terminaste pagando las facturas de tres meses seguidos? Se te da bien hacer las cosas. Acabarlas. Siempre sales adelante.

—Dile eso a Ann, cuyo libro no he terminado.

—Una sola cosa en un año de mierda que te cagas.

—Ojalá pudiera darle esa excusa a su agente. Estoy esperando a que vuelva a llamarme en cuanto Ann se entere para decirme todo lo que ya sé: que soy un fracaso, que Ann nunca tendría que haber confiado en mí, que tenía que hacer una sola cosa y les he fallado y que sé que les he fallado...

—Y, como te he dicho, has tenido un año de mierda. ¡Eres buena, Florence! Eres de fiar. Casi siempre. Puede que tu familia no se dé cuenta de que quieres ayuda con el funeral de tu padre.

Al oír *ayuda*, me crispé.

—¿Quién ha dicho que necesite ayuda? No la necesito. Y, a ver, ¿qué haces tú en la oficina un sábado? —Quería cambiar de tema, alejarme de las cosas que en algún momento se me habían dado bien pero ya no, que resultaba que era todo—. ¿Estás...? ¿Estás en un cubículo del baño?

—Pues claro. Sabes que a mi jefa le molesta mucho que hable por teléfono en la oficina —añadió en un susurro—. Y hoy la oficina es un caos. Jessica Stone está histérica por el lanzamiento de su marca de ropa, así que la jefa ha llamado a todo el mundo para que vengamos a trabajar un sábado porque parece que va a presentarse a las audiciones para salir en la nueva versión de *El diablo viste de Prada*.

—Uf.

—Pero esa no es la noticia del *madremía*. No vas a creerte lo que pasó ayer.

Rodé por la cama y los muelles chirriaron. Miré el techo de gotelé.

—¿Te...? ¿Te han ascendido?

—A Benji Andor lo atropelló un coche.

«Ben».

Me incorporé de golpe en la cama.

—¿En serio?

—¡Sí! Erin, la de Falcon House, lo vio todo. ¿Sabes ese cruce que hay delante del edificio? Pues ella se asomó justo en el mo-

mento y ¡pum! Está consternada. En plan traumatizada. Pobreci-
ta. Voy a salir a tomar algo con ella esta noche para ver cómo está...
Igual consigo convencerla por fin de que deje el mundo editorial.
Le iría mucho mejor en cualquier otro sitio.

Yo seguía teniendo la cabeza en Ben Andor atropellado por un
coche. Sangre por todos lados. Por algún motivo, en mi mente se
repitió la escena del accidente de *¿Conoces a Joe Black?* sin parar,
pero, en lugar de Brad Pitt, era Benji Andor vestido con un traje
azul marino y una corbata a rayas el que salía lanzado por los aires
en medio de la calle una y otra vez, como una pelota en la repeti-
ción de un *touchdown* en el último cuarto de partido.

O sea que sí que estaba muerto. A ver, ya lo sabía, pero eso
también quería decir que no me estaba volviendo loca, que estaba
allí de verdad rondándome. No había aparecido hasta la noche anterior. Y eso quería decir que se estaba quedando en este mundo
porque su asunto pendiente tenía algo que ver conmigo.

—Joder —susurré, pues solo podía ser una cosa.

Los tambores de *Jumanji* empezaron a sonar en mi cabeza y
venían de la mochila en la que me había dejado el portátil. Era un
canto fúnebre terrorífico.

—Ya ves —coincidió Rose—. El mundo ha perdido otro culo
increíble.

—Madre mía.

—Ya... ¡Mierda! —murmuró y oí que tapaba el teléfono con la
mano para que lo que gritara me llegase amortiguado—. Eh... ¡Sí,
soy yo! Enseguida salgo, Tanya. —Oí otra voz y luego el taconeo
de unos zapatos que salían del baño. Rose se puso el teléfono a la oreja poco después—. La jefa acaba de entrar a ver cómo estoy —dijo
con tono malhumorado—. Tengo que irme, pero, si me necesitas,
avísame, ¿vale? Cogeré el primer avión que salga e iré contigo.

—No tienes por qué.

—Ya lo sé, pero me ofrezco. Seré tu mejor amiga y apoyo mo-
ral. Puedo comprar vino y tú me enseñas el pueblecito ese raro.

Era muy tentador, pero los billetes de avión eran caros y a ella
la necesitaban en el trabajo. Estaría bien sola. Siempre lo estaba.

—Nah, pero gracias.

—No tienes que hacerlo todo sola, Florence.

—Arrastro tantos traumas que nunca estoy sola —dije de broma y ella se rio.

—Qué tonta. Te quiero. Adiós.

—Y yo a ti más. Adiós.

Esperé a que ella colgase y volví a dejarme caer en la cama chirriante. No estaría mal tener un poco de ayuda, pero no la necesitaba. Xavier Day era mi padre. Su funeral era responsabilidad mía. Así que abrí Google en el móvil y busqué dónde estaba la floristería más cercana. Podía hacer las cosas sola, no necesitaba molestar a nadie. Alice estaba hasta arriba con los preparativos de los funerales y Carver tenía su trabajo y mi madre… Mi madre no podía hacerlo todo.

Yo no sabía si mis hermanos se daban cuenta, pero mi madre apenas mantenía la compostura.

No, aquello era responsabilidad mía. Yo era la mayor. Podía hacerlo. Sola.

Había conseguido hacer las cosas sola todo ese tiempo.

13

Mala sombra

Los cuervos estaban en el tejado cuando salí de la pensión esa tarde y eso quería decir que Ben estaba merodeando por allí cerca. Aunque, en ese momento, o él no quería que lo percibiese o estaba escondido en algún arbusto llorando. Es lo que haría yo si descubriese que estaba muerta y que la única persona que me veía era un fracaso de escritora que le había dado una planta en lugar del manuscrito que tenía que entregarle.

Debía decirle lo que me había contado Rose… Lo del accidente. Había desaparecido aquella mañana tan de golpe que no había tenido la ocasión de preguntarle si se acordaba de cómo había muerto o no. Aunque el hecho de que pensase que estaba vivo de algún modo inclinaba la balanza hacia el no.

El Google Maps de mi teléfono decía que el Imperio de las Flores, en Main Street, seguía abierto después de tantos años, así que me dirigí al centro. Mi pareja del baile de fin de curso del último año me trajo de aquella tienda un ramillete para la muñeca que resultó estar ligado a un fantasma.

No quería pensar en cómo había llegado a estarlo.

Y tampoco en el profundo y retorcido pinchazo de tristeza que sentía en la barriga ni en que, a medida que el tiempo pasaba en Mairmont y mi padre no estaba allí, esa tristeza crecía. ¿Desaparecería algún día? ¿Se encogería la puñalada que sentía en el costado hasta volverse un cortecito como los que hace un papel? ¿Desaparecería el duelo o se estancaría? ¿Se quedaría ahí para siempre, bajo la superficie, acechando como solo puede hacerlo el duelo?

Siempre había dicho en mis textos que el duelo era un vacío. Que era una gran cavidad llena de nada.

Pero me equivocaba.

Era lo contrario. Era pesado y lleno y ahogaba porque no era la ausencia de todo lo que habías perdido, sino la culminación de ese conjunto, de tu amor, de tu felicidad, de tus momentos dulces y amargos, todo enrollado con fuerza como un ovillo de lana enmarañado.

La campanilla que había encima de la puerta sonó cuando entré en la floristería. Olí las rosas y los lirios y la mezcla de flores secas que mi abuela siempre ponía en el baño. Había un señor mayor detrás del mostrador preparando un arreglo. En una radio vieja sonaba Elvis de fondo.

—Señor Taylor —lo saludé, preguntándome si me recordaría de la clase de Lengua de cuando tenía trece años.

Él me miró por encima de sus gafas de cristales gruesos y levantó las cejas.

—¡Que me aspen si no es la señorita Florence Day!

Me obligué a sonreír.

—Sí, soy yo. ¿Cómo está?

—Lo mejor que puedo estar —respondió mientras asentía—. Preparando arreglos lo más rápido posible, pero últimamente parece que no voy tan deprisa como me gustaría. Están pasando tantas cosas… ¿Vienes a hacer un pedido?

—Yo… Pues… no. Bueno… —Por el rabillo del ojo vi que algo se movía y, cuando me volví, me encontré a Ben intentando, con poca sutileza, esconderse detrás de un ramo de rosas que había encima de una mesa. Muy discreto. Yo me volví adrede hacia el florista, decidida a ignorarlo—. Me preguntaba si sabe dónde puedo encontrar mil flores silvestres.

—¿Mil? —Se rascó el lateral de la cabeza.

—Sé que son muchas.

—Yo no tengo tantas flores silvestres y, si las tuviera, costarían… —Antes de que pudiese pararlo, sacó una calculadora vieja y gastada y tecleó algunos números—. Unos mil quinientos dólares.

Yo me puse pálida. Eso era más de lo que pagaba yo por el alquiler del piso cada mes y, desde luego, no tenía tanto dinero.

—Bueno, pues… está bien saberlo, supongo.

—¿Es para el funeral de tu padre? Puedo organizar algo…

—No, no, no. No podría aceptarlo.

—Claro que sí. Xavier era un buen hombre. Te acompaño en el sentimiento, sé que es duro. ¿Cómo lo lleva Bella?

—Mi madre está bien —respondí, pero caí en que en realidad no sabía si lo estaba. Había intentado llamarla después de hablar con Rose, pero no me había cogido el teléfono. Puede que ella y Carver siguieran en la reunión con la abogada. Yo no sabía cuánto tiempo llevaban esas gestiones—. Estoy haciéndole algunos recados. Intentando facilitarle las cosas. Mi padre dejó una lista interminable de preparativos para el funeral.

El señor Taylor soltó una carcajada.

—¡Cómo no! ¿Te importa si te pregunto qué más tienes que hacer?

Se lo dije: las flores, la bandada de cuervos, la decoración, Elvis…

—Oye, pues hay un imitador que siempre actúa en el IncomBARable. A tu padre le encantaba. Pasaba por allí todos los jueves por la noche antes de ir a la partida de póquer y le hacía cantar *Return to Sender* al pobre tipo.

—El IncomBARable —repetí, acordándome de que a mi padre le encantaba ir a tomarse una copa o dos antes de las noches de póquer.

—Sí. Mueve las caderas y todo. —Lo imitó lo mejor que pudo sin dislocarse la cadera—. Puede que tu padre se refiriese a él.

—Puede —dije. Valía la pena intentarlo. Iría el día siguiente a primera hora—. Gracias, me ha ayudado mucho.

—Para eso estamos. Dime si cambias de opinión sobre las flores —añadió mientras me despedía de él con la mano, y luego dio un brinco, como si se hubiese acordado de algo—. Ah, Florence, me sabe mal, pero…

—¿Sí?

—Como te decía —dijo el señor Taylor preocupado—, estamos hasta arriba de pedidos y vamos algo retrasados… Puede que esas flores que encargó tu padre lleguen un poco tarde.

Me dio un vuelco el corazón.

—¿Encargó flores?

—A principios de semana —respondió el señor Taylor—. Un ramo de lirios de día que hay que entregar en Foxglove Lane.

Vale, no eran flores silvestres. Tendría que haber sabido que mi padre no iba a ponérmelo tan fácil. Foxglove Lane… Sabía dónde era, pero ¿por qué iba a mandar flores allí? No sé por qué dije lo que dije a continuación. Puede que para echar un vistazo a la vida cotidiana que me había perdido. O para ponerme, por última vez, en la piel de mi padre.

—Yo las llevaré.

—Ay, no puedo pedirte eso…

—Lo haré con gusto. Además, no tengo nada más que hacer y estará bien explorar el pueblo un poco ahora que he vuelto.

Sonreí para que me creyese y él debía de estar agobiado de verdad, porque me dio la dirección escrita con la letra abigarrada de mi padre y un solo ramo de lirios de día y me lo agradeció con efusividad.

La verdad era que no me importaba y no tenía nada más que hacer ese día. No quería ir al IncomBARable, porque era sábado y era tarde y seguro que ya se estaba llenando. Y, aunque me encantaba Mairmont, no tenía ganas de ver a mucha gente del pueblo. No sabía qué personas de mi clase se habían marchado y cuáles se habían quedado… Y la mayoría, a diferencia de Dana y John, no habían sido muy amables conmigo.

Había tenido suerte de no haberme encontrado con esa parte todavía, pero solo llevaba allí unas veinticuatro horas… Sabía que tenía una suerte de mierda y que pronto se me acabaría.

Saliendo de la floristería, intenté ignorar mi inoportuna sombra, pero Ben era muy muy difícil de ignorar. Sobre todo porque hacía como si no me siguiera y eso daba todavía más mal rollo.

—Te veo, ¿sabes? —le dije al llegar al final de la manzana. Miré hacia atrás y él enseguida giró sobre los talones y fingió ir hacia el otro lado—. Pero ¿qué haces?

Se encogió y se volvió para mirarme.

—Perdona. Estaba… Te he visto y…

—Llevas siguiéndome desde la pensión.

Lo vi alicaído.

—No tengo excusa.

—Admitir que tienes un problema es el primer paso de la rehabilitación, bien hecho.

—No sé qué más hacer. —Se metió las manos en los bolsillos y se le encorvó la espalda. Parecía un poco más desaliñado que aquella mañana: no llevaba el pelo tan bien peinado y tenía los ojos cansados—. Ni tampoco adónde ir.

Es que no había adónde ir. Estaba yo y lo que fuera que viniera después. Si es que venía algo. Mi familia era espiritual, pero no religiosa. Todos teníamos nuestras propias ideas de lo que pasaba: volvíamos al mundo o pasábamos a formar parte de él o… dejábamos de ser, sin más.

Pero, le hubiese dicho lo que le hubiese dicho, no lo habría ayudado.

Estaba muerto, se mirase por donde se mirase. Rose me lo había confirmado. Y, por lo menos, sabía que no me estaba volviendo loca, que estaba allí de verdad. De momento. El tiempo que fuese.

Y yo era su última parada.

Me abracé con más fuerza al ramo de flores.

—Bueno, puedes venir conmigo si quieres —me ofrecí.

—¿Sí? —Se animó como un golden retriever al que por fin le habían dicho que iban a sacarlo a pasear.

—Sí, podemos llegar al fondo de este inquietante misterio juntos —dije, refiriéndome al ramo—. ¿Por qué mandaría flores mi padre a casa de un desconocido?

—Puede que sí que lo conozca de algo —aventuró Ben.

—La verdad es que iba a jugar al póquer. Igual es para uno de sus amigos de partida.

Pero dudaba que le mandase lirios de día. En todo caso, orquídeas, *bunka bangkai* (flores cadáver) o... cualquier otra flor más de su estilo. Los lirios de día no le pegaban nada.

Los surcos de mi frente se volvieron más profundos, lo cual llevó a Ben a decir:

—Supongo que lo sabremos cuando lleguemos.

—No soporto las sorpresas —dije con un suspiro.

Foxglove Lane era una de esas calles tranquilas adyacentes a la arteria principal en las que te imaginabas que te comprabas una casa con una valla de madera pintada de blanco y que envejecías allí. Cada casa estaba pintada de un color diferente y estaban construidas al estilo Charleston: el lado estrecho daba a la calle y el más ancho y el porche miraban al oeste. Cuando tenía ocho o nueve años, fui a una fiesta de cumpleaños en Foxglove Lane. ¿Sería la de Adair Bowman? Fue una fiesta de pijamas y sacaron la ouija. Yo me senté y no participé en nada.

Primero, porque los tableros de ouija eran una basura consumista fabricada por una empresa de juguetes para vender ocultismo a la clase media.

Segundo, porque, aunque los tableros de ouija eran una basura consumista fabricada por una empresa de juguetes para vender ocultismo a la clase media, yo seguía negándome a tentar a la suerte.

Adair me llamó miedica. Y lo era, desde luego. Pero también dormí muy tranquila aquella noche mientras el resto de los niños tenían pesadillas con el viejo general Bartholomew, que venía del cementerio a rondarlos.

La casa en cuestión estaba en el centro de la calle, pasada ya el antiguo hogar de la familia de Adair (me parecía que se habían mudado un año después de que yo hubiese resuelto el famoso asesinato). Era más pequeña que las otras, pero muy entrañable. El jardín delantero era pintoresco, con azaleas podadas rodeándola y un parterre colorido casi acabado de plantar para la primavera.

Subí por los escalones de ladrillo que llevaban a la puerta y llamé al timbre.

Pasó un momento, pero, al final, abrió una señora mayor. Estaba encorvada, envuelta en un batín rosa mullido; llevaba unas zapatillas de andar por casa zurcidas y tenía unos ojos marrones preciosos.

—Ay —dijo, abriendo la puerta de cristal—, hola.

—¿Es la señora...? —miré el nombre y comprobé la dirección en la tarjeta escrita con la letra descuidada de mi padre—. ¿Elizabeth?

—Sí, bonita —dijo asintiendo—, soy yo.

Le ofrecí los lirios de día.

—Esto es para usted.

Se le iluminaron los ojos al fijarse en el ramo y lo cogió con cuidado con sus manos nudosas y magulladas. Tenía tierra debajo de las uñas largas. Hacía jardinería. Pero ¿ella sola?

—Florence —oí que susurraba Ben, que fue el primero en ver al hombre.

Había cierto resplandor en el pasillo detrás de ella. Era un señor mayor con un jersey naranja y unos pantalones marrones que llevaba peinado hacia atrás el pelo que le quedaba a los lados de la cabeza.

—Gracias —susurró este con los ojos vidriosos por las lágrimas.

Ah, ahora lo entendía.

La señora Elizabeth olió una de las flores y sonrió.

—Charlie siempre me regalaba lirios por nuestro aniversario. Creo que es hoy. Ay, Señor, el tiempo se vuelve confuso cuando te haces mayor —añadió, riendo—. Gracias, bonita. Resulta que me mandan un ramo todos los años, pero ¡todavía no sé quién!

—Un amigo —respondí.

—Pues ese amigo que tengo tiene muy buen gusto —decidió y me dio una de sus galletas de bizcocho de limón antes de que me marchase.

A veces, el asunto pendiente de un espíritu no era hablar con alguien ni que el mundo conociese a su asesino ni ver su propio cadáver... A veces solo se trataba de esperar.

Ben estaba esperándome en la acera. Parecía más pálido que hacía unos minutos.

—Ese hombre... estaba como yo. Resplandecía y... —Con una inspiración profunda, se acuclilló y se puso las manos en la coronilla—. Estoy muerto de verdad, ¿no?

Yo me terminé el bocado de galleta y me puse a su altura a su lado.

—¿En serio no te acuerdas de cómo moriste?

Negó con la cabeza.

—No. A ver... M-me acuerdo de que salí del trabajo y entonces... —Tomó aire bruscamente. Se detuvo. Apretó la mandíbula—. Fue... El accidente fue justo delante del edificio, ¿verdad?

En silencio, asentí, pero no estaba segura de si me había visto. No estaba segura de qué veía. Tenía la mirada perdida, puesta en un lugar y un momento a los que ya nunca volvería.

—E-estaba escribiendo un e-mail en el móvil cuando... una furgoneta giró la esquina y... —Parpadeó con los ojos húmedos por las lágrimas al levantar la mirada hacia mí. Se le rompió la voz cuando dijo—: ¿Cómo he podido olvidar eso?

—No lo sé —respondí con suavidad, deseando saber algo, lo que fuera, para explicárselo. Me senté a su lado, rodeándome las rodillas con los brazos—. Lo siento.

Él inclinó la cabeza para intentar esconder que estaba llorando, pero sus anchos hombros estremeciéndose lo delataron. Quería ponerle una mano en la espalda y consolarlo con unas palmaditas, pero ni siquiera podía tocarlo. No se me daban bien las emociones de los demás porque no sabía cómo ayudar. Cuando alguien lo pasaba mal, quería arreglarlo. Pero no podía.

Lo cual era frustrante.

Y, cuando me frustraba, lloraba. Por si todavía no había pasado bastante vergüenza. Tenía que parar de llorar. Ya. Lo intenté del único modo que sabía.

—Al menos sigues estando bastante bueno —dije entre sollozos.

128

Él me dirigió su atención de repente. Tenía los ojos enrojecidos.

—¿Q-qué?

Las lágrimas no paraban. Me las secaba lo más pronto que podía.

—E-estás p-para morirse, vamos.

—Eh… No… ¿Estás intentando…?

—S-seguro que levantas p-peso muerto en el *gym* p-para ponerte así.

—¿Estás llorando y tirándome la caña?

—Estoy intentando que te rías para que dejes de llorar, porque así dejaré de llorar yo también —sollocé, pero sonó más bien así: «Estoyintentandoqueteríasparaquedejesdellorarporqueasídejarédelloraryotambién» y fue un milagro que me entendiese siquiera.

Pero me entendió. Y se rio. Fue débil, más un resoplido que una carcajada, pero pasó. Se frotó los ojos con las palmas de las manos.

—Eres la mujer más rara que he conocido.

—Lo sé —dije, sorbiendo por la nariz—, p-pero ¿ha funcionado?

—No —dijo, pero mentía.

Bajo la luz de la tarde, las mejillas se le estaban volviendo de un delicado tono rosa a pesar de las lágrimas en los ojos, y eso consiguió que la marca que tenía en la parte izquierda del labio superior se viese mucho más oscura.

—Oye, no te me mueras de vergüenza ahora —bromeé.

—Al parecer, ya estoy muerto —contestó con delicadeza—, así que es imposible que me muera.

—No digas eso, arriba esas ánimas.

Frunció los labios y luego me sorprendió diciendo:

—Claro que sí, ese es el espíritu.

Solté una carcajada, una risa de verdad que no sabía que todavía tenía dentro. Y me sorprendió. Y a él también, porque apartó la cara para esconder una sonrisa mientras se secaba las lágrimas que tenía en el rabillo del ojo. Aunque no había cumplido mi misión, pensé que sí que había conseguido que se sintiera un poco mejor y por lo menos no estaba llorando, y eso quería decir que yo tampoco.

—Qué broma más mala —dije, negando con la cabeza.

—Las tuyas tampoco eran mucho mejores. Y se supone que eres escritora.

—Exescritora —le recordé—. Mi editor no quiso posponer la entrega.

—Exeditor —me recordó él a mí. Y, a continuación, dijo con una voz delicada y amable—: Gracias, Florence.

No podía tocarlo —no era mi primer fantasma y era probable que tampoco fuera el último—, pero fue instintivo. Quería consolarlo. Aunque también quería que alguien me consolase a mí. Solo que alguien me parase, me sentase y me dijese que la vida me dolería un tiempo, pero no para siempre.

Quería decirle a él que aquello no era para siempre.

Le atravesé el hombro, frío y entumecido, con los dedos…

Y entonces desapareció.

Otra vez.

14

Paseos lunares

Encontrar mil flores silvestres iba a matarme.

Me negaba a aceptar la oferta del señor Taylor porque no quería que nadie tuviera que hacer un esfuerzo tan grande por mí. Si me tocaba hacer algo, no quería molestar a nadie con ello. Puede que fuese porque era cabezota o, simplemente, porque no me gustaba que me ayudasen, pero decidí hacer todo lo que había en la lista de mi padre yo sola. De modo que llamé a una floristería que había a cuarenta kilómetros y les pregunté por el precio de comprar y entregar mil putas flores silvestres. Resultó que costaba más que el alquiler del primer piso que tuve en Brooklyn, que compartía con una cucaracha tan grande que podría pelearse con Godzilla.

—¡Son hierbas! —me lamenté, dejando con fuerza el teléfono sobre la barra—. ¿Por qué cuestan tanto unas hierbas?

Después de que Ben hubiese desaparecido, había vuelto a la pensión, donde había seguido con mi búsqueda de las mil flores. Luego pasé de mi habitación al barecito que había en la planta principal, en el que no había camarero, pero sí una campanita con la que llamar a Dana para pedirle que me sirviese un ron-cola. Y lo hice. Con frecuencia. Había bajado con el portátil y tenía abierto Yelp, Google Maps y otras veinte pestañas de las que preferiría no hablar.

¿Podía ir a coger las flores al campo? A ver dónde encontraba yo un campo de flores silvestres… ¿Tal vez en el Risco? Pero estábamos en abril. Y había habido más de una ola de frío. Estarían muertas y secas cuando las encontrase. Y era el Risco...

No quería ir allí. Nunca más.

Dana sacó la cabeza por la puerta que había detrás de la barra, la cual llevaba a la recepción.

—¿Todo bien por aquí?

—¡Hierbas! —volví a lamentarme, haciendo un gesto de desesperación—. ¡Me piden mil dólares por unas hierbas!

—Conozco a un tío que pasa y que podría hacerte un descuento...

—Estoy buscando flores silvestres —aclaré.

—Aaah, vale; me temo que con eso no puedo ayudarte. —Se abrió la puerta de la pensión y Dana miró hacia atrás y sonrió—. Pero ¿sabes qué sí?

—¿Un tiro en la cabeza?

—¡El alcalde! ¡Tatatachán! —cantó mientras el repiqueteo de pezuñas se me acercaba por detrás por el parquet.

Me di la vuelta sobre el taburete. Y ahí, muy bien sentado a mi espalda, había un golden retriever llamado Busca. Con más canas en el morro de las que recordaba, seguía siendo tan encantador como el día que lo conocí, antes de irme a la universidad.

Eso había sido hacía diez años... Coño. De pronto me sentí mayor.

—¡Perrete! —grité, bajando al suelo desde el taburete.

Él soltó un suave ladrido mientras movía la cola y me cubrió de besos. Una risa me brotó de la garganta. Era imposible no sentir algo de felicidad cuando te está dando lametazos un perro con un aliento que podría tumbar a un elefante.

—¿Te acuerdas de mí? ¿Me echabas de menos? —le pregunté, rascándole detrás de la oreja.

Y, como feliz respuesta, dio golpetazos con la cola contra el suelo: pum, pum, pum.

—Pues claro que te acuerdas, ¿a que sí? ¿Has cuidado del pueblo?

¡Pum, pum, pum!

—¿Has aprobado alguna ley?

Pumpumpumpum…

—Ahora, por ley, tiene que haber un cuenco delante de todas las tiendas de Main Street y el agua debe cambiarse a diario —dijo una voz detrás del perro.

Levanté la vista.

Seaburn, su dueño, estaba ahí con las manos en los bolsillos.

—He pensado que te encontraríamos aquí.

Seguí mirándolo desde abajo mientras el alcalde intentaba morrearme.

—¿Te ha mandado mi madre?

—Qué va, esta tarde está ocupada con un funeral. Les he ofrecido ayuda, pero…

—Yo también —le dije.

Después de la floristería, había pasado por la funeraria para echar un mano con el velatorio del día, pero mi madre no quiso ni oír hablar del tema.

De hecho, me había parecido que se enfadaba un poco: «¡Soy muy capaz de sacar mi negocio adelante! —había soltado—. ¡Estaré bien! ¡Llevo haciendo esto treinta años!».

Como quería conservar la cabeza, mi única opción fue irme.

Seaburn se sentó en un taburete al lado del mío.

—Tu madre hace las cosas a su manera y a su ritmo. Deberíamos dejarla.

Eso no quitaba que yo me preocupase. Y centrarme en mi madre me parecía mucho más constructivo que centrarme en mi propia tristeza. Creía que la suya al menos podía intentar curarla. En cambio, la mía… era un agujero en el centro del pecho lleno de cosas que me dolían tanto que a veces me costaba respirar.

Le rasqué por última vez la parte de detrás de la oreja al alcalde y volví a sentarme para dar otro trago largo de ron-cola.

Seaburn y yo nos llevábamos pocos años. Él estaba en el penúltimo curso del instituto cuando yo entré a primero. Su familia era dueña y se ocupaba del cementerio Saint John de Mairmont, que estaba al otro lado del pueblo, por lo que parecía natural que, cuando mi padre necesitaba a alguien que lo ayudase con el negocio, le preguntase si quería trabajar con él. Los últimos siete años, más o menos, mi padre y Seaburn se habían encargado de los servicios funerarios y de sepelio de la mayor parte del pueblo. Y, al parecer, mi padre había empezado a enseñarle el oficio a Alice.

—Eres más que bienvenido a hacerme compañía —dije—. No estoy haciendo mucho, solo... —señalé el documento de Word.

Seaburn le pidió a Dana una cerveza y me preguntó:

—¿Sigues escribiendo?

—Soy una cabezota.

Soltó una carcajada.

—¡Bien! Me gustó tu primer libro, *Tuya, con pasión*. Muy divertido. Y me gustaron también las partes románticas.

—Oh, no —enterré la cara en las manos—. Por favor, dime que no lo has leído.

—No te preocupes, cerré los ojos en las escenas de sexo. —Solté un quejido escondida detrás de las manos, muerta de vergüenza—. Hasta le dedicamos una sesión del club de lectura cuando lo publicaron —continuó—. A todo el mundo le encantó. Era... No sé cómo describirlo. —Ladeó la cabeza y tomó otro trago de cerveza—. «Feliz» es lo que más se acerca.

Eso era halagador, sobre todo viniendo de Seaburn, que leía tanto y tan variado que mis hábitos de lectura palidecerían en comparación.

—Una novela romántica te deja feliz o, al menos, satisfecho al final. O debería. Creo. —añadí, porque ya no estaba segura.

—Era buena. Eres una escritora fantástica —añadió—. Creo que todos los habitantes de Mairmont se compraron un ejemplar.

Si las ventas en mi pueblecito hubiesen cambiado el destino del libro, mi vida habría sido muy muy diferente.

Pasé el pulgar por el agua condensada en el vaso.

El alcalde se acercó y me puso la cabeza en el regazo. Yo volví a frotarle detrás de las orejas y golpeó el suelo con fuerza con la cola.

PUMPUMPUMPUMPUM...

—Gracias —dije, aunque sentía que no me merecía halagos

en la situación en la que me encontraba—. Me estoy esforzando.

—Eso es lo único que podemos hacer —respondió Seaburn y luego respiró hondo—. Y hablando de esforzarse... Me ha dicho Carver que estás encargándote tú del testamento de tu padre.

—Nadie más tiene tiempo.

—Eso no es verdad.

Yo me encogí de un hombro.

—Puedo yo sola. Los demás están ocupados y lo que pueda hacer yo para ayudar... No sé si lo sabes, pero he estado desaparecida en combate desde hace diez años —añadí con sarcasmo.

—El pueblo te obligó a marcharte. Es diferente.

—Pero podría haber vuelto, ¿no? Tampoco es que me echasen ni nada. Solo...

Me acosaron. Me llamaron «fantasmosa» a mis espaldas. Me bombardearon las redes un día sí y al otro también con memes y motes y preguntas de broma como «¿La próxima vez puedes resolver el asesinato de la Dalia Negra?» o «¿Tienes un pacto con el diablo?».

O, con más frecuencia, «mentirosa».

Todo porque ayudé a un fantasma a resolver su propio asesinato cuando tenía trece años, demasiado joven para tener sensatez, pero demasiado mayor para atribuirlo a un amigo imaginario.

—Nadie que te conozca te culpa por irte —respondió Seaburn, serio. Tendió la mano y me cogió la mía con fuerza. Me crujieron los nudillos de tanto que me apretó—. Y menos tu padre.

Se me formó un nudo en la garganta.

—Lo sé. —Pero estaba bien oírlo—. Solo quiero ayudar a mi familia —dije sin poder evitarlo—. Es lo único que sé que puedo hacer. O por lo menos lo que puedo intentar. Carver y Alice...

Estaban hablando de dinero con mi madre antes de que llegase a desayunar aquella mañana y cambiaron de tema tan deprisa que me pareció raro. Tenían reuniones ese día con los corredores del seguro de vida de mi padre y debían pensar en el presupuesto para el funeral... Y yo quería hacer algo, lo que fuese, para ayudar.

—Ya han hecho bastante. Mucho más que yo. Eso es lo menos que puedo hacer, ¿no?

Seaburn suspiró.

—No tienes que hacerlo todo sola, cielo.

Pero resultaba que así era más fácil.

—Gracias —dije en lugar de eso, con una sonrisa tranquilizadora que había aprendido tras tantos años de decir: «Estoy bien».

—Tenlo en mente —repuso Seaburn y levantó el vaso en un brindis—. Por tu viejo. Cuanto más raro, mejor.

—Cuanto más raro, mejor —respondí y chocamos los vasos y bebimos en silencio.

Cuando se terminó la cerveza, miró la hora y decidió que estaría bien volver a casa paseando, de modo que le di las gracias por la conversación y fui a rascarle la oreja una vez más al alcalde, pero ya no estaba.

—¿Adónde se habrá ido? —dijo Seaburn mientras se levantaba para buscarlo.

Le dije que yo me encargaba. Total, necesitaba estirar las piernas.

—Yo lo busco. Quédate y tómate otra cerveza. Yo invito —añadí, haciéndole un gesto a Dana. No podía haberse ido muy lejos. Dana señaló hacia fuera y yo seguí sus indicaciones—. ¡Busca! —lo llamé y chasqueé la lengua—. ¡Ven, chico!

Miré al lado del porche. Era una noche cálida y unas cuantas luciérnagas habían salido de su escondite. Parpadeaban entre los rosales y las hortensias en flor del jardín.

Fuera encontré a Busca... y a un amigo.

Ben estaba sentado en una de las mecedoras y el perro se había acercado y había apoyado la cabeza en el reposabrazos. Ben intentó acariciarlo, pero los dedos atravesaron las orejas del animal y apartó la mano deprisa.

Busca movió la cola de todos modos.

A los perros se les daba bien juzgar el carácter de las personas. Y no me gustaba nada admitir que me alegraba de ver a Ben y de verlo sin estar... derrumbándose. Como antes. Porque las emociones reales eran complicadas. Si alguien empezaba a llorar, yo iba detrás y ya la teníamos, como había pasado con Ben. Madre mía, qué vergüenza.

Me metí las manos en los bolsillos, procuré calmarme y me acerqué despacio.

—Veo que te gustan los perros, señor Andor.

Él pareció sorprendido de que lo hubiese visto, porque no se había fijado en él nadie más.

—Ah, llámame Ben, por favor.

—Ben —dije. Y sonó… cercano. Sonó bien. Incisivo al principio y un canturreo al final—. Este es Busca.

—Se porta muy bien. Dicen que es el alcalde, ¿no?

—Sí, ya ha ganado tres elecciones.

—Muy bieeen —le dijo a Busca, que empezó a golpear felizmente el suelo del porche con la cola: PUMPUMPUMPUMPUM.

Sí, estaba claro que a Ben le gustaban los perros. Lo había clavado.

Busca gimoteó y yo chasqueé la lengua. Vino trotando y le froté detrás de las orejas. Me lamió la mano.

Era una noche cálida, como la mayoría de las noches de primavera en el sur. Todavía se percibía, innegable, el fresco de la última ola de frío, pero las luciérnagas ya habían salido y hacían piruetas por el jardín. La luna brillaba tanto que casi parecía que era de día, con una luz muy plateada, y un grupo de niños jugaba al pichi en la calle.

En Mairmont no había muchas cosas. Era tranquilo, el tráfico escaseaba y las cigarras cantaban tan fuerte que apenas te dejaban pensar.

No sé por qué dije lo que dije a continuación; puede que fuese por el zumbido de los insectos o por los niños que chutaban el balón en la calle o por las dos copas de ron-cola, pero solté:

—Mi padre me decía que las noches como esta son las mejores para un buen paseo lunar.

Ben me dirigió una mirada extrañada.

—¿Un paseo por la luna?

—Un paseo bajo la luna, casi siempre por un cementerio. Mi padre dice que solo puedes dar uno si hay una buena luna, ni nubes ni lluvia. No me mires así. Sí, por el cementerio. Mi familia lleva una funeraria. Él es el director. —Me detuve y me corregí—: Era el director. —Cambié el peso, incómoda, apoyándome en la barandilla—. Da igual…

—¿Quieres ir? —me preguntó de repente.

—¿Ir? ¿Adónde?

—A dar ese… paseo lunar. Tengo algunas dudas sobre… —Se señaló a sí mismo—. Y sobre ti. No entiendo mucho lo que está pasando y me gustaría. Y puede que tú también necesites hablar. Además, no estaría mal cambiar de aires.

—¿Quieres ir a un cementerio para cambiar de aires?

—Estoy muerto. Parece adecuado.

Me mordí el labio para no sonreír. No le faltaba razón. Pero que me lo pidiese él… no me lo esperaba. No sabía qué era; seguramente los ron-colas, pero también podía ser el modo en el que la luz de la luna le caía por la cara y el hecho de que su pelo estuviese algo despeinado y de que tuviese los ojos oscuros y profundos y nada crueles —así me los había imaginado yo—, como si de verdad me estuviese mirando y quisiese conocerme y saber cómo era aquella vida rara que tenía. Sin mentiras, sin muros de ficción, solo aquel secretito extraño que nadie sabía.

Y la verdad era que yo también necesitaba cambiar de aires.

15

Las penas de Florence Day

El cementerio de Saint John de Mairmont era un pequeño terreno con césped verde rodeado de un viejo muro de piedra. Había lápidas que sobresalían de las suaves colinas como dientes blancos. De algunas brotaban flores y a otras hacía décadas que nadie se acercaba. El camposanto recibía la sombra de unos robles tan grandes y gruesos que yo estaba convencida de que llevaban allí desde mucho antes que cualquiera de los cuerpos que yacían bajo el césped. Y en ellos, posados con toda la comodidad del mundo, había cuervos. Una bandada entera. Estaban sobre las ramas más bajas y nos miraban desde arriba con sus ojitos pequeños y brillantes, acurrucados para observarnos.

Las verjas de hierro forjado estaban cerradas con llave, pero eso no me había impedido nunca colarme. Había un muro algo estropeado a seis metros de la entrada que ofrecía un buen apoyo para saltar.

—Vaya, está cerrado —señaló Ben, leyendo el cartel—. Nunca había pensado en que los cementerios cierran… ¿Adónde vas?

Me siguió hasta el lugar del muro que se había desprendido un poco.

Lo señalé.

—Voy a escalar por aquí.

—¿No podemos…? Yo qué sé, ¿pedir permiso o ir a pasear por un parque?

—El parque también cierra por la noche y, además… —dije,

quitándome los zapatos planos y lanzándolos al otro lado del muro—, conozco al dueño. No va a pasar nada.

Decidí omitir que me habían prohibido de forma permanente entrar al cementerio tras la puesta de sol después de que el antiguo dueño me regañase por haberme colado demasiadas veces. A Seaburn no le importaría. Aunque no era él quien me preocupaba.

—Ahora me están entrando dudas —murmuró.

—Estás muerto, ¿de qué vas a tener miedo? —le pregunté.

Me dirigió una mirada seria.

—No se trata de eso.

Puse los ojos en blanco, coloqué los pies en los puntos de apoyo que había creado cuando era adolescente y empecé a subir los dos metros que había hasta la parte de arriba del muro, donde pasé una pierna al otro lado y me quedé sentada a horcajadas.

—¿Vienes o voy a dar el paseo sola?

Él cambió el peso de pierna mientras se debatía. Hizo sus cálculos. Sopesó las opciones. Tenía los hombros tensos y el ceño fruncido, como si lo que lo detuviese fuera algo más que colarse en un cementerio.

Volví a pasar la pierna por encima del muro.

—No tenemos por qué entrar —dije, más amable—. Podemos irnos a un parque si no estás cómodo. O… al Risco.

No me podía creer que acabase de proponerle eso.

Negó con la cabeza.

—No, no pasa nada. Es solo que… ¿No hay otros? En el cementerio. Otros como yo, quiero decir.

—Ah, otras personas lidiando con una experiencia posvida.

Me señaló.

—Eso.

Me volví para mirar el camposanto. La luna estaba tan llena y brillaba tanto que lo veía todo desde la entrada hasta el muro del fondo, incluidos los mausoleos y las lápidas que había en medio.

—No, no veo a nadie… Un momento, ¿te dan miedo los fantasmas?

Se puso tenso.

—No. —Lo dijo demasiado deprisa.

—¡Sí! Madre mía, pero si tú eres un fantasma.

—Lo sobrenatural me inquieta.

—Te prometo que ningún fantasmita va a venir a hacerte daño, Benji Andor —me burlé—, y si alguno viene tendrá que vérselas conmigo.

—¿Puedes pegarle a un fantasma?

—No, pero se me da fatal cantar. Suéltame con un micrófono ante cualquiera de tus enemigos y están muertos.

Se rio por la nariz.

—Bueno es saberlo —dijo. Luego respiró hondo y continuó—: No, ya te he dado mi palabra. Esto no está saliendo como esperaba, pero… las cosas no suelen salir como esperamos, ¿verdad?

Parecía que se refería a su situación en general. No podía ser mucho mayor que yo y se había muerto. Tendría planes, como todo el mundo, aunque no se dé cuenta. Hasta los que se van porque piensan que no los tienen. Siempre hay algo.

Me pregunté de qué se arrepentía, qué partes de su vida desearía haber llevado de otra forma.

Me pregunté si mi padre también se arrepentía de algo cuando nos dejó.

—Entonces, vamos. —Señalé el cementerio con la cabeza y volví a pasar la pierna por encima del muro—. Vive la vida.

—Ya, ojalá pudiera.

—Creo que no he elegido muy bien las palabras. ¡Nos vemos al otro lado! —Pasé el resto del cuerpo por encima del muro y me dejé caer sobre el césped. Solo estaba segura al cincuenta y cinco por ciento de que me seguiría. ¿Tanto le gustaban las normas? ¡Pero si estaba muerto!—. Cruza el muro, colega —le dije desde el otro lado—. Eres un fantasma.

Al cabo de un momento, lo cruzó andado y se estremeció.

—Qué sensación más rara —se quejó mientras se quitaba polvo invisible se su impecable camisa—. No me gusta. Me hace cosquillas. En lugares extraños.

Me dirigí al camino que daba la vuelta a todo el cementerio y me volví para gritarle:

—Se te da fatal lo de ser fantasma.

—Tampoco es que lo sea por voluntad propia. ¿Y si nos pillan?

—Si me pillan —lo corregí—, saldré corriendo. Tú eres un fantasma. No puede verte nadie más.

Me alcanzó con unas pocas zancadas rápidas y se acomodó a mi ritmo para caminar a mi lado. Lee nunca hacía eso, siempre esperaba que siguiese el suyo.

—Ya —dijo—. Sobre eso…, tengo preguntas.

Respiré hondo.

—Vale, intentaré responderlas.

—¿Puedes invocar fantasmas?

—No.

—¿Los exorcizas?

—No; como ya te he dicho, la mayoría solo quieren hablar. Tienen buenas historias que contar y quieren que alguien los escuche. —Me encogí de hombros—. A mí me gusta escuchar… No me mires así —añadí, sintiendo una mirada sobre mí, como si intentase descifrarme, como si lo hubiese sorprendido.

Apartó los ojos enseguida.

—¿Y esta… experiencia posvida es parte del negocio familiar?

Me hizo reír.

—No. Mi familia tiene la funeraria del pueblo, pero solo mi padre y yo vemos espíritus. Fantasmas. Como quieras llamarlos… llamaros. No sé por qué. Puede que tenga algo que ver con el edificio, quién sabe.

—¿Por eso te fuiste? No quiero ser demasiado atrevido —se apresuró a decir al darse cuenta de que, sí, se había pasado un poquito—. Es solo que me he dado cuenta de que la gente se sorprende de que hayas vuelto.

—Supongo que es normal. —Durante unos pasos sopesé la pregunta, qué decirle y qué obviar. Aunque ¿para qué mentirle a un tío que estaba muerto?—. Cuando tenía trece años, ayudé a un fantasma a resolver su propio asesinato. Antes de eso, todo el rollo este de mediar era un secreto familiar, pero, si el periódico local publica «Una joven del pueblo resuelve un asesinato hablando con fantasmas», se destapa todo un poquito.

—¿Te convertiste en la famosa del lugar?

Solté una risotada.

—¡Ojalá! Nadie me creyó, Ben. En el mejor de los casos, pensaban que quería llamar la atención y, en el peor, que había tenido algo que ver con el asesinato. Imagínate declarar como testigo con trece años y tener que decir: «Me lo dijo un fantasma». Fue…

Intentaba no recordar mucho ese año si podía evitarlo. Los artículos sobre mí, las artimañas raras de la prensa, la gente que me llamaba mentirosa…

Bueno, la mayoría pensaba que era un cuento. Supongo que tiene sentido, quería ser escritora desde pequeña. Me gustan las palabras. Me gusta darles forma. Me gusta que puedas inventar historias amables y buenas, que nunca te fallan, siempre que decidas crearlas así. —Le di una patada a una piedra y se alejó a trompicones por el césped—. O al menos en teoría.

Me mordí la uña del pulgar mientras seguíamos andando en silencio. El único sonido era el de mis pasos sobre el césped.

—De tu primer libro me gustó eso —me dijo al cabo de un rato.

Sorprendida, me volví hacia él.

—¿*Guía de un galán*?

—No, el primer libro que escribiste. ¿Cómo era…? *Tuya, con pasión*, me parece que se llamaba.

Se me abrieron mucho los ojos.

—¡No!

—¿Por qué te sorprende tanto?

—Nadie leyó ese libro, Ben. Nunca superó la primera edición.

—Te aseguro que yo lo leí.

No sabía cuánto de eso creerme. Primero me había dicho que lo había leído Seaburn y luego Ben… Dos personas que no se conocían. Una vez, mi padre me dijo: «No te preocupes, Buttercup, tu libro encontrará el modo de llegar a la gente a la que tiene que llegar», pero yo no lo creí.

Empezaba a dudar.

Nos perdimos entre las lápidas. Yo sabía dónde estaría la tumba de mi padre. Ya estaba marcada, en la parte de arriba de la colina, bajo el gran roble en el que se posaban los cuervos. Me senté en uno de los bancos de piedra que había por todo el camposanto y Ben se sentó a mi lado.

Extendí los brazos hacia el cementerio.

—¿Qué? ¿A que vale la pena? Una de las mejores vistas de Mairmont.

Apretó los labios hasta que fueron una fina línea y los frunció un poco.

—A ver, creo que no vale una detención por invasión, pero… está bien.

Contuve una sonrisa y me senté sobre mis pies con las piernas cruzadas. El cielo se abría ante nosotros, oscuro e infinito. Las estrellas brillaban mucho más allí, tanto que casi se me olvidaba que no hacía falta ninguna farola en medio de la nada. Las estrellas daban toda la luz necesaria.

—Mi padre se colaba aquí conmigo cuando era pequeña. Paseábamos entre las tumbas. Él lo llamaba «hacer ejercicio». A veces, cuando la Estación Espacial Internacional pasaba por aquí, veníamos a verla. Hemos presenciado un montón de cometas y de basura espacial caer. Es una vista insuperable.

—Sí —coincidió—. En la ciudad se te va olvidando cuántas estrellas hay. Yo me crie en Maine y también se veían muchas.

—Ann vive allí —señalé—, igual erais vecinos y no lo sabías.

—Hay muchos escritores en Maine. ¿Cómo sabes que no era vecino de Stephen King?

—Tienes razón.

—¿Se te ha aparecido el fantasma de alguien famoso? —me preguntó.

—¿Famoso? —Ladeé la cabeza, pensativa—. No… no que yo sepa. La mayoría de las personas con las que he hablado eran de

Mairmont y en Nueva York no hablo con fantasmas, así que no podría decírtelo. Tú eres un caso raro, ahora que lo pienso. Moriste en Nueva York, pero me estás rondando aquí, a miles de kilómetros.

—Ya, yo también lo he pensado —musitó, frotándose la barbilla—. Nunca me había imaginado que el más allá consistiría en andar por cementerios en mitad de la nada.

—Mi ex no soportaba estas cosas.

—¿Cuáles? ¿Colarse en camposantos y hacer espiritismo para invocar a los muertos?

—Eso habría sido divertido. Pero no, no le iba este rollo. A ver, se nota a la legua que a ti tampoco —añadí, señalando sus mangas arremangadas y sus pantalones bien planchados—, pero él ni siquiera habría contemplado la idea. Aunque sabía que me gustaba, nunca me lo habría propuesto.

Ladeó la cabeza.

—Es verdad, no es de esos a los que les gustan los cementerios. Siempre me ha parecido raro que haya escrito una novela gótica contemporánea de terror.

Me puse tensa.

—Ah, sí… Lo conoces, Lee Marlow.

—Trabajamos… Trabajábamos en lo mismo —aclaró, frunciendo el ceño por tener que corregirse y hablar en pasado—. Entramos en el mundo editorial más o menos a la vez, así que lo veía en eventos… Te reconocí cuando entraste en mi despacho el otro día —añadió—, pero nosotros nunca nos habíamos cruzado.

No, y no pensaba decirle que yo también lo reconocí cuando lo vi el otro día.

—¿Por eso estabas en el bar ese de escritores la otra noche?

—¿Colloquialism? Sí. Estaba allí tomando algo con él porque, al parecer, quería despotricar sobre la tipografía que iban a usar en su libro.

Hice una mueca.

—Cuidado, a ver si va a ser legible.

Soltó una risita. Fue un sonido cálido y gutural que me recordó a la tarta *red velvet*. En un libro, lo habría llamado «un sonido delicioso».

—¿Lo has leído? —me preguntó—. El libro de Marlow, digo.

—Estoy muy familiarizada con él —respondí distante—. ¿Y tú?

—No; tengo un ejemplar de lectura anticipada, pero nunca me ha llamado la atención.

—Puede que te hayas salvado de una buena. La protagonista es sequísima y malhumorada y todo le produce apatía.

Ben hizo una mueca de dolor.

—Supongo que cree que así se escribe a una protagonista fuerte.

Levanté los brazos.

—¿A que sí? Una mujer puede ser emotiva y viva y que aun así le gusten cosas. Eso no la convierte en una persona débil ni inferior. ¡Qué rabia! Mira, no voy a ponerme a soltar ahora un discurso sobre el tema, porque solo conseguiré enfadarme más —añadí, obligándome a bajar las manos. El rubor me subió por las mejillas—. Y tampoco es que me importe lo que haya escrito. Para nada.

No es que Lee me hubiese metido en su libro ni similar, porque yo no era tan seca ni malhumorada. O, por lo menos, no creía serlo.

Y, desde luego, no era apática.

—Y encima —añadí, incapaz de callarme— dice que besa mal. Fatal. Y no sé qué pensarás tú, pero yo creo que las tías con mala leche besan de puta madre.

Asintió para mostrarse de acuerdo.

—La experiencia me dice que las mujeres con la lengua afilada suelen tener los labios muy suaves.

—¿Besas mucho a chicas con la lengua afilada?

Su mirada se detuvo en mis labios.

—No tanto como me gustaría.

Las orejas empezaron a quemarme por el rubor y aparté la vista. Era un fantasma, Florence. Estaba muerto y bien muerto. Y era terreno vedado.

—Si no fuese como soy, te pediría que atormentases al hípster de Lee Marlow.

—Fantasma por encargo.

—Se te daría de miedo.

—Igualmente, a mí también me gustaría decirle un par de cosas.

—Ah, ¿sí? —Me reí—. ¿Tú también estabas enamorado de él?

—No, pero tú sí. Y se nota que te duele.

Eso me sorprendió.

—¿Tan transparente soy?

—No... Sí —admitió—. Un poco. Ya no pareces la persona que escribió *Tuya, con pasión*. No lo digo a malas, sino como cuando estás leyendo algo y te das cuenta de que lo que habías estado busc... ¿Me estás escuchando? —añadió cuando me levanté y empecé a andar de un lado para otro delante del banco—. Creo que no me escuchas...

—Chisss, espera —dije, levantando un dedo para que se callara. Mi cerebro estaba pensando y uniendo los puntos como si fuesen una constelación—. El manuscrito.

—¿Qué le pasa?

—¡Es lo que nos une! No es Ann, es el manuscrito. Estás aquí porque yo no lo he terminado. ¡Ese es tu asunto pendiente!

Ladeó la cabeza.

—Bueno, casi lo has acabado, ¿no?

—Pues...

—Florence —dijo con seriedad y un escalofrío me recorrió la columna—, has tenido más de un año.

—¡Sí, pero han pasado muchas cosas este año!

—Pero...

De pronto, la luz de una linterna me deslumbró. Me protegí con el dorso de la mano y aparté la mirada del haz cegador con los ojos entrecerrados. Oí el crujido de la gravilla y el tintineo de unas llaves. «¡Mierda!». Ni siquiera lo había oído abrir la verja y entrar al cementerio. Había estado demasiado ocupada tonteando, algo que solo podía llevarme al desastre.

Me agaché detrás del banco. Ben se escondió conmigo.

—¿Hay alguien ahí? —gritó el policía—. ¡Niños, no podéis entrar aquí!

—¡Mierda! —susurré—. Creo que es el agente Saget.

—¿Bob? ¿El actor de *Padres forzosos*?

—¿Qué? No… ¿Eso ha sido una broma, Benji Andor?

—¿Una referencia demasiado vieja? —preguntó, avergonzado.

—Un poco… ¡Mierda! —Me agaché más cuando el haz de luz de la linterna volvió a pasarnos por encima. ¿Cómo podía explicarle a Ben los años de odio acumulado entre el agente Saget y yo?—. Te vas a reír, pero es posible que tenga prohibida la entrada al cementerio.

—¡Florence!

—¡Era una niña!

El agente nos gritó algo, pero yo me puse el dedo en los labios y le dije a Ben que se callase. No iba a engañarme esta vez. Era adulta. ¡Ahora tenía el cerebro ya formado y funcional!

Bueno, funcional casi siempre. Los días buenos.

El agente se acercó más por la colina cubierta de césped. Aunque no estaba en busca y captura, sí que tenía una multa de aparcamiento por pagar desde hacía diez años. No quería ni pensar en el dinero que debía ahora. Y eso sin tener en cuenta los otros delitos menores que tenía en el historial. Encender un fuego en el instituto. Robarle el carrito de golf al entrenador Rhinehart. Colarme en el Museo del Condado de Mairmont…

Suficiente para acusarme de alterar el orden público.

De pronto, con un graznido sobresaltado, toda la bandada de cuervos posados en el roble levantó el vuelo al mismo tiempo. Asustaron al agente Saget, que soltó un taco y se agachó cuando pasaron cerca del suelo y subieron para perderse en el cielo nocturno. Entonces vi que Ben intentaba cogerme de la muñeca, pero su mano me atravesó. Pareció molesto por un momento.

—¡Corre! —siseó.

No tuvo que decírmelo dos veces. Di media vuelta y salí disparada hacia la parte de atrás del cementerio, esquivando lápidas y flores artificiales recostadas contra las losas. La oscuridad crecía a medida que nos alejábamos y detrás del viejo roble había caído una parte del muro y se había formado una pequeña grieta…

Me colé por ella y salí a Crescent Avenue. Fui saltando las vallas de algunos jardines traseros hasta llegar al cruce de calles de la pensión. No me paré a recuperar el aliento hasta que hube entrado por la verja de hierro forjado y estuve a medio camino de la puerta del edificio.

—¡Nunca había estado tan cerca de que me pillasen! —Me agarré los costados mientras me deshacía en carcajadas—. ¿Has asustado tú a los cuervos?

—Yo nunca haría algo así —contestó, indignado, cruzándose de brazos.

Me entraron ganas de besarlo.

—Gracias.

Las puntas de las orejas se le pusieron rojas y apartó la mirada.

—De nada.

Intentando esconder una sonrisa, empecé a andar por el camino de piedra hacia la puerta de entrada y me detuve en los escalones que subían al porche para volverme y mirar a Ben.

—Lo siento —dije—, siento haberte mentido sobre que me habían pillado en el cementerio.

—Bueno, por lo menos ahora ya lo sé —contestó y negó con la cabeza—. Me voy a…, no lo sé, a ver si rondo el restaurante o algo. A ver si huelo el café. Una pregunta —añadió como si se le hubiera ocurrido entonces.

—Dime —respondí.

—¿Es normal oír cosas? Conversaciones… Voces… Muy a lo lejos. Como si estuviesen justo fuera del alcance del oído.

Fruncí el ceño.

—Que yo sepa, no, pero nunca lo he preguntado.

—Ah, vale. En fin, pues buenas noches. Intenta no meterte en muchos líos —añadió y se fue por la acera hacia Waffle House.

Yo me quedé en el porche de la pensión un rato, observando cómo se deshacía su figura transparente en la oscuridad y desaparecía.

Ya tenía a un muerto al que llorar. El sentido común me decía que no debía embarcarme en nada con Ben, que mi corazón no podría soportar otra despedida tan pronto, pero creo que ya había decidido ayudarlo. No estaba segura de cuándo. ¿El día anterior, cuando apareció en la puerta de la funeraria?

Era tonta y solo iba a hacerme más daño, porque, si algo sabía sobre la muerte, era que despedirse de un fantasma era más duro que de un cadáver.

16

Canciones para los muertos

El sábado dio paso al domingo y yo intenté convencer a mi madre de que me dejase ayudarla con el funeral de ese día —el penúltimo que mi padre había programado antes de morir—, pero se negó en redondo durante todo el desayuno. Yo llevaba años sin asistir a un funeral. Los cantos fúnebres, los fragmentos del Evangelio, las viudas llorosas, los hijos afligidos, los padres que tenían que enterrar a sus hijos y...

Los fantasmas.

Me puse una sudadera de la Universidad de Nueva York y le mandé un mensaje a mi madre: ¿Estás segura?

Una palabra más y te castigo, me contestó junto con un emoticono de un corazón.

Vale, pues lo que ella dijera.

Hablando de fantasmas, ese día todavía no había visto al espíritu residente, ni siquiera cuando había bajado a coger un *bagel* y un poco de queso crema del surtido de desayuno del comedor. (El segundo desayuno era siempre mi comida preferida del día). Unté una buena cantidad en el pan mientras tarareaba al ritmo de la radio matutina que sonaba en un rincón de la sala. Me serví un café en un vaso para llevar y volví a la recepción.

—¡Aquí viene Florence!

Solté un chillido. Sentado tras el mostrador, con la cabeza descansando sobre la mano, estaba John. Y a su lado, apoyado en el mostrador con altivez, estaba el agente Saget.

—Parece que ha visto un fantasma —comentó el policía.

A la luz del día, lo veía mucho mayor de lo que lo recordaba. Tenía casi todo el pelo blanco, seguía llevando la barba corta y parecía hecho de ladrillos. Era el hombre más cuadriculado del mundo.

—Ja, ja, graciosísimo —respondí, seria—. Me alegra verlo, agente.

—Lo mismo digo. ¿Tuvo mucho ajetreo anoche, señorita Day?

—Para nada. Me fui a la cama pronto. He dormido de maravilla... —dije, aunque no pude evitar que se me escapase un bostezo—. Y ahora ya estoy en pie y lista para ver el pueblo.

—¿Pronto?

—Así es.

No me vio la cara la noche anterior. No sabía que había sido yo.

John observaba el intercambio como si fuese un partido de bádminton y había puesto un marcapáginas en el manga que estaba leyendo para prestar atención.

—¿Sabe que es ilegal mentir a un agente de policía? —siguió diciendo Saget.

—¿Por qué iba a mentirle?

—¿Así que no dio ningún paseo a medianoche?

—No, en absoluto —mentí.

Frunció los labios. Se le dilataron las aletas nasales. Pero entonces, al cabo de un momento, pareció pensarse mejor la estrategia.

—Se libra esta vez... Pero esta vez, Florence. Si fuese en cualquier otro sitio, la detendría por invasión de la propiedad privada. Intente comportarse como alguien de su edad, ¿de acuerdo? —me advirtió antes de salir por la puerta, subirse en el coche patrulla que tenía mal aparcado encima de la acera y alejarse.

Solté el aire. No me había dado cuenta de que había estado aguantándome la respiración.

—Joder, por los pelos.

John me lanzó una mirada.

—Tía, cómo te gusta el caos.

Aquella mañana llevaba la barba pelirroja trenzada como si fuese un vikingo y de nuevo la gorra con la pizza.

—Lo llevo en la sangre —contesté y di un largo sorbo de café—. Lo que me gustaría saber es quién llamó a la policía. A Seaburn no le importa que entre en el cementerio de noche. Aunque me he colado tantas veces en otros sitios que me parece que Saget quiere pillarme por lo que sea.

—Creo que nunca llegó a perdonarte por meter aquella zarigüeya salvaje en la comisaría.

—¡No sabía qué más hacer! No pensaba que tuviese la rabia.

Soltó una risita y negó con la cabeza. En una cama de perros bordada que había al lado del mostrador estaba nuestro alcalde. Me miró desde abajo y golpeó el suelo con la cola. Yo lo rasqué detrás de las orejas.

—Oye, tengo una pregunta —dije.

—Y puede que yo tenga una respuesta.

—¿Sabes cuándo abre el IncomBARable?

Se miró el reloj inteligente.

—Seguro que abrirá dentro de poco para el servicio de comidas. Tienen unos perritos calientes con queso bastante buenos. Y las croquetas de patata están... —Hizo un gesto de aprobación con la mano—. ¿Por qué no te llevas al alcalde? Le toca hacer una inspección de esas croquetas.

Yo suponía que Seaburn estaba ayudando con el funeral, así que lo menos que podía hacer era pasear a Busca.

—Claro. Alcalde, ¿quieres venir conmigo? —El perro se puso en pie—. ¡Pues vámonos, venga! ¡Gracias, John!

No tenía muchas ganas de hacer las tareas que me esperaban ese día. Mientras Carver y Alice ayudaban a mi madre, yo tenía que ingeniármelas para llevar a cabo los encargos imposibles de mi padre. El día anterior ya había fracasado en mi intento de conseguir las flores. Ese día no podía no encontrar a Elvis.

Al menos tenía a un buen compañero a mi lado.

Y el florista me había dado una buena pista y, aunque no era exactamente Elvis, conocía lo bastante bien a mi padre para saber que no siempre quería decir lo que decía. Menos mal que el IncomBARable seguía un horario estricto, porque llegué justo a las diez de la mañana.

Entré por la puerta con el alcalde pisándome los talones. Dentro había un cartel que decía: LOS PERROS DEBERÍAN PODER VOTAR y me lo tomé como que tenía permiso para que entrase conmigo el mejor de los perros. Había un hombre de pie detrás de la barra preparándose para la jornada.

—Pero ¿qué ven mis ojos? ¿Florence Day? —preguntó y se recolocó las gafas—. ¡No me lo creo! La famosa Florence Day.

Puñal, te presento a mi corazón.

—Pues sí, esa soy so —respondí con una sonrisa ensayada.

—Soy Pérez. He oído lo de tu padre, te acompaño en el sentimiento —dijo, tendiéndome la mano.

Le di un apretón.

—Gracias. Esto… Tengo una consulta rara para usted. El señor Taylor, el de la floristería, me ha dicho que hay un Elvis que actúa aquí algunas noches.

—¿Elvis…? ¡Ah, pues claro! —Señaló con el pulgar por encima del hombro un cartel que había colgado en el tablón de actividades—. Te refieres a ElBis.

Miré a su espalda el póster que señalaba y me encontré con una versión envejecida de Elvis vestido con lentejuelas brillantes a punto de comerse un micrófono.

—Ah… Mira qué bien.

—¡Oye, Bruno! —gritó hacia la cocina.

El cocinero asomó la cabeza.

—Dime, jefe.

—Esta es la niña de Xavier.

Los ojos oscuros de Bruno se iluminaron como los petardos del Cuatro de Julio. Salió enseguida de la cocina limpiándose las manos con el delantal blanco impoluto.

—¡No me…! ¡Florence Day! —Tenía la voz suave como el terciopelo. Tuve la impresión de que era…—. Tu padre venía a verme cantar todos los jueves. Antes de las partidas de póquer —añadió cuando la confusión me cruzó el ceño.

—Ya veo.

Nos dimos un apretón de manos y se sentó en el taburete que había al lado del mío. Pérez, detrás de la barra, me preguntó si quería beber algo y yo le respondí que una limonada estaría bien.

—Tu viejo no se perdía ni una noche… Y, cuando no vino el jueves, supimos que había pasado algo —dijo Bruno—. Te acompaño en el sentimiento. Sé que no es mucho y no está a la altura de lo que ha pasado, pero no sé qué más decir.

—Te lo agradezco de corazón.

Pérez me pasó la limonada y yo envolví el vaso frío y húmedo con los dedos. El hielo se tambaleaba y la condensación perlaba el exterior como si fueran gotitas de lluvia.

—Tu padre siempre te ponía por las nubes —dijo.

Bruno asintió.

—Siempre contaba que estabas en la gran ciudad persiguiendo tus sueños. Que escribes palabras que podrían resucitar a los muertos.

—¿Eso decía?

—Eso justo.

Sentí que el calor me mordisqueaba las mejillas. Cómo no, mi padre iba diciendo esas cosas. Ni siquiera sabía que escribía para otra persona, que esos libros se vendían en las librerías de los aeropuertos y en las cajas de los hipermercados…

Y… ahora ya no podría decírselo.

Nunca.

—Xavier me hizo jurar que no se lo diría a nadie, pero tengo que preguntarte si es verdad que… —empezó a decir Bruno tras una pausa.

—Bruno… —le advirtió Pérez.

Fruncí el ceño.

—¿Preguntar si es verdad el qué?

En lugar de responderme, dijo:

—Estaba muy orgulloso de ti, señorita Day. Coño, estaba tan orgulloso que hasta lloraba. Sabía que estabas persiguiendo tu sueño, como Carver y Alice, y estaba orgullosísimo de todos sus hijos.

Pero nunca llegó a saberlo todo. Nunca le conté que me inspiraba en su historia de amor con mi madre, que había memorizado todas las anécdotas que me habían contado de sus abuelos, todas las historias de amor que habían pasado de generación en generación. Me había ofuscado tanto con ser la excepción a la norma, la única de la familia que no viviría un romance maravilloso, que se me había olvidado por qué escribía sobre el amor.

Porque una mujer de pelo cano con un jersey extragrande me lo había pedido, sí, pero también porque quería. Porque antes... creía en el amor.

—¿Te he puesto triste? —me preguntó Bruno.

Me di cuenta de que no había tocado la limonada. Le di un buen trago y negué con la cabeza.

—No —respondí y me encogí al oír que mi voz no sonaba nada convincente—. De hecho, he venido a hacerte una pregunta sobre mi padre. ¿Estás libre el jueves hacia las tres?

—P-pues, tendría que preguntarle a Pérez...

—Sí —contestó él—. Está libre.

—Entonces supongo que sí.

—En ese caso, ¿aceptarías el honor de cantar en el funeral de mi padre? Te pagaré, claro... ¿Tienes un presupuesto especial para... situaciones raras?

Bruno se me quedó mirando y parpadeó. Una vez. Dos.

—A ver si lo he entendido —dijo, inclinándose hacia mí—. ¿Quieres que cante en el funeral de tu padre?

—Sí, con ese traje. —Señalé el cartel.

Él levantó de repente sus cejas pobladas y negras.

—Vaya.

—Sé que es raro, pero...

—¡Pues claro que sí!

—¿Y el presupuesto? —le recordé.

El hombre sonrió y al final me di cuenta de que tenía el colmillo izquierdo cubierto en oro.

—ElBis honra a los muertos sin cobrar.

17

Horas muertas

Enrosqué los dedos en uno de los barrotes de la verja de hierro forjado del cementerio. Ya estaba cerrado —se me había olvidado que cerraba casi todas las tardes a las seis— y no tenía demasiadas ganas de pasear entre las tumbas aquella noche, pero no sabía adónde más ir. Se acercaba una tormenta. Los rayos iluminaban las nubes hinchadas a lo lejos y había un olor inconfundible en el aire.

Húmedo y fresco, como de ropa limpia tendida para que se seque.

Un trueno retumbó por las colinas del cementerio.

—Un poco pronto para uno de esos paseos lunares, ¿no? —preguntó una voz familiar a mi izquierda.

Miré en esa dirección y ahí estaba Ben con las manos en los bolsillos y un aspecto algo más desaliñado. Llevaba la corbata un poco torcida y el botón superior de la camisa desabrochado, de modo que se le veía bastante el cuello y un collar... con un anillo.

Una alianza de oro.

¿Era suya? ¿O de otra persona? No sabía por qué, pero me alarmó. Lo cierto era que no sabía nada de él. No entendía por qué me molestaba. Nunca me habían importado las joyas que llevaban los fantasmas. «Tonta», me reñí a mí misma. Solté la verja y me volví hacia él.

—Sí. Y, además, se acerca una tormenta.

Inclinó la cabeza hacia las nubes.

—¿Cómo lo sabes?

—Lo huelo en el aire. ¿Quieres acompañarme hasta la pensión?

—Sería un honor, Florence.

Había vuelto a decir mi nombre y, de nuevo, cada vocal había mandado un escalofrío que se me había enroscado por la columna vertebral y no había sido desagradable. De hecho, había sido muy agradable. Me gustaba cómo decía mi nombre. Me gustaba el simple hecho de que lo dijera. Lee solo me decía «conejito» esto y «conejito» aquello.

Qué descarga sentía cuando Ben pronunciaba mi nombre.

Una ráfaga de aire esparció unas cuantas hojas verdes por el suelo. Me pasé el pelo por detrás de la oreja para que no me cayera en la cara y el viento atravesó a Ben. No le removió el pelo ni la ropa. Estaba estancado, así para siempre. Ahora era un retrato, algo que nunca cambiaría. Como mi padre, que tendría sesenta y cuatro años para siempre. Se habían terminado sus experiencias. Se había congelado su vida.

Ben se puso las manos en los bolsillos y dijo:

—¿Sabes? He estado pensando sobre la conversación que tuvimos en el cementerio.

—¿Sobre cómo ayudarte a seguir adelante?

—Sí, y pensaba que quizá el motivo por el que estoy aquí no tiene nada que ver con el manuscrito —sugirió. Se volvió hacia mí y dijo con firmeza—: Puede que esté aquí para ayudarte a ti.

Me quedé mirándolo. Parpadeé. Y luego solté una carcajada.

Parecía indignado.

—No tiene gracia.

—¡Claro que sí! —aullé, apretándome los costados.

Porque, si aquello no era el argumento de una comedia romántica, ¿qué podía serlo?

—Madre mía… Perdona. Es que… no puede ser. Y ¿con qué se supone que necesitaría ayuda yo?

—Con el amor. Tendría que ayudarte a volver a creer en el amor.

La risa pronto murió en mi garganta. De repente, ya no me parecía gracioso. Era personal. Fruncí los labios.

—No eres el fantasma de las navidades pasadas, Ben.

—Pero ¿y si...?

—No funciona así —dije, desestimando la idea—. Sería la primera vez que me encuentro con que un fantasma vuelve para ayudar a alguien que está vivo. Siempre soy yo la que os ayuda. Los ayuda. Lo que sea.

—¿Y si te equivocas?

—No necesito que me ayudes con el amor. Estoy muy a gusto tras haber abierto los ojos. No soy yo la que está atascada en el limbo, sino tú. Así que yo tengo que ayudarte a ti, no al revés. ¿Lo entiendes?

—Sí —dijo sin mirarme y pensando claramente que me equivocaba—, supongo.

—Bien. Y me pondré con el manuscrito, te lo prometo. Es solo que... necesito tiempo.

—Bueno, ahora tienes mucho —respondió con ironía.

Me encogí un poco por el duro golpe. No se equivocaba.

Pasamos por delante de la heladería, donde una niña y su padre estaban sentados a la mesa de al lado del ventanal compartiendo un helado con nata, fruta y frutos secos. Cuando era pequeña y Carver y Alice todavía lo eran más, mi padre me llevaba allí y compartíamos un cuenco de helado de chocolate con virutas por encima.

Deseaba poder preguntarle a mi padre cómo ayudar a Ben. Él habría sabido qué hacer. La única pista que tenía era el manuscrito, pero... no sabía cómo solucionar eso. Y, si ese era el motivo por el que se había quedado, me temía que los dos estábamos jodidísimos.

Y estaba molesta por que Ben hubiera..., por que hubiera siquiera sugerido que yo..., que él estaba ahí para...

¡Qué rabia!

Había probado el amor y no había funcionado. Fin. Tenía que ocuparme de cosas mucho más importantes en la vida que algo tan frívolo.

—¿Has encontrado lo que buscabas en el bar? —me preguntó al cabo de un momento.

—En cierto modo, sí. He conseguido contratar a Elvis para el funeral.

Él se sobresaltó.

—¿Presley? ¿Es… un fantasma? —me preguntó casi con un susurro.

Ay, ¿por qué me parecía tan tierno? ¿Por qué?

Me mordí el interior de las mejillas para no sonreír, porque seguía molesta con él.

—No… —Me saqué un cartel del bolsillo trasero y lo desdoblé para que viese de qué Elvis estaba hablando—. Pero es lo que más se le acerca.

Él se puso una mano en la boca para esconder la risa.

—¿Un imitador? ¿Para un funeral?

—No conocías a mi padre —contesté, volviendo a guardármelo.

—Parece que es todo un personaje.

Sonreí al pensar en él yendo a ver actuar a Bruno antes de las partidas de póquer de los jueves por la noche… y luego se me borró la sonrisa cuando me acordé de que no iría nunca más. Me crucé de brazos y dije con brusquedad:

—Pues sí, lo era, en pasado.

—Claro, sí… Disculpa.

Caminamos las tres manzanas siguientes en silencio; pasamos por delante de la librería, en la que había un cartel de *Cuando los muertos cantan*, de Lee Marlow, y yo me entretuve solo un momento. Fue suficiente para que Ben se diese cuenta y se volviese para ver por qué me había detenido. Entonces me obligué a poner un pie delante del otro y a ignorar el cartel y la fecha de publicación. Solo quedaban unos meses para que el mundo entero leyese mi historia estropeada por sus palabras.

—¡Mira! Los libros de Annie.

—¿Qué?

Miré por la ventana los montones de novelas románticas con

los libros nuevos de Ann Nichols arriba del todo. Los que yo había escrito: *Matiné de medianoche, Guía de un galán…* Todos. Mi padre pasaba por delante de la librería a diario a la hora de comer cuando se iba al Fudge's. Habría visto el escaparate, los libros. Me preguntaba si alguna vez se había asomado y había comprado alguno. Si a mi madre le gustaba el humor ácido de los libros nuevos de Nichols. Ella y yo no hablábamos de libros desde que el mío fracasó. Yo no tenía ningunas ganas de hablar del tema después de aquello.

Di media vuelta para seguir andando, pero Ben reculó e hizo un gesto con la cabeza para señalar la puerta.

—Entremos.

—¿Por qué?

—Porque me gustan las librerías —respondió y entró andando hacia atrás por la puerta cerrada.

Yo estaba medio decidida a no seguirlo, pero una parte de mí se preguntaba qué sección lo atraería más. ¿Alta literatura? ¿Terror? No podía ni imaginármelo en el pasillo de romántica, imponente y taciturno, con su camisa impoluta y sus pantalones planchados.

La campana de la puerta sonó cuando entré en la acogedora tienda. La mujer que había detrás del mostrador, la señora Holly, llevaba allí unos veinte años. Levantó la vista de su libro con una sonrisa.

—¡No me lo creo! Florence Day.

Ni siquiera los libreros a quienes les compraba en Jersey sabían mi nombre, pero parecía que una década fuera no era suficiente para borrarme de la memoria de un pueblecito. Fuese adonde fuese, me decían: «¡Qué fuerte, Florence Day!», como si fuese famosa en Mairmont. Supongo que lo era.

—Hola, señora Holly —la saludé.

—¿Qué te trae por aquí?

«¿Ha visto por casualidad a un fantasma pasar flotando? Metro noventa, sexy, con una pizca de friquismo», quise preguntarle, pero, en lugar de eso, me decanté por decir:

—Solo vengo a echar un vistazo.

—¿Puedo ayudarte?

—Creo que no —empecé a decir antes de fijarme en un anuncio de *Cuando los muertos cantan* que había plantado en el mostrador. ¡RESÉRVALO YA!, decía el cartón con la imagen de la portada, una mansión victoriana deteriorada con una chica que parecía Miércoles Addams de pie delante de ella, seria. Por una de las ventanas miraba una especie de espíritu maligno con ojos demoniacos y dientes afilados.

Cautivador.

—El autor no debe de haber estado en un pueblo pequeño en su vida —me dijo la señora Holly cuando reparó en qué me había llamado la atención. Negó con la cabeza—. Pero a uno de mis distribuidores le encantó. No entiendo por qué.

Lo tendré en cuenta —respondí.

Claro que no sabía cómo escribir sobre pueblos pequeños. No había vivido nunca en uno y pensaba que eran como Stars Hollow, el de *Las chicas Gilmore*, o como Silent Hill. No había término medio.

—Tú escribes mejor de lo que él podría hacerlo en su vida —continuó. Me puse tensa—. ¿Sabes que sigo vendiendo tu libro? Últimamente ya con menos frecuencia, pero sí. Es una pena que ya lo hayan descatalogado. Justo lo acababan de sacar en tapa blanda.

—Bueno, no me gustó la edición de tapa blanda —contesté con algo de humor amargo, porque lo habían hecho tan feo que me costaba imaginar que alguien lo escogiese por voluntad propia.

Se sabía que un editor había perdido la esperanza en un libro cuando dejaba que el becario de Diseño le hiciera la portada.

Le dije a la señora Holly que quería echar un vistazo y fui por los pasillos de memorias y autoayuda, pasé por ciencia ficción y fantasía y llegué al último rincón de la librería, donde estaban las novelas románticas de tapa blanda. Y ahí estaba Ben, mirando esos ejemplares de segunda mano con el lomo agrietado y las páginas dobladas.

—¿Tú no eras editor de terror? —le pregunté, acercándome hacia donde estaba—. ¿Por qué te fuiste a romántica?

—Mi sello cerró.

Intentó coger un libro de la estantería, pero la mano lo atravesó. Frunció el ceño, porque se le había olvidado, y suspiró.

—Esa no puede ser la única razón.

—Un día leí un libro que me cambió. Y me di cuenta de que quería ayudar a los autores a escribir más libros así y encontrar más material así y darles una oportunidad que, si no, no habrían tenido.

—Tiene que ser un libro increíble. ¿Un best seller? ¿Lo conozco?

La boca se le torció en una sonrisa, como si hubiese dicho algo gracioso.

—Si he aprendido algo como editor estos últimos diez años es que los mejores nunca son conocidos.

Paseé la mirada por los estantes, por las Christina Lauren, las Nora Roberts, las Rebekah Wetherspoon, las Julia Quinn y las Casey McQuiston, hasta posé los ojos en el lomo más familiar. Lo saqué de la estantería para que lo viera. Solo había dos. Me pregunté cuánto tiempo podría seguir trayéndolos la señora Holly antes de dejar de encontrarlos. *Tuya, con pasión.*

Pasé la mano por la cubierta, por la tipografía ornamentada. Me acordé de lo mucho que me gustaba aquel libro. De que cada palabra sonaba como un latido y cada giro era una canción de amor.

—Me dijiste que habías leído el mío... ¿Es uno de esos que no se conocen? —pregunté en voz baja—. ¿Uno de los buenos?

Al principio, no respondió. Alcé la vista para ver si acaso no me había oído y, para mi sorpresa, ni siquiera estaba mirando el libro. Estaba mirando... Me estaba mirando a mí, con una tristeza dulce y silenciosa que me hizo sentir un nudo en el estómago.

—Sí —respondió con la seguridad y la certeza de un amanecer—, es de esos.

Me escocieron los ojos, aparté la mirada deprisa y me sequé las lágrimas con el dorso de la mano. No sabía que necesitaba oír esas palabras. Lee Marlow nunca me había dicho algo así ni de lejos. Me dijo que era simpático, ligero. Era como una chuche, pero hasta las chuches pueden ser buenas, dulces y sabrosas, justo lo que necesitas cuando lo necesitas. Sin embargo, jamás me había dicho algo así.

Rose nunca había entendido por qué le daba tantas vueltas a lo que Lee pensara de mis libros, pero ¿no es normal desear que alguien a quien quieres respete lo que has escrito? Se suponía que él era la persona más cercana que tenía, que le correspondía decirme que era un buen libro, que era digno... Y que yo era digna de esos halagos.

Pero, en lugar de eso, las alabanzas llegaron de un hombre al que apenas conocía.

Ben me recordaba a Ann en eso. Ella se había sentado a mi mesa y, con certeza, como si ya supiese que mis palabras eran dignas, me pidió que escribiese sus novelas. Me hizo un regalo que pensaba que nunca recibiría. Y, a través de ella, conté las historias que yo misma quería leer. Había sido una experiencia tan potente...

Respiré hondo y volví a dejar mi libro en la estantería.

—No sé cómo terminar el manuscrito de Ann.

Ladeó la cabeza.

—¿Qué quieres decir?

—Quiero decir que no sé cómo. No... no creo que pueda. Pero... —Tragué para deshacer el nudo que tenía en la garganta y dije con seguridad—: Lo intentaré.

Él se quedó en silencio lo que dura un latido, luego dos, luego tres. Y, entonces, vi que sus mocasines pulidos se detenían delante de mí y, cuando alcé la vista, se había inclinado un poco, con las manos en los bolsillos, y sonreía.

—Gracias. A Annie le gustaría. Y te ayudaré en lo que pueda.

—Ah, ¿sí? ¿Escribirás tú el final feliz por mí?

—Puedo darte ideas.

Y por fin reconocí ese tipo de sonrisa. De las que no les muestras a desconocidos. De las que te guardas porque el mundo ha sido una mierda y te han roto el corazón mil veces personas, lugares e historias distintas. Él también tenía sus historias. La cadena con la alianza que llevaba al cuello. La forma en que se metía las manos en los bolsillos para hacerse lo más pequeño posible. El motivo por el que le gustaba la literatura romántica.

Y, por primera vez desde que lloré por Lee en el piso del tamaño de una caja de cerillas de Rose con una botella de vino y una pizza a medio comer, con el pelo todavía mojado por la lluvia, quise oír una historia nueva. Quise leer el primer capítulo de la vida de Ben Andor y descubrir las palabras que formaban su corazón y su alma. Y, vale, puede que también su cuerpo de metro noventa, pero la verdad era que, aunque quisiera subirme encima de él, no podía porque era un fantasma y lo atravesaría.

Y, de todas formas, tampoco se me daba muy bien eso de subirme a sitios altos.

Salimos de la librería después de comprarme el nuevo romance histórico de Sarah MacLean y Ben me acompañó las últimas dos manzanas hasta mi alojamiento. Para entonces, la tormenta estaba a punto de entrar al pueblo.

—Bueno, dado que soy tu mediadora —empecé a decir cuando me detuve ante la verja de la pensión—, estoy obligada a preguntarte si quieres que le haga llegar un mensaje a alguien.

Ladeó la cabeza.

—¿A alguien que haya dejado aquí?

—Sí. Tus padres o… tu abuela, ¿no? O tu pareja.

Esa última parte la dije más bajo, pensando en la alianza que llevaba al cuello. Tampoco era que… A ver, no estábamos… No era… ¡No estaba intentando sacarle información!

—Pues… —Se frotó la nuca—. Yo… Bueno. —Respiró hondo y dijo—: No.

Hice un gesto de extrañeza.

—¿Nadie?

—No me mires así.

—No estoy…

—Sí.

Me obligué a apartar la mirada, a dirigirla a la calle. Seaburn estaba paseando al alcalde y lo saludé con la mano al pasar. «Nadie».

Esa palabra pesaba. Yo siempre había ido por mi cuenta, pero sabía que tenía familia: Alice, mi padre y Rose y Carver. Pero estar solo de verdad… Yo me había pasado toda la vida sabiendo que tenía una red de seguridad por si caía. No era capaz de imaginarme cómo sería andar por la cuerda floja sin ella y que cuando al final caías…

«Nadie».

Intenté no estremecerme y apartar el pensamiento, pero se quedó conmigo. Porque la soledad era el tipo de fantasma que te rondaba hasta mucho después de muerto. Se cernía sobre tu tumba en el cementerio, donde solo tu nombre estaba grabado en el mármol. Se quedaba al lado de tu urna. Era el viento que se llevaba tus cenizas cuando nadie reclamaba tu cuerpo.

—Lo siento —susurré una vez que Seaburn y el alcalde ya no me oían—. No lo sabía.

—No esperaba que lo supieras, no te preocupes. No importa.

—Sí que importa…

—No —me interrumpió y colocó las manos en la verja de hierro forjado y se inclinó hacia ella—. No importa, Florence, de verdad. Está todo en mi testamento, no soy tonto. Soy un soltero de treinta y seis años cuyos familiares cercanos están todos muertos y que comparte piso con una gata que se llama Dolly Prrrton.

—¡Nooo!

—Sí. Es perfecta. Y mi testamento es bastante claro con respecto a ella —añadió—. Había planeado toda mi vida. Cómo iba a vivirla. Lo que iba a hacer y cuándo. Todo tenía su lugar. Estaba estructurada y ordenada.

—Como tu escritorio.

Se encogió de hombros.

—No se me dan muy bien las sorpresas. No me arriesgo… arriesgaba. No me la jugaba. Por nada… ni por nadie. —Dudó y luego se corrigió—: Por casi nadie. Y estaba a gusto con esa vida. Hasta había planeado cómo proceder si moría antes de los cuarenta, pero… no pensaba que fuera a pasar de verdad. Si no, habría adelantado muchos de mis planes a largo plazo —añadió, intentando bromear.

A mí no me pareció gracioso.

—No puedes planearlo todo.

—Créeme, ahora lo sé —dijo con una dureza en su voz que me hizo pensar que era algo de lo que se había arrepentido mucho últimamente—. Pensaba que, antes de morir, por lo menos encontraría… —Negó con la cabeza—. Pero no, claro que no.

—¿Encontrar el qué?

Dirigió su fría mirada marrón hacia mí.

—La cosa en la que no crees, Florence. —Volvió a negar con la cabeza y dijo—: Supongo que, si todos encontrásemos nuestro gran amor, el mundo no sería un lugar tan terrible la mayoría del tiempo, ¿no?

—Ben…

—No me hace falta tu lástima.

—¿Lástima? —Hice como si me quedase sin aliento y abrí el pestillo de la verja—. ¿De dónde has sacado esa idea, Benji Andor? Solo iba a darte la bienvenida al Club de los Solteros. No se está tan mal aquí, ¡a alguna gente le gusta y todo! Los envidio.

Se rio por la nariz y atravesó la verja.

—Yo también.

En el mostrador de recepción, Dana estaba leyendo una novela de Courtney Milan y saludé con la mano cuando pasé para irme a mi habitación.

—¡Buenas noches! —dije.

—Dulces sueños —dijo Ben.

—¡Buenas noches! —contestó Dana.

Subí por las escaleras, me fui a mi habitación y me dejé caer en la cama.

Esa noche, mientras la tormenta estallaba sobre Mairmont, intenté escuchar a los muertos cantar entre los árboles, pero, aunque el viento doblaba las ramas y rozaba el tejado, lo único que oía yo era la lluvia. Y lo único en lo que podía pensar era en Ben Andor en la librería, inclinándose un poco sobre mí con una sonrisa torcida y dándome las gracias por querer intentarlo.

Nadie me había dado nunca las gracias por eso. Por intentarlo. Aunque estuviese fracasando. Aunque las expectativas de Ann se cerniesen sobre mí como aquella enorme y oscura nube de tormenta. No quería decepcionarla y empezaba a darme cuenta de lo mucho que deseaba no defraudar a Ben tampoco. Pero, más que eso, quería terminar el manuscrito para que él supiese que no era un mero rotulador vacío incapaz de dejar su marca. Las dejaba donde fuese, aunque no las viera.

Aunque nadie le dijese: «Gracias por intentarlo».

18

Las hijas del enterrador

El lunes por la mañana volví a desayunar con la familia.

Por raro que parezca, lo echaba de menos cuando estaba en Nueva York. Y ahora que había vuelto, aunque fuese por poco tiempo, me había introducido de nuevo en el mecanismo bien engrasado que era mi familia, como si nunca me hubiese marchado. Alice y yo ni siquiera nos tiramos pullas cuando nos sentamos a desayunar, a pesar de que yo seguía de mal humor por lo del último episodio. Había intentado volver a escribir tras despertarme, pero… había tenido el mismo problema. A Jackson no lo alcanzaba un rayo esta vez, pero seguía sin saber cómo hacer que Amelia se quedase con él.

Y Alice parecía tener sus propios problemas.

—… y eso sin contar que ha llegado un tono equivocado de corrector —iba diciendo mientras arponeaba otro huevo—. En serio, ¿creéis que puede salir al menos algo bien para el funeral de papá?

Eso me llamó la atención y levanté la vista de la primera taza de café del día. La cafeína empezaba a encender las sinapsis de mi cerebro.

—¿Has pedido el corrector que no era?

Alice me lanzó una mirada asesina.

—¡No! La empresa me ha mandado el tono equivocado a pesar de ser el de siempre. Y es maquillaje para teatro, así que no puedo ir a cualquier droguería y comprarme un bote. Dios, es una pesadilla —añadió, enterrando la cara en las manos—. Primero me quedo sin líquido de embalsamar anoche y ahora esto.

Mi madre le dio unas palmaditas en el hombro.

—Es la ley de Murphy, cariño.

—Pues Murphy podría irse a la mierda para este funeral, la verdad.

Igual que yo siempre había querido ser escritora, mi hermana pequeña siempre había querido trabajar en la funeraria. Desde que tengo memoria, seguía a mi padre como si fuera su sombra. Fue a la Universidad de Duke para estudiar Química Forense y por las noches, por gusto, se sacó el título de Ciencias Mortuorias y Servicios Funerarios por internet. Una parte de mí siempre había pensado que era Alice la que tendría que haber heredado el don de mi padre. Se le habría dado mucho mejor y dudo que hubieran conseguido que se fuese del pueblo por ello. Era de esas personas que lidian con las cosas de frente. Nada la asustaba. Y menos después de que yo resolviese aquel caso abierto y todo fuese a peor. Se peleaba con la gente por mí. Otro motivo por el que había querido irme lo antes posible al terminar el instituto era que ella no se sintiese obligada a seguir haciéndolo.

—¿Hay algo en lo que pueda ayudar? —pregunté, pinchando el gofre.

—No —respondió Alice deprisa.

—¿Seguro? No tienes que hacerlo todo sola…

Ella levantó la vista del plato y yo me di cuenta de inmediato de que había dicho lo que no tocaba.

—Ah, ¿vamos a hablar de eso ahora?

—Alice —dijo mi madre en tono de advertencia.

Toda yo me puse rígida.

—No… ¿Qué quiere decir? ¿A qué te refieres con lo de hablar de eso ahora? ¿Qué problema tienes, Al?

—¿Qué problema tengo? No es con mi problema con lo que tengo un problema —saltó—. En cuanto las cosas se ponen difíciles, te vas. Sin importar nada más. Para eso siempre se puede contar contigo.

—Eso no es justo. Sabes que eso no es justo.

—Entonces ¿por qué no venías nunca a casa?

—¡Todo el mundo iba a verme a Nueva York! —le discutí—. Todos los años. Ibais a ver las luces y el árbol de Navidad…

—Porque papá quería verte. Y sabía que no vendrías aquí por mucho que te lo pidiese. Pregúntaselo a mamá. Nos habría encantado quedarnos en casa por Navidad, aunque fuese un año.

Eso no era cierto. Sabía que no. Les entusiasmaba ir a verme en Navidad, ¡me lo habían dicho! Y mi padre no me había pedido ni una vez que volviese, ni una…

—¿Mamá? —pregunté, centrando mi atención en ella—. ¿Es verdad?

Alzó los ojos hacia las placas del techo y luego los cerró y respiró hondo.

—Tu padre nunca quiso que volvieras antes de estar preparada.

Una sensación de angustia hurgó en el agujero que tenía en el vientre.

—No, siempre nos hemos adaptado a ti —añadió Alice y se puso en pie—. Todos tenemos fantasmas, Florence. Pero tú pareces ser la única que no sabe gestionarse los suyos.

Enfundó los brazos en las mangas de su chaqueta negra y salió airada del restaurante.

Yo ya no tenía hambre.

—Florence, sabes que no lo piensa… —dijo mi madre con paciencia.

—Tengo que irme a escribir —dije yo mintiendo, mintiendo descaradamente, y me excusé de la mesa.

Carver me dirigió una mirada dolorida, como si quisiera disculparse, pero no tenía por qué. Mi madre me preguntó si quería café para llevar, pero en la pensión había y seguro que se me olvidaría el termo en algún lugar y no volvería a encontrarlo.

Alice no se equivocaba.

Era otra discusión que llevábamos mucho tiempo evitando… Años. Y ahora estaban saliendo todas a la superficie.

Y no solo eso, sino que tenía que lidiar con mi editor muerto, los preparativos del funeral de mi padre y el manuscrito de Ann. Todo al mismo tiempo.

No me gustaba nada cuando las cosas se complicaban.

Al volver a la pensión, John me saludó con la mano sin levantar la vista de su cómic de *Spider-Man*. Subí las escaleras hasta mi habitación y decidí que una larga ducha relajante era justo lo que me hacía falta. La mente vacía, el agua caliente y solo el ruido blanco de la ducha retumbando en el cerebro. En ese momento no quería pensar. En nada.

Así que volví a quitarme la sudadera la de Universidad de Nueva York, recogí los vaqueros del suelo y los dejé sobre la cama antes de dirigirme a la bañera con patas, que también tenía una alcachofa de ducha. Resultó que, por suerte, la pensión no escatimaba en la temperatura del agua. Dejé que saliese lo más caliente posible —lo suficiente para hervirme viva, justo como me gustaba— y me quedé de pie bajo el chorro un buen rato. Hasta que el vapor se espesó y el flujo constante de agua sobre mi cabeza acalló todos los pensamientos frenéticos que la llenaban y tuve la piel enrojecida y los dedos empezaron a arrugárseme.

Demasiado rato, seguramente.

El jabón olía a azúcar y mantequilla y yo intenté no pensar. Me recordó a cómo olía Ben en su despacho e intenté dejar de pensar. Esos ojos cálidos, dulces y ocres cuando se inclinó sobre mí y me dio las gracias. Las mangas de la camisa arremangadas mostrando sus antebrazos musculados. Lo grande que era y lo grandes que eran sus manos y cómo las sentiría en mi cuerpo, agarrándome los pechos, sus caderas apretadas contra las mías, su sabor de hierbabuena y…

No.

Abrí los ojos de golpe. La espuma del champú se me coló y solté un taco y puse la cara debajo del agua caliente para lavármelos.

No, no, no, Florence. Estaba muerto.

Muertísimo.

—Tonta, tonta, tonta —musité.

¿Se podía saber qué me pasaba? Había vuelto al pueblo por primera vez desde hacía diez años para el funeral de mi padre y estaba fantaseando con un muerto. Ni siquiera había pensado en nadie desde que Lee Marlow me arrancó el corazón y se lo dio a las ratas que comen pizza en el metro de Nueva York.

¿Por qué ahora?

¿Por qué él?

Porque estaba muerto y eso no suponía ningún riesgo. Alguien del todo fuera de mi alcance. Y yo estaba así de loca.

Cuando al final el agua empezó a enfriarse, terminé de aclararme la espuma del pelo y salí de la ducha. Todo el baño seguía tan nublado que tuve que pasar la toalla por el espejo.

Vi con el rabillo del ojo que algo se materializaba delante de la bañera.

Miré... y solté un grito.

Ben se dio la vuelta hacia mí... y gritó también, tapándose los ojos. Yo intenté taparme las... partes, pero debí de haber cogido la toalla más pequeña del mundo, porque tenía que ir alternando entre taparme las tetas o los bajos y, tras unos cuantos cambios, me di cuenta de que no había solución buena. Así que cogí la cortina de la ducha y me enrollé en ella.

—¡Socorro, mis ojos! —gritó Ben.

—¿Qué coño, Ben? —le solté.

—No era lo que quería... ¡Lo siento! Solo... No he visto nada, te lo prometo. —Y luego, tras una breve pausa, añadió—: Aunque se comenta que en el mundo hay escasez de pechos perfectos y los tuyos...

—¡Fuera!

—¡Ya me voy! ¡Ya me voy! —gritó mientras yo cogía la pasta de dientes y el acondicionador de cortesía de la pensión y se los lanzaba.

Lo atravesaron volando y chocaron contra la puerta cerrada mientas él la cruzaba... y desaparecía.

Yo solté otro grito de frustración, ansiando ahogarme en la bañera.

—Solo quería dos segundos de tranquilidad —me lamenté con tristeza para mí misma y por fin me desenrollé la cortina de la ducha. La toallita aquella me había fallado.

Me había fallado por completo.

Crucé los brazos para taparme los pechos, sintiendo cómo se me ponían las orejas rojas de vergüenza. No podía creerme que me hubiese visto desnuda. Después de que…

Dios.

Nadie me había dicho nunca que tuviera los pechos perfectos. Que eran «generosos» sí, pero ¿«perfectos»?

Bueno, puede que no estuvieran tan mal.

Pero haberme piropeado las tetas no lo excusaba de haber mirado. Qué guarro. No solo había mirado, se había quedado mirando, como si llevase años sediento y hubiese visto un abrevadero. Pues no, mis… Yo no era un abrevadero. Él estaba más que muerto, no podía tener sed.

No pensaba siquiera contemplar esa idea.

Cuando por fin me puse los *mom jeans* de cintura alta y la sudadera extragrande de la Universidad de Nueva York, con pinta de ser el colmo de la infollabilidad, tenía un mensaje de mi hermana esperándome.

Contenía cinco sencillas palabras, pero a mí me pareció que me estaba pidiendo que moviese una montaña: Escribe el obituario de papá.

19

Pérdida de costumbres

Xavier Vernon Day era un marido, padre y amigo cariñoso. Se crio en Mairmont, donde heredó la Funeraria Day y se convirtió en un modelo y un ejemplo a seguir muy querido por el pueblo. Deja atrás a su mujer, Isabella, y a sus tres hijos, Florence, Carver y Alice Day. Estaba...

Mis dedos se quedaron en silencio sobre el teclado. ¿«Estaba» qué? ¿Muerto? Mucho. Y ese no era el tipo de obituario que él querría que se publicase en *El Carnero*, el periódico local de Mairmont.

Alejé el portátil con un suspiro frustrado y tendí la mano para coger el café... Y, en ese momento, Ben se materializó justo a mi lado. Di un respingo por la sorpresa y se me cayó la taza. La camarera del restaurante me dirigió una mirada extraña antes de irse deprisa a por un trapo para ayudarme a limpiar.

—¿Qué coño? —le siseé a él y luego le sonreí a la camarera cuando volvió—. Perdona, ¡qué patosa!

—Se te da fatal mentir —observó Ben, con la cabeza apoyada en la mano y el codo sobre la mesa.

Cuando la camarera se hubo marchado, le lancé una mirada asesina.

—Si dejaras de aparecer de repente en los sitios, no me darías esos sustos, ¿no crees?

—No puedo evitarlo —respondió, algo incómodo—. Ocurre

sin más. En un momento estoy… —Se le apagó la voz e hizo un gesto con la mano, aunque parecía algo preocupado—. Y al siguiente estoy aquí. Donde estás tú. ¿Entiendo que con otros fantasmas no ocurre?

—No que yo recuerde. Solo andan por aquí hasta que los ayudo con lo que sea que los retiene. No aparecen de repente cuando estoy en la ducha desnuda.

Tosió para esconder una risita y apartó la mirada con las mejillas rojísimas.

—Para mí ha sido igual de incómodo.

—¿Ah, sí? ¿De verdad? —pregunté con sarcasmo y suspiré—. Da igual, ignorémoslo. —Terminé de limpiar el estropicio y me di cuenta de que había derramado el café entero. Perfecto. Le hice un gesto a la camarera para que me rellenase la taza y saqué el móvil para que el hombre mayor que estaba leyendo los clasificados de *El Carnero* no pensase que estaba hablando sola—. ¿No recuerdas dónde vas cuando desapareces?

—No.

La camarera vino para rellenarme la taza de café.

Ben frunció el ceño y agitó la mano sobre el vapor que despedía. Le atravesó los dedos.

—Es raro desaparecer. Sé que ocurre algo, pero no sé qué es exactamente.

Di un sorbo del café. Uf, demasiado fuerte. Le metí la mitad del azúcar del mundo y volví a probarlo. Mejor.

—Puede que no vayas a ningún sitio.

—Eso es aterrador.

—De nada —repuse. Él se inclinó un poco hacia delante, como si intentase echarle un vistazo a la pantalla de mi ordenador. Yo la cerré un poco—. Cotilla.

—¿Estás trabajando en el manuscrito?

—No, en el obituario de mi padre —admití.

Una parte de mí se preguntaba si, en lugar de la carta que mi padre nos había escrito para que la leyésemos en el funeral, no podría haber dedicado ese tiempo a redactar el obituario. Siempre que alguien afligido tenía problemas con eso, él lo ayudaba a escribir la mejor despedida. Se le daba especialmente bien.

A mí, desde luego, no.

—Ah —dijo y volvió a apoyar la espalda en el asiento. Repicó los dedos en la mesa—. Por la cara que pones, supongo que no está yendo bien.

—¿Tanto te cuenta mi cara?

—Se te juntan las cejas. Justo ahí. —Apuntó entre ellas, tan cerca que sentí el frío de su dedo contra la frente.

Me apoyé en el respaldo del asiento y me froté entre las cejas. Lo último que necesitaba eran más arrugas.

—Pues el obituario va igual de bien que el resto de las cosas de mi vida ahora mismo, Ben. De puta pena. —No era culpa suya que no consiguiese escribirloy en cuanto le levanté la voz me sentí mal. Suspiré—. Perdona, es que…

Echaba de menos a mi padre.

Y entonces volvió a alcanzarme: aquella pena que se extendía como un campo infinito de todas las cosas que había sentido por mi padre. Estaba acostumbrada a compartimentar la vida, pero ahora las dos partes se juntaban y hacían que me doliese el pecho. Estaba tomando café, escribiendo el obituario de mi padre y mi padre estaba muerto.

Parpadeé para no llorar y le dirigí una sonrisa falsa. Sabía de sobra que lo era porque sus ojos oscuros titilaron.

—Estoy bien —mentí—. Muy bien. Solo… Tengo que irme.

Saqué unos dólares para el café, cerré el portátil y me fui.

20

Una idea nueva

Dana me sirvió otro ron-cola cuando me instalé en la barra aquella tarde. Le había mandado un mensaje a Alice al darme cuenta de que el obituario de mi padre iba igual de bien que el resto de las cosas en mi vida y ella había sido muy breve en su respuesta, que decía que tenía que estar terminado el miércoles.

Maravilloso. Otra fecha de entrega que seguramente se me volvería a pasar.

Me quedé mirando la pantalla del ordenador y, sabiendo que no conseguiría hacer nada ese día —tenía la cabeza embotada—, abrí Google.

«Benji Andor», escribí en la barra de búsqueda.

Me sorprendió que no hubiese artículos dedicados a su funeral o, por lo menos, a su fallecimiento, pero lo cierto era que me había dicho que no le quedaban familiares cercanos vivos. Entonces ¿quién estaría ocupándose de su despedida? No sabía mucho de Ben, la verdad.

¿Quién estaría encargándose de su funeral?

Aunque no encontré nada sobre su muerte, sí que tenía una cuenta en una red social. Cliqué en el enlace y fui a su perfil. Había una foto suya de hacía un tiempo en la que no sonreía, pero tampoco estaba taciturno, apoyado en la barandilla de un crucero. A su lado había una pelirroja muy guapa, sonriente, que tenía en la mano una de esas bebidas afrutadas con un paraguas encima. El perfil era privado, así que no podía saber quién era ella ni nada más que hubiera compartido él, pero la foto fue suficiente para hacerme sentir algo inquieta.

—Hace mil años que no actualizo ese perfil —dijo Ben y yo me sobresalté.

Estaba sentado a mi lado en la barra, con la cabeza apoyada en la mano, observándome cotillear su vida. Yo salí deprisa del navegador con las mejillas ardiéndome por la vergüenza.

—Perdona, no estaba fisgando. Quería ver si... ya había noticias. De tu funeral.

—¿Las hay?

Negué con la cabeza.

No pareció sorprenderse.

—Estoy seguro de que Laura se habrá hecho cargo de eso —dijo—. Siempre le ha gustado controlar... Tampoco en el mal sentido... Es así y ya está.

—¿Laura? —pregunté. ¿La pelirroja de la foto?

—Es mi exprometida —respondió, acariciando con aire ausente la alianza como para tranquilizarse.

Su propio anillo, supuse, acordándome de cuando me dijo que no tenía a nadie con quien quisiera hablar sobre sus asuntos pendientes. No mencionó a Laura. Pero es que era su ex. Lee sería también la última persona que yo querría ver después de morir.

—¿Puedo preguntarte qué pasó?

Ladeó la cabeza, pensativo por un momento, intentando encontrar las palabras adecuadas.

—Me fui de viaje de trabajo al Winter Institute —empezó a decir por fin—, pero me resfrié y volví antes a casa. No se lo dije porque quise sorprenderla con un fin de semana para nosotros solos. Siempre estaba diciéndome que nunca tenía tiempo para ella. Yo trabajaba a todas horas. Editaba manuscritos en la oficina y luego me los llevaba a casa y seguía hasta que me quedaba dormido. —Frunció el ceño—. Estaba en la ducha con un compañero suyo de trabajo. Para entonces, ya llevaban unos meses viéndose.

Tomé aire.

—Ben...

—No fue todo culpa de ella. Tenía razón… Yo no hacía más que trabajar. Estábamos prometidos, pero yo no… Yo… —Frunció los labios y fijó los ojos en un nudo oscuro de la madera de la barra. Lo rascó, ausente—. ¿Qué clase de persona da pie a que su prometida tenga que recurrir a otro para recibir amor y afecto?

—¿«Da pie»? —repetí—. Ben…, no fue culpa tuya. No puedes controlar lo que hacen los demás. Engañarte fue elección suya…

—¿Y si hubiese estado presente? ¿Y si hubiese estado ahí y hubiera sido cariñoso y… demás, como debería ser?

—Ella podría haberse comunicado contigo.

—No tendría por qué…

—Claro que sí —rechisté—. Las relaciones no son perfectas en todo momento. Las personas tienen que hablar. Lo siento, pero tu prometida era una capulla y cometió un error, pero fue decisión suya.

Tragó con dificultad y apartó la cara.

—Eso me dijo ella —contestó—. Me pidió que volviéramos a intentarlo.

—¿Y no quisiste?

Negó con la cabeza.

No lo entendía. Estaba claro que seguía muy enamorado de ella… O, por lo menos, no era capaz de olvidarla.

—¿Por qué?

—Porque fue culpa mía desde el principio, Florence, y la quería demasiado para volver a hacerle daño. Se merece a alguien mejor que yo.

Apreté los puños con fuerza. Si Lee me hubiese hablado una sola vez después de que rompiésemos, si me hubiese pedido que volviéramos a intentarlo, que encontrásemos un punto medio, yo…

—Eres imbécil.

—Dime algo que no sepa.

—Entonces ¿qué pasa? ¿Crees en el amor, pero no para ti? ¿Crees en el romance y en los grandes gestos románticos y en los finales felices, pero te parece que hay algo tan profundamente malo en ti que no te los mereces?

—Es mejor que no creer en el amor en general, ¿no? —saltó.

Yo puse los ojos en blanco y cerré el portátil.

—Tengo que irme a… hacer una cosa. Pero que sepas que te equivocas.

Bajé de un salto del taburete, salí indignada del bar y subí por las escaleras hasta mi habitación. Él no me siguió. Carver me mandó un mensaje al cabo de un rato, mientras yo andaba de un lado a otro de la habitación intentando tranquilizarme. ¿Quieres limpiar tumbas?, me preguntó. La verdad es que no, respondí. Pues qué pena, chica.

Bueno, vale. Después de cambiarme la ropa por algo que no me importase sudar, volví a bajar y asomé la cabeza al bar, pero Ben se había ido.

Bien. Estaba muy enfadada con él.

Carver y Nicki me estaban esperando en el porche cuando salí. Nicki era un tipo bajo y fornido con una cara angulosa, la piel de un marrón cálido y unas gafas gruesas y negras, igual que su pelo grueso y negro. Su familia era dueña de un hotel en Cancún, así que comprendía las complicaciones de un negocio familiar. Era de agradecer, pues entendía los matices de nuestra familia, el peso que suponía la muerte de mi padre. Me alegraba de que Carver lo tuviera, sobre todo en aquel momento.

Mi hermano siempre había sido el que mostraba sus sentimientos de forma más abierta.

Carver llevaba un limpiador a presión y un cubo azul lleno de esponjas y rasquetas.

—¿Lista para divertirte?

—Si así es como quieres llamarlo, sí —respondí con frialdad.

Soltó un silbido grave.

—¿Qué te ha puesto de tan mal humor?

Ben. Que pensase que era culpa suya que…

—Nada. Cosas del trabajo —añadí y, en parte, no estaba mintiendo.

—Bueno, ¡pues ponte las pilas! Porque esto también es trabajo —dijo y entrecerró los ojos—. Una de esas labores que te… tumban.

—Qué malo.

—¿Para morirse? —preguntó, frunciendo la nariz.

Yo me reí resoplando.

—Vámonos ya, antes de que se ponga el sol, que yo no puedo estar en el cementerio por la noche.

—¡Vamos!

Carver levantó el puño y, luego, se volvió y cogió a su pareja por la muñeca y lo llevó por el camino hasta la acera.

—A Nicki le encanta esto.

Nicki asintió.

—Es muy relajante y convalida como un entrenamiento de brazos.

—Mejor, así me aprietas más fuerte.

—Eres a quien más quiero apretar en el mundo.

Se besaron y yo hice una mueca.

—Ay, qué asco. Amor verdadero.

—Sabe a canción de Taylor Swift —añadió Carver y empezó a tararear *The Story of Us*, lo cual me dio ganas de tirarme por el puente más cercano.

Resistiéndome, los seguí hasta el cementerio mientras intentaba esconder mi irritación con Ben lo más hondo que podía.

—¿Invitamos a Alice? —preguntó Nicki.

Carver negó con la cabeza.

—Nah. Total, seguro que está a punto de desmoronarse después de lo del maquillaje de esta mañana.

—Pobre Alice…

Mi hermana era la única a la que no le gustaba mucho fregar lápidas. Cuando éramos pequeños, mi padre a veces nos recogía del colegio con un cubo en una mano y un limpiador a presión portátil en la otra y nos decía que íbamos a visitar a unos amigos. Estos siempre resultaban ser lápidas del cementerio de Mairmont, las más viejas, que habían sobrevivido huracanes, tornados y medio siglo de mugre y musgo. Tenían las letras semiescondidas por el paso del tiempo y las fechas desgastadas por el viento y la lluvia. Mi padre decía que también necesitaban amor, incluso después de que todo el mundo que las recordaba hubiera muerto.

Así que pasábamos algunas tardes limpiando lápidas a base de frotar. Y era algo que nunca dejamos de hacer, no queríamos. El camposanto a la luz de la tarde tenía un aspecto delicado y tranquilo. En la esquina del fondo a la izquierda, bajo uno de los robles grandes, había una parcela rodeada por una cinta. No habían empezado a cavar todavía, pero la garganta se me constriñó de todas formas.

Ahí era donde iría mi padre.

A la luz del día se veía diferente.

Carver señaló la esquina derecha delantera del cementerio.

—Esas parecen bastante sucias. ¿Cómo lo veis?

—Yo me pongo con la que parece Madame Leota —respondí, señalando una de las más viejas, que tenía, por lo menos, un siglo de suciedad encima. Esas requerían un trabajo más delicado. Y a mí me gustaba ese trabajo, su meticulosidad.

Carver, Nicki y yo cogimos las rasquetas del cubo, echamos jabón en las esponjas y nos pusimos a trabajar. Yo empecé a rascar toda la mugre y el musgo y los remojé con el limpiador a presión. Al cabo de un rato, cuando por fin cogí el ritmo, conseguí que se apreciaran las delicadas inserciones de los ojos.

—¿Te acuerdas de cuando Alice y tú estabais jugando al pillapilla y rompisteis una lápida y papá tuvo que pegarla con pegamento extrafuerte? —me preguntó Carver, secándose el sudor con el dorso del brazo.

Me reí al acordarme.

—Papá se puso hecho un basilisco.

—Casi no se notaba que se había roto. Yo sufría más por tu cabeza. Te rompiste la crisma contra la lápida.

—Alice estaba preocupadísima —recordé, fregando el nombre y las fechas. «Elizabeth Fowl»—. Se quedó toda la noche despierta en mi habitación para vigilar que no me muriese o algo. Siempre hacía esas cosas. Me cuidaba.

—Se metía en peleas por ti en el instituto —añadió Carver—. ¿Te acuerdas de cuando la Heather esa intentó hacerte ciberacoso y Al fue a pedirle explicaciones en el patio?

—Si no me acordaba, ahora ya sí —dije con mordacidad.

No había pensado en Heather en muchísimo tiempo.

—Le dio un puñetazo tan fuerte que terminó operándose la nariz.

—Pensaba que expulsarían a Alice seguro —me reí.

Mi hermana siempre había sido así: rápida para venir a mi rescate y todavía más para dar un puñetazo. A mí nunca me había gustado la confrontación, pero ella me quería y no soportaba ver que me trataban mal. Habíamos sido inseparables durante años, pero yo me había marchado a la primera de cambio. No me había quedado.

Y eso era algo sobre lo que no sabía cómo hablar con ella.

—La Heather esa me da un poco de pena —comentó Nicki, pensativo.

—Que no te la dé, cari, le va bastante bien —dijo Carver, quitándole importancia—. También sigue en el pueblo.

—Espero no cruzarme con ella —dije y me senté en el césped mientras mi hermano se ponía de pie, cogía el limpiador a presión y aclaraba con agua sus dos lápidas y la mía. Parecían un siglo más nuevas—. Al final pasaría si volviese a vivir aquí.

Carver me miró de reojo.

—¿Te lo estás pensando?

—Pues…, la verdad es que echo de menos a todo el mundo —admití.

Nueva York era un lugar genial para vivir si tenías las raíces allí, si eras parte de la ciudad. Pero algunas personas no nacíamos para las junglas de acero y la vida frenética y, digámoslo claro, el coste de esa vida. Antes me encantaba mezclarme con la gente, ser otra cara entre caras, otra escritora que perseguía sus sueños en la cafetería del barrio; pero, cuanto más tiempo llevaba viviendo allí, más veía los chicles tirados en el suelo y el óxido.

No me imaginaba quedándome para siempre, pero no sabía dónde quería ir ni dónde estaba mi hogar. En realidad, si era sincera conmigo misma, me parecía que en ningún sitio. Mi padre siempre me decía que no se trataba del lugar, sino de la gente con la que lo compartías. En Nueva York, tenía a Rose y, durante un tiempo, tuve a Lee. Y entonces sentía que por fin había encontrado mi hogar.

Un lugar permanente. Un lugar seguro.

Y entonces, en un abrir y cerrar de ojos, me vi con la maleta en la acera bajo la lluvia y Lee cerrándome la puerta.

Y, a pesar de lo que le había dicho, si él hubiese venido pidiéndome una segunda oportunidad, suplicándome que volviéramos a intentarlo…

Le habría dicho que sí.

Pero ahora ya no estaba tan segura.

Un viento silencioso susurró entre los cornejos. Me había acostumbrado tanto a los coches, a la construcción y a los sonidos de la gente viviendo cerca que se me había olvidado cómo era el silencio de verdad. No era total, sino un suave suspiro entre las lápidas. El crujido constante de una casa vieja y eterna.

Carver ladeó la cabeza.

—Estaría bien tenerte por aquí, pero no vuelvas porque pienses que es lo que debes hacer. Vuelve porque quieres.

Yo no sabía exactamente qué quería.

Pero no era lo que tenía.

—Limpiemos algunas más antes de que se ponga el sol —dije, enterrando la inquietud que me rondaba la cabeza.

Por suerte, ni Carver ni Nicki me lo discutieron y conseguimos limpiar tres lápidas más antes de que el agente Saget aparcase en la puerta.

Me observó.

—Señorita Day, un gusto verla.

Yo me esforcé por sonreír.

—Muy buenas tardes, agente.

Cuando salíamos del cementerio, Carver chasqueó la lengua.

—No llevas ni una semana aquí y ya estás poniendo nervioso a Saget. ¡Qué escándalo! ¿Qué pensarán los vecinos?

—No he hecho nada malo —dije, quitándole importancia—. Si sospecha de mí, no es cosa mía.

—A ver, metiste una zarigüeya rabiosa en comisaría.

—¿Por qué no deja de recordarme eso todo el mundo? Las zarigüeyas no suelen tener la rabia. ¡Fue mala suerte! No entiendo por qué no podemos pasar página.

No dije nada de las invasiones de la propiedad privada ni del montón de cosas más que debí hacer en la adolescencia para ayudar a los fantasmas a seguir adelante.

—El otro día solo salí a dar un paseo lunar, ¡nada más!

Mi hermano se rio.

—Tendrías que haberme avisado para que fuera contigo. ¡Me encantan los paseos lunares! Nicki, una vez Florence y yo, cuando teníamos… ¿Qué? ¿Doce años? ¿Diez?

—Por ahí andaba —coincidí, consciente ya de qué historia iba a contar.

—Bueno, acababa de caer una tormenta y estábamos todos despiertos y bastante activos. Se había ido la luz, así que mis padres nos llevaron a dar un paseo lunar…

Escuché mientras volvíamos caminando por una calle secundaria hacia el centro del pueblo. La mayoría de las tiendas se iban vaciando a esa hora. En Mairmont todo cerraba pronto, excepto Waffle House y el IncomBARable. Era muy diferente de Nueva York, siempre llena de gente, con su ritmo frenético. En mi pueblo parecía que el mundo avanzaba a cámara lenta. Todo se tomaba su tiempo.

Sentía como si ya llevase allí un año y solo habían sido unos días.

—¿Cómo va el obituario? —me preguntó Carver cuando iban a dejarme otra vez en la pensión.

—Muy bien —mentí—, pronto lo tendré terminado.

Más mentiras.

—Qué ganas de leerlo. Papá se alegraría de que lo escribas tú —añadió—. Estaba orgulloso de todo lo que escribías.

—Ah, sí, de la única cosa que he escrito.

«Que él supiera», pensé para mí misma.

Carver abrió la boca para rechistar, pero yo me di la vuelta antes —no necesitaba que me consolara— y entré a la pensión.

Ben no estaba por allí, así que me llevé el portátil de la habitación, volví al bar y me pedí otro ron-cola. Me encaramé al taburete y abrí el ordenador.

Eliminé el párrafo que había escrito. Me crují los nudillos.

Y me quedé mirando sin apartar los ojos el documento de Word.

No sabía cómo dar forma a las palabras para escribir lo que quería escribir. No sabía cómo coger el revoltijo de sentimientos que tenía en la cabeza y plasmarlos en un papel. No había palabras lo bastante grandes ni fuertes ni cálidas para abarcar a mi padre. Era incalificable.

Estaba segura de que alguien como Ben, que tenía palabras para todo —y siempre parecían ser las adecuadas—, no habría tenido esos problemas. Seguro que su cerebro estaba tan limpio y ordenado como su escritorio y sus pensamientos, tan bien planchados como sus camisas.

No ser capaz de redactar el obituario de mi padre era un tipo de fracaso diferente a no poder escribir los libros de Ann.

En uno había demasiadas palabras que quería decir y en el otro ninguna.

Puse el ratón sobre Archivo > Abrir documentos recientes y bajé hasta el primero. Ann_Nichols_4. Nunca titulaba los libros hasta que los tenía casi terminados y la mayoría de las veces los títulos salían directamente del texto.

El documento se abrió por donde lo había dejado.

Hacía un año.

Me acordaba con mucha intensidad del principio del fin. De cuando miré en su portátil convenciéndome a mí misma de que confiaba en él, pero queriendo saber de qué iba su libro. Me acordaba de que se fue a la lavandería a poner la lavadora y se dejó el portátil con el documento de Word abierto. Me acordaba de soltar mi ordenador, abierto por esa misma escena, y gatear por el sofá hasta donde había estado él hacía unos minutos. El radiador zumbaba bajito.

Y, mientras leía, el mundo empezó a desmoronarse, pieza a

pieza, como un puzle que se despega. Cuando volvió al piso cargado con su colada, se quedó parado en el recibidor. Yo no levanté la vista de su ordenador.

—*Cuando los muertos cantan* —leí y por fin le dirigí la mirada, negándome a creer lo que había leído—. Cari..., ¿esto...? ¿Esto es sobre mí?

—No, claro que no —dijo, restándole importancia y dejando caer la colada al suelo. Vino hacia mí, me quitó el portátil del regazo y lo cerró—. Tus historias me han inspirado. Eres mi musa —añadió y me besó con suavidad en los labios.

Como si eso fuese a callarme.

Como si eso fuese a hacer que todo volviera a estar bien.

Ya os lo avanzo: no fue así.

¿Cómo iba a escribir sobre dos personajes, Amelia y Jackson, que se reconciliaban y volvían a confiar en el otro cuando...? Cuando yo misma no podía. En un momento tenía todos los grandes gestos románticos en la punta de los dedos, tenía fe en que esos personajes volverían a estar juntos y en que podría labrarles un final feliz, y, al momento siguiente, me sentí como si me hubiesen roto la historia en pedazos. Ya no me sentía unida a los personajes. Ya no sabía quiénes eran esa mujer que siempre sabía lo que quería y ese músico cansado del mundo con un corazón de oro. Ya no sabía qué tipo de amor sentían por el otro ni si creían en él.

Sabía que yo no.

Vacilante y algo irritada, coloqué los dedos en el teclado y sentí los realces duros de la «F» y la «J». Era como volverme a poner unos zapatos viejos y gastados que se habían vuelto rígidos a falta de una pareja con la que bailar.

Respiré hondo.

No me quedaba otra que pasar por aquello...

«Un momento».

Tomé un gran trago de la bebida y volví a poner los dedos en posición.

Ya estaba lista.

—Tú puedes, Florence —musité y me enfrasqué en la escena.

Amelia no quería oír su confesión sobre las mentiras que había hilado en torno a una vida que no había vivido. Sabía por qué se había ido, por qué la había dejado. Los hechos se le habían pegado a la piel como la ropa mojada bajo la lluvia. Le había mentido, había omitido la historia que más atada estaba a su vida como si fuera a verlo con otros ojos al enterarse.

Bueno, en eso tenía razón. Había acabado enterándose de lo de su exmujer y sí que lo veía con otros ojos.

—¿Ibas a contármelo algún día? —le preguntó—. ¿Pensabas hablarme de ella?

Él dudó, frotándose, nervioso, la cicatriz que tenía en la mano y que ella creía que era de una noche loca de fiesta, pero que en realidad era del accidente.

—Pensaba que no lo entenderías.

—¿Me diste la opción de entenderlo?

—Yo…

—No, tomaste la decisión por mí.

—Amelia, yo…

De pronto, Jackson se puso pálido y cayó fulminado de tanto mentir.

—Nop.
Eliminé la última frase.

~~De pronto, Jackson se puso pálido y cayó fulminado de tanto mentir.~~

Amelia no quería oír sus explicaciones.

—Me mentiste. Y fue aposta. ¿Por qué tendría que confiar en ti ahora? ¿Por qué te sigo queriendo?

—Porque el corazón quiere lo que quiere.

—Pues mi corazón es una puta mierda si te quiere a ti.

—Eso no ayuda, Florence —dije con un suspiro y volví a eliminarlo.

Me quedé mirando el cursor, pero lo único que oía era mi pelea con Lee, nuestras voces rugiendo más y más alto hasta llegar a los gritos… Y me pregunté si fue cosa mía.

Si exageré la reacción. Y ¿por qué no podía superarlo? ¿Por qué me seguía doliendo?

¿Por qué era tan débil?

—Porque el corazón sabe lo que quiere.
—~~Pues mi corazón es una puta mierda si te quiere a ti.~~
Lo miró con ojos tristes y derrotados.
—Pero ¿por qué te quiere a ti?

—Pues sí que está yendo bien…

Esta vez no fui yo quien lo dijo, sino una voz cercana que me hizo dar un respingo. Ben estaba sentado en el taburete que había al lado del mío, inclinado lo justo para leer la pantalla.

Cerré el portátil de golpe con las mejillas ardiendo.

—¡Oye!

Dana se inclinó por encima del mostrador de recepción para lanzarme una mirada de extrañeza.

Yo le sonreí con educación y, volviendo la cara para que no me viese, le dije a Ben en voz más baja:

—Es de mala educación cotillear el trabajo de otra persona. —«Y más cuando es tan malo como el mío», pensé.

Se echó hacia atrás sobre el taburete cruzado de brazos.

—Me da la impresión de que lo que estás escribiendo ahora mismo te hace sentir vulnerable.

—No jodas… —respondí, inexpresiva—. ¿Cómo habrás llegado a esa conclusión?

Él se encogió visiblemente ante mi comentario y pareció un poco avergonzado de sí mismo.

—Pensaba que estabas escribiendo el obituario de tu padre. No quería cotillear el manuscrito. —Entrecerré los ojos. Él levantó las manos en señal de derrota—. Te lo prometo, corazón, no intentaba nada.

«Corazón». Se me formó un nudo en la garganta y aparté la mirada deprisa. Pensaba que no me gustaban los motes cariñosos. *Cielo*, *bonita*, *nena*… Pero supongo que no me gustaba que Lee me llamase «conejito» porque decía que parecía un conejito asustado cuando algo me cogía por sorpresa.

Decía que era entrañable.

No lo era.

Entonces ¿por qué la palabra «corazón» me había acelerado el pulso?

—Y —añadió— quería pedirte perdón por lo de antes. Te he hablado mal y no tenía derecho.

—Yo también lo siento —contesté—. No tenía derecho a juzgarte a ti ni tu vida cuando la mía es un desastre, como se puede ver —añadí, señalando mi portátil—. Estoy tan en la mierda que ni siquiera soy capaz de escribir una escena que termine en beso.

Ladeó la cabeza, deliberando en silencio. Estaba eligiendo las palabras. Eso era algo que me gustaba de él, que, cuando las palabras eran importantes, las pensaba antes de decirlas.

—La verdad es que ha sido… agradable que alguien me dijese que no era culpa mía. Aunque yo no esté de acuerdo.

—Espero que cambies de opinión algún día.

Sonrió con algo de tristeza.

—Creo que eso ya no importa. —Porque estaba muerto. Abrí la boca para hablar, para consolarlo, para decirle que todavía importaba, pero se me adelantó—: A ver, ¿por qué estás atascada? Recuerda: te dije que te ayudaría si podía. Y me gustaría ayudarte.

Ben no quería hablar más del tema.

Apuré el ron-cola.

—Vale. A ver, el problema que tengo es este: no he sido capaz de escribir desde hace más o menos un año. Ya no le encuentro sentido. Antes creía en el amor, pero ahora ya no. Cada vez que intento imaginarlo, solo pienso en cómo terminó el mío.

—Una relación no…

—¿Una? —Negué con la cabeza con una risa débil—. Si fuese una, Ben, habría tenido suerte. Mi padre me dijo que tenía una racha de mala suerte, pero ya no lo creo. Los tíos no… no quieren a alguien como yo. O puede que sí, pero no me quieren a mí. —Fruncí las cejas mientras tenía los ojos fijos en la condensación del vaso, pero solo conseguí ver todas las veces que me habían plantado, que habían roto conmigo o que me habían dejado fuera de casa bajo la lluvia fría de abril—. Puede que el problema sea yo.

Apretó la boca sin saber qué decir.

Pero lo peor de todo fue que Dana me pasó un chupito de algo transparente mientras asentía con la cabeza con cierta tristeza.

—Te entiendo, hermana.

Y me di cuenta de que pensaba que estaba hablando sola. Compadeciéndome de mi misma. Montándome una fiesta triste para una. ¿Y qué era una fiesta triste sin un chupito o dos?

—Gracias.

Me bebí el chupito de…, Dios, vodka. Odiaba el vodka. Dejé el vaso con una mueca de asco y me metí el ordenador en el bolso.

Tenía que irme a dar una vuelta. Salir de allí. Hacer algo, lo que fuera, porque estaba claro que lo de escribir no iba a pasar ese día. Ni un texto ni el otro. Nada. Antes era capaz de salir de un estado de desesperación escribiendo, pero ahora era incapaz hasta de escribir una escena de sexo.

Era ridículo.

Pero, cuando me volví para irme, Ben estaba ahí.

Di un respingo.

—¡No puedo haberte asustado!

—Ha sido un día largo —dije, rebuscando el teléfono.

Le dirigí a Dana otra inclinación de cabeza amable mientras volvía a mi habitación y Ben me siguió como un buitre esperando para dejar limpio mi cadáver.

—Tengo una idea, si quieres —me propuso cuando estuvimos fuera del alcance del oído de Dana.

—Una buenísima, seguro.

—Ya te digo yo que sí.

Lo miré de arriba abajo. Era todo un misterio. Muy alto, muy grande y muy organizado; no encajaba en ninguna de las categorías que yo había reservado para los hombres con madera de protagonista. Era de una inteligencia y una insistencia empecinadas y, de algún modo, siempre terminaba siendo amabilísimo conmigo, aunque estuviera enfadado (y empezaba a saber cuándo lo estaba, porque se le contraía un músculo de la mandíbula).

Abrí la puerta de mi habitación, le hice una señal para que entrase y la cerré cuando pasó. Me quité la sudadera de la Universidad de Nueva York. Aunque la noche había refrescado, el calefactor de la habitación funcionaba bien.

—Venga, dispara —le dije, volviéndome hacia él—. Vamos a probar lo que sea y a ver qué sale.

Sonrió y vi un brillo en sus ojos marrones que los volvió casi ocres.

—Nos vemos en la plaza del pueblo mañana a mediodía —dijo—. No llegues tarde.

Dio media vuelta y salió por la puerta cerrada y yo me quedé en la silenciosa habitación, perpleja y un poco intrigada (vale, mucho).

¿Se podía saber qué quería hacer Benji Andor?

21

La escena del crimen

Bostecé y me serví un café en un vaso para llevar y le metí medio bote de azúcar. Sin un Starbucks a la vuelta de la esquina para comprarme cafés triples con leche y chai por las mañanas, tenía que apañármelas como podía, lo cual significaba beber cafés asquerosos tan dulces que los granos de azúcar me crujían entre las muelas cada vez que daba un trago.

La noche anterior no conseguí dormirme; estuve intentando encontrar el equilibrio entre la tristeza que todavía sentía como una piedra en el vientre y la curiosidad por saber qué tenía planeado Ben. A mi mente le gustaba vagar por la noche y dejar de funcionar por las mañanas, justo lo contrario de lo que necesitaba.

Rose siempre me decía que era un duende. Trabajaba mejor entre las diez de la noche y las cinco de la mañana, cuando la mayoría de las personas normales estaban durmiendo o dándole con la energía del fuego ardiente (con valooor). (Follando, quiero decir). Mientras tanto, yo escribía sobre parejas que lo hacían a ritmo de Fall Out Boy. Echaba de menos aquellos tiempos, cuando podía escribir. Cuando no me pasaba el día durmiendo y la noche mirando el techo, o en Twitter viendo quién más del mundillo de los escritores había firmado un contrato de publicación y se iba de gira y llegaba a las listas de best sellers. Había tenido un año de esos que te roban la vida y no me di cuenta de lo vacía que estaba hasta que me tocó escribir.

Y, llegado ese momento, ya no fui capaz.

Pero la noche anterior me había sentido un poco diferente mirando el techo de la pensión. ¿Y si Ben podía ayudarme de verdad? ¿Y si era tan fácil como encender un interruptor, pero yo no lo encontraba?

Y una parte más profunda de mí se preguntaba: «¿Cómo puedes pensar en Ben y en escribir cuando tu padre está muerto?».

Pensaba en esas cosas porque, si me centraba demasiado en mi padre, la piedra que tenía en el vientre me hundiría con su peso hasta el centro de la tierra y nunca podría salir de ahí.

Así que le di unos tragos a aquel alquitrán y concentré la mente en lo que tenía delante, es decir, Ben.

La zona de paso principal del pueblo ya estaba llena de gente que iba a trabajar a pie, de madres empujando carritos y de estudiantes de instituto haciendo pellas. Había una pareja sentada en el templete preparando dos violonchelos y un hombre con un traje formal leyendo el periódico en uno de los bancos que había en el césped. En otro había un hombre que nadie más podía ver. Estaba apoyado en el respaldo, con los brazos cruzados con fuerza y la cara vuelta hacia el sol. Cada vez que lo veía parecía un poco menos arreglado: un botón de la camisa desabrochado, las mangas arremangadas o el pelo, que ya no lo aguantaba la gomina. Aquella mañana era un poquito de cada.

Intenté no quedarme demasiado tiempo mirándole los antebrazos. Tenía un tatuaje en la parte interna derecha, a medio camino del codo, aunque, como estaba cruzado de brazos, no lo veía entero. Pero no me importaría. A algunas personas les gustan los hombros, a otras la espalda o el culo...

A mí, a todos los efectos, me gustaban los antebrazos.

Mientras lo observaba, entreabrió un ojo para mirarme.

—Llegas tarde.

Miré el móvil.

—¡Diez minutos!

—Diez minutos tarde sigue siendo tarde —respondió e incorporó la espalda.

196

Yo me senté a su lado y tomé otro sorbo de café. Los granos de azúcar me crujieron entre los dientes. Él miró el vaso.

—Echo de menos el café.

—¿De sibarita o para sobrevivir?

—Me gustaban las notas de algunos tostados muy difíciles de encontrar que conseguía en...

—Vale, de sibarita. Entonces esto te parecería asqueroso. Ya te avanzo que es aceite de motor con azúcar.

Arrugó la nariz.

—Lo pintas fatal.

—Me bebo el zumo de ácido de batería para hacer zum-zum —contesté—. Vale, a ver, ¿qué hacemos aquí? ¿Cómo va a ayudarme esto? Estoy perdiendo tiempo. Si no estoy escribiendo, debería estar ayudando a mi familia con los preparativos para el funeral...

—No es una pérdida de tiempo. Deja el zumo zum-zum, respira hondo y confía en mí, ¿vale?

Me quedé mirándolo.

—No pienso soltar el zumo zum-zum.

Soltó una risa.

—Vale, vale —dijo e hizo un gesto hacia el centro del pueblo. Señaló al hombre sentado en el banco de enfrente leyendo el periódico. A las madres empujando carritos para ir al brunch. A los niños haciendo pellas. Al alcalde meando en una boca de incendios. (¡Eso! ¡Muerte al sistema, alcalde Busca!)—. Es un truco que aprendí: sentarse y mirar a la gente. Escribirles una escena. Imaginar quiénes son.

—¿En serio? —dije, inexpresiva—. Qué chorrada. —Empecé a levantarme, pero él carraspeó. Volví a sentarme, suspirando—. ¿De verdad tengo que hacer esto? —Él levantó una de sus gruesas cejas. Me dio rabia. Era... perfecta—. ¡Vale! —Levanté la mano que tenía libre en señal de derrota—. Muéstrame el camino, oh, gran maestro jedi.

—Aprender muchas cosas debes, joven padawan. —Se inclinó hacia mí y señaló con la barbilla a una pareja que paseaba a su pomerania—. Se conocieron en Tinder la semana pasada. Rollo de una noche. Pero volvieron a hacer *match* la noche siguiente… y la siguiente…

—La verdad es que Tinder es una mierda aquí —convine—. No hay mucho donde elegir.

—Y la cuarta noche, él la llamó. Le pidió una cita. Desde ese día, son inseparables.

—¿Y el perro?

—Es callejero. No dejaba se seguirlos a todos lados. Así que decidieron adoptarlo. Juntos.

Lo miré, perpleja.

—Vaya, lo ves todo de color de rosa.

—Sí, ¿no te parece encantador?

—Es molesto —respondí—. Es como si hubieras salido de una película de sobremesa.

Apretó los labios hasta que formaron una línea fina.

—Vale —contestó y nos señaló—, pues escribe esta escena.

—¿Quieres decir la nuestra?

—Es la dinámica perfecta. Un editor refinado y el gremlin caótico de su autora.

—Vaya, gracias.

—Es una práctica, un calentamiento. ¿En qué tipo de escena saldríamos nosotros?

—En las que no pasan.

—Y, sin embargo, aquí estamos. —Ladeó la cabeza—. Escribes para Ann Nichols, por Dios. Han alabado tu imaginación diciendo que es «iluminadora» y «magistral» y yo estoy convencido de que lo sigue siendo. Así que, por favor… —se giró para ponerse de cara a mí—, crea una escena.

—Pues… somos dos personas. Sentadas en un banco.

—Un editor refinado y una autora caótica —me recordó.

—Pero el editor no es en absoluto tan refinado como se cree él.

—Eso me ha dolido.

—Y la autora está cansada. Y puede que, en realidad, nunca se le diera bien escribir. Puede que nunca haya entendido el romance. Puede que no esté hecha para las historias de amor…

Se me acercó un poco más —tanto que, si hubiera estado vivo, habría olido la colonia que llevaba, la pasta de dientes que usaba y el champú con el que se había lavado el pelo— y me dijo con voz grave:

—O puede que solo necesite que alguien le demuestre que sí.

Empecé a sentir calor en las puntas de las orejas. Se me estaban poniendo rojas. Toda yo me estaba poniendo roja.

«Florence, tonta, es un fantasma». Y él lo sabía. Y era profesional y ordenado y muy serio. Lo más probable era que la idea de lanzarme a una cama y arrancarme la ropa ni se le hubiera pasado por la cabeza. Ni una vez.

Tampoco es que se me hubiera pasado por la cabeza a mí, pero…

Dios, me había metido en un lío.

En ese momento, levantó los ojos y miró algo detrás de mí. Frunció las cejas.

—¿Esa es… tu hermana?

—¿Qué?

Un motor acelerando sonó a mi espalda y yo miré hacia atrás a tiempo para ver a Alice salir de un callejón con la moto de mi padre y desaparecer calle abajo. Supuse que ya la habrían arreglado.

El ruido me hizo volver en mí.

Aquello estaba mal: la escena, el momento, la opresión que sentía en el pecho…

—T-tengo que irme a hacer recados —dije, poniéndome de pie, y salí deprisa de la plaza del pueblo.

Cuando estuve a una distancia más que segura, eché un vistazo hacia atrás y él seguía ahí, recostado en el banco. Entonces pasó un coche entre nosotros…

Y se había ido.

22

De mortal importancia

«¡Para de pensar! —me reñí a mí misma dándome bofetones para espabilarme—. Déjate ya de tonterías». Él estaba muerto y yo, viva. Se habían escrito tragedias con esa premisa. Un fantasma y la hija de un enterrador no podían ser felices para siempre.

Él lo sabía. Yo lo sabía. No iba a malinterpretar sus intenciones. Quería ayudarme a seguir adelante. Los fantasmas nunca se quedaban. Era una despedida a la que estaba acostumbrada. ¿Por qué iba a querer quedarse en un lugar en el que solo yo podía verlo? No iba a pasar. Estaba siendo amable.

Y punto.

Con las flores aún fuera de mi alcance y Elvis contratado para el funeral, era el momento de recoger el recibo del testamento de mi padre e ir de visita a Fiesta Sin Límites. Karen dirigía el gabinete de abogados del pueblo, que estaba al lado de la librería. Aparté los ojos deliberadamente cuando pasé por delante del escaparate y entré en el edificio de ladrillo que había en la esquina. Por suerte, pillé a Karen entre dos citas con clientes, de modo que le pedí el recibo y en un momento volví a estar fuera.

Fiesta Sin Límites estaba a unos quince minutos largos de allí, en un centro comercial al aire libre, pero por lo menos el conductor del Uber no habló. Estaba escuchando un pódcast de misterio que me hizo pensar en Rose. Estaba obsesionada con ese pódcast y había ido a ver a las presentadoras a la Comic-Con más de una vez. La echaba de menos.

¿Qué te cuentas? ¿Nueva York sigue ahí aunque yo no esté?, le escribí.

No debía de tener mucho trabajo, porque no tardó en responderme: Más o menos. Pero el piso me da MUCHO miedo cuando me quedo sola. Te echo de menos.

Volveré a finales de semana, respondí enseguida.

¡Tómate el tiempo que necesites! ¿Cómo va todo por allí?

Vaya, no le había contado nada. Así que lo hice. Le hablé de que encontrar mil flores silvestres era todavía más difícil de lo que parecía. De que, no sabía ni cómo, había conseguido que Elvis viniese a cantar al funeral de mi padre y de que tenía que escribir su obituario. De la carta misteriosa que había dejado para su funeral. Y de que en ese momento iba de camino a Fiesta Sin Límites porque, al parecer, se le había ocurrido comprar los matasuegras y las serpentinas antes que nosotros.

Leí el recibo con un abatimiento creciente. La mitad de las cosas estaban emborronadas porque en algún momento entre 2001 y ese día se había mojado. ¿Pensaba mi padre que íbamos a montar una fiesta universitaria en lugar de un funeral?

A decir verdad, seguramente.

Tu padre siempre me ha parecido la caña, me escribió Rose. Entonces vi los puntos suspensivos. Luego nada. Luego puntos. Y, por fin: ¿Tú estás bien? Con todo lo que ha pasado…

«Todo». Ojalá pudiese hablarle de Ben. Quería hacerlo. Sobre los sentimientos extraños y embrollados que tenía en el pecho. Estaba pasando por un duelo, pero no dejaba de sonrojarme. Estaba triste de cojones y, aun así, había momentos en los que la marea se retiraba y ya no me ahogaba. Y me había dado cuenta de que todos eran con Ben.

Por Ben.

Hacía que alejara la mente de la tristeza cuando lo único que quería hacer yo era enterrarme en ella, excavar ahí mi madriguera, vivir dentro aferrándome a lo que quedaba de mi padre.

Aunque él habría preferido verme enamorada que deprimida.

Estoy bien, le respondí y le di las gracias al conductor por el viaje mientras salía del Honda.

El cajero de Fiesta Sin Límites, que estaba jugando al solitario en el móvil, parecía aburrido. Me acerqué a él y le entregué el recibo sonriéndole sin mostrar los dientes.

—Eh... Me gustaría recoger esto, por favor.

Me vibró el móvil. ¿Sería Rose otra vez? Lo ignoré.

—Eh... ¿E-estás segura? —me preguntó, estupefacto, mirando lo que le había salido en la pantalla.

—Sí, ¿por qué?

—Bueno, porque aquí dice...

Volvió a vibrarme el teléfono. Rose no solía ser de esas.

—¿Me disculpas un momento? —le dije y me volví para leer el mensaje.

Era de mi hermana. ¡¡¡¡VEN A LA MORGUE YA!!!! Y, un minuto más tarde: ¡¡¡POR FAVOR!!!

Cuando Alice pedía las cosas por favor, se trataba de una emergencia.

—Vale, vamos a hacerlo de otra forma. A lo que sea que fueras a preguntarme, la respuesta es sí. —Total, mi padre ya había comprado las cosas, así que, fuera lo que fuese, tampoco podía negarme—. Y ¿podéis entregarlo en la Funeraria Day?

—Pues... podemos llevar el pedido el jueves —me sugirió el pobre cajero.

—¡Perfecto! ¡Gracias!

Me despedí con la mano mientras salía de la tienda y llamé a otro Uber. El mismo tío con el mismo Honda paró al lado de la acera y yo me subí al coche.

—Este episodio es muy bueno —comenté y él asintió para mostrar su acuerdo.

El trayecto de vuelta al pueblo nos llevó otros quince minutos y, cuando llegamos, se había puesto a llover.

El camino hasta la puerta de casa estaba resbaladizo y casi me la pego al acercarme corriendo al porche. Carver abrió la puerta mientras yo recuperaba el equilibrio.

—Ese escalón resbala —me advirtió.

Le saqué la lengua.

—Un poco tarde, hermanito.

—Estás de mejor humor.

¿Sí?

Carver abrió más la puerta para dejarme pasar.

—Alice está en la cámara refrigeradora entrando en pánico.

—¿Por qué? —pregunté, quitándome los zapatos en el recibidor para no dejar rastros de barro por los pasillos. Me dirigió una mirada de sufrimiento. La cámara, Alice ahí abajo…—. Ah, papá.

—Sí.

—¿Y tú no has podido ayudarla?

—Ya sabes que no me gusta nada el sótano.

—Pues tú no te quedaste ahí encerrado una noche entera —musité.

Pero supuse que en eso consistía la responsabilidad de ser la hermana mayor.

Me quité el abrigo mientras entraba en la casa y me di cuenta de que los de Seaburn y Karen también estaban colgados en la percha, así como la chaqueta blanca de piel sintética de visón de mi madre. Fruncí el ceño.

—¿Hay una reunión o algo?

Carver vaciló.

—Son cuatro cosas sobre las propiedades y el testamento.

—¿Y ha venido todo el mundo menos yo? —deduje.

—No es nada, Florence.

—¿Como cuando quedasteis en Waffle House a una hora y a mí me dijisteis que fuera más tarde?

Cerró la puerta y respiró por la nariz.

—Florence, no es nada personal. No has formado parte del negocio familiar desde hace años. Y hace una década que no vienes. No… no creíamos que quisieras formar parte de esto.

—Claro que quiero, Carver.

—Bueno, pues pensábamos que no. Porque sabías que habría que hablar de estas cosas, ¿no? Y no has preguntado.

—Vaya forma tan mala de echarme la culpa, ¿no crees?

Puse los ojos en blanco.

—Perdona.

—En fin —dije con un suspiro.

La funeraria estaba en silencio cuando avancé por el pasillo hasta la última puerta, que llevaba a la morgue. Olía como siempre, a flores y desinfectante. Mi madre estaba en la cocina preparando un té, o eso me pareció oír. Ya habían mandado algunos ramos para el velatorio del día siguiente. Y el jueves nos despediríamos de él.

El tiempo pasaba a la vez muy deprisa y muy lento.

La puerta del sótano tenía un pestillo por fuera, pero no estaba echado. Cuando me quedé encerrada allí aquella noche, no me dieron miedo los cadáveres. Eran como cáscaras y, cuando una persona había terminado de usarlas, se rompían.

No empecé a detestar los cadáveres hasta bastante más tarde. No me gustaba su quietud ni el hecho de que el azul siempre siempre conseguía atravesar hasta las bases de maquillaje más espesas, ni cómo olían después de que los embalsamaran.

Alice estaba abajo. Llevaba una cinta a rayas blancas y negras sobre el pelo corto. Parecía una mancha negra en una habitación toda gris claro. Hasta los guantes de látex eran negros. En la mesa de acero que tenía delante estaba…

Cogí fuerzas. No pasaba nada. Todo iba bien.

Alice miró hacia atrás y levantó las manos.

—¡Por fin! ¿Por qué has tardado tanto?

—Estaba en Fiesta Sin Límites —contesté al llegar al final de las escaleras.

Y, paso a paso, acercándome poco a poco, fui hacia el cadáver que había en la mesa.

No, no era justo. No podía decir que era un cadáver porque no era una cáscara cualquiera.

Era mi padre.

Y Alice había hecho un trabajo maravilloso, parecía que estaba durmiendo. Ya le había puesto su esmoquin preferido, el rojo hortera con los faldones largos y las solapas doradas. Llevaba puestos sus gemelos preferidos, unas calaveras de oro que se había comprado en no sé qué boutique de Londres hacía varias décadas e iban a juego con sus pendientes y sus anillos favoritos con calaveras y dos tibias cruzadas.

Cuando estaba nervioso, los giraba, sobre todo el que llevaba en el pulgar. Empezó a nublárseme la vista.

Alice, inquieta, cambió el peso de pierna y golpeó el suelo con el pie.

—¿Qué?

—¿Qué de qué?

—¿Está bien? —soltó. Hasta ese momento no había visto la caja de maquillaje en la mesa auxiliar con ruedas que tenía ella delante, con el corrector, la sombra de ojos y el pintalabios esparcidos—. ¿Parece él? ¿El color está bien conseguido? ¿No es demasiado?

—Está… —la voz se me atascó en la garganta, rota— bien.

Mi padre estaba como yo lo recordaba, una instantánea demasiado quieta sacada de mis recuerdos, y cerré los dedos con fuerza para no cogerlo por los hombros y sacudirlo, para no pedirle que se despertara. Era el tipo de broma que él haría: hacerse el muerto. Luego se levantaría del ataúd en el funeral diciendo: «¡Sorpresa! ¡Me jubilo!», pero ese era uno de los finales felices que tenía yo en la cabeza, de los que no existían.

Porque, cuanto más lo miraba, más quieto me parecía. Congelado. Inmóvil.

Muerto.

—Tenía muchas magulladuras del hospital —continuó Alice—, pero por suerte la chaqueta del esmoquin le cubre la mayoría. Y tiene las mejillas algo hundidas… El velatorio es mañana y creo que no parece él para nada y no dejo de mirar fotos. ¿Se me está olvidando ya cómo era o…?

—Alice, parece él —insistí. Ella vaciló—. ¿Por qué iba a mentirte? Si no fuera así, te lo diría.

—¿No está muy… Tony Soprano?

—Le encantaba *A dos metros bajo tierra* y...

—¡Florence! —Y al momento—: ¡Eso es otra serie!

Yo puse los ojos en blanco.

—Papá está genial, créeme, eres buena en lo que haces. Incluso mejor que él.

Eso, al menos, la tranquilizó un poco.

—Nunca podré ser mejor que él —dijo y volvió a cruzar los brazos con fuerza.

Cambió el peso de una pierna a la otra, sin dejar de mirar a nuestro padre. Yo nunca podría haber hecho lo que había hecho ella. Ni siquiera era capaz de mirarlo mucho rato sin romper a llorar, así que decidí dejar ese espectáculo para el día siguiente.

Aquella semana ya había llorado más veces de las que recordaba. Si seguía así, terminaría muriéndome yo también, de deshidratación.

En lugar de eso, le di un codazo a Alice.

—Venga —le dije con delicadeza—, ya has terminado. Papá está genial. Vuelve a guardarlo en la nevera y ve a ver un poco de anime o algo.

Se mordió el interior de la mejilla.

—Eso lo decía papá. «¡Un momento, que lo guardo en la nevera! Ahora subo». Dios, Florence, lo echo de menos.

—Y yo.

Esperé a que devolviese a nuestro padre a una de las cámaras y subimos las escaleras juntas. Alice cerró el sótano cuando salimos y, no sé cómo, convencí a Carver de que se la llevase a cenar. Me invitaron, pero yo no tenía mucha hambre.

Puse una excusa:

—Lo siento, tengo trabajo. —Y solo era medio mentira—. El obituario no se va a escribir solo.

—No tiene que ser un libro, Florence —dijo Alice.

Le dirigí una sonrisa amable.

—A veces cuesta encontrar las palabras.

—Si necesitas ayuda...

—No, estoy bien.

Y, de pronto, la camaradería que habíamos tenido en el sótano se disipó y Alice puso los ojos en blanco.

—Haz lo que te dé la gana, pero no lo entregues tarde —dijo y fue a buscar a Karen, a Seaburn y a mi madre a la cocina. Decidieron, a voces, ir al Olive Garden.

Mi familia hacía muchas cosas raras, pero a veces eran predecibles y optaban por la cadena de comida mediterránea a la que iban todas las familias. Y eso estaba bien.

Carver se puso el abrigo y empezó a abrochárselo poco a poco.

—¿Estáis bien Al y tú?

—Esta vez no me ha cortado la cabeza —respondí—. Bueno, al menos no hasta última hora.

—Cuando pase todo esto, igual podéis hablar las cosas.

—Carver...

Me miró.

—Hazle caso al prototipo de hermano mediano por una vez.

Lo era. Y también era la voz de la razón, de algún modo. Cuanto más tiempo pasaba en Mairmont, más incómoda me hacía sentir el pueblo. Era demasiado pequeño y cómodo y demasiado lleno de todo lo que me gustaba de mi padre. Y de mi familia. Y de las razones de mi marcha. Me dolía estar allí.

—De acuerdo —le dije.

Él levantó la mano con el meñique extendido.

—¿Me lo prometes?

—Te lo prometo —le respondí, cruzando el mío con el suyo, y salió con Alice y Karen y Seaburn por la puerta.

Mi madre se entretuvo un momento poniéndose su abrigo viejísimo de visón sintético. Con él me recordaba a Morticia Addams y a Cruella de Vil y a las noches de invierno en la funeraria, cuando todavía no hacía demasiado frío, cerrando las cortinas y apagando las luces.

—¿Estás segura de que no quieres venir a comer algo, Florence?

—Pues la verdad es que el bufé libre de ensaladas y los palitos de pan ilimitados son tentadores —respondí—. ¿Cómo han ido los dos funerales?

—Sin problemas. Ahora solo nos queda el más grande y creo que cerraremos el resto de la semana. Nos tomaremos un tiempo.

La Funeraria Day no había cerrado nunca. Ni por tormentas de nieve ni por huracanes ni por inundaciones.

No era de extrañar que hubiera tenido que morir mi padre para que echásemos el cierre unos días.

—Me parece buena idea —respondí—. Y gracias, pero creo que quiero quedarme aquí un rato. Me apetece… sentarme. En silencio.

Mi madre asintió y me abrazó con fuerza y me besó la mejilla.

—No veo las mismas cosas que tú —me dijo—, pero sé que está aquí.

No tuve agallas para decirle que no. Que su fantasma no vagaba por aquellos pasillos que crujían ni se sentaba en su silla favorita de la sala ni que ese olor a humo de puro, fuerte y dulzón, solo eran sus recuerdos engañándola.

—Te pediré pasta Alfredo para llevar y la dejaré en casa por si la quieres después —siguió diciendo y, con una última mirada larga al recibidor y la escalera de roble y los salones, se fue y cerró la puerta con suavidad.

Y yo me quedé sola.

La funeraria me pareció muy vacía y grande y vieja. Me senté en el salón rojo, el que más le gustaba a mi padre, en su sillón de respaldo alto y terciopelo favorito, y me hundí en el silencio. La noche era tan tranquila que oía el viento ulular por la vieja casa.

El canto de los muertos.

Me pregunté si el viento sería mi padre. Me pregunté si estaría en una ráfaga o en la siguiente. Me pregunté si algún día reconocería los sonidos que se colaban por las tablas del suelo, el viento enroscándose entre la vieja madera de roble, haciendo ruidos que, tal vez, podrían ser voces.

Y por fin todo se volvió real. Aquella semana. Aquel funeral. Aquel mundo que daba vueltas y vueltas y vueltas sin mi padre en él.

Y el viento siguió con sus ruidos.

23

El entierro del amor verdadero

—¿Florence?

Levanté la vista hacia la voz, secándome deprisa las lágrimas que se me escapaban de los ojos.

Ben estaba de pie en la entrada del salón con las manos en los bolsillos, pero yo solo veía su silueta indistinta y su cara sombría a la luz amarilla de las farolas que entraba por las ventanas abiertas. Tenía que aparecer en ese momento, cómo no. Cuando menos quería yo.

—Muy oportuno —musité y sorbí por la nariz.

Debía de estar horrenda. Ya tenía la mitad de la raya de ojos en la palma de la mano de secarme las lágrimas.

Entró en el salón. Sus pasos eran silenciosos contra el parquet.

—¿Va...? ¿Va todo bien?

Respiré hondo. ¡Como si no fuera evidente...!

—No —admití—, pero no es algo con lo que puedas ayudarme, la verdad. Aunque gracias por preguntar. —Y luego, en un tono más bajo, con la voz algo rota, añadí—: Lo echo de menos. Lo echo muchísimo de menos, Ben.

Vino hacia mí sin decir nada y se sentó en el suelo delante de mí y, por primera vez, tuvo que levantar la vista para mirarme a los ojos y me dio algo que yo no había pensado que quería: total atención.

—¿Cómo era tu padre? —me preguntó, porque era educado, porque era bueno.

¿Cómo era esa canción que le gustaba a mi padre? *Only the Good Die Young*, solo los buenos mueren jóvenes.

Me quedé en silencio mientras intentaba pensar las palabras adecuadas, con miedo de abrirme, de contarle mi historia. Ben y yo no nos conocíamos y él no había conocido a mi padre. Ni lo conocería. Y aunque estaba siendo educado y amable y me hacía sentir que mi dolor era lo bastante importante como para perder su tiempo en él…

… yo seguía teniendo miedo.

¿Siempre había sido tan hermética? No me acordaba. Llevaba encerrada tanto tiempo, sellada con tanta fuerza, que ya me parecía lo más seguro y natural. Me había engañado a mí misma y pensaba que podría vivir así para siempre, y, hasta que apareció Ben, creía que tal vez podría.

Pero ahora…

—Mi padre era amable y paciente, excepto cuando se ponía el fútbol, que se enfadaba muchísimo con la tele. Fumaba y bebía demasiado en las partidas de póquer de los jueves y siempre olía a flores fúnebres y a formaldehído.

Hablar de él en voz alta era un alivio, en cierto modo, como si estuviera desmantelando poco a poco el dique que había construido, ladrillo a ladrillo, recuerdo a recuerdo, hasta volver a sentir. Me gustaría poder decir que no estaba llorando, pero sí, porque notaba el sabor de las lágrimas que se me metían en la boca.

—Cuando era pequeña, vivíamos en esta funeraria vieja y a veces lo pillaba con mi madre aquí, en los salones, con las ventanas abiertas y bailando al ritmo de una canción que oían en su cabeza. Fue él quien me dijo que debería ser escritora. Me dijo que mis palabras eran tan fuertes y vívidas y estaban tan llenas de vida que podrían resucitar a los muertos. —Me reí y, más bajo, porque era un secreto que no le había contado nunca a nadie, dije—: En algún lugar debajo de una de estas tablas tengo escondidas historias guarras.

—¿Cómo? Qué escándalo.

—Nunca jamás las encontrarás —añadí—. Carver se pasó años buscándolas. Y al final se rindió.

Soltó una carcajada. Me encantaba su forma de reír. Dulce y grave y sincera. Y conseguía que mis músculos tensos y mis huesos rígidos se relajaran. Y era adorable. Bueno, para estar muerto. Se inclinó hacia el sillón y recostó la cabeza en el reposabrazos con los ojos cerrados. Yo apreté los puños porque quería pasarle los dedos por el pelo oscuro y espeso. Y no podía.

—¿Y qué? ¿El gran Benji Andor siempre quiso ser editor? —le pregunté.

Ladeó la cabeza, pensativo.

—Nunca quise crear palabras, siempre me ha gustado sumergirme en las de otras personas. Pero, a decir verdad, me hice editor porque quiero volver a sentir lo mismo que cuando leí la... —Se paró en seco y se aclaró la garganta—. Cuando leí la primera novela romántica.

—¿Cuál?

Se removió. Estuvo callado durante un buen rato, como si se debatiese entre si decirme la verdad o si no decirme nada. Yo dudaba que fuera a mentirme a esas alturas. De hecho, dudaba que supiese contar siquiera una mentira piadosa.

—*El bosque de los sueños*.

Eso... no era lo que me esperaba.

—¿En serio? ¿Una novela de Ann Nichols?

Se encogió de hombros.

—Tendría unos once años.

—Seguro que eras de los populares de la clase.

—Pues leía a Tolkien y jugaba a *Dragones y mazmorras*, si te sirve para ubicarme.

—Ah, sí, pues superpopular.

—Me da que te estás burlando de mí —comentó, inexpresivo.

Volvió la cara hacia mí y tenía una sonrisa escondida en la comisura de los labios. Yo solté media risa que también podía ser el rastro de un sollozo.

—No, te estoy admirando. ¿Sabes lo saludable que es para un niño leer algo que no sean «libros de chicos» pensados para chicos?

—Eso dicen. Supongo que me encantan las historias de amor.

Me gusta que pinten el mundo como un país de los sueños en tecnicolor donde la única norma que hay es que haya un final feliz. Y me he pasado casi toda mi vida persiguiendo ese subidón.

—Y entonces llegué yo proclamando que el amor había muerto. No me extraña que me odiaras.

—No te odiaba —aclaró—. Me cogiste desprevenido. Tenía delante a una joven muy guapa declarando que el amor había muerto.

Negué con la cabeza.

—Tampoco soy tan guapa, Ben.

Me dirigió una mirada rara. Tenía las pestañas largas y los destellos ocre de sus ojos marrones brillaron bajo la luz tenue de la noche.

—Claro que lo eres.

Me quedé sin aliento. ¿Ahí sentada en la oscuridad con el rímel corrido y la moquita cayéndome, Ben pensaba que era guapa? ¿En mi peor momento, siendo egoísta, demandante y fría?

Aparté la mirada enseguida.

De pronto, una ráfaga de aire silbó por la casa. Las vigas crujieron y las ventanas traquetearon. Ben dio un respingo.

—Son solo los muertos cantando —le dije. Puede que fuera mi padre, atrapado en el viento.

—¿Los muertos cantando? —Tenía una expresión extraña en los ojos—. ¿Cómo en el título del libro de Lee? —Yo no respondí. Él tampoco lo necesitaba—. Florence…

—Sorpresa. —Empecé a arrancarme padrastros, algo que Rose llevaba años intentando que dejase de hacer. Pero ella no estaba allí y yo estaba nerviosa—. Pensaba que Lee era el definitivo, ¿sabes? Pensaba que era él. Toda mi familia está formada por unas historias de amor imposibles… y yo creía que esa era la mía. Es que era Lee Marlow. Director editorial de Faux. Y le gustaba yo. Por primera vez, un tío con el que salía me miraba como si le importara y quería conocer todos los detalles raros sobre mí.

Me encogí de hombros, mordiéndome un lado del labio. No me gustaba admitir lo estúpida que era. Un año más tarde la herida seguía abierta.

—Era la persona más cercana a quien le había contado lo de mi… don —proseguí—, lo de los fantasmas a los que ayudaba, pero me cagué y le dije que eran historias que quería escribir algún día. Levanté un muro porque no podía enfrentarme a cómo me miraría si le decía que era cierto. Tendría que haber sido más lista. Al final, me convertí en otra historia más para él.

Y, cuando terminó de escribirla, dejé de serle útil.

Un cuervo graznó fuera. Estaban posados en el roble muerto. Había un tipo especial de silencio que permeaba los lugares de muerte. El sonido era cerrado y reservado, como si los espacios en los que se honraba a los difuntos estuviesen separados del resto del mundo. Cuando era más joven y tenía el cerebro lleno de espirales de ansiedad, me tumbaba en el suelo entre funerales y apretaba la mejilla contra el parquet frío y escuchaba el silencio de la casa. Siempre me daba espacio para pensar.

Ahora, temía que la tristeza de mi alma estuviese empapando el silencio como si fuese una esponja. Con cada respiración me sentía más pesada. Ya no era un silencio ligero, sino inmóvil.

Ben levantó la cabeza del reposabrazos. Le tembló un músculo de la mandíbula.

—Puto desgraciado.

Lo miré sorprendida.

—¿Cómo?

—Puto desgraciado —repitió un poco más alto—. De todas las mierdas que podía haberte hecho, te destroza los recuerdos. Las cosas que le contaste en privado…, en confianza. Será narcisista insensible, el muy gilipollas. —Detrás de él, un jarrón lleno de orquídeas empezó a temblar. No pensé que Ben supiera que lo estaba haciendo él—. Cuando lo vea, le voy a…

—Tranqui, fiera, que estás muerto.

El jarrón dejó de temblar casi al instante.

Se cruzó de brazos con fuerza y resopló.

—Eso es un problema sin importancia.

Su rabia me cogió tan desprevenida, tan alejada de mi abanico de emociones sobre lo que me había pasado, que, no sé, se me fue la pinza. Me puse a reír. Y a llorar. Pero sobre todo a reír mientras me dejaba caer de la silla al suelo, a su lado. Era uno de esos ataques de risa en los que entras en bucle, porque no me había dado cuenta hasta ese momento de cómo tenía que sentirme respecto a aquello...

—¿Tanta gracia te hago? —se lamentó con un tono trágico.

—No... Sí —añadí, pero en mi voz solo había notas de adoración por un tío al que apenas conocía—. ¿Sabes cuánto tiempo llevo esperando a que alguien se enfade por mí? Pensaba que me estaba volviendo loca, que quizá no tenía derecho a enfadarme porque le había dicho a Lee que solo eran historias. Pensaba que tal vez...

Vacilé. ¿Había dicho demasiado? No solía hablar sobre esas cosas. Con nadie. Ni siquiera con Rose. Eran mis problemas y de nadie más. Sin embargo, él se me acercó un poco más, como si me pidiese con tiento que continuase, y me sentí segura admitiéndolo:

—Pensaba que era lo que me merecía. Pensaba que eso era lo que tocaba por...

—¿Por tener el atrevimiento de confiar en alguien por quien sentías un amor incondicional? —me preguntó; la rabia le había desaparecido de la voz. Ahora era más suave, cálida como el ámbar. Aparté la cara deprisa. Miré hacia el recibidor y vi la luz de la luna multicolor que se colaba a través de la vidriera—. No es culpa tuya que sea un capullo, Florence —me dijo—. Te mereces mucho más que ese imbécil.

—Esa boquita, señor.

—¿Acaso me equivoco?

Volví a mirarlo, al espectro sentado muy quieto en el salón en el que había enterrado mis esperanzas bajo tablas de madera.

—No —respondí con sencillez y sonreí—. Que te hayas enfadado por mí ha sido bonito. Ojalá te hubiera conocido antes, cuando estabas vivo.

Me devolvió la sonrisa triste.

—Ojalá.

24

El grito

Unas llaves tintinearon en la puerta y mi madre la abrió y entró a la casa. Solo aparté los ojos de Ben un segundo mientras me ponía en pie con dificultad, pero, cuando volví a mirar, no estaba. Había vuelto a desaparecer y yo no sabía adónde había ido. Mi madre dio un respingo cuando me vio plantada en el salón y se puso una mano en el corazón.

—No me des estos sustos, que pensaba que eras tu padre —me dijo.

—¿Esperabas encontrártelo?

—¿Estaría loca si te dijese que sí? —aventuró con una sonrisa reservada.

Negué con la cabeza y repuse:

—Para nada.

—¡Qué bien! Sería horrible que mi propia hija pensara que estoy loca —dijo riendo y me tendió una caja de comida para llevar del Olive Garden—. Ya que sigues aquí, toma la pasta Alfredo.

Me dio la comida cuando me puse el abrigo.

—Gracias. No llevo tanto rato aquí, ¿no? Acabáis de marcharos.

Se encogió de hombros.

—Era raro sin Xavier. No podíamos quedarnos.

—Todo es raro sin él.

—Sí, aunque no triste. Tu padre no querría que estuviéramos tristes. —Me recolocó la bufanda y le dio una vuelta más alrededor de mi cuello—. Si te vas, ¿me harías el favor de acompañar a tu vieja madre a casa? —me preguntó con elegancia, doblando el brazo para que lo cogiese con el mío.

Y lo hice.

Ella era más alta que yo y delgada como Alice. Las dos tenían el pelo oscuro y, cuando mi hermana pasó por su fase rebelde, le robaba vestidos negros de encaje a mi madre y los llevaba al instituto; parecía Lydia Deetz, la novia de Beetlejuice, aunque, en esa época, yo ya estaba en la universidad y muy lejos de Mairmont.

Mi madre cerró la puerta de la funeraria al salir y nos adentramos en la fresca noche de abril. El viento seguía teniendo un toque helado, pero yo recordaba que ese mes siempre pasaba a la calidez veraniega tan de sopetón que sorprendía. Una semana llevábamos abrigo y la siguiente íbamos en pantalón corto y chanclas. Puede que esa noche fuese la última fría, o la siguiente. Fuera como fuese, el tiempo pasaba, lento pero constante, y dejaba atrás a las personas como una flor que perdía los pétalos uno por uno.

—Me alegra que estés en casa —empezó a decir mi madre, mirando hacia delante—. El motivo nos lo podríamos haber ahorrado, pero aun así me alegro. Xavier decía que conseguiría que volvieras de una forma u otra.

—Dudo que planease esto.

—¡Claro que no! Aunque es muy de su estilo —dijo con una leve carcajada—. Ay, qué pronto se ha ido, Florence. Demasiado pronto.

—Ojalá siguiera aquí.

—Ojalá. Es algo que desearé el resto de mi vida. —Me apretó con fuerza el brazo—. Pero nosotras seguimos aquí y él estará con nosotras mucho después de que el viento se haya ido.

Tragué para deshacer el nudo que tenía en la garganta.

—Sí.

Pasamos por delante de la heladería donde mi padre y ella iban todos los fines de semana cuando yo era pequeña y mi madre estaba embarazada de Alice. Siempre se le antojaba helado de pistacho. Si cerraba los ojos, veía a mi padre en la mesa de al lado de la ventana con su copa de helado, dándole un poco a Carver con una cucharita de plástico. «¡Aquí llega el avión Douglas DC-3 para el aterrizaje! ¡Brrrrrrrrrrrrr!».

Pero ahora la heladería estaba distinta, con una capa de pintura nueva, un dueño nuevo y sabores nuevos. Aunque Mairmont siempre estuviera igual, no dejaba se experimentar pequeños cambios. Los suficientes para que yo me sintiese perdida y mi pasado pareciera otra vida.

—Tendría que haber venido, mamá. Hace años. Tendría que haberos hecho visitas. Tendría que... —Se me rompió la voz. Volví a tragar para deshacerme del nudo que tenía en la garganta—. No me acuerdo de cuántas veces intentasteis convencerme, pero luego parasteis.

—Intentar que cambiases de opinión era como querer coger el sol con una cuerda —me contestó mi madre—. Eres cabezota, como tu padre, y te lo echas todo a las espaldas, igual que él. Siempre se hacía cargo de los problemas de todo el mundo, nunca de los suyos.

—Pero yo soy todo lo contrario. Soy egoísta. N-nunca vine a casa. Tendría que haber venido. Nunca le dije a papá...

Que escribía para otra persona. Que sí que había seguido escribiendo novelas después de fracasar, como él quería. Que, aunque de la forma más extraña del mundo, había hecho lo que él creía que podía hacer. Y nunca lo llegó a saber.

—Qué asco me dio este pueblo cuando te hicieron marcharte —dijo con desprecio.

—No me obligaron, me fui yo.

—Porque otras personas no podían soportar que una chica de trece años hiciera algo que ellos no podrían hacer nunca.

—¿Hablar con fantasmas?

—Ayudar a los demás. Escúchame, hiciste algo tan increíblemente altruista que tuviste que marcharte por ello... No, no me mires así —dijo y añadió—: No tenías por qué haber ido a la policía, pero fuiste. Los ayudaste a resolver un asesinato que, de otro modo, no habrían resuelto. Y, cuando les contaste la verdad, no fue culpa tuya que no te creyeran. Por mí, se puede ir a la mierda el pueblo entero.

—¡Mamá!

—Ya lo he dicho. El cuerpo de ese chico seguiría ahí enterrado en el Risco si tú no hubieses dicho nada.

Y su fantasma seguiría dándome la lata con que me presentara a la prueba de acceso al equipo de debate. Insistía en que era capaz de salir de un lío con mi poder de convicción si hacía falta. Y demostré que tenía razón el penúltimo año de instituto, cuando el agente Saget me pilló por enésima vez haciendo algo ligeramente ilegal por muy buenas razones.

—Ay, ¿qué vamos a hacer cuando Carver y Nicki se casen? —dijo mi madre con un suspiro de remordimiento a medio camino de la casa—. No puedo llevar el cadáver de tu padre para bailar con él.

Asentí con expresión seria.

—Te falta fuerza en los brazos.

—Es demasiado peso muerto.

Humor negro.

Lo echaba de menos. Echaba de menos hablar de la muerte como un paso más en el camino. Lee Marlow no soportaba el humor negro. Pensaba que hablar de la muerte era asqueroso e inmaduro. Y el tío con el que estuve antes de Lee, Sean, pensaba que era raro que hiciera bromas sobre el tema. A William le daba igual. Y Quinn no quería ni hablar de ello.

Echaba de menos a mi familia.

Echaba de menos aquello. Las noches tranquilas de Mairmont y los puntos negros de las cucarachas correteando por la acera y las polillas aleteando alrededor de las farolas y el zumbido de las noches llenas de bichos y el aire que corría entre los árboles. Echaba de menos la seguridad de mi madre y la rebeldía de Alice y la medianidad de Carver y la firmeza de Seaburn y el lento florecer de Mairmont.

Parecía que Nueva York cambiaba cada vez que parpadeaba. Era de una forma en un momento y completamente diferente al siguiente; una ciudad camaleónica que nunca encajaba en una sola idea y nunca se aferraba a una sola descripción. Siempre había algo nuevo, ilusionante, algo nunca visto.

Me había gustado eso durante mucho tiempo, la marcha constante de algo imposible, la capacidad de reinventarse una y otra vez a pesar de huracanes y pandemias y elecciones. Y me encantaban todas las personas que conocía en esas calles, los William y los Sean y los Lee Marlow...

Pero el cielo siempre estaba oscuro y solo las estrellas más brillantes atravesaban la contaminación lumínica de la ciudad que nunca duerme.

Mi padre me había advertido que echaría demasiado de menos las estrellas y su permanencia. En Nueva York, era difícil conseguir ver alguna, pero allí, en Mairmont, las veía de horizonte a horizonte y también veía las tormentas eléctricas de primavera que borboteaban al sur del pueblo.

De esas tormentas que le encantaban a mi padre.

De las que nunca entraron en el libro de Lee Marlow. De pronto, supe por qué me sentía tan incómoda allí. Volver a casa era una cosa, pero..., desde que había llegado, había estado distante con mi madre y Carver y Alice. No era porque no los quisiera ni porque no los echara de menos.

Estaba avergonzada, pero hablar con Ben me había ayudado a darme cuenta de que no podía controlar lo que Lee Marlow había escrito. No era culpa mía.

No podía echarme a la espalda todos los pesos y menos este.

—Mamá. —Se paró en el porche y se volvió hacia mí con una ceja negra levantada. Yo respiré hondo—. Tengo algo que decirte. Antes de... antes de que te enteres por otra persona.

—Estás embarazada.

—¡No! —contesté enseguida, azorada—. No. ¿Qué dices?

Soltó un suspiro.

—Menos mal. Creo que no podría enterrar a mi marido y acoger a un nieto a la vez. No tengo un rango de emociones tan flexible.

—Ni yo —dije riendo. Señalé con la mano las mecedoras del porche y ella se sentó en una y yo en la otra—. Mmm… ¿Te acuerdas del hombre con el que salía, Lee Marlow?

—¿El capullo que te echó a la calle?

Vacilé.

—Esa historia tiene más miga.

Respiré hondo. Y se lo confesé. Le hablé de Lee Marlow y de las historias que le había contado sobre nuestra familia. Le hablé del contrato de publicación y de cómo me había enterado y de la última conversación que tuvimos antes de quedarme en la calle mientras llovía. Era yo la que había decidido irse.

Pero, en realidad, ¿tenía otra opción? ¿Quedarme?

—Creo que lo peor —dije por fin— es que Marlow escribió mal a papá. No era raro, críptico ni aterrador. Creo que eso es lo peor de toda esta pesadilla… Papá está inmortalizado por ese imbécil y lo ha hecho mal.

Mi madre pasó una pierna por encima de la otra y se sacó un paquete de tabaco del bolsillo de atrás.

—Que le den —soltó.

—¡Mamá!

—No, en serio —repitió mi madre mientras se encendía el cigarro—. Que le den a ese desgraciado de mierda por retorcer todos los buenos recuerdos que le contaste para convertirlos en una especie de *Dimensión desconocida*. No somos una novela de terror gótico. Somos una historia de amor.

Yo nunca había pensado en mí, en mi historia, en mi vida, como nada más que un libro aburrido guardado en la estantería de una biblioteca aburrida de algún pueblo aburrido, pero, cuando pensaba en mi familia, en los veranos y en mis hermanos y en mí corriendo entre los aspersores y jugando al escondite en el cementerio y en los Halloweens en los que mi madre se disfrazaba de la vampiresa Elvira y mi padre se escondía en un ataúd y salía para asustar a los pobres niños que venían a pedir chucherías y en los años en los que Alice y yo jugábamos a disfrazarnos con la ropa antigua que encontrábamos en la buhardilla y en los veranos en los que coleccionábamos huesos de animales y en las velas que encendíamos para bailar valses a medianoche por los salones de la funeraria y en sentarme en silencio en la cocina con mi padre para oír cómo cantaba el viento…

En esos recuerdos solo había amor.

Puede que fuésemos una familia de luto, pero nuestra vida estaba llena de luz, esperanza y alegría. Y eso era algo que Lee Marlow nunca había llegado a comprender, algo que nunca había escrito en su prosa fría y técnica.

Era un tipo de magia, un tipo de historia de amor, que creo que nunca llegaría a entender.

Desde las ramas del roble que teníamos en el jardín, un cuervo graznó y algunos de sus amigos le dieron la réplica. Sentí una opresión en el pecho.

Ben.

—Y algún día —añadió mi madre con seguridad, con la certeza de un amanecer, de las tormentas o del viento que atravesaba una funeraria que iba crujiendo a su paso—, sé que tú escribirás nuestra historia como tiene que ser contada.

—No, no creo que pueda…

—Claro que sí —replicó—. Puede que no sea en un libro. Puede que sea en cinco o en diez. Puede que sean pedacitos de nosotros esparcidos por tus historias, pero sé que nos escribirás, aunque seamos un desastre, y lo que salga será bueno.

—Tienes mucha más fe en mí de la que yo tengo en mí misma.

Mi madre me dio un golpecito en la nariz con dulzura y sonrió.

—Eso es que soy una buena madre. Y, ahora, estos viejos huesos necesitan descansar un poco —dijo con un suspiro y se levantó. Me dio un beso en la frente. Bajo la luz del porche, me pareció más mayor que nunca. Con el peso de la tristeza encima, pero todavía en pie gracias a la esperanza—. Nos vemos en Waffle House por la mañana. Felices sueños, cariño.

Entró en casa y cerró la puerta.

Yo me quedé allí sentada un rato más mientras el viento empezaba a aullar entre los árboles y la tormenta se acercaba. El destello de un rayo cruzó el cielo.

En mis recuerdos, veía a mi padre sentado en los escalones de delante de casa, fumándose un puro apestoso mientras observaba cómo avanzaba la tormenta, con una cerveza en la otra mano y una sonrisa en la cara. Veía a mi madre con la cabeza recostada en su hombro, una copa de *merlot* y los ojos cerrados mientras escuchaba el murmullo de los truenos.

«No hay nada como el ruido del cielo sacudiéndote los huesos —me dijo un día mi padre cuando le pregunté por qué le gustaban tanto las tormentas eléctricas—. Te hace sentir vivo. Te recuerda que eres más que piel y sangre, que debajo hay huesos. Algo más sólido. Escucha cómo canta el cielo, Buttercup».

Otro rayo trepó por el firmamento y por fin salí a la noche.

El ambiente era pesado y humano. Alice decía que ella no olía la lluvia, pero yo nunca había entendido cómo era posible. Era algo muy perceptible, muy lleno y vivo, como si no solo estuviera respirando aire, sino también el movimiento de los electrones soltando chispas al chocar, encendiendo el cielo.

Cuando empecé a dirigirme a la pensión, un trueno resonó por el pueblo con un estruendo que hizo temblar las casas y me dejó un pitido en las orejas. Esperaba que cuando enterrasen a mi padre la tierra se abriese por los truenos. Esperaba que el sonido le sacudiese los huesos una vez más para que bailaran como a los míos. Esperaba que, cuando el viento soplase fuerte, desde alguna costa lejana, llegase a oírlo cantar en la tormenta, tan alto y tan fuerte y tan vivo como todos los muertos que había oído cantar en mi vida.

—Florence —oí decir a Ben, y, de pronto, andaba a mi lado.

—Va a ponerse a llover.

—¿No tendrías que estar volviendo a casa?

—Es lo que estoy haciendo.

Pasé por delante de la pensión y seguí caminando hacia la plaza del pueblo. Estaba vacía porque era de noche y por la tormenta que se acercaba. Y entonces llegó la lluvia con un murmullo grave y bajo. Primero una gota, luego otra y después el aire se rompió y la humedad se fue para dar paso a unos pinchazos de agua fríos y afilados. Eché la cabeza hacia atrás, con la cara mirando al cielo tormentoso.

En el libro de Lee, cuando llovía, Mairmont olía a barro y a pinos, pero, allí plantada, en el centro del pueblo, con los zapatos anegados, el mundo olía nítido por los robles que rodeaban el césped y dulce por la hierba. Él decía que, cuando llovía, el pueblo estaba en silencio.

Pero a mí se me llenaban los oídos de ruido.

Quedé empapada al momento. La lluvia atravesaba a Ben. Parecía tan seco como antes porque ya no era real. Era un fantasma.

Pero estaba ahí. En ese momento. A pesar de todo.

—Te vas a resfriar si te quedas aquí mucho más —dijo Ben.

—Ya lo sé —respondí.

—Y te estás mojando.

—Ya estoy empapada.

—Y...

—Y no tengo paraguas ni abrigo y hace frío y está cayendo una tormenta y ¿qué pasa si me alcanza un rayo? —terminé de decir por él. Incliné la cabeza hacia atrás y dejé que la lluvia me cayese en la cara—. ¿Nunca haces nada que no deberías?

No contestó, así que supuse que no.

Toda mi vida se basaba en esas cosas que se suponía que no tenía que hacer. Se suponía que no tenía que mudarme y no tenía que escribir para una autora de novelas románticas y no tenía que fracasar en ese último libro y no tenía que enamorarme de Lee Marlow y no tenía que volver allí.

No así. No para el funeral de mi padre.

—Lo más probable es que así te haya ido mejor —le dije—. Pensándolo todo, siguiendo las normas, siendo quien tenías que ser.

A eso, Ben me contestó:

—Pues estoy muerto y no he conseguido nada. No he dejado nada que exista tras mi marcha. He estado aquí y, ahora..., ya no estoy. —Parecía frustrado y triste—. Tenía tantos planes... Tantos.

Y ahora nunca podré llevar a cabo ninguno. Y me dan ganas de…

—De gritar —terminé de decir.

Me miró sorprendido.

—Pues sí.

—Pues grita.

Dudó.

—¿Sí?

Y, de pronto, gritó.

Fue un chillido fuerte y rabioso que rebotó contra los cristales de los escaparates y el ayuntamiento. Lo miré sobresaltada.

—¿Así? —preguntó.

Se me formó una sonrisa. No pensaba que fuese a hacerlo de verdad, pero…

—¿Te sientes un poco mejor?

—Todavía no —respondió.

Y volvió a gritar. En la voz tenía exasperación y dolor y tristeza, porque era un fantasma y había dejado de existir y había muerto en la flor de la vida. Yo ni siquiera había pensado en lo que estaría sintiendo. Por estar muerto. Por que lo ignorasen. Por ser invisible.

Era la única que oía sus gritos.

Pero él no lo hacía por nadie más. No lo hacía para que lo oyesen.

Así que respiré hondo y me puse a gritar con él. Le grité a la tormenta que aullaba y el viento se llevó mi voz. Volví a gritar. Y grité de nuevo.

Y sí que nos hizo sentir un poco mejor a los dos.

25

Peso muerto

Para cuando llegué a la pensión, parecía una rata mojada y me castañeaban los dientes, pero me daba igual. Volvía a sentirme bien, mejor de lo que me había sentido desde que aterricé en el aeropuerto. Como si me hubiesen… No era como si me hubiesen quitado un peso de encima, el peso seguía ahí, pero era más ligero. Mi padre ya no estaba y yo estaba pasando el duelo y todo iba a ir bien.

Todavía no, pero iba a ir bien. No sabía que una podía sentirse así. No sabía que yo podía sentirme así otra vez: bien.

No de maravilla, pero sí mejor.

—Gracias —le dije a Ben cuando pasé el cerrojo de la verja de hierro forjado de la pensión y empecé a avanzar por el camino empedrado hacia el porche. Había una luz encendida en recepción: Dana leyendo en el mostrador. Me detuve debajo para no seguir mojándome y me di la vuelta para mirar al fantasma de mi editor muerto. En el tercer escalón estaba casi a su altura, aunque él seguía siendo un poco más alto.

—Tendría que ser yo el que te diera las gracias —contestó, con las manos en los bolsillos y arremangado hasta los codos.

Volví a ver el tatuaje que tenía en el antebrazo. Eran números. «Una fecha», pensé. De hacía unos años. Y parte de una firma que me resultaba familiar, pero estaba medio escondida debajo de la manga. Parecía menos arreglado que hacía unas horas. Llevaba los tres botones de arriba de la camisa desabrochados y había perdido la corbata en algún sitio entre el otro mundo y este.

—¿Siempre llevas a los fantasmas a gritar bajo la lluvia? —me preguntó.

Aparté los ojos de su antebrazo.

—No, solo a las personas que me caen bien.

—¿Eso quiere decir que te caigo bien?

—Todavía no te he exorcizado, ¿no?

Soltó una risotada.

—¿Otro de tus talentos?

—Tendrías que haber visto al último fantasma. Tuve que ahuyentarlo con agua bendita.

Volvió a reírse y cambió el peso de pierna. Nos quedamos ahí plantados, algo incómodos. Sentía el corazón palpitando y a punto de salírseme por la boca y cerré los dedos con fuerza contra las palmas porque lo único que quería era tender la mano y peinarle el pelo caído y apartárselo de la cara. Le hacía falta un buen corte. Pero la verdad era que me gustaba cuando no lo llevaba engominado a la perfección. Se le ondulaba a la altura de las orejas y en la base de la nuca con el tipo de rizos en los que enroscaría los dedos y jugaría.

Sentía que era uno de esos momentos en los que tendría que haber dicho algo. Lo que fuera. Lo mucho que agradecía su ayuda y cuánto me gustaba tenerlo cerca y lo mucho que sentía que estuviera muerto…

Estábamos en un barco que pasaba por debajo de un puente, un segundo en la sombra; un momento —el momento— como aquel que viví con Lee en la biblioteca de aquella casa, cuando acepté la mano que me tendía y dejé que me llevara a lugares desconocidos; como aquel momento con Stacey en el bar universitario del SoHo, cuando me preguntó cuál era mi sabor de helado favorito, y con John en el instituto, cuando me invitó a comer pizza con sus amigos después de la fiesta de graduación. Pequeños momentos que atrapas y guardas en botes de cristal, como luciérnagas, o que dejas pasar.

Yo no podía atrapar aquel momento, no podía quedármelo, no podía quedarme con él. Sabía mejor que nadie lo que pasaba cuando le cogía demasiado cariño a alguien que ya estaba muerto, cuando abría mi corazón y dejaba que entrasen. Ya me había pasado, y había encontrado su cadáver en el Risco tres días después. Una pequeña parte estúpida de mí pensó que seguía vivo, pero no. Era un fantasma.

Igual que Ben. No estaba vivo.

No era real.

Si no iba con cuidado, volvería a cometer el mismo error.

Y él también sabía que era un error, porque los dos dejamos que pasase el momento y nos encontramos al otro lado. Era meticuloso. Pensaba bien las cosas. Estaba claro que no iba a hacer nada, a decir nada, se mantendría a una distancia prudencial por el bien de los dos.

Pero ¿por qué me frustraba tanto que fuera así?

Carraspeó y señaló la puerta con la cabeza.

—Deberías entrar, no sea que acabes muriéndote tú de frío.

—Sí, tienes razón —contesté y me di prisa por dar media vuelta y entrar.

Dana estaba sentade en el mostrador leyendo otro libro. Esta vez era uno de fantasía de N. K. Jemisin. Levantó la vista cuando oyó que sonaba la campanilla que había encima de la puerta y saltó del taburete.

—¡Estás empapada! —gritó, cogiendo una toalla de debajo del mostrador y rodeándolo para dármela.

—Muchas gracias. —Se la cogí de las manos y me sequé el pelo para que no gotease por todo el parquet. Luego me enrollé con ella y sentí un escalofrío—. Menudo tiempo hace esta noche.

—Y que lo digas —contestó, volviendo a su sitio—. Las *apps* del tiempo ni siquiera han avisado…

—Vaya, mirad, ahí está nuestra famosa autora —oí que decía una voz desde la zona de la sala de estar.

Un escalofrío se me enredó en la columna. Y ahí, toda digna, sentada en una de las sillas de IKEA de la sala, estaba Heather Griffin.

Todo el mundo tenía una persona que le había hecho insoportable su paso por el instituto y Heather era la mía. Habíamos sido amigas un breve periodo de tiempo, hasta que llegó a la conclusión de que estaba loca después de lo del caso de asesinato. Nunca se creyó que hablase con fantasmas, pensaba que solo quería llamar la atención. Y era una de las razones principales por las que el resto de Mairmont pensó lo mismo.

—¿Con quién hablabas fuera, Florence? —continuó Heather, con una expresión inocente.

La acompañaba un grupo de mujeres que parecía un club de lectura y se reían tras sus ejemplares de *Matiné de medianoche*, de Ann Nichols.

—Estaba, pues eso, hablando... sola —balbuceé.

Idiota. Era idiota por haberme sentido tan cómoda en Mairmont. Tendría que haber sido más lista.

Con el rabillo del ojo vi a Ben entrar despacio en recepción. Ya no llevaba las manos en los bolsillos, sino en las caderas. No apartaba la mirada del club de lectura y tenía los labios fruncidos.

Dana, para ayudarme, se inclinó hacia delante desde el taburete y dijo en voz alta:

—¿Cómo va la estancia, Florence? ¿Necesitas algo? ¿Toallas, champú? ¿Paz y tranquilidad? —añadió con retintín, atravesando con la mirada a Heather.

Esta dibujó con calma una sonrisa falsa y se sirvió un vaso de agua con limón del dispensador que había al final del mostrador.

—Bueno, sé cuándo no soy bienvenida. Me alegro de verte, Florence. Tal vez podríamos quedar para ponernos al día —añadió, arrugando la nariz con una sonrisa, y volvió claqueteando a la sala de estar, donde se reanudó el club de lectura.

Yo suspiré y me apoyé en el mostrador.

—Coño, por un momento había conseguido olvidarme de ella.

—Qué suerte tienes —dijo Dana riendo—. ¿Puedo ofrecerte una botella de vino para que te la lleves a la habitación? Nos ha llegado un tinto nuevo de Baltimore de un amargo delicioso.

—¡No me tientes! Todavía tengo que escribir el obituario de mi padre. Y no sé cómo, pero necesito conseguir flores silvestres.

—Han crecido algunas en el jardín de atrás, por si las quieres.

—¿Hay mil?

Se encogió, sorprendide.

—Ostras. Por desgracia, no.

—Pues ahí está el problema. Y lo de «flores silvestres» es algo muy impreciso… Eso sin tener en cuenta que no tengo mil dólares para pagar a un florista que me las traiga.

De la sala de estar llegaron unas risitas nerviosas del club de lectura. Mentiría si dijera que no quería saber qué decían de *Matiné de medianoche*. Ben estaba apoyado en el marco de la puerta escuchándolas. Su cara no me dijo mucho, excepto que o bien su análisis de mi escritura lo aburría, o bien no les estaba prestando ninguna atención.

—Mmm. —Dana repicó con los dedos en el mostrador de roble, pensando—. Tal vez podrías buscar en el Risco. Ahora es parte del parque natural. Puede que encuentres algunas si no es demasiado pronto.

No había vuelto desde aquel día. Las flores tenían que estar allí, cómo no, en el único lugar en el que no quería buscar. Pero parecía que tal vez no tenía alternativa.

—Gracias. Iré de excursión mañana a ver.

—Genial, ya me contarás cómo te va.

—Claro. Eres mi heroíne.

—¡Toma ya!

Cogí uno de los caramelos del cuenco y empecé a subir por las escaleras cuando mi nombre me llegó a los oídos. Fue solo un susurro, pero lo oí. Venía de la sala de estar. Las mujeres del club de lectura estaban hablando sobre mí y, si su forma de ser en el instituto tenía algo que ver con cómo eran ahora, no estarían diciendo nada bueno. Se me tensaron los hombros.

Dana, solo moviendo los labios, me dijo que no tenía por qué ir, pero me acerqué de todos modos. Me había pasado diez años huyendo de aquellas capullas y me tenían harta.

—No armes una pelea —me advirtió Ben cuando pasé por su lado.

No pensaba hacerlo.

Heather enseguida se irguió en la silla con aire inocente. Antes estaba inclinada hacia algunas de las otras mujeres, susurrando por encima de sus novelas llenas de marcadores. Me pregunté si la habían leído siquiera o si la última moda era comprar novelas románticas para no leerlas y quedar para cotillear. Heather estaba como la recordaba, con un pelo castaño bonito y unos ojos marrones bonitos y una sonrisa bonita en sus labios de color rosa pálido. Llevaba una falda negra de tubo y una blusa con estampado de cachemir. Recordé que mi padre me dijo un día que Karen la había contratado de recepcionista para el bufete del pueblo.

Sonrió con unos dientes sorprendentemente blancos.

—¿Quieres sentarte con nosotras? Somos muy fans de Ann Nichols.

Seguro que sí.

Me tragué la bordería que quería salir de mi garganta y me senté en el sofá descolorido que tenía ella al lado.

—Me encanta *Matiné de medianoche*.

—Nichols todavía no ha escrito ningún libro malo —dijo con alegría una de las asistentes—. Los devoro todos en cuanto salen.

—Dicen que saldrá uno nuevo en otoño —dijo otra mujer. Era mayor, con el pelo blanco rizado y un jersey de estampado de leopardo—. Pero todavía no se sabe nada de él —concluyó.

Sentí la mirada de Ben fija en mi nuca cuando dijo eso.

—¿Cuál era el libro que escribiste tú, Florence? —preguntó Heather con una sonrisa fija en la cara—. Nos encantaría leerlo en el club el mes que viene.

Le devolví la sonrisa, y la mía era real.

—Seaburn me ha dicho que ya lo leísteis cuando salió.

—¿Sí? Se me habrá olvidado…

Estaba segura de que no. Respiré hondo. Conseguí domar mis emociones. Era adulta y ya no huía.

—Sé que no te caigo bien, Heather, y sé que fuiste tú quien difundió los rumores sobre mí en el instituto diciendo que estaba loca o que era una adoradora del diablo o lo que sea.

Se puso rígida y lanzó miradas hacia los miembros del club de lectura. Unas cuantas habían ido al instituto con nosotras. Lo sabían. El resto tenía un recuerdo vago de lo que había pasado. Al fin y al cabo, Mairmont era un pueblecito.

—No fui solo yo, ni de lejos. También Bradley y TJ y...

—Te perdono.

Parpadeó.

—¿Cómo?

—Y me perdono a mí misma —continúe—. Estaba tan preocupada por lo que todo el mundo pensaba de mí que no comprendí que había hecho algo bueno.

—Encontraste un cuerpo, Florence —dijo, quitándole importancia y poniendo los ojos en blanco—. No es que resolvieses el caso de cómo se llame...

—Harry. Se llamaba Harry O'Neal. —Apreté los labios hasta formar una linea fina—. Iba a nuestro curso. Se sentaba justo detrás de ti en mates.

Entrecerró los ojos. ¿Se acordaba? Seguramente no. Seguramente hacía quince años que no pensaba en aquel chico que habían asesinado en el Risco.

—Lo que quiero decir, Heather —continué—, es que yo creo a la gente. Aunque sea raro, aunque no tenga sentido, quiero creerla. Quiero ver su parte buena. Le doy mi corazón a cada persona que conozco y lo pongo en todo lo que hago. Y a veces eso duele. Muy a menudo, en realidad... —Le lancé una mirada a Ben, deseando haber atrapado ese momento en el porche y haberlo guardado en un bote de cristal—. Nunca puedo controlar cómo me tratan los demás, pero puedo controlar cómo decido vivir y cómo decido tratar al resto. Y durante años me he preocupado por lo que pudieran pensar o querer de mí porque de verdad creía que importaba.

Fruncí las cejas al darme cuenta de que ya no estaba hablando solo de Heather, sino también de Lee. De las personas que habían cogido de mí lo que habían querido, que habían retorcido mis buenas intenciones y las habían convertido en algo amargo.

—Florence, no sé a qué viene esto —dijo Heather fingiendo estupor, pero el resto del club de lectura no habló.

Algunas habían abierto los libros, otras estaban mirando el teléfono. No sabía lo que pensaban de mí, pero me di cuenta de que me importaba una mierda.

—Así que te perdono —le dije—, porque no lo entiendes y no pienso explicártelo. Pero le gustabas. A Harry. Hasta el final. —Me puse en pie, cogí una de las galletas de la mesita de café y le di un bocado—. A pasarlo bien, chicas —añadí y salí de la sala de estar.

Dana me dirigió un saludo militar contenido mientras subía las escaleras y me dijo sin hablar: «¡Jo-der!».

Y que lo dijera. No me permití detenerme hasta que llegué casi al final de las escaleras. Me temblaban las manos.

Solté una exhalación fuerte y busqué en el bolso la tarjeta que abría la habitación.

Ben subió las escaleras detrás de mí.

—¿Harry? ¿Es el chico al que ayudaste?

—Sí, cuando tenía trece años, Harry, o su fantasma, vino a verme una noche igual que tú, aunque yo no pensé que estuviera muerto, porque lo había visto ese mismo día en clase. Pero sí. No sabíamos por qué seguía aquí. Y él no se acordaba de cómo había muerto. Así que… lo ayudé a descubrirlo.

Intenté no pensar en aquel año, en la investigación policial, en las noticias de tirada nacional, en los rumores del instituto en los que lo mejor que se decía de mí era que estaba loca y lo peor, que era cómplice.

—El resto ya lo sabes.

—Te gustaba —dijo con algo de pena.

—Siempre tengo que aprender las cosas a las malas —intenté bromear, aunque la broma no triunfó.

Tendió una mano, pero luego se detuvo y se cruzó de brazos. Los bíceps le tiraron de la camisa a medida, aunque yo no estaba mirando ni nada. Qué va. Ben era terreno vedado.

El cerrojo hizo un clic y yo abrí la puerta con el hombro.

—Y, bueno, gracias por esta noche.

—Dulces sueños —contestó y se apartó de la pared para marcharse.

Un pensamiento me pasó por la cabeza mientras se alejaba por el pasillo.

—¿Adónde vas? —La pregunta lo sorprendió, porque dio media vuelta hacia mí—. Es que los fantasmas no duermen y...

Se encogió de hombros.

—A vagar. Hasta que desaparezco. Y luego suelo aparecer cerca de ti.

—¿Y sigues sin saber adónde vas? —Negó con la cabeza—. Bueno, si quieres, puedes...

«Quedarte en mi habitación», pero eso sonaba raro. Era raro. Al fin y al cabo, lo estaría invitando a quedarse mirándome mientras dormía a lo Edward Cullen. Había dicho que era romántico, así que quizá se sintiese halagado por pedirle que jugásemos a *Crepúsculo* u horrorizado por habérmelo planteado siquiera. Era tirar una moneda al aire. Negué con la cabeza.

—Da igual. Que tengas buenas noches, Ben.

—Y tú, Florence.

Cerré la puerta y apreté la espalda contra ella, porque sentía que el corazón me latía tan rápido que parecía que quería salírseme del pecho. Lo había tenido tan cerca que había visto que tenía una fina cicatriz bajo la ceja derecha y un lunar encima del labio y los vellos finos de los brazos y...

—Me he metido en un buen lío —dije en voz baja mientras abría el ordenador.

Y no solo porque me estuviera enamorando de...

No me estaba enamorando.

No podía.

Intenté no contemplar la idea mientras abría el obituario de mi padre de nuevo y miraba el documento en blanco.

Entonces respiré hondo y, recordando lo que mi madre me había dicho hacía un rato, empecé con una historia sencilla.

Empecé por la despedida.

26

Sendas del pasado

No era de esas personas que disfrutan de las actividades al aire libre. De hecho, no me gustaba nada la naturaleza que no crecía en un cementerio. No soportaba los bichos, hacer senderismo, estar pendiente de las serpientes, las cucarachas, las hormigas, las garrapatas, las orugas esas raras y peludas, ¡los mapaches! Una vez, cuando iba al instituto, una zarigüeya con la cola torcida me persiguió hasta el coche por la mañana. ¡Me persiguió! ¡Hasta el coche!

Comprendí muy pronto en la vida que yo tampoco le gustaba a la naturaleza. Hasta cuando me mudé a Nueva York las palomas me cagaban y las ratas de cloaca siempre parecían obsesionadas con pasear por encima de mis pies. Por no hablar de las cucarachas del tamaño de Godzilla que vivían en mi primer piso. No seré capaz de sentarme en el váter y hacer pis tranquila nunca más por esa maldita plaga.

Así que podía decir sin temor a equivocarme que ir de excursión al Risco aquella mañana no sería muy divertido. Por no hablar de lo que había vivido allí. No era que evitase ir, pero, entre eso y mi mala relación con la naturaleza, no había tenido motivos para volver.

Y lo que era peor: no había visto a Ben en toda la mañana. Me preguntaba dónde estaría. Solía esperarme en el vestíbulo, pero aquel día, cuando fui a ponerme mi vaso diario de ácido de batería para el camino al desayuno con mi familia, no estaba allí.

Tampoco podía esperarlo, así que, después del gofre y los huevos revueltos, me fui hacia el Risco. Había un sendero forestal al final de Mairmont que llevaba al campo. Ahora que lo pensaba, papá solía coger flores silvestres cuando íbamos de excursión al Risco. Cogía un ramo de colores diferentes y, cuando volvíamos por el camino, las traía con él para dárselas a mi madre en casa.

La senda había cambiado en la década que llevaba fuera. Ahora había bancos a los lados del recorrido para conmemorar a Harry y el sendero estaba más definido, pero los árboles seguían casi iguales, grandes robles y pinos con hojas nuevas para la primavera. Las estaciones en Nueva York eran maravillosas, porque las vivías todas. En Mairmont, o era verano o era invierno y en medio había una semana de primavera y una de otoño. Aquella semana debía de ser la de primavera y yo había ido en el momento justo. El aire matutino era fresco y el sol brillaba con fuerza y el bosque estaba tranquilo.

Solo estábamos yo y mi respiración ahogada andando por el sendero.

Ya casi arriba, me recosté en un pino y me doblé para recuperar el aliento. Me caía sudor por la espalda y no era una sensación cómoda.

—Sabes que la mayoría de la gente no sale a andar con bailarinas, ¿no?

Me puse recta como un palo y casi me desmayo. Ben soltó un chillido, tendiendo las manos hacia mí, y yo me agarré a un árbol.

—¿Qué ibas a hacer, cogerme? —le pregunté, irritada.

—Sería de mala educación no intentarlo —contestó.

—Ah, bueno, pues gracias por el intento.

Hizo una reverencia irónica.

—¿Estás buscando las flores silvestres? —me preguntó mientras yo me apartaba del árbol y daba los últimos pasos hasta el final del camino.

La arboleda terminaba de forma abrupta y, en su lugar, se extendía una gran pradera, larga como un campo de fútbol, antes de una pequeña caída —el risco— y de que empezasen los árboles de nuevo. Había un banco a mi izquierda y una papelera que olía como si no la hubiesen vaciado desde hacía por lo menos una semana. Al fondo había una pequeña placa donada por el pueblo que el ayuntamiento había colocado donde yo encontré el cuerpo. El padre de Harry no pensaba que nadie fuera a verlo allí en por lo menos unos años, así que le sorprendió que la policía fuese a llamarle a la puerta una semana más tarde.

Lo último que sabía de él era que estaba pudriéndose en la prisión estatal.

Sin embargo, lo que más me sorprendió del Risco era que el campo estaba cubierto de pequeñas nubecitas blancas. Dientes de león. Se extendían en la distancia como nieve recién espolvoreada. Era precioso en contraste con el cielo azul despejado. Podría tumbarme allí, quedarme enterrada por las flores, sumergida entera, y dormirme.

Había hierbas, que, técnicamente, podrían ser flores silvestres, o eso suponía, pero no eran de las que yo estaba buscando.

Solté un largo suspiro.

—Mierda.

Ben se colocó a mi lado mirando el campo.

—Ahí hay muchos deseos.

—¿Cómo?

—¡Deseos! —contestó, señalando el campo—. ¿Nunca has soplado un diente de león?

—Pues claro —repuse a la defensiva—, pero ahora mismo los dientes de león no me sirven de nada. No son lo que necesito.

—No, pero… ¿crees que podríamos quedarnos un poco más? —me preguntó y me hizo una señal para que lo siguiera hasta el campo.

A la luz del día, parecía más difuminado que en la sombra, un poco más fantasmal. Brillaba como si estuviese hecho de esas lucecitas que colgué por mi habitación de la residencia cuando iba a la universidad. Los dientes de león se doblaron delicadamente con la brisa a la altura de sus tobillos y quise andar con él.

—Un poco —accedí.

Esperó con las manos en los bolsillos a que lo alcanzase, paciente y alto como siempre.

—Imagina cuántos deseos podrías sacar de aquí. Por lo menos uno tiene que hacerse realidad.

Ben nunca dejaba de fascinarme.

—¿Crees en los deseos de los dientes de león?

—Por estadística, con tantos dientes de león, uno tiene que hacerse realidad. Así que sí.

—¿Y si solo le pidieras un deseo a todos?

Ladeó la cabeza, reflexionando en serio sobre la pregunta.

—Depende del deseo —concluyó.

¿Qué tipo de deseo sería?

Yo arranqué un diente de león y le di vueltas entre los dedos.

—Pues describe la escena —empecé a decir—. ¿Qué pediría un editor refinado muerto? Va andando con una escritora caótica. Es media mañana; bueno, es probable que ya sea por la tarde; y hay cientos de miles de dientes de león con los que pedir un deseo. ¿Qué pediría?

Se le tensó la comisura de los labios. Se agachó para acercárseme y la piel se me erizó por su proximidad.

—Si se lo dice —dijo en un murmullo suave—, no se hará realidad.

Me quedé sin aliento.

—Ella no terminará el manuscrito a tiempo.

—Él nunca desearía eso. Sabe que es más que capaz de hacerlo sola. Solo necesita tener un poco más de fe en sí misma. —Las orejas empezaron a encendérsele—. Porque, aunque ella no ve el talento que tiene, él sabe que algún día lo descubrirá.

—¿Y si no?

—Puede que ese sea el deseo: que lo descubra.

Aparté la mirada deprisa, con las mejillas ardiendo por el rubor.

—Ese es un deseo malísimo —me obligué a decir—, es tirarlo a la basura. Mi editor lo señalaría y me diría que lo reformulase.

Levantó una ceja.

—Vale, entonces ¿qué pediría la escritora?

—La paz en el mundo —respondí enseguida, porque no era capaz de decirle la verdad.

Que deseaba que aquel momento en el campo durase para siempre. Que nunca tuviéramos que irnos, que pudiéramos congelar el tiempo y vivir en aquel instante con el sol alto y cálido y el cielo de un azul cristalino y el corazón latiéndome con ganas en el pecho y él conmigo.

Quería un momento que nunca terminase.

Aquel momento.

Allí de pie en medio del campo de dientes de león, con la mirada puesta en los tiernos ojos ocres de Ben, empecé a darme cuenta de que el amor no había muerto, pero tampoco era para siempre. Era algo intermedio, un instante en el tiempo en el que dos personas existen justo en el mismo momento y justo en el mismo lugar del universo. Seguía creyendo en eso, lo veía en mis padres, en mis hermanos, en los descarados líos de una noche en los que Rose buscaba paz. Era el motivo por el que yo no dejaba de buscarlo, desamor tras desamor. No era porque necesitase descubrir que el amor existía —claro que existía—, sino por la esperanza de encontrarlo yo. De ser la excepción a la norma que me había inventado.

El amor no era un susurro en una noche silenciosa.

Era un grito en el vacío que decía que estás *ahí*.

Ben cogió aire.

—En realidad, desearía...

Una racha de viento rugió por los árboles y, cuando llegó al campo, levantó todas las nubes blancas de los dientes de león como una ola espumosa del mar. Barrió el terreno y vino hacia mí deprisa un torbellino de semillas que parecía nieve. Me protegí la cara cuando la ola me salpicó, me engulló, me rodeó y se llevó los dientes de león hacia el resto del campo y hacia el cielo cristalino.

Yo di vueltas sobre mí misma y los vi alejarse.

—Joder, eso sí que son vientos primaverales, ¿verdad, Ben? —No hubo respuesta—. ¿Ben?

Pero se había ido.

27

A matar

Cuando bajé del Risco, la camioneta Ford azul de Carver estaba aparcada en el descampado. Asomó la cabeza por la ventana abierta con una gorra de una empresa de tractores puesta hacia atrás y me hizo señales para que me acercase. En el asiento del copiloto, llevaba una jaula para pájaros con una decoración tallada preciosa que había hecho él mismo y a la que le había puesto el cinturón de seguridad.

Solté un silbido al verla.

—¿Eso es caoba?

—¡Pfff! —Se rio—. Qué va, es cerezo. A ver si crees que me sobra el dinero.

—Pues tienes un trabajo estable y bien pagado en el mundo de la informática, puedes cogerte todas las vacaciones que quieras y encima trabajas desde casa, así que sí —respondí.

Él me dio un golpe de broma en el brazo.

—Calla, tú espera a vender el próximo Harry Potter. Nadarás en dinero y todo el mundo querrá ser amigo tuyo… Y con derecho a roce, si tienen suerte.

Puse los ojos en blanco.

—Nadie venderá el próximo Harry Potter. Salió justo en un momento que nunca podrá recrearse y, como ahora hay tanto donde elegir, es casi imposible predecir la nueva moda editorial…

—Vale, vale —se quejó—. ¡Me rindo!

Le saqué la lengua y luego señalé la jaula con la barbilla.

—¿Y eso para qué es?

Se le dibujó una sonrisa en la cara.

—He tenido una idea para el testamento de papá.

—¿Le estás dando vueltas a eso? —pregunté, sorprendida.

—¡Claro! ¿Por quién me tomas, por un hermano mediano que no se mete en todo?

—*Touché*.

—Bueno, pues la idea es que les demos de comer a los cabrones esos que no dejan de robar la comida de las ardillas, que atrapemos a doce y los soltemos en el funeral.

—Cuando los sueltes no estarán de muy buen humor…

—¿Y? ¿Qué van a hacer, cagarme el parabrisas?

—Robarte el Rolex.

Pareció irritado.

—¿Tienes una idea mejor?

—No y la verdad es que la jaula me gusta. Oye, ¿puedes acercarme a la pensión?

—Claro, sube. Pero ten cuidado con la jaula —añadió cuando yo estaba rodeando el coche. Subí y vi que había un ejemplar de *El Carnero* en el asiento. Lo cogí y empecé a pasar las últimas páginas—. El obituario es muy bonito —dijo él cuando lo encontré.

Bien, habían usado una de mis fotos favoritas de mi padre. Era de hacía unos años, cuando fueron todos a verme a Nueva York para celebrar Fin de Año; cogimos champán y subimos a la azotea por la escalera de incendios. Él tenía un puro en una mano y se reía en la noche con la cara iluminada por los fuegos artificiales. Sonreí cuando me vino el recuerdo.

Carver salió a la carretera y dio media vuelta para volver al pueblo.

—Oye… No tienes que hacer todo esto sola. A mí me encantan las yincanas.

Yo doblé el periódico otra vez y lo metí entre los asientos.

—Lo sé, pero estáis todos muy ocupados. Yo soy la vaga de la familia.

—Yo no diría eso —contestó—, escribes para Stephenie Meyer.

—Pero ¡si ni siquiera es el mismo género!

Se encogió de hombros.

—Tenía que probar. —Cogió un palito de cecina del salpicadero y abrió el envoltorio con una mano—. ¿Quieres?

—No puedo dejar de masticarlo.

—Eso es parte de la gracia. —Lo mordió y arrancó un trozo con los dientes—. Dicen que tuviste un encontronazo con Heather...

Hice una mueca.

—¿Tan rápido se corre la voz?

—Dana estaba maravillade y no podía parar de decirme lo guay que habías estado cuando le he encontrado en la cafetería esta mañana —contestó.

Nos detuvimos en el único semáforo del pueblo. El alcalde estaba haciendo su ronda y lo paseaba una estudiante del instituto. Parecía el perro más feliz del mundo cuando cruzó la calle por delante de nosotros. Saludamos con la mano y la estudiante que lo paseaba nos devolvió el saludo.

—También he oído que le dijiste a mamá que te sentías excluida.

Pero ¿en aquel pueblo no respetaban nada?

Puse los ojos en blanco.

—No pasa nada, ya me explicó que...

—No, lo siento —me interrumpió. Eso me sorprendió—. No lo pensé. Y Alice tampoco. Simplemente... Como tú nunca querías... Pensamos que te superaría —confesó—, sobre todo cuando nos dimos cuenta de que habías empezado a hablar con tu... —Cambió el discurso enseguida—. Con alguien que nosotros no vemos otra vez. Igual que hacía papá.

Apreté los puños.

—¿También pensabais que él estaba loco?

—No pienso que estés loca, Florence.

—Pues dime qué piensas —salté. Aunque habían pasado diez

años, enseguida noté la misma rabia hirviéndome bajo la piel—. ¿Que estoy hablando con un amigo imaginario? ¿Que se me está yendo la olla?

—Sabes que nunca pensaría eso…

—¿Que estoy fingiendo…?

—¿Es papá? —me interrumpió. «Oh»—. ¿Nos lo dirías si fuera él? ¿O te lo guardarías para ti sola como haces con todo lo demás? Florence, la isla solitaria.

Hala, ya había tenido bastante. Me largaba de allí.

Primero Ben me hacía un truco de escapismo de Houdini en el momento justo y ahora Carver me atacaba por cosas que estaba clarísimo que no tenía que mejorar.

En general, no tenía mucha paciencia, pero se me acababa de agotar la poca que me quedaba.

Cogí la manilla y abrí la puerta de la camioneta a la fuerza olvidando que tenía puesto el cinturón. Me lo desabroché tras casi estrangularme y salí de un salto del coche.

—Nos vemos en el velatorio, Carver.

Soltó un taco.

—¡No, espera, Florence…!

Cerré la puerta con fuerza antes de que terminara lo que fuera que quisiera decir. Total, no quería oírlo. Florence, la isla solitaria, estaba cansada y sudada y no quería hablar de sus defectos antes de tomarse una buena ducha caliente.

Y lo más preocupante era que alguien me había pillado hablando con Ben y los rumores volvían a correr. Me cubrí el pecho tirando de ambos lados de la chaqueta y me crucé de brazos mientras volvía deprisa a la pensión. La gente no me miraba al pasar, pero ¿y si me estaban mirando? ¿Y si se inclinaran para hablarse de cerca y musitar: «Por ahí va la mujer que susurraba a los fantasmas», riéndose por lo bajo?

Basta. No era así.

Era mi cerebro estúpido intentando protegerse. Ya no estaba en el instituto. Hacía diez años que no. Era mayor. Y había aprendido más cosas. Y, a pesar de lo que había pasado con Carver, todavía tenía la cabeza llena de dientes de león volando con el viento… Y me di cuenta de que lo demás daba igual.

Y de que estaba bien.

No sabía cómo.

28

Bailar con los muertos

Había estado en muchos velatorios, pero en ninguno como ese.

Cuando me puse los tacones bajos en el porche de la pensión y fui por Main Street hacía la Funeraria Day, la gente del pueblo, vestida de negro y rojo, empezaba a cerrar las tiendas. Llevaban bandejas de queso y galletas saladas y lasaña y pollo frito y col y cazuelas con comida hecha al horno.

Durante una hora, Mairmont se detuvo por completo excepto la casa victoriana solitaria con contraventanas negras y barandillas de hierro forjado. Cuanto más me acercaba, más gente había. Una marea que se derramaba por el acceso principal y por la acera.

Seaburn estaba de pie en la verja con un traje marrón y una orquídea en el bolsillo. Me vio cruzar la calle y me atrajo hacia sí para darme un abrazo.

—¿Por qué está todo el mundo fuera? —pregunté.

—Bueno —dijo, tendiendo la mano hacia la puerta de la casa—, compruébalo tú misma.

Avancé por el camino hasta los escalones del porche, abrí la puerta con vacilación… y me detuve de golpe. Porque dos de los tres salones estaban llenos de flores. No unas cualesquiera, sino flores silvestres. Todas separadas por colores en jarrones de cristal transparente. Debía de haber… Debía de haber mil.

Estaba estupefacta.

—¿Cómo…? Pero ¿cómo…?

Mi madre salió del salón rojo, donde estaba el ataúd de mi padre.

—¡Oh, Florence! ¿No son encantadoras todas estas flores?

—¿Quién…? ¿Cómo…? ¿Cuándo…?

Entonces Heather salió de uno de los salones limpiándose las manos con un pañuelo de tela. ¿Qué hacía ella allí? Empecé a hacerme esa misma pregunta cuando me tendió la mano y dijo:

—Tu padre era un buen hombre. Siempre que podamos os echaremos un cable. Y tenías razón, las personas cambian. Yo también.

Yo le miré la mano; luego volví a mirarla a ella.

—¿Tú… has hecho esto?

—Dana me ayudó —respondió Heather sin retirar la mano, esperando—. Anoche organizamos las donaciones y esta mañana hemos ido a comprar y traer las flores que hacían falta. Te acompaño en el sentimiento —añadió.

No sabía si estaba diciendo la verdad o si tenía segundas intenciones… ¿Quedar bien si se empezaba a hablar de nuestra confrontación? ¿Pintarme como una mimada que nunca madura…? «¿Lo veis? Heather ha cambiado, ¡es Florence la que no es capaz de dejar morir el pasado!».

O puede que fuese mi cerebro frío y amargado, que pensaba que todo el mundo tenía segundas intenciones cuando, quizá, aquello era justo lo que parecía.

Le di la mano.

—Gracias —dije.

Nos dimos un apretón.

Luego ella cogió un jarrón de flores azules y desapareció en el salón azul. Mi madre me hizo un gesto para que entrase en la sala del velatorio cuando estuviese lista.

Seaburn me golpeó en el costado con el codo.

—Ve a ver a tu viejo para que podamos abrir la casa.

—Sí, debería ir.

Solté una exhalación larga y me erguí. Avancé paso a paso. Carver y Alice estaban esperando dentro del salón rojo, el preferido de mi padre, y me tendieron la mano. Se la cogí a ambos, se la apreté con fuerza y, juntos, avanzamos hacia el ataúd oscuro de caoba decorado con flores silvestres azules y rojas y amarillas y rosas para empezar a averiguar cómo decir adiós.

La tarde consistió en una bruma de personas entrando y saliendo la funeraria como la marea, dándome apretones de mano y el pésame. Las cazuelas empezaron a apilarse en la nevera de la cocina y se derramó más de una botella de champán sobre el parquet. Vino el pueblo entero, embutido en la vieja casa victoriana y esparcido por el jardín con sus mejores galas de luto. Le presentaron sus respetos a mi padre uno a uno y los tres hermanos Day estábamos a un lado, cogidos con fuerza de la mano, manteniéndonos en pie unos a otros. Mi madre, fuerte, daba sorbos de una copa de champán, amabilísima con todo el mundo que venía a despedirse.

—Cómo no, quiso que lo enterrasen con un traje rojo feísimo —dijo Karen, secándose los ojos con cuidado para que no se le corriera el maquillaje—. ¡Cómo no!

—Alice ha hecho un gran trabajo —dijo John, que llevaba sus mejores pantalones cortos náuticos de color negro, una camisa negra y la gorra de la pizza—. Parece como si siguiese vivito y coleando.

—Estaba muy orgulloso de vosotros —dijo otra persona.

Y el resto lo tengo borroso. Apenas distinguía las caras.

—Sois los mejores hijos que podría tener un enterrador.

—Qué orgulloso.

—Era un buen tipo.

—Estaba muy orgulloso.

—Qué buen hombre.

Me tembló el labio inferior, pero me lo mordí para mantenerme entera. Cuando sentía que me rompía, Carver me apretaba la mano con fuerza como si me preguntara: «¿Necesitas tomarte un descanso?». Y yo le devolvía el apretón para decirle que estaba bien y también le apretaba con más fuerza la mano a Alice. El mundo continuaba girando y nosotros seguíamos allí.

Cuando el último de los visitantes se fue por fin, incluida la señora Elizabeth, que llevaba un traje rosa muy bonito (porque, según dijo, el negro no era su color) e iba seguida de su fantasmal marido, cerré la puerta de la casa con llave. El olor de las flores era tan intenso que decidimos dejar algunas ventanas entreabiertas para airear la casa. Sin embargo, hasta con ellas abiertas, la funeraria estaba tan tranquila que casi no podía soportarlo. Mi madre se puso a hacer cosas en el salón rojo, cogiendo las flores secas del suelo y recolocando los jarrones. No quitaríamos nada hasta el día siguiente, para el funeral, que sería en el cementerio, y no pude evitar preguntarme cómo conseguiríamos llevar allí todas aquellas flores.

Apoyé la espalda en la puerta y solté un suspiro largo.

—¿Todo bien?

Levanté la vista hacia la voz. Ben estaba de pie, incómodo, en medio del recibidor, con las manos en los bolsillos. No lo había visto desde que desapareció en el Risco y me sentí mejor al momento, solo con verlo. Su presencia era como un bálsamo.

—Te has perdido lo más divertido —dije a modo de saludo y me sequé las comisuras de los ojos.

Por suerte, ese día me había puesto una raya resistente al agua. Miró a su alrededor.

—El velatorio... ¿ya ha terminado? ¿Cuánto tiempo ha pasado?

—Unas horas —respondí.

El Risco parecía un tema tabú. ¿Qué había estado a punto de decirme? ¿Qué es lo que habría deseado?

—¿Estás bien? —dijo, preocupado—. Quiero decir... Esa pregunta no es la adecuada. ¿Hay...? ¿Hay algo que pueda hacer?

Me lo preguntó a pesar de que no podía interactuar con el mundo, de que nadie más lo veía, de que se suponía que era yo la que tenía que ayudarlo a él.

—Eres muy atento.

—Lo estás pasando mal. Me cuesta verte así.

—¿Tan fea me pongo cuando lloro?

—No... Bueno, sí, pero no... Quiero decir... —Frunció los labios—. Me gustaría poder hacer algo. Lo que sea. Abrazarte y decirte que lo pasas mal un tiempo, pero que luego estás mejor.

Se me hizo un nudo en la garganta. Los surcos de la puerta se me clavaron en la espalda de lo fuerte que me apreté contra ella. ¿No era eso lo que quería decirle yo a él hacía lo que parecían siglos?

—¿Sí? ¿Luego estás mejor?

Asintió.

—Poco a poco. Yo perdí a mis padres a los trece años en un accidente de tráfico y mi abuela me adoptó. Este es el anillo de mi padre —dijo, quitándose el collar, y lo tocó con los dedos—. Lo llevo conmigo para no sentirme tan solo. Mi abuela me dijo que la tristeza nunca desaparece, pero aprendemos a amarla, porque se convierte en parte de nosotros y, poco a poco, se disuelve. Y, al final, te levantarás y sentirás que estás bien, que vas a estar bien. Y, con el tiempo, será cierto.

—Tu abuela se parece a mi padre —dije y sorbí por la nariz mientras me secaba los ojos con el dorso de las manos.

Cerró los dedos en torno al anillo y se lo metió en el bolsillo.

—Te acompaño en el sentimiento, Florence. Sé que has oído esas palabras muchas veces hoy, pero…

—Gracias —respondí—. Te estás portando muy bien conmigo… —Y no pude evitarlo: me reí—. Dios, me acabo de dar cuenta. *Ben* y *bien*, ¿lo pillas? Tu nombre… es un juego de… Lo siento, estabas intentando mantener una conversación seria y yo… no dejo de liarla.

Me froté la cara con las manos, muerta de vergüenza.

—Llevas un Ben tiempo esperando para hacerme esa broma, ¿no? —comentó con sorna.

—La verdad es que he intentado aguantarme, porque sabía que no te sentaría Ben.

Suspiró y soltó una risita minúscula. Se le iluminó la cara y sonrió. Casi no podía creerme lo que veían mis ojos. Me incliné hacia él para verlo mejor.

—¿Qué? —preguntó.

—Quería ver si estabas sonriendo de verdad o estaba alucinando.

—Qué rara eres.

—Mucho. ¿No desearías no haberme dejado salir de tu despacho? —bromeé.

—Sí. —Lo dijo con tanta determinación que me hizo sonrojarme.

«¿Era ese tu deseo? ¿Lo que ibas a pedir en el Risco?», quise preguntarle, pero no traería nada bueno. Yo estaba allí para ayudarlo a seguir adelante y él estaba allí para irse.

Las historias de fantasmas nunca tenían finales felices.

—Bueno, pues al final has tenido suerte —respondí, cogiendo la papelera pequeñita que había al lado de la puerta y recogiendo la basura que se habían dejado los invitados. Copas de champán de plástico y servilletas del picoteo que habíamos puesto fuera. Parecía que a la gente se le olvidaba que existían las papeleras.

Durante los veinte minutos siguientes, anduve por la funeraria en silencio, arreglándolo todo, limpiando las mesas, cerrando el libro de visitas…

Cuando volví a la sala roja, donde Carver miraba a nuestro padre en el ataúd, me detuve. Estaba susurrando muy bajito y tendió la mano poco a poco hacia la de nuestro padre, que estaba colocada con cuidado sobre su pecho, y la dejó ahí un momento.

Sin decir nada, salí de la habitación.

Ben se apoyó en el marco de la puerta y miró la sala donde estaba el ataúd de mi padre.

—Me gusta el estilo de tu padre —dijo—. Muy buen esmoquin.

—Era su favorito —respondí.

Carver cerró con cuidado la tapa del ataúd. Por última vez. Salió del salón rojo donde estaba nuestro padre y recogió los vasos de plástico que había en una mesita auxiliar. Yo cogí la papelera y se la tendí para que los tirase.

Había un reproductor de música encima de la mesa, por lo general reservado para una melodía de órgano sombría que sonaba durante los velatorios. No recordaba si ese día la habíamos puesto.

Mi hermano sonrió con tristeza mientras pasaba los dedos por encima de los botones del reproductor.

—¿Te acuerdas de cuando papá ponía música mientras recogíamos?

Solté un quejido.

—Ponía a Bruce Springsteen en bucle.

Carver soltó una risita.

—¿Te acuerdas de ese día que le dio un tirón en la espalda tocando con una guitarra imaginaria cuando sonaba *Born to Run*? —Entrecerró los ojos, que le escocían. Era el único modo en que sabía llorar—. Dios, Florence, ojalá estuviera aquí —dijo con voz espesa.

—Ojalá. Oye…, sí que necesito ayuda. Con lo del testamento. Sobre todo con los cuervos y la jaula de cerezo.

Hizo como si se quedara sin aliento.

—Pero qué fuerte. ¿De verdad está pidiendo ayuda Florence Day?

—Por favor, no es para tanto…

—¡Al! —gritó llamando a nuestra hermana pequeña, que estaba en el salón azul—. ¡Florence nos acaba de pedir ayuda!

Alice asomó la cabeza por la puerta.

—Que le den —respondió.

—¿Eso es un sí? —repuse yo.

Mi hermana me sacó la lengua y volvió a meterse en el salón azul.

Carver me dio un golpecito con el codo.

—Siempre es un sí.

Entonces mi madre lo llamó desde el tercer salón para que la ayudase a cambiar de sitio algunos jarrones y él me pasó la mano por la cabeza mientras se marchaba. Yo me arreglé el pelo, refunfuñando.

—Una pregunta —dijo Ben, volviendo a mi lado mientras yo terminaba de limpiar la mesita con el reproductor de música—. ¿Lee acertó en algo?

—¿Eh?

—En el libro.

Ladeé la cabeza.

—Escribió que escuchábamos *Para Elisa* de Beethoven, porque Carver pasó por una etapa de música clásica. Y que mi padre bailaba con esqueletos. Lo cual es cierto —añadí—, pero solo en Halloween.

Se rio por la nariz.

—Seguro que era terrorífico.

—Ni lo más mínimo. Hacía siempre un teatrito en el que movía la mandíbula del esqueleto y hacía como si hablara. Me hacía gracia. Mi padre era gracioso. Y puede que un poco rarito —admití y pasé con aire ausente los dedos por los botones del reproductor—. Creo que lo peor era que Lee pensaba que mi infancia fue triste y solitaria. Y puede que a veces sí. Y no siempre fue maravillosa..., pero te aseguro que fue buena, Ben. Estaba un poco rota y magullada, pero fue buena. —Abrí el cajón que había debajo del reproductor para enseñarle los CD que teníamos, los que ponía mi padre—. Fue muy buena.

Porque mi padre recopilaba canciones y hacía bailar a mi madre por el salón y los dos juntos nos enseñaron a decir adiós. Nos enseñaron muchas cosas en las que la mayoría de los niños casi nunca pensaban siquiera. Nos enseñaron a llorar con las viudas y a consolar a los críos que todavía no sabían muy bien qué era la muerte. Nos enseñaron a maquillar cadáveres y a desangrarlos para reemplazar la sangre con formaldehído, a poner la ropa de modo que las magulladuras del hospital por las vías y por las palas y las pegatinas del desfibrilador no fuesen tan evidentes. A colocar las flores en el ataúd para disimular que algunas personas recibían pocas. Mi madre y mi padre nos enseñaron muchas cosas y todas ellas nos llevaban a ese día.

Nos dieron las herramientas para saber qué hacer cuando ellos no estuvieran.

Y ahora mi padre ya no estaba.

Saqué el CD que había más arriba. Era un disco casero con su letra garabateada.

«Buenas despedidas».

No recordaba cuántas veces, tras velatorios largos y tristes, nos había llamado para que fuésemos a la funeraria a ayudar a ponerla en orden, igual que estábamos haciendo ese día. La Funeraria Day era pequeña y a mi padre no le gustaba que sus empleados trabajasen de más si podía evitarlo, de modo que nos hacía trabajar a nosotros. Yo siempre hacía como si no me gustase nada el olor a demasiado limpio del desinfectante y los ramos de flores, las salas tan iluminadas y los muertos del sótano, pero tenía un secreto: no lo detestaba tanto como decía.

Cuando mi madre conseguía arrastrarnos a Carver, a Alice y a mí a la funeraria, por lo general en tardes entre semana, mi padre ya se había quitado la chaqueta y se había arremangado hasta los codos, enseñando los tatuajes que se hizo de joven (que escandalizarían a la mayoría de Mairmont). Había puesto su CD y nos hacía señales para atraernos a la casa de la muerte con una sonrisa y una buena canción.

—¿Te apetece escucharlo? —le pregunté a Ben, enseñándole el disco como si fuese un secreto.

—¿Qué es?

Metí el CD en el equipo y le di al play.

El siseo de los altavoces se extendió por el salón y yo cerré los ojos y la música empezó a sonar. El ritmo anticuado pasó de una habitación a otra, el sonido de la pandereta, alegre y feliz y ligero, y por fin —¡por fin!— me sentí en casa. La canción me caló los huesos como si quisiera que me moviera, como si quisiera que agitara los brazos, que diera vueltas y saltos.

No tenía que mirar por dónde iba. Cada rincón de aquella funeraria era mi infancia. Llevaba cada centímetro grabado en el alma como el mapa de un tesoro perdido.

Recordé a mi padre al lado del reproductor. Recordé el chasquido de sus zapatos. Que señalaba a mi madre y le pedía que se le acercara con una orquídea en la boca y moviendo las caderas.

—Esto no me lo esperaba —comentó Ben, asombrado.

—Somos una caja de sorpresas, Benji Andor. —Hice como si tocase la pandereta mientras saltaba por el pasillo.

Carver, que estaba guardando el libro de visitas en el despacho, me miró como si hubiese perdido la cabeza mientras mi madre se asomaba por la puerta del salón más pequeño. Una sonrisa le tiraba de las comisuras de sus labios rojos como rosas.

—¿Qué es esa música, cari? —preguntó Nicki, arreglándose las mangas arremangadas. Estaría ayudando a mi madre a colocar las flores para el día siguiente.

—Mi padre —contestó Carver, luchando por no sonreír mientras yo movía la pandereta invisible.

Me deshice el moño bien peinado y sacudí el pelo, porque el velatorio había terminado, y empecé a cantar *Build Me Up Buttercup*, de The Foundations. Mi padre subía el volumen al máximo, tan alto que estaba segura de que los cadáveres del sótano temblaban, y cogía a mi madre de la mano haciendo como si cantase y ella se reía mientras bailaban por esos salones que tan acostumbrados estaban a la muerte. Y al verlos pensaba que eran mi hogar.

Eran mi hogar.

Aquel era mi hogar.

Porque mi padre nos había dejado cosas —pequeñas cosas— para que no estuviéramos tan solos. Para que mi madre no estuviera sola. Para seguir con nosotros, aunque fuese solo en la melodía de una canción. Cualquier canción. Todas las canciones. No solo The Foundations o Bruce Springsteen o Bon Jovi o Fleetwood Mac o Earth, Wind & Fire o Taylor Swift.

Cualquier canción, cualquier cosa que nos hiciera sentir vivos.

Carver cogió a su pareja de la mano y lo sacó al pasillo a bailar.

Las buenas despedidas.

Siempre había pensado que el CD era para las personas que estaban dentro de los ataúdes con arreglos florales y ramos y libros de visitas… Y puede que lo fuera.

Pero puede que también fuera para los vivos.

Para que siguiéramos adelante.

Ben nos observaba con cara de estupefacción, muy fuera de lugar en una funeraria llena de luz y música, y, antes de pensarlo siquiera, tendí la mano para intentar cogerle la suya, para que se pusiera a bailar con nosotros, pero lo atravesé.

Me dirigió una mirada triste y tendió la mano.

—Podemos fingir que sí podemos.

—Me vale —respondí y volví a tender la mía para colocarla encima de la suya. Entonces hice como si le cogiese la otra y él me siguió el juego.

Y, de pronto, estábamos todos moviéndonos y cantando. Me alejó de él dándome una vuelta y luego me atrajo y yo me reí como no me reía desde hacía años. Y Ben sonreía. Sonreía de verdad. Y fue como si una corriente eléctrica me recorriera, porque nunca había sonreído así. Al menos no por mí.

Era precioso.

Me dio un vuelco el corazón al pensarlo y sentí la música sacudiéndome los huesos con alegría y reconocí —muy de golpe— aquella sensación. Una sensación de esas sobre las que escribía años atrás, de las que él hablaba, de las que me producían un hormigueo en la punta de los dedos, perdida en la puerta de una casa de arenisca de Brooklyn... O eso pensaba yo.

Era la respuesta a una pregunta. Era delicada y sutil, pero estaba ahí. Esa sensación, esa esperanza que había estado escondida, aguardando a que un espectro me cogiese la mano y me hiciese bailar sobre el parquet.

Sentí, por un instante, felicidad.

29

Cuando los muertos cantan

—¡Ha llegado la pizza! —anunció Alice trayendo una caja del Domino's a la cocina.

Estábamos todos sentados a la mesa de la cocina de casa jugando a las cartas: mi madre, Alice, Carver, Nicki y yo (bueno, y Ben, pero él se había sentado en la encimera, al lado del fregadero, apartado del paso de los demás, después de que Nicki lo hubiera atravesado hacía un rato y hubiera dicho: «Qué escalofrío, creo que alguien acaba de pasar por encima de donde estará mi tumba»). Alice bajó los platos del armario y los puso al lado de la caja de pizza antes de servir un trozo para ella y otro para mi madre.

—No me habréis mirado las cartas, ¿no? —preguntó mientras volvía a sentarse a la mesa.

—Qué va —mintió Carver.

Nicki echó la silla atrás y cogió un plato para cada uno.

Alice fulminó con la mirada a nuestro hermano.

—Mentiroso.

—Hermana, tus acusaciones me duelen.

—No has jugado a las picas sin hacer trampas ni una vez en tu vida —señalé yo, echándome hacia atrás en la silla para coger un trozo de pizza.

Tenía una mano malísima e iba a perder, pero era demasiado cabezota para rendirme. Quien perdiera tenía que recoger la cocina y no pensaba ser yo. Había evitado esa responsabilidad diez años.

No iba a empezar a encargarme ahora ni loca.

Carver le dio las gracias a Nicki por el plato y le dio un beso despreocupado en la mejilla. Técnicamente, todos seguíamos vestidos para el velatorio, pero nos habíamos deshecho de las chaquetas y los zapatos y la mayoría de las joyas ya. Sobre la mesa había una botella medio vacía de burbon Maker's y los vasos de todo el mundo.

—No soy un tramposo. Nicki, diles que soy un hombre bueno que dice la verdad.

Nicki le dio unas palmaditas en el hombro.

—Bueno, la única verdad es lo de hombre.

—¡Cari! —gritó.

A Ben se le escapó la risa. Pensé que no se daba cuenta de que lo estaba mirando o, por lo menos, no al principio, mientras él observaba a mi familia. A Alice y sus uñas negras mordidas y a Carver y a su novio robándose caricias delicadas y a mi madre tarareando *Build Me Up Buttercup* en voz baja mientras ordenaba y reordenaba sus cartas. Era adorable cómo se pasaba las manos por el pelo y se inclinaba para echarle un ojo a la mano de Carver y cómo se reía cuando Alice susurraba un comentario inteligente para sí misma.

Y pensé —con un pinchazo de dolor— en lo bien que le habría caído a mi padre.

Al final, me pilló observándolo y levantó una ceja frondosa. Yo estaba en mitad de embutirme un bocado de pizza y aparté la mirada deprisa.

—¿Por dónde íbamos? —pregunté con la boca llena de queso y dejando la pizza directamente encima de la mesa porque era una gamberra.

«No me ha pillado mirándolo», me mentí a mí misma.

No había visto nada.

—Nicki y yo estábamos a punto de daros una paliza —contestó Carver.

Mi madre estaba sentada en silencio presidiendo la mesa. Dio otro sorbo de burbon.

—Venga, cariño, Xavier y yo no te educamos para que dijeras mentiras.

—¡Madre! ¿Ahora me atacáis por los dos lados?

—Es evidente que voy a ganar yo —añadió ella y sacó una carta de la mano y la puso en la mesa.

Una jota de corazones. Jugando a las picas, si tenías corazones, te tocaba jugarlos y solo habíamos jugado corazones una vez en aquella partida. Si no tenías ninguno, podías ganar con las picas.

Yo, por desgracia, tenía un corazón. Bueno, dos.

Alice sacó una carta de su mano. La dejó en el centro. Un cuatro de corazones. Excelente. Carver tiró un ocho de tréboles, lo cual quería decir que no tenía ni corazones ni picas… O que había decidido tirar eso porque sabía que Nicki ganaría el turno.

Carver chasqueó la lengua.

—Te toca, hermanita. —Yo me mordí la uña del pulgar—. ¿O es que no tienes nada? Si pierdes este turno…, te tocan los platos —añadió.

—Menos mal que no tendré que fregarlos yo por una vez —suspiró Alice.

Ben bajó de la encimera y vino hacia mí rodeando la cocina. Se inclinó cobre mí con una mano sobre la mesa y un suave «Mmm» en la garganta. Estaba tan cerca que sentí un hormigueo frío en la piel. Era como cuando se te duerme la mano, todo lo contrario a lo que ocurriría si estuviese vivo y tan cerca. Me pregunté cómo olía cuando estaba vivo. Qué colonia usaba, qué champú, cómo era desnudo…

—Difícil elección —musitó—. Estás en un aprieto.

—Chisss, estoy intentando decidir qué hago —respondí y me dije a mí misma que las mejillas me ardían por el whisky y apuré lo que quedaba en el vaso.

El hielo tintineó.

—Deberías tirar esta —me sugirió—, a Nicki le queda un corazón y…

—¡No pienso hacer trampas!

—¿Qué murmuras? —preguntó Carver, con la boca llena de pizza.

—¿Tu amiguito fantasma te está ayudando? —se sumó Alice, burlona.

—¡No! —repuse.

—Si tuviera a un amigo fantasma ayudándola, no le estaríamos dando una paliza.

Nicki le pegó en el brazo.

—¡Pórtate bien!

—Si me estoy portando bien.

Ben se inclinó al lado de mi oreja y, con un rumor grave en la garganta, me dijo:

—Destrúyelos.

Yo estaba pensando lo mismo. No eran trampas si nadie se enteraba. Cogí la reina de corazones y di un golpe al dejarla en el centro de la mesa. Y, como había dicho Ben, Nicki tuvo que tirar los corazones. Gané la ronda.

Y la siguiente. Mi familia jugaba sus cartas y Ben me aconsejaba qué tirar, haciéndome cosquillas con la voz en el oído.

Cuando me llevé la quinta ronda seguida, Carver se cruzó de brazos.

—Venga ya, esto no es justo.

—¿Qué quieres decir? —pregunté yo.

Mi madre anotó los puntos.

—Florence, solo vas perdiendo por veinte.

Carver levantó las manos.

—¡Pues eso! No sueles ser tan buena.

—¿Y si lo soy?

Mi madre dejó el boli y me dirigió una mirada penetrante.

—Florence, ¿está aquí tu amigo fantasma?

Alice puso los ojos en blanco.

—Mamá, ya sabes que no piensa hablar de…

—Sí —dije, interrumpiendo a mi hermana.

Puede que fuese el vaso y medio de Maker's que llevaba encima o puede que fuese por estar tan cerca de Ben, porque me sentía segura. Segura de un modo que hacía mucho tiempo que no sentía.

Alice me miró con los ojos entrecerrados.

—Estás haciendo trampas. ¡Dile a tu amiguito fantasma que deje de mirarme las cartas!

—Ben, si puede ser —dijo el fantasma.

—Prefiere que lo llamen Ben —le dije a Alice.

—Vale, vale, Ben —dijo. Y, como si sintiese que él se movía por detrás de ella, cerró el abanico de cartas que tenía en la mano y dejó el montón bocabajo sobre la mesa—. Dile que, si va a estar aquí mirándonos las cartas, al menos podría jugar para que os dé una paliza.

—Habla mucho para alguien cuya mejor carta es un diez de huellas de perrito.

Me quedé mirándolo.

—¿Te refieres a los tréboles?

—Son como huellas de perrito —repitió, encogiéndose de hombros.

Alice me miró con recelo.

—¿Qué pasa con las hojas?

—¿Hojas? Se llaman tréboles.

—Pues eso, hojas.

La ignoré.

—Dice que hablas mucho para alguien cuya mejor carta es un diez de *tréboles* —dije, remarcando la última palabra.

Se le abrieron mucho los ojos. Me señaló con el dedo.

—¡No es justo! ¡Te toca fregar los platos directamente! ¡Tramposa!

Carver se acercó las cartas al pecho.

—¿También ha visto las mías?

—¿En serio? —pregunté, estupefacta—. ¿No decís: «¡Dios, los fantasmas existen!» o «¡Madre mía, esta casa está encantada!»?

La familia negó con la cabeza…, hasta Nicki.

—Xavier hacía lo mismo, cariño —me aclaró mi madre.

—¿Cómo crees que ganaba todas las partidas de póquer si no? —coincidió Carver.

—¿Tu fantasma…? Ben, perdona. ¿Sabe jugar a las picas? —preguntó mi madre.

—Hace tiempo que no juego —musitó él, encantador.

Asentí.

—Sí, sabe jugar.

—¡Qué bien! Porque a ti se te da fatal. Lo siento, cariño. Puede ayudarte, pero basta de trampas, ¿queda claro?

—Clarísimo, señora Day —respondió Ben.

—Ha dicho: «Clarísimo, señora Day» —dije, haciendo mi mejor imitación de él.

—Yo no hablo así.

—Ya te digo yo que sí —contesté.

Mi madre se rio.

—Dile que me llame Bella. No soporto lo de señora Day. Nicki, cielo, te toca.

Y así quedó la cosa. Ben volvió a rodear la mesa para colocarse detrás de mí y señalar cartas mientras murmuraba sobre las probabilidades de que mi familia tuviera cierta mano y sobre qué jugadas eran las más seguras. Yo siempre jugaba como si fuese un agente del caos, pero él era meticuloso y estratégico, igual que con el orden de su despacho. A veces, cuando se inclinaba sobre mí para señalar una carta, murmurando deprisa con su voz grave, un escalofrío me recorría la columna vertebral, porque me encantaba cuando hablaba bajo y marcaba el final de las palabras…

«Me encantaba».

Oh.

Unas rondas más tarde decidimos dejar de jugar. Carver había ganado, lo cual no le sorprendió a nadie, y Nicki le dio las gracias «al fantasma» por jugar. Salieron de la cocina riéndose porque me tocaba fregar los platos a pesar de haber tenido ayuda del otro mundo. Los oía en la sala de estar hablando sobre los invitados que habían venido al velatorio.

Me puse a recoger las cartas y las metí en la caja con los comodines.

—Le creaba conflicto —me dijo mi madre mientras limpiaba la

mesa—. El don que compartíais. Le habría gustado que hubieses podido elegirlo en lugar de cargar con algo que no querías.

Me sorprendió.

—Nunca lo había visto así. Siempre he pensado que lo habrían usado mejor Alice o Carver. Son mucho mejores que yo.

—Creo que todos habríais tenido obstáculos. Alice es impulsiva y Carver es voluble. Y tú entregas demasiado tu corazón. Como tu padre. —Dejó los platos en el fregadero y abrió el grifo para que se calentase el agua.

Era uno de mis mayores defectos.

—¿Qué crees que pone en la carta que tengo que leer?

Mi madre lo pensó un poco.

—La verdad es que no estoy segura.

—Algo te imaginarás.

—Sí —accedió—, pero no estoy segura. Aunque, sea lo que sea, él quería que lo leyeras tú.

—Pero ¿por qué? ¡A Alice y a Carver se les da mucho mejor hablar en público!

—Debió de parecerle que tú eras la que más lo necesitaba —contestó mi madre y echó un chorro de jabón sobre los platos—. ¿De verdad piensas que yo entendía todo lo que le pasaba por la cabeza a ese hombre? Claro que no. Siempre me sorprendía. Y creo que volverá a sorprenderme. ¿Estás ayudando a ese amigo fantasma tuyo? —añadió, cambiando de tema.

—Lo está haciendo muy bien —comentó Ben.

—Lo intento —respondí y decidí no molestarla más con lo de la carta—. Está apoyado a tu lado. En la encimera. A tu derecha…, quiero decir, izquierda.

Mi madre se volvió a la izquierda y dijo:

—Puedes venir a esta casa cuando quieras, Ben.

—Me encantaría —dijo Ben.

Me esforcé por no sonreír, porque me pregunté qué pensaría mi madre de él, tan alto que casi rozaba el dintel de la puerta, con el pelo oscuro algo despeinado y los ojos resplandecientes.

—Dice que gracias —traduje.

—Muy bien. Y ahora…

—¡Los platos! —dijo Carver, asomando la cabeza por la puerta de la cocina y señalándome—. ¡Has perdido!

—¡No! —le discutí.

—¡Has hecho trampas y aun así has perdido! Mamá, deja de fregar…

—Ya friego yo —intercedió Alice apartando a Carver para pasar.

—Pero Alice…

—Tranqui. No me importa. Pareces cansada —añadió mi hermana mirándome y le cogió el estropajo a mi madre—. Será mejor que duermas un poco. Nos vemos mañana.

Dudé.

—Pero puedo fregarlos yo…

Puso los ojos en blanco.

—Vale, lo hacemos juntas. Mamá, creo que Carver quiere sacar la jaula de madera fuera para ver si puede atrapar a los pajarracos esos y Nicki está cagadísimo de miedo…

Desde la habitación de al lado, Nicki gritó:

—¡Es mentira! —Y, un momento después, añadió—: Pero ¡asustan mucho!

Alice miró a mi madre.

—¿Puedes ayudarlo para que no se haga daño?

Ella suspiró.

—Si es preciso…

—¡No necesito ayuda! —repuso Carver, pero mi madre lo cogió por el hombro y lo acompañó a la puerta de atrás.

Alice y yo fregamos los platos en silencio. Ben salió de la cocina, pero no vi dónde se había ido. Esperaba que a supervisar al desastre que tenía por hermano, porque tenía muy poca fe en que mi madre hiciera algo más que asentir con aires de sabia sin saber qué hacer en realidad.

Todo ese rato, quería decirle algo a Alice —aquella era la primera vez que estábamos solas si no contaba cuando habíamos estado con el cuerpo de mi padre en la morgue—, pero nada me sonaba bien. Antes se me daba de maravilla hablar con ella. Éramos amigas, con todas las bromas internas de dos hermanas que se llevaban bien.

Y luego dejamos de serlo. No había pensado en que irme de Mairmont heriría a todas las personas a las que quería, pero sobre todo a Alice, y no era capaz de sacarme de la cabeza nuestra última pelea. Bueno, las últimas.

—Lo siento —empecé a decir—. Siento no haber vuelto.

Casi se le cae uno de los platos favoritos de la abuela Day.

—La madre que... Avísame antes de decir algo así.

—¡Si solo me he disculpado!

—Ya... Qué asco.

—Vale —dije algo dolida, porque se lo había dicho de corazón. Le cogí el plato de las manos y lo sequé con rabia—. No lo volveré a hacer.

—Por favor y gracias —coincidió, fregando otro plato enfadada. Entonces suspiró y los hombros se le destensaron—. Además, te estás disculpando por lo que no es. No te culpo por haberte marchado.

La miré.

—¿No?

—No soy un monstruo. Irte era la única opción que tenías. Y no te culpo por no venir de visita, aunque dije que sí. Papá nunca te pidió que volvieras. Nunca nos preguntó si nos parecía bien ir a verte. Lo hacíamos y punto. —Suspiró y negó con la cabeza—. Es que... durante mucho tiempo estuve enfadada porque no me llevaste contigo. ¿Sabes cuántas veces me he peleado por ti?

Esa respuesta tuve que pensarla.

—¿Trece?

—¡Catorce! Me metí en otra pelea cuando te fuiste. ¿Te acuerdas de Mark Erie?

—¿El que jugaba al fútbol americano? ¿El tío con el que se casó Heather?

—Ese. Pues le rompí la mandíbula. Tuvo que beber con pajita un mes —respondió triunfal, suspiró y le dio un trago a su vaso—.

Y supongo que, al cabo de un tiempo, empecé a enfadarme contigo. Porque, aunque te habías ido, seguías tan unida a papá como siempre. Estaba celosa. De ti y de él y de vuestros fantasmas.

No sabía qué decir. Nunca lo había visto así. Que lo que me había hecho huir también era lo que recordaba con más cariño de mi padre… y lo único que ni Alice, ni Carver ni mi madre podrían compartir nunca con él.

—Papá era un buen hombre —continuó—, pero no era perfecto. Se guardó esa parte de él para ti. Yo lo veía todos los días. Me peleaba con él. Lo veía desatender su salud porque pensaba que despedir a las otras personas era más importante que quedarse aquí por su familia. Pensaba que se había olvidado de nosotros.

—Alice…

—Pero se había olvidado de sí mismo. Y yo no podía hacer nada.

Sorbió por la nariz y yo me quedé mirándola con la boca abierta, porque tenía los ojos húmedos y Alice nunca lloraba. No había llorado cuando se peló el lado de una pierna intentando montar en monopatín cuando iba a tercero. No había llorado cuando se rompió el primer dedo cuando Carver se lo pisó sin querer al cerrar la puerta del coche. No había llorado en bodas ni en funerales ni en graduaciones… Así que no sabía qué hacer.

Dejé caer el trapo, sin saber si abrazarla o pedir ayuda.

—Alice… —Me tembló la voz, porque estaba a punto de hacerme llorar a mí también.

Se secó los ojos con el dorso de la mano.

—Tal vez, si en lugar de haber estado yo aquí hubieses estado tú…

—No —la corté—, no termines esa frase.

—Pero es…

—No es verdad —dije con insistencia, horrorizada por que pensase eso—. Que papá no fuese al médico fue culpa suya, no tuya. Nunca será culpa tuya.

Me miró y tenía los ojos enrojecidos y le temblaba el labio inferior.

—No he podido cuidarlo —sollozó.

—N-ni yo, Al.

Nos abrazamos con fuerza y lloramos sobre el hombro de la otra. Fue más catártico que nada de lo que había pasado aquella semana. Yo me había estado guardando todo el dolor y no podía imaginarme cómo se había sentido Alice todo aquel tiempo. Se lo tendría que haber preguntado. Tendría que haberme planteado si estaba bien, porque ninguno lo estábamos.

Pero lo estaríamos.

Al cabo de un rato se liberó de mi abrazo y se secó las lágrimas que le quedaban en los ojos.

—Puedo terminar de fregar sola.

—¿Y no me lo echarás en cara? —le pregunté, recelosa, mientras me secaba yo también las lágrimas.

—Claro que sí —respondió riendo, diciéndome que estaba bien y que necesitaba algo de espacio, y me echó.

Yo cogí el abrigo de la percha y, mientras me lo ponía, vi a Ben sentado en el sofá con estampado de flores de la sala. Estaba tranquilo, tenía los ojos cerrados, una pierna sobre la otra, los brazos cruzados con suavidad, casi como si estuviese dormido. A lo largo de los últimos días se había ido relajando ante mí poco a poco: primero el pelo despeinado, la camisa arremangada, los pantalones también, la corbata perdida en algún lugar del más allá entre la noche del viernes y la de ese día y, ahora, la —ligerísima— sombra de una barba que asomaba por los ángulos de su mandíbula. No había visto a un fantasma cambiar jamás. Eran inamovibles. Estaban estancados. Aunque la verdad era que nunca me había fijado tanto en uno.

Abrió un ojo.

—¿Nos vamos?

Me dio un vuelco el corazón. Sentí una sensación de familiaridad, pero era muy extraño. Como si en otro universo, él estuviera allí, real, vivo, sentado en el sofá, esperando a que mi hermana y yo terminásemos de fregar los platos para irnos a casa.

Puede que en otra vida.

Asentí.

—Sí.

Se puso de pie y vino al recibidor mientras yo me ponía los zapatos. Salimos juntos, bajamos los escalones y llegamos a la acera.

—¿Te acompaño a casa? —se ofreció.

—Vaya, qué caballeroso.

—A veces lo soy.

Era agradable caminar a su lado por la calle de vuelta a la pensión. Me preguntó por mi hermana y por si estábamos bien, pero sin insistir, y le conté nuestra conversación. No sabía que Alice había estado pasándolo tan mal y me entraban ganas de pegarle un puñetazo a quien le hubiera hecho daño. Pero, en aquel caso, era mi padre. Y yo, hasta cierto punto. Sabía que a Alice no le había gustado demasiado que me fuera, pero no había pensado que...

Simplemente, no había pensado.

—No pasa nada, por lo menos lo habéis hablado —me dijo él con tacto.

—Sí.

Lee nunca me acompañó a casa hasta que no nos fuimos a vivir juntos y, aun así, a veces yo me escapaba de sus eventos editoriales antes de tiempo y cogía el tren para volver sola. Siempre me decía a mí misma que era porque no quería molestarlo mientras hacía contactos, pero la verdad era que muchas veces me sentía como un bolso que él no quería llevar, en silencio a su lado mientras hablaba con directores editoriales y poetas laureados y vete tú a saber quién más, sintiéndome una extraña dentro de un sector del que formaba parte.

Aunque fuese en secreto.

Me arrebujé en el abrigo con fuerza. Ben me miró con el ceño fruncido.

—¿Estás bien?

—Sí —musité—. Es solo que... estoy agotada.

—Es agotador —coincidió con voz suave—. Todo esto. Fingir estar bien mientras el mundo cambia a tu alrededor y te deja atrás con la pérdida con la que te has encontrado.

Me sentía justo así.

—Pero tú lo superaste, así que creo que yo también puedo.

—Sé que puedes. Eres más valiente de lo que yo fui jamás. Yo no podría hacer lo que tú, ayudar a fantasmas como yo a seguir adelante. Tienes que decir adiós muchas veces.

—Con ellos… Con vosotros es diferente, porque sí que puedo despedirme. Lo último que le dije a mi padre fue…

Vacilé intentando recordar la conversación que habíamos tenido. El viernes me quedaba muy lejos y la conversación ya se había emborronado. ¿Le había dicho que lo quería? Sabía que sí, pero no dejaba de dudar. ¿Y si justo esa vez no se lo dije?

No me acordaba.

Parpadeé para que se me fuesen las lágrimas de los ojos y carraspeé.

—En fin, te agradezco la ayuda jugando a las cartas.

Se rio por la nariz.

—La verdad es que eres malísima a las picas.

—Pero ¿qué dices?

—Eres muy mala. —Ladeó la cabeza y un rizo negro le cayó sobre la frente—. Pero lo cierto es que eso es un poco lo que me gusta de ti.

—¿Eso es lo que te gusta de mí? ¡Pensaba que eran mis pechos perfectos!

Las puntas de las orejas se le pusieron rojas y apartó la mirada enseguida.

—Sí, bueno, no son el motivo de que me gustes, sino un plus. Como en una liquidación de libros. Un tres por dos.

Me mordí el interior del carrillo intentando esconder una sonrisa.

—Y eso es lo que me gusta de ti.

—¿Mi pecho amplio y perfecto?

—Sí que es amplio —coincidí y él se rio. Fue una risa suave y grave y me gustó mucho.

El último frío del invierno se aferraba al aire de la noche mientras un viento de primavera soplaba entre los robles y los cornejos llenos de brotes y sentí en los dedos un hormigueo que me hacía querer escribirlo todo. Pintar el cielo de azules oscuros y morados y plata y pintar la acera con esquirlas de cristal brillante y narrar cómo era andar en silencio al lado de alguien que disfrutaba de mi compañía tanto como yo de la suya.

No me podía creer que estuviera babeando por recibir lo mínimo: decencia.

Dana estaba en el mostrador cuando entramos a la pensión y me sonrió desde detrás de otra novela romántica. Aquella vez, de Christina Lauren.

—Buenas noches, Florence.

—¡Buenas noches, Dana! —le saludé.

Ben me acompañó por las escaleras hasta mi habitación al final del pasillo, donde se quedó esperando mientras yo rebuscaba la llave en el bolso.

—Tu familia es muy guay.

—Bueno, los has visto en una buena noche.

—Los he visto todos los días esta semana mientras se enfrentaban a lo peor —me recordó.

Hice una mueca.

—Cierto. Imagínate cómo somos en las bodas. Un terremoto.

—Me encantaría verlo —dijo con una ligera tristeza. Porque lo más probable era que no lo viera. Yo terminaría el libro de Ann y lo liberaría de su extraña media vida antes de eso.

Intentando no pensar demasiado en ello, encontré la tarjeta en el fondo del bolso y la pasé por encima de la cerradura.

—En realidad no es para tanto… ¿Ben?

Se había puesto pálido de repente y se había apoyado en la pared para no caer. Yo solté la llave e intenté cogerlo, pero mis manos le atravesaron el brazo.

—Ben… Ben, ¿estás bien?

—¿Lo oyes? —me preguntó. Se le habían puesto los ojos vidriosos.

—N-no oigo nada.

—Parece… parece…

Pero se encogió de dolor. La lámpara que había en una mesita empezó a temblar.

—Florence, ¿va todo bien? —gritó Dana desde el piso inferior.

—¡Sí! —grité yo, esperando que no subiera y viera que los cuadros se estaban torciendo—. Vamos dentro, por favor —susurré y él sonrió y se metió en mi habitación cruzando la pared.

Bueno, era una forma de entrar como otra cualquiera.

La lámpara del pasillo dejó de temblar.

—Siéntate, por favor. Estoy preocupada.

Tenía las manos en el pecho y negó con la cabeza.

—Estoy bien.

—Está claro que no.

Frunció los labios y estuvo a punto de contradecirme, pero debió de pensárselo mejor y se dejó caer con cuidado en la cama. Se meció ligeramente. ¿Parecía más débil de lo normal? ¿Más pálido? No sabía decirlo... Pero me había entrado tanto miedo que me había cortado el rollo.

—No estás bien —decidí—. ¿Qué te pasa?

—Nada —contestó, frotándose la cara con las manos—, no es nada.

—Sí que es algo.

—Estoy muerto, así que ¿qué más da? —dijo y su voz sonó áspera y espesa—. Estoy muerto y cada vez que desaparezco vuelvo menos. Estoy muerto y sigo oyendo cómo me late el corazón en los oídos, más débil cada vez. Estoy muertísimo y estoy aquí y no es el libro... No puede ser el libro, Florence.

—Claro que sí.

—No quiero que sea el libro, porque, cuando lo termines...

Con el corazón en un puño, le dije:

—Solo estás cansado. Puedes quedarte y descansar todo lo que quieras. Voy a lavarme la cara, ¿vale? Ahora vuelvo.

Y, cuando me iba hacia el baño, pensé que había sentido un roce frío atravesándome la muñeca, pero lo ignoré, porque, si no, temía que empezáramos a bailar sobre la cuerda floja y el suelo quedaba muy lejos.

Estuve mucho rato en el baño. Demasiado. No sabía si quería que se hubiese marchado cuando saliera o si quería que estuviese allí sentado en el borde de mi cama. No, en realidad sabía lo que quería, pero me daba miedo.

Quería que se quedase.

—Ben…

Se me quedó la voz atascada en la garganta al salir del baño y me lo encontré tumbado en la cama, de lado. Era tan largo que los pies casi tocaban el borde del colchón. Estaba quieto —claro, estaba muerto— y eso me inquietó, hasta que me metí con cuidado debajo de las sábanas al otro lado.

Abrió los ojos parpadeando.

—Mmm, me levanto…

—Quédate —dije.

—Eres muy mandona. Qué mona.

—Y tú un cabezota. —Y en voz más baja—: Por favor.

Volvió a recostar la cabeza en la almohada.

—Con una condición.

—¿Cuál?

—Vuelve a pedirme que me quede.

Me acerqué más a él, tanto que, si estuviésemos vivos, nuestro aliento se mezclaría y nuestras rodillas se toparían y podría pasarle los dedos por el pelo. Y, en voz baja, como un secreto y una plegaria, dije:

—Quédate.

30

Extraños compañeros de cama

La luz de la mañana se colaba entre las cortinas violetas cuando me desperté y me di la vuelta para mirar el teléfono. Ocho y media. Jueves, 13 de abril. Era el día del funeral de mi padre. Abracé un cojín apretándolo con fuerza contra el pecho y enterré la cara en él… y me acordé de Ben.

Estaba tumbado a mi lado con los ojos cerrados, quieto como una estatua. Los fantasmas no respiraban y tampoco dormían, pero empezaba a tener ojeras. Y tenía un poco de barba en las mejillas y yo tendí la mano sin pensar para tocarla cuando abrió los ojos.

La retiré enseguida. El rubor me subió por las mejillas.

—Estás despierto, perdona. Bueno, claro, si no duermes. Buenos días.

—Buenos días —respondió en voz baja—. ¿Has dormido bien?

Asentí y abracé el cojín con más fuerza.

—No quiero ir.

—Lo sé. Estaré allí.

—¿Me lo prometes?

Asintió.

—Aunque no sé si servirá de mucho.

—De más de lo que crees —contesté con la boca contra el cojín, que amortiguaba mis palabras. Él parecía dudar, así que me lo aparté y añadí—: Cuando estás tú no estoy tan nerviosa ni vulnerable. Me siento… bien. Hacía mucho que no me sentía así, como

271

si para ti no tuviese que ponerme ninguna máscara. No tengo que fingir que soy guay ni mona ni... ni normal.

Se le suavizó la mirada.

—A mí también me gusta estar contigo.

—Porque soy la única que te ve.

—Sí —contestó y el corazón empezó a hundírseme, hasta que añadió—: Pero no porque sea un fantasma, Florence. —Entonces tendió la mano para apartarme un mechón de pelo de la cara. Cuando me atravesó la mejilla con la punta de los dedos, sentí un estallido de frío. Me entró un escalofrío, no pude evitarlo. Retiró la mano y apretó los labios—. Perdona.

Negué con la cabeza.

—Soy yo la que tendría que pedirte perdón. No he terminado el manuscrito. No sé cuándo lo terminaré. Siento que no dejo de fallarte.

—La vida es más que trabajar y ahora mismo estás pasando el duelo por tu padre. Pedirte que trabajes... No. No espero que te mates para terminarlo.

—Lo dice el adicto al trabajo.

—Ojalá no lo hubiera sido. Ojalá hubiese cogido unas vacaciones... y hubiese hecho algo. —Se tumbó de espaldas y se quedó mirando el techo de gotelé. Tragó con dificultad y la nuez se le movió con agitación—. Ojalá... hubiera cerrado la puerta del despacho después de que entrases y te hubiera besado hasta hacerte ver las estrellas.

Solté un chillido.

—¡No es verdad!

—Sí —respondió—, aunque te lo habría pedido antes.

Era capaz de imaginármelo en una línea temporal alternativa en la que él se ponía de pie, cerraba la puerta detrás de mí y se arrodillaba al lado de donde yo me había sentado, aferrada al cactus, y me preguntaba con aquella misma voz baja y gutural: «¿Puedo besarte, Florence Day?».

Y yo decía que sí.

Negué con la cabeza con énfasis.

—No... No, imposible. ¡Llevaba el pelo sucio! ¡Y llevaba el abrigo de tweed de la tienda de segunda mano! ¡Y tenía manchas de café en la bufanda!

—Y estabas muy sexy, pero no me mirabas a los ojos —dijo, riendo—. Pensaba que me odiabas.

—¿Qué te odiaba? Ben. —Me incorporé apoyando el codo en la cama para mirarlo a los ojos y dije, muy seria—: Quería subirme encima de ti.

Soltó una risa fuerte y alegre.

—¡Subirte encima de mí!

—Como si fueras un árbol —gemí, arrepintiéndome. «Que me muera de vergüenza ya», pensé. Así al menos no tendría que ir al entierro—. No era capaz de mirarte porque estaba teniendo una pequeña crisis por ti. A ver, ahí estabas tú, un editor nuevo guapísimo, y yo tenía que hacer lo que ningún escritor de la historia de los libros quiere: admitir que no ha terminado la novela.

—La verdad es que yo sabía que vendría a verme la escritora fantasma —comentó mientras yo rodaba hasta el borde de la cama y me sentaba. Me siguió con los ojos mientras iba hacia la maleta y empezaba a escarbar para sacar la ropa de ese día—. Una mujer que se llamaba Florence Day.

—Y me presenté yo con un cactus.

—Que, en pocas palabras, me invitaste a meterme por el culo cuando te fuiste.

—Lo sé, lo siento. Era un buen cactus. —Ladeé la cabeza—. Pero no recuerdo haberte visto en muchos eventos editoriales. ¿No ibas a ninguno?

—No a muchos, pero sí que fui a la fiesta de Faux por la publicación de *La moto de Dante*.

Saqué la ropa de la maleta y me paré.

—Espera... ¿Hace unos años?

—Sí. Tú llevabas esos tacones con la suela roja. No tenías ni idea de cómo andar con ellos.

—Louboutins —lo corregí, ausente, levantando la falda para decidir si necesitaba pantis o medias hasta las rodillas, pero tenía la cabeza en el pasado, en una biblioteca privada atestada, con los pies palpitándome por aquellos zapatos—. ¿Estabas allí? En esa fiesta conocí a…

«A Lee».

Asintió ante el nombre que no dije, con la mano subiendo ausente hacia el anillo que llevaba al cuello. Lo tocó, pensativo.

—Estabas en la biblioteca y no sé cuántas veces me dije a mí mismo que fuera allí. Que hablara contigo. La desconocida cuyo nombre ni sabía.

—Una idea inaudita.

—Para mí, lo era, pero también acababa de conocer a Laura y, si algo soy, es tortuosamente monógamo. Y, entonces, el momento pasó. Lee se te acercó y eso fue todo.

Y pensar que había estado ahí desde el principio. Nuestros caminos se habían cruzado y yo no lo sabía. Todo mi dolor podría haberse evitado, toda aquella tristeza podría haberse reparado. ¿En qué nos habríamos convertido si Ben hubiese entrado en la biblioteca? ¿O si yo hubiese ido a socializar con Rose y me hubiese encontrado con él?

—Ojalá te hubiera conocido a ti —susurré.

—Habría sido malo para ti —respondió negando con la cabeza. Habló más bajo, más cerca. Se había levantado de la cama y la había rodeado para acercárseme. Lo miré en el espejo y tenía los ojos fijos en la alfombra. No podía mirarme—. Habría sido malo para todo el mundo. Era malo para mí mismo.

—Que Laura te engañase no fue culpa tuya. —No contestó—. Fue culpa suya. Me dijiste que, después de lo que pasó, sentías que se merecía algo mejor. A alguien que evitase que lo engañase, pero te equivocas. —Respiré hondo, porque aquello era algo que yo también tenía que conseguir entender. Que tu valía no dependía del amor que te profesaba otra persona ni de lo útil que eras ni de lo que podías hacer por ella—. No es ella la que se merece algo mejor. Eres tú, Ben.

Tragó con dificultad.

—¿Cómo puede ser que, cuando me he repetido eso mil veces, no me lo he creído, pero, cuando lo dices tú, parece cierto?

—Porque casi nunca me equivoco.

—Bueno, dijiste que el amor había muerto.

Ladeé la cabeza, mirando su reflejo en el espejo.

—¿Y no lo estás tú?

Soltó una risita y por fin volvió a levantar la vista. Tenía los ojos de un ocre cálido y deshecho. Como en el campo de dientes de león.

—Creo que no te referías a eso —contestó con la voz baja y áspera y yo me di cuenta de que me estaba quemando por dentro.

Quería que me tocase, que me pasase los dedos por la piel. Quería que me pusiera la cara en la curva del cuello y apretara los labios contra mi piel pecosa. Quería amoldarme a su forma angulosa y quedarme allí, existir ahí. Porque ahí... ahí estaba segura de que no me desmoronaría, no me desmontaría ni me sentiría rota.

No era que no pudiese existir sola. Simplemente, a veces, no quería.

A veces solo quería bajar la guardia, dejar que las piezas que me formaban cayesen al suelo y saber que tenía a alguien que me reconstruiría sin importarle las partes cortantes.

—Y hay que vivir la muerte al máximo —murmuró, dirigiéndome su mirada oscura, que, si no fuese tan educado, sería casi febril—. Hay muchas cosas que podemos hacer. Podemos hablar de libros, podemos emocionarnos hablando de los románticos: Lord Byron y Keats y Shelley...

—¿Mary o Percy?

—Mary, claro.

—Es la única opción buena —coincidí.

Se rio.

—Y quiero que nos quejemos de todos los jóvenes y sus tiktoks y nos sentemos en un banco del parque juntos y nos inventemos historias y vayamos a pasear por cementerios por la noche.

—Creo que ya hemos hecho algunas de esas cosas...

—Pero nunca podría tocarte.

—No me importaría.

—Nadie más me verá nunca.

—Así serás solo para mí.

Suspiró y volvió a sentarse en el borde de la cama. El sol de la mañana entraba con una inclinación tal que lo atravesaba un rayo de oro cincelado.

—Eso se parece peligrosamente a la trama de *La casa eterna*.

—Uno de los mejores de Ann.

—Y es el único sin un felices para siempre.

Lo miré, extrañada.

—¿Cómo? —pregunté mientras cogía toda la ropa y entraba al baño para cambiarme. Dejé la puerta entornada—. ¡Si al final se encuentran!

—¿Tú crees?

—Claro. Ella se muda a la casa y suena el timbre. Está claro que es él.

—¿Vuelve de entre los muertos?

—Cosas más raras pasan en esa novela —señalé y, por la rendija de la puerta, lo vi pensar en los viajes en el tiempo y en el vecino que, posiblemente, era un hombre lobo.

—Vale —dijo por fin—. ¿Cómo empezaste a escribir para Annie?

—¿Por qué la llamas Annie?

Me puse como pude los pantis —las medias hasta las rodillas se me verían— y me metí la blusa blanca dentro de la falda.

—Por costumbre, supongo —respondió con un aire distante que sonaba mucho a trola, pero no insistí, puede que fuese una costumbre rara de editores—. ¿Se puso ella en contacto contigo?

—Pues no. Bueno, en cierto modo. La conocí en una cafetería hará unos cinco años. La que está en la Ochenta y cinco con Park, ¿sabes cuál digo?

—Tienen muy buenos *scones*.

—¿A que sí? Las mejores. En fin, estaba vacía y yo acababa de cortar con mi agente después de que mi editorial rompiese el contrato conmigo, así que estaba escribiendo unas escenas guarrillas...

—Me lo apunto: cuando estás deprimida escribes escenas de sexo.

—Solo unos preliminares, muy sugerentes. Total, se sentó a mi mesa y le hizo una crítica a lo que estaba escribiendo. Parece ser que había estado leyéndolo por encima de mi hombro y yo le dije que qué coño y así fue. Hizo una crítica de mi obra y luego me preguntó si quería trabajo.

—¿Hace cinco años? —me preguntó perplejo.

—Sí. —Tiré de la falda y me abroché la cremallera por la parte de atrás—. ¿Por?

—Porque estaba... ¿Se puede saber qué estabas escribiendo para llamarle así la atención? —preguntó, aunque me dio la sensación de que quería preguntar otra cosa.

Asomé la cabeza por la puerta del baño.

—Adivina.

—Tuvo que ser algo improvisado... ¿Erótica de bárbaros alienígenas?

—No, pero eso me lo leería.

—¿*Omegaverse*?

—Vamos a dejarlo estar —dije levantando la voz mientras me hacía un moño y salí del baño—. Me dio algunos consejos para la escena de la confesión. Me dijo que las personas no eran muy elocuentes y que los grandes gestos románticos son un recurso desacertado y están obsoletos porque son demasiado ñoños. Yo se lo discutí diciendo que a la gente le gustan los grandes gestos románticos justo porque son ñoños. Porque la gente necesita más ñoñerías en la vida. Como esto... —Tendí los brazos para abarcar la habitación, aquel momento—. Es ñoño. Todo. Hasta lo mucho que quiero tocarte y no puedo.

—A ver, cuéntame, ¿cuánto quieres tocarme?

—Eres lo peor.

—¡Tú has sacado el tema! Y yo quisiera señalar que esta escena no es tan ñoña, sino que está más bien llena de tensión romántica. Si es ñoña, es posible que la estés escribiendo mal.

—Ah, pues, dígame, ¿cómo escribiría usted esta escena, maestro?

—Bueno, en primer lugar —empezó a decir y volvió los ojos oscuros hacia mí—, te preguntaría qué quieres.

—Oooh, consentimiento. Muy sexy.

—Mucho —musitó con voz grave y áspera. Se levantó y se me fue acercando. Se me erizaron los pelos de la nuca—. Nada de diálogos ingeniosos ni de conversaciones profundas. Es por la mañana, la luz del sol queda preciosa cuando te toca el pelo y tú eres de una tozudez exquisita. Nunca me dirás lo que quieres.

—¡Ja! Sigue. —Intenté hablar sin que me temblase la voz—. Entonces ¿qué quiero?

Se puso detrás de mí, tendiendo los brazos, pasándome las manos a pocos milímetros de la piel, recorriendo mi silueta, de las caderas a la cintura.

—Algo me dice que te gustaría que metiese la mano por debajo de esa preciosa ropa interior de encaje —me susurró con los labios cerca de mi oído— y te acariciase lento. Y, mientras tanto, te besaría el cuello y te mordería la oreja.

Sentí que me sonrojaba y el pulso en el cuello, rápido como un caballo desbocado. Aguanté la respiración cuando se inclinó y se acercó todavía más, más de lo que se había acercado nunca, sin tocarme, pintándome con los dedos como si fuese un escultor, deleitándose con mi forma.

—¿Y luego? —Mi voz sonó tensa. Controlada.

Había escrito escenas más intensas. Aquello no era nada.

Y, entonces, ¿por qué me estaba alterando tanto?

Era su mirada, ese brillo oscuro. La promesa de que haría justo lo que me estaba diciendo. Para un hombre al que le gustaban tanto las listas y el orden, aquello era muy potente.

Su boca se cernió sobre mi oreja.

—Esto no es un esprint, Florence. Es un maratón. Se empieza poco a poco. Con la blusa. Botón a botón. Dices que soy meticuloso, pero te enseñaría hasta qué punto puedo llegar a serlo. —Sus dedos fingieron desabrocharme los botones de la blusa—. Por cada botón, te daría un beso en el cuello, en la clavícula y, por fin, en esos pechos perfectos…

—Eres de tetas, ¿eh?

—Son bonitas —fue su respuesta.

—Sí, pero aquí yo veo un problema… —dije, puede que demasiado alto, porque aquello se estaba poniendo… Yo me estaba poniendo… En fin, que había un problema—. En esta escena tú no recibes demasiado placer.

Se le tensaron las comisuras de los labios.

—Vaya, y ¿quién dice que esto no sea también para mí? Soy un hombre bastante egoísta en estas cosas…

—Entonces ¿darme placer te da placer a ti?

—Y ¿por qué tengo que recibir yo nada? ¿Por qué no tú solo? Te lo mereces.

Me tragué la piedra que se me había quedado atascada en la garganta. ¿Sí? ¿Me merecía ese tipo de atención absoluta? Porque con Lee nunca me había sentido así, ni siquiera cuando me besaba y me decía qué hacer, dónde poner los labios.

—Madre mía —dije medio riendo—, sí que lees demasiadas novelas románticas.

Soltó una risita.

—No me parece un defecto. ¿A ti sí?

—Depende. ¿Cómo seguiría esta escena?

—Te pediría…

Respiré hondo.

—Pues pídemelo.

En el espejo, sus ojos se encontraron con los míos. Penetrantes, pensativos. Me había dicho que aquello sería para darme placer a mí, pero se me daba fatal ser egoísta. Lo veía en el destello de sus ojos, en su forma de tragar: era lo que más deseaba… ¿Desde cuándo? ¿Desde que me vio por primera vez? ¿Antes de que supiera cómo se llamaba?

Oí que tomaba aire, tembloroso.

—Desabróchate la blusa. Despacio.

Bajé los dedos por la camisa formal arrugada, desabrochando

los botones uno a uno hasta que estuvo abierta y sobre mi sujetador. Relajé los hombros y la prenda cayó y se me quedó colgando a la altura de los codos, dejando al descubierto lo que él consideraba unos pechos muy bonitos dentro de mi mejor sujetador de encaje.

—¿Así?

Hizo un sonido de conformidad.

—Eres perfecta.

—¿En serio?

—¿Tengo que repetirme?

—Tantas veces como me parezca necesario.

Se le crisparon los dedos y los cerró en puños.

—Eres perfecta —repitió—. Me gusta admirar las vistas. —Y luego añadió—: Cierra los ojos. —Los cerré—. Imagínate la escena. Te pasaría los dedos por el pelo; te recorrería la piel con los dientes… Te desabrocharía ese sujetador de encaje tan bonito que llevas y te acariciaría los pezones con la lengua. Te metería un dedo… Dos. Y estarías mojadísima y te daría placer, lento, tan lento como quisieras…

—Te haría perder la cabeza —comenté.

—Florence, ya me haces perder la cabeza.

Me reí y abrí los ojos y vi que tenía las manos sobre las mías. Me di la vuelta y por fin lo miré directamente por primera vez y volví a ponerme la camisa sobre los hombros.

—Sería una buena escena —dije y la voz me tembló un poco mientras volvía a abotonarme la blusa—. Ñoña, pero en el buen sentido.

—Me gusta lo ñoño —coincidió, con la mirada entreteniéndose en mis labios.

Sonó mi alarma y los dos nos sobresaltamos. Me alejé de él deprisa y crucé la habitación para apagar el móvil. Y la realidad volvió a golpearme, porque era el día del funeral de mi padre y todavía me faltaban dos cosas del testamento por completar.

—L-lo siento. Tengo que terminar de vestirme. Tengo muchas cosas que hacer y muy poco tiempo.

—¿Puedo ayudarte?

Ladeé la cabeza y sonreí.

—No; que estés aquí ya es suficiente.

—¿Puedo? —preguntó, irguiéndose un poco, con los puños apretados por los nervios—. ¿Puedo quedarme aquí? Así... contigo.

Me dio un vuelco el corazón. «Pero ¿y el último libro de Ann?», pensé, pero no quise decirlo. No quería que cambiase de opinión porque...

—Me encantaría.

... porque la gente siempre se iba. Si tenían la ocasión, me dejaban.

Y Ben quería quedarse.

Carraspeé mientras volvía a meterme la camisa por dentro de la falda.

—Tengo que darme prisa. Mi padre no va a enterrarse solo —añadí.

Volví al baño a lavarme los dientes, pero la sangre me recorría el cuerpo a toda prisa cuando pensaba en todos los momentos ñoños que podía vivir con Benji Andor. Aunque estuviera muerto.

Porque que estuviera muerto no significaba que se hubiera ido.

31

Traed vuestros muertos

Según el mensaje que me había mandado mi madre, íbamos a encontrarnos todos en la funeraria antes de ir a pie al cementerio. Y yo, siendo la Florence Day de siempre, llegaba tardísimo. Mis hermanos ya estaban fuera de casa y a punto de irse hacia allí.

—¡Perdón! ¡Disculpad! —grité, corriendo por el camino empedrado que llevaba al porche—. Se me ha ido el santo al cielo.

—Nos lo imaginábamos —respondió Carver—. Las flores ya están en la tumba. Han venido unos cuantos tíos esta mañana y se las han llevado.

—Y Elvis ya tiene el programa —añadió Alice—. Le hemos dado la lista de canciones que dejaste ayer. Casi no podíamos leerlas por los garabatos que haces, pero la letra de papá era igual de mala.

¿Una lista de canciones? Dejé la cuestión para luego.

—Gracias, chicos. ¿Y los cuervos? —le pregunté a Carver, esperanzada.

Suspiró y levantó la jaula de cerezo vacía.

—Nada, no he atrapado ni uno.

—Ya te dije que usaras el Rolex.

Fingió incredulidad.

—¡Nunca!

Supuse que la bandada no se había marchado del tejado de la pensión aquella noche dado que Ben tampoco se había ido. Aquello era… un poquito culpa mía. Aunque no iba a admitirlo. Alice ladeó la cabeza y miró el viejo sauce. Debajo de él estaba Ben con las manos en los bolsillos. Él también levantó la vista. Alice señaló con un movimiento de cabeza la bandada que se había posado en el árbol.

—¿Te refieres a esos?

—Fíjate —dijo mi madre—. Vuestro padre decía que solo aparecían cuando...

—Ben está bajo el árbol.

—Nuestro golpe de suerte —dijo Carver—. ¿Crees que tenemos que meterlos en la jaula?

—Nah, nos seguirán —respondí, y le guiñé el ojo a Ben.

Él puso los ojos en blanco. Le dije a mi familia que fuesen tirando sin mí, que los alcanzaría en un momento. Todavía tenía que maquillarme y quería recorrer una última vez la casa. Esperé a que estuviesen de camino antes de subir los escalones de la funeraria y asomarme dentro.

Respiré hondo.

—¿Papá? —Mi voz retumbó por la casa. Esperé paciente, pero no hubo respuesta—. Sé que estás aquí. Yo no le dejé a Alice ninguna lista de canciones. —Hice una pausa—. Fuiste tú.

La casa crujió a modo de respuesta.

«Todo muere, Buttercup», me dijo un día que estábamos sentados en el porche delantero viendo cómo se acercaba una tormenta. Carver jugaba en su parque para bebés y Alice gorjeaba en su regazo. «Es una realidad, pero ¿quieres saber un secreto?».

Y yo me incliné hacia él segurísima de que sería la cura a la muerte, la forma de alejarla...

«Lo que muere nunca se va del todo. Todo se queda, en pequeñas cosas».

No de la forma horrible en la que lo había escrito Lee. No con fantasmas que se plañían y *poltergeists* terroríficos y muertos vivientes, sino del mismo modo que volvía a salir el sol, las flores se marchitaban y se convertían en tierra y las semillas nuevas brotaban la siguiente primavera. Todo moría, pero partes de ello se quedaban aquí. Mi padre estaba en el viento porque había respirado el mismo aire que yo. Mi padre estaba grabado en la historia porque había existido. Era parte de mi futuro porque yo seguía ahí.

Lo llevaba conmigo. Aquella casa lo llevaba consigo.

Aquel pueblo.

—¿Florence? —me llamó Ben con timidez—. ¿Estás bien?

Apreté los ojos con fuerza deseando que no me cayesen las lágrimas. Ya iba a llorar bastante ese día. No quería empezar tan pronto.

—Sí. Creo que deberíamos llevar los cuervos.

—Por lo menos soy útil para algo.

—Por eso dejo que te quedes conmigo —dije para molestarlo. De pronto, empezó a caer hacia delante—. ¡Ben! —grité.

Se cogió del marco de la puerta. Negó con la cabeza.

—Perdona… Me… me mareo —musitó.

Le temblaban las manos y la piel se le puso del mismo color pálido y enfermizo que la noche anterior.

Se me hizo un nudo en la garganta.

—No estás bien.

—No —contestó con sinceridad—, creo que no.

Sonó el timbre.

Ben y yo intercambiamos una mirada.

Volvió a sonar.

Me palpitó el corazón. La última vez que abrí tras oír el timbre era Ben. Puede que esta vez… Quizá esta vez… Corrí hacia la puerta y casi me choco contra ella. La abrí y…

—¿Rose?

Mi mejor amiga estaba plantada sobre el felpudo de la Funeraria Day con una bolsa de lona a la espalda. Se bajó las Ray-Ban, boquiabierta.

—¿Qué coño, tía? ¡No me habías dicho que vivías en la casa de la familia Addams!

—¡Rose! —La rodeé con los brazos y la apreté con fuerza—. ¡No sabía que venías!

—¿Cómo no iba a venir? Sé que puedes lidiar con esto tú sola, pero… no tienes por qué. —Me cogió la cara y apretó la frente contra la mía—. Eres la otra parte de mi cucharita.

—Siempre haces que parezca más raro de lo que es.

—Siempre. Dime dónde está el baño, me estoy meando a chorro y tengo que ponerme los Louboutins.

—Es un funeral en el cementerio, Rose.

Me miró como si no entendiera qué quería decirle.

—Da igual, venga.

La hice entrar en la casa. Me lanzó la bolsa a los brazos y salió corriendo hacia el lavabo que había bajo las escaleras. Dejé su equipaje en el despacho, donde estaría seguro durante el funeral, y salí al recibidor a ver cómo andaba Ben. Estaba sentado en los primeros escalones con la cabeza entre las manos.

—Hola —dije en voz baja, dando un golpe en el marco de la puerta—. ¿Va todo bien?

—Mmm, no. ¿Más o menos? Estoy... No lo sé. No dejo de oír cosas —dijo—. Al principio era flojo, pero ahora es muy fuerte.

—¿Qué tipo de cosas?

—Conversaciones. Voces. Ruidos...

Sonó la cadena del váter y Rose salió del baño con sus tacones de aguja con las suelas rojas, los mismos que llevaba yo a aquella horrible presentación de *La moto de Dante*, y me cogió del brazo.

—¿Lista para ir a despedirte de tu viejo?

Dudé y le lancé una mirada a Ben, pero él me sonrió para tranquilizarme un poco.

—Nos vemos allí —me prometió.

Rose me tiró del brazo.

—¿Florence?

Yo le apreté la mano con fuerza.

—Sí. Vamos.

Rose era mi copiloto. Mi pilar. Mi maravillosa e impulsiva mejor amiga.

Y no podía alegrarme más que estuviera allí.

32

¡Fallecidades!

El cementerio estaba tranquilo y el césped parecía una pintura en acuarela en contraste con el esquisto de las lápidas. Sobresalían del suelo como dientes de una mandíbula inferior mellada, algunas torcidas, la mayoría limpias. Mientras pasábamos al lado de varias más oscuras y llenas de moho, tomé nota mental de limpiarlas de nuevo para que volvieran a estar bonitas… Y me frené.

No había ido allí a trabajar, sino a llorar.

Aunque estaba segura de que mi padre habría hecho lo mismo.

Casi todo el pueblo había ido con sillas plegables y comida de pícnic. Las flores silvestres que habían donado —las mil, ordenadas por colores— estaban amontonadas alrededor del ataúd de mi padre como una montaña de pétalos y ElBis cantaba *Suspicious Minds* con su karaoke portátil.

Y puede que lo mejor de todo fuesen…

—Pero ¿qué…? ¡Los globos! —dijo Rose, sin aliento—. ¿En serio…? ¿En serio pone…?

No pude evitar sonreír.

—Sí, como lo ves.

Fiesta Sin Límites había traído y colocado la decoración para el entierro: globos en los respaldos de las sillas y banderines colgados de los robles que decían ¡FALLECIDADES! y ¡QUE NO CUMPLAS MUCHOS MÁS! También habían repartido gorritos de fiesta y turutas y algunos de los niños del pueblo estaban tocando con ellas *La marcha imperial* cerca de la estatua de un ángel llorando.

Rose y yo nos unimos a mi familia en las primeras filas de sillas que se habían preparado, y parecía que Alice tenía migraña.

—Los globos la han superado —dijo Carver con tristeza—. Casi le da un ictus, estaba hecha una furia.

Mientras tanto, la pobre Alice mascullaba:

—Lo mato. Yo lo mato…

—Al, ya está muerto.

Le presenté a Rose a mi familia. Siempre que habían venido por Navidad, ella se había marchado ya a Indiana y por pocas horas no se habían encontrado en el aeropuerto, pero, por fin, se conocían. Mi madre se inclinó por encima de Alice para darle un apretón de manos a Rose.

—Un placer, aunque es una pena que sea en estas circunstancias.

—La acompaño en el sentimiento —respondió Rose.

—¿De verdad eran necesarios los globos? —se quejó Alice.

Nicki le dio unas palmaditas en la espalda para consolarla y le preguntó a Rose cómo había ido el vuelo.

Yo busqué a Ben entre los asistentes, pero no lo vi. ¿Habría vuelto a desaparecer? Esperaba que estuviera bien. Uno a uno, los cuervos se posaron en un roble cercano y erizaron las plumas en silencio para protegerse del viento. Eso significaba que Ben tenía que estar por allí, lo cual me alivió un poco.

Unos minutos más tarde, la versión de ElBis de *Return to Sender* interrumpió mis pensamientos y miré el programa.

—Te toca —susurró Carver.

Ah, sí.

Mi padre, en el testamento, había dicho que no quería un pastor ni un obispo ni ningún tipo de persona sagrada. Nuestra familia no era muy de religiones organizadas aunque nuestro negocio fuese la muerte. Lo único que mencionó sobre un orador fue lo de la carta que había escrito.

La cogí de las manos de Karen, la abogada de mi padre. El papel era suave y estaba arrugado.

—Que empiece el espectáculo —dije.

Alice parecía preocupada.

—Florence…

—Puedo hacerlo. De verdad.

—No tienes por qué hacer todo esto sola…

—No lo haré sola —la interrumpí con tacto—, porque quiero que vengáis todos conmigo. Si queréis.

La tensión que le había encogido los hombros a Alice momentos antes desapareció y ella accedió. Carver me dio un golpe suave con el puño y asintió con un gesto sutil. Le di la mano a mi madre, ella se la dio a mi hermana y esta se la dio a Carver y nos encaminamos al espacio que había delante del ataúd de mi padre. ElBis me tendió el micrófono.

Yo siempre había hecho las cosas sola. Pensaba que podía arreglarlo todo yo, aunque supongo que nunca me había tocado hacerlo. Tenía familia y tenía amigos y tenía unos padres que me querían y que siempre me querrían hasta el final de los tiempos y…

Y también había gente a la que no conocía y quería conocer, como Ben, que había visto todos mis caóticos defectos y mi terquedad y, aun así, quería quedarse.

Quería quedarse. Y yo también quería que se quedase.

Carraspeé y eché un vistazo al cementerio y a toda la gente que había ido con sus sillas y llevaba gorros de fiesta y le decía a sus hijos que dejasen de tocar la turuta.

—Hola a todo el mundo. Gracias por venir. Este será un funeral diferente al que estáis acostumbrados, aunque creo que, si conocíais a mi padre, ya os lo esperabais. —Abrí el sobre y saqué la carta—. Mi padre me dejó una carta para que os la leyera. No sé qué dice, así que vamos a descubrirlo juntos.

Me temblaban las manos mientras desdoblaba el papel amarillento. La letra de mi padre se desplegó como un cuento. Por las manchas de tinta y cómo se juntaban las letras, debió de escribirla con la pluma que le regalé para su cumpleaños hacía unos años.

—«Queridísimos míos» —empecé a leer con la voz ya temblorosa.

Lo que la carta decía exactamente daba igual, pero era una ex-

288

plicación de por qué nos había pedido que hiciésemos tanto para su funeral. Una disculpa por no poder quedarse más con nosotros. Un adiós lleno de juegos de palabras malísimos y los peores chistes de padre imaginables.

Era una carta dirigida a mí. A Alice. A Carver. A nuestra madre.

Era una despedida delicada.

Flores silvestres para Isabella. Mil flores con diez mil pétalos por cada día que la querría hasta el infinito. Canciones que habíamos bailado en los salones, despedidas delicadas y buenas y alegres. Banderolas y turutas por todos los cumpleaños en los que no podría estar. Una bandada de cuervos para recordarnos que siguiésemos buscándolo, porque seguiría ahí.

Siempre.

Decía que quiso que yo leyese la carta porque sabía que intentaría hacer todas aquellas tareas imposibles sola.

Carver disimuló una carcajada y Alice le dio un codazo en el costado.

Decía que esperaba que hubiese pedido ayuda porque pedirla no era una debilidad, sino una fortaleza. Que esperaba que la pidiera más a menudo, porque me sorprendería quién llegaría a mi vida si se lo permitía.

No todos los que me acompañasen serían fantasmas.

Ojalá pudiera decir que, en ese momento, el viento hizo susurrar las hojas de los árboles. Ojalá pudiera decir que oí a mi padre en la brisa, diciéndome él mismo aquellas palabras, pero la tarde era silenciosa y los pájaros del roble se graznaron unos a otros como si yo hubiese contado un chiste especialmente gracioso.

Y Ben estaba detrás de la gente con las manos en los bolsillos y sentí una especie de certeza de que todo iría bien.

Tal vez no en ese momento. Puede que tardase un tiempo.

Pero, al final, sí.

No todos los que me acompañasen serían fantasmas, pero no pasaba nada si algunos lo eran.

Porque, al final, mi padre tenía razón sobre el amor. Era leal y terco y esperanzador. Era un hermano que te llamaba antes de un funeral para preguntarte cómo iba el último libro. Era una hermana que reñía a su hermana mayor por huir siempre. Era una niñita una noche de tormenta acurrucada en el regazo de un enterrador escuchando el viento que hacía crujir una casa victoriana. Era una bailarina de salón dando vueltas por un salón vacío con el fantasma de su marido y una canción en la garganta. Era acariciar a los perros buenos y despertar una mañana tranquila al lado de un hombre con los ojos imposiblemente oscuros y la voz con el dulzor meloso de ese vodka bueno que se guarda en el estante de arriba. Era una mejor amiga que cogía un avión sin preaviso en Nueva York.

Era la vida. Salvaje e infinita.

Eran unas palabras simples escritas a mano con letra abigarrada.

—«El amor es una celebración —leí con la voz agitada— de la vida y de la muerte. Se queda con vosotros. Perdurará, queridos, hasta mucho después de que yo me haya ido. Buscadme cuando el viento corra entre los árboles. Os quiero».

Volví a doblar la carta y susurré bajito, en privado, una última vez:

—Adiós, papá.

33

El último adiós

—Y ahora, música, ElBis —dije con la voz entrecortada y le devolví el micrófono al hombre de blanco.

En cuanto Bruno se volvió a presentar y empezó a cantar *Love Me Tender*, Alice, Carver y mi madre me agarraron y nos unimos en un abrazo. Los quería tanto que me puse a llorar. O puede que ya estuviera llorando. No me acordaba de cuándo habíamos empezado, ni yo ni ellos, pero nos abrazamos lo más fuerte que pudimos. Porque todos los Day teníamos un secreto: llorábamos siempre que veíamos a otra persona llorar. De modo que, si un Day lloraba, el resto lo seguía. Y en ese momento no estaba segura de si había empezado yo o Carver o mi madre (Alice no, eso seguro; nunca era ella), pero daba igual.

—S-se te dan fatal l-los discursos —dijo mi hermana al cabo de un rato secándose las lágrimas de los ojos. Se le corrió la raya y yo se la limpié con el pulgar.

—Lo sé —respondí.

Carver tomó aire.

—Creo que voy a pedirle la mano a Nicki.

—¡Ay, cariño! —dijo mi madre sin aliento—. ¡Qué alegría!

—¿Aquí? —preguntó Alice, estupefacta.

—No, ¡claro que no! Pero pronto.

—Mejor, porque a Alice sí que la veo prometiéndose aquí, pero a ti no —comenté y me gané un pellizco de parte de la susodicha—. ¡Ay! ¡Oye, que era un cumplido!

Ella sacó la lengua.

—Si ni siquiera tengo pareja.

—Eso no significa que no la vayas a tener nunca —dijo mi madre con sabiduría, secándose el rímel que se le emborronaba—. El amor llega cuando menos te lo esperas. Mira, cuando vuestro padre y yo nos conocimos…

Miré a Ben, que estaba al otro lado del funeral con el alcalde haciéndole compañía mientras mi madre contaba cómo conoció a mi padre en una congreso que era un tercio convención de *furris*, un tercio campeonato de bailes de salón y un tercio seminario mortuorio. Era una buena historia, pero la habíamos oído mil veces.

Y podíamos oírla mil veces más.

Yo no podría contar esas historias sobre Ben. La mitad de la gente no me creería y la otra mitad pensaría que era una tragedia. Puede que lo fuera. Mi padre había dicho que no estaría acompañada por fantasmas toda la vida, pero ¿y si había uno que sí quería que se quedase?

¿Y si uno era diferente?

Ben debió de sentir que lo estaba mirando, porque volvió sus ojos oscuros hacia mí y me dijo solo moviendo los labios: «Lo has hecho muy bien».

No pude evitar sonreír.

—Mira, ya está viendo otra vez a su novio fantasma —le susurró Alice a Carver.

Se me tensaron los hombros.

—¡No es mi novio!

—Ajá —respondió mi hermano, escéptico—. Venga ya, estabas colgadísima de quien fuera que te estuviera ayudando a hacer trampas anoche.

—Ojalá pudiera verlo —musitó mi madre.

—Ojalá hubiera sido papá… Sin ánimo de ofender a tu fantasma —añadió Alice, encogiéndose de hombros a medias—. Pero supongo que no nos habrías escondido algo así.

—No. No lo he visto —confirmé, un poco triste. Mis hermanos intercambiaron la misma mirada antes de que los cogiese de la mano y se la apretase con fuerza—. Sabía que nos tendríamos los unos a los otros. No le hacía falta quedarse.

Alice apartó la mano.

—Uf, esto se está poniendo demasiado ñoño para mí. Vete con tu novio fantasma o lo que sea.

—No es mi…

En cuanto empecé a hablar, mis hermanos se separaron y se dirigieron a lados opuestos del funeral para charlar con otras personas y mi madre subió y bajó las cejas varias veces antes de unirse a un pequeño grupo de gente que se mecía con la entusiasta versión de *Build Me Up Buttercup* de ElBis.

Ben señaló con la cabeza la parte trasera del cementerio donde nos sentamos hacía unas noches y, mientras yo le daba las gracias a la gente por venir y aceptaba sus condolencias, él me esperó, paciente, bajo el roble.

—Las flores son bonitas —le comenté a Heather, que coincidió de esa forma que tenía ella, como si me dijese: «Te lo dije», pero descubrí que no me importaba.

Había estado ahí cuando más la había necesitado y eso era lo que contaba. Aunque no lo era todo: podía perdonarla, pero no iba a olvidar cómo me hizo sentir en el instituto.

Tampoco valía la pena invertir más tiempo en ella.

No conseguí llegar al banco hasta que ElBis iba por la segunda copa de champán y se había puesto a cantar lo que fuera que el público le gritara. Ahora estaba aullando *Welcome to the Black Parade*.

—Te aseguro que nunca he estado en un funeral tan divertido —dijo Ben cuando por fin me senté a su lado—. La gente está bailando sobre las tumbas, literalmente.

—Bueno, alrededor de las tumbas. Sería de mal gusto bailar justo encima —lo corregí y me di cuenta de que tenía los puños apretados y los nudillos blancos sobre las rodillas—. ¿Todavía oyes las voces?

Asintió.

—Más fuertes. Y… se me hace cada vez más difícil seguir aquí.

Un escalofrío me recorrió la piel.

—¡Pero todavía no me he puesto con el libro! No tendrías que estar yéndote a ningún sitio —repuse, alarmada.

Entonces tragó con dificultad. Frunció los labios. Y admitió:

—No creo que sea por el manuscrito, corazón.

—Tiene que serlo. Es el único motivo por el que estarías aquí rondándome y…

—No lo es —me interrumpió, decidido, y se encogió de dolor.

Yo lo miré entrecerrando los ojos.

—¿Por qué? ¿Qué es lo que no me has dicho?

Negó con la cabeza. No había sido capaz de mirarme a los ojos desde que me había sentado en el banco. ¿Por qué no me había dado cuenta hasta ese momento? No buscó mi mirada porque sabía que, si lo hacía, yo leería la verdad.

—Yo…

—Ben. —Apretó la mandíbula—. Benji.

—Es una larga historia —empezó a decir, con la mirada fija en un trozo de césped seco, al lado de su zapato—, pero creo que tengo que contártelo. Tendría que habértelo contado al principio.

Apreté los puños. No estaba segura de querer saberlo. Si no estaba allí por el manuscrito, ¿por qué más podría ser?

—Venga, suéltalo.

—Ann Nichols era mi abuela.

Solté una risa forzada. ¿Qué estaba diciendo?

—Ben, venga, sé que te encanta. Ha sido la santa patrona de las novelas románticas para todos nosotros…

—No me refiero a eso. —Poco a poco, levantó los ojos hasta que nuestras miradas se encontraron. Los tenía vidriosos y húmedos. El mundo se ralentizó. Oh, no—. Era mi abuela de verdad.

Había mucha información en aquella frase por la que podría haberme sorprendido. El hecho de que no me lo hubiese dicho ninguna de las tantísimas veces que habíamos hablado sobre su abuela. La ligera desviación de la nariz que quizá se parecía un poco a la de ella. Lo anguloso de la mandíbula. Cuánto sabía sobre Ann Nichols. Que siempre la llamase Annie.

Pero no fue nada de eso. Lo que me sorprendió fue una simple palabra.

—¿«Era»?

Respiró hondo y cerró los ojos.

—Falleció hace cinco años y medio.

¿Cinco… y medio? Más o menos cuando la conocí, cuando se me sentó delante y me ofreció trabajo. Negué con la cabeza con vehemencia.

—No… no puede ser. No. Nos conocimos en aquella cafetería…

—Es imposible —respondió Ben con amabilidad—. Llevaba un año en cama mientras escribía su último libro: *La casa eterna*. El funeral fue discreto. Ella lo quiso así, porque había tenido una idea. Todavía le quedaban cuatro libros en el contrato y quería que se escribiesen, pero no quería que la nube de su fallecimiento los empañase. De modo que diseñó un plan para encontrar una escritora fantasma que terminara los libros. También me dijo que no avisara a la editorial.

—¿Y su agente?

Me imaginaba el fuego que escupiría Molly por la boca cuando se enterase…

—Lo sabía.

La verdad era que no estaba segura de si eso mejoraba o empeoraba las cosas. Intenté mantener la calma, pero no lo conseguí. La cabeza me daba vueltas.

—Y tú, el heredero, ¿me dejaste hacerlo? ¿Sin decirme que estaba muerta?

—No. —Por fin abrió los ojos y se me encaró—. Llevaba unos meses buscando a alguien, pero nadie me encajaba. Entonces escribiste tú y pensé que Annie había contactado contigo antes de morir y no me lo dijo.

Se encogió de hombros con desánimo.

—Pero no. Me lo pidió ella. Y fue después de morir —dije con un suspiro, dándome cuenta—. Acepté un trabajo de un fantasma. Eso sí que no me lo esperaba…

Ben soltó una risa sutil. Tenía la mano tan cerca de la mía que, si hubiera estado vivo, casi habría podido alargar los dedos y cogérsela.

—Lo cierto es que Annie decía que el universo te manda lo que necesitas justo cuando las necesitas, y quiero creer que el universo te mandó a ti. No sé nada del más allá ni de qué pasa después de esto…, pero encontrar tu libro fue maravilloso. Entregarte el legado de Annie y ver cómo florecía bajo tu pluma ha sido una bendición. Y esto… —Me miró a los ojos y, de pronto, ya no me parecía una conversación, sino una despedida—. Estos últimos días han sido… preciosos. Es un buen final, corazón. Como editor tuyo, no tengo comentarios.

Se me constriñó la garganta.

—Ben…

—Lo siento, pero c-creo que ya sé por qué estoy aquí. Contigo. No es por el libro de Annie. Es por el tuyo. Para darte las gracias. —Y sonrió. La sonrisa le llegó a los ojos, pero fue como cuando intentas tragarte un sollozo—. El último año de vida de Annie fue duro… Yo era la única familia que le quedaba y ella era la mía. No sé cómo expresar lo mucho que me ayudó tu libro. Todo ese año fue desolador, pero podía abrirlo y perderme en tus palabras y, en esos momentos, sentía que todo iría bien. No sé por qué justo ese libro, pero así fue. Así que gracias por darme palabras cuando pensaba que no me quedaban. Espero que nunca dejes de regalárselas al mundo.

No podía contar las veces que había querido oír esas mismas palabras de alguien, quien fuera, y ahí tenía a aquel hombre diciéndome que le habían encantado las mías. Que las valoraba.

Se me secó la boca y no supe qué decir. Si decía «de nada», ¿desaparecería él en una nube de polvo? ¿Se lo llevaría el viento de la tarde?

—Siento tener que irme —me dijo en voz baja, con culpabilidad—, pero te prometo que no todos los que te acompañen serán fantasmas, corazón.

Eso ya me lo habían dicho.

—Ni siquiera los que quiero que me acompañen —respondí. Se me estaba rompiendo el corazón.

—Lo siento —repitió, y me lanzó una mirada triste, suplicante. Se me hizo un nudo en el estómago—. Quiero estar contigo…, pero no así. Quiero hacerme viejo contigo. Quiero despertarme cada mañana y verte en la almohada a mi lado. Quiero disfrutar cada instante de nuestra vida y…

—No puede ser —lo interrumpí—, lo sé.

En ese momento, algo en mi interior cedió. No fue la esperanza exactamente, sino el pequeño hilo de felicidad que había sentido aquella semana, porque no podía aguantar mi peso. Había estado colgando de una hebra precaria que se había roto porque yo había creído que estaba hecha de algo más resistente.

—Florence… —empezó a decir y volvió a encogerse de dolor. Se agarró el pecho—. Q-quiero quedarme, pero….

No podía. Me estaba suplicando que lo dejase ir.

Respiré hondo. Las buenas despedidas eran lo que tú quisieras que fueran. ElBis canturreaba *You Can't Hurry Love* de las Supremes de fondo; mi madre se reía entre lágrimas mientras Seaburn la hacía dar vueltas sobre el césped…

Me volví hacia Ben y sonreí con el único tipo de sonrisa que conseguí dibujar. Era triste y estaba rota, pero era mía.

—Gracias, Benji Andor, por dejarme vivir en el mundo de tu abuela unos años. Y gracias por querer vivir en el mío.

Solo deseaba cogerle la cara con las manos y besarlo, pero, cuando tendí los brazos para intentarlo, se le abrieron los ojos. Tomó aire deprisa.

Como si hubiese visto algo a través de mí. Algo que yo no podía ver. Algo que nunca vería.

Y se fue.

Esa vez, para siempre.

34

Fantasmas bajo el parquet

En una esquina de la Funeraria Day, bajo una tabla del suelo suelta, había una caja metálica llena de mis sueños más profundos y mis textos más indecentes. Cuando te crías en una familia en la que todo el mundo lo sabe todo de los demás, tienes que encontrar maneras de guardar tus secretos. Carver lo hacía en el jardín trasero. Alice escribía poemas y los ocultaba en un árbol del Risco. Y yo escondía mis secretos bajo el parquet.

—Voy a servirme una copa, ¿quieres algo? —me preguntó Alice mientras colgaba el abrigo y se dirigía a la cocina por el pasillo.

Yo me había excusado del cementerio poco después de que Ben hubiera desaparecido y mi hermana me había preguntado si necesitaba compañía. Creo que había sentido que algo iba mal.

Algo aparte de que estábamos en el entierro de mi padre.

—Lo mismo que te tomes tú —contesté y entré al salón rojo.

Sabía con exactitud dónde estaba la tabla suelta, escondida bajo una mesa rinconera, y metí el atizador de la chimenea en la rendija para levantarla.

Cogí la caja y le quité el polvo.

Luego la abrí.

Arriba del todo había una carta escrita con una letra abigarrada que me era familiar. La de mi padre. Debió de encontrar la caja limpiando el salón: habría pisado la tabla suelta y la habría levantado para ver qué había debajo.

O puede que yo no disimulase muy bien.

A lo mejor siempre supo que escondía ahí mis secretos.

«Estoy orgullosísimo de ti, Buttercup».

Y grapados a la parte de abajo había unos tíquets de compra. Un sollozo se me quedó atrapado en la garganta. Eran de la librería del pueblo. *Guía de un galán para ganarse a la chica*, *El beso en la matiné de medianoche* y *La probabilidad del amor*. Los había comprado. Y sabía que eran míos.

Lo sabía.

Me apreté la nota contra el pecho.

Y, si lo sabía, eso significaba que… Por eso el dueño del bar interrumpió a Bruno. Las frases a medio terminar sobre mi forma de escribir. Los libros nuevos de Ann Nichols en el escaparate…

Alice me encontró así en el salón rojo. Se paró en seco en la entrada con los ojos muy abiertos y dos vasos de whisky con hielo.

—Pero ¿qué…? ¿Estamos en *Los Goonies* o qué pasa?

—Es mi escondite secreto —respondí con un hipido.

Se acercó, se sentó a mi lado y dejó los vasos en el suelo. Cogió *Matiné de medianoche* y le dio la vuelta.

—Lo sabía, ¿verdad?

—¿El qué? —preguntó Alice, haciéndose la loca. Estaba mintiendo. ¿Qué tipo de hermana mayor sería si no lo supiese? Le lancé una mirada fulminante y ella se encogió de hombros mientras yo volvía a meter el libro en la caja fuerte—. No tengo ni idea de lo que estás diciendo. Te aseguro que no se lo dijo a todo el pueblo ni nada.

—¡Alice!

—Pienso matar a quien te lo haya contado.

—No me lo ha contado nadie. Bueno…, papá.

Le enseñé la carta.

—Mejor —declaró Alice—. Parece que nadie quiere cabrear al tío que lo meterá en el ataúd. No vaya a ser que lo pinten de payaso.

—Dios, dime que no amenazó a nadie.

Se encogió de un solo hombro.

—Juré no decir nada.

Volvimos a meter la nota y los libros en la caja y yo empecé a hojear despacio el resto de los papeles. Diarios, entradas de conciertos, notitas llenas de cuentos cortos. Ella me observó mientras removía el hielo del vaso.

—Papá también encontró el mío, ¿sabes?

—¿Tu escondite? —pregunté—. Sí, está en el nudo del árbol que hay cerca del Risco.

Me lanzó una mirada atónita.

—¿Lo sabías?

—Carver lo encontró hace mil años.

—El suyo está…

—Bajo la leña del jardín de atrás —dijimos a la vez y nos reímos.

Le di un sorbo al vaso. Estaba mucho más fuerte que las bebidas que preparaba Dana. Era la personificación de Alice: tenía presencia, llamaba la atención y no se podía olvidar. Era algo por lo que la admiraba. Ella no habría permitido que su exnovio le robase las historias y las publicase. Lo habría perseguido y le habría hecho la vida imposible y habría escrito un artículo para el *New York Times* detallando a conciencia lo mentiroso que era Lee Marlow. No solo conmigo, sino con sus compañeros, con sus amigos, con los periodistas y con las universidades y decanos que le pedían que fuese profesor invitado.

Lo habría hecho papilla.

El sol empezaba a hundirse en el cielo vespertino y las sombras se alargaron y se oscurecieron dentro del salón, pero no nos levantamos para encender las luces. Había cierta delicadeza en la forma en la que la luz dorada se colaba por las ventanas y lamía los rincones oscuros. Además, podíamos andar por aquella funeraria con los ojos cerrados y el suelo todavía no nos parecía tan incómodo.

—Oye, hay algo que quería decirte —dijo Alice. Cambió de postura y se quedó con las piernas cruzadas. Se tragó medio vaso.

—Esto promete —la piqué.

Mi hermana se retorció. Solía hacerlo cuando intentaba guardar un secreto que quería escapar de su cuerpo.

—Karen leyó la mayoría del testamento antes de que llegases, así que te perdiste esta parte. —Frunció los labios con fuerza y se quedó un largo rato en silencio—. Tú compartías los fantasmas con papá y yo pensaba que no tenía nada con él, pero… —miró el salón con tanto cariño como lo hacía nuestro padre— tenía esto. Bueno, tengo esto.

Supe lo que quería decir y tomé aire.

—¿Papá te dejó el negocio?

Asintió con un gesto minúsculo.

—Cuando mamá muera, claro, pero… lo puso en el testamento. Dijo que era para mí. Y mamá dijo que con gusto me lo cedería antes de palmar, pero tampoco tengo tanta prisa y…

—¡Ay, Alice, me alegro mucho por ti!

—¿De verdad?

—¡Pues claro, tonta! ¡Me alegro muchísimo! Eres la única que entiende este lugar… Que lo entiende de verdad. No me lo imagino en mejores manos.

Le tembló el labio inferior y se lanzó a abrazarme.

—Gracias —me dijo con la cara sobre mi hombro.

La estreché con fuerza.

—Sé que lo harás muy bien, Al.

Por fin me dejó ir y volvió a sentarse y se secó los ojos.

—Creo que he llegado al tope de lágrimas del año.

—Está bien llorar a veces.

—¡No cuando te has puesto un rímel de treinta dólares!

—Bueno, ¿y eso de quién es culpa?

—¿De los estándares de belleza inalcanzables y mi falta de pestañas gruesas? —Sorbió por la nariz, indignada, y tomó otro trago de whisky—. Y ¿qué estás haciendo con tu caja secreta? ¿Tenías miedo de que alguien la hubiese encontrado?

—No. Supongo que solo estaba buscando… algo —respondí. —Ladeó la cabeza a modo de pregunta—. Una respuesta, creo. Alguien que se acaba de marchar me ha dicho que mi libro era su preferido. Me ha dado las gracias por él. Por eso… Por eso estaba aquí.

Alice abrió mucho los ojos.

—Florence, ¿Ben se ha ido?

No sé por qué, oír a otra persona pronunciar su nombre me volvió a poner triste. Las lágrimas me quemaban el rabillo del ojo, pero las sequé con diligencia. Había ayudado a un montón de fantasmas antes. La mayoría de las veces solo tenía que escucharlos, escuchar sus historias, y luego se iban.

—No sé por qué estoy tan hecha polvo —admití—. He despedido a tanta gente que… ¿no debería ser fácil a estas alturas?

Alice me miró con una expresión rara.

—¿Quién te ha contado esa trola? Nunca es fácil. Y tampoco es del todo una despedida; créeme, que nuestro negocio son las despedidas. Las personas que pasan por aquí siguen viviendo en ti y en mí y en todas aquellas con quienes han vivido. No hay finales felices, solo… vidas felices. Tanto como podamos. O lo que sea. Una metáfora, otra metáfora, un símil y toda esa mierda. —Me mordí el carrillo para no reírme—. Y eso también vale para los fantasmas a los que tú ayudas. Creo que volverás a verlos.

Me sequé la nariz con el dorso de la mano.

—Se ha ido.

—Díselo al viento.

Puede que hubiese algo de verdad en las palabras de Alice, aunque yo no me las creía todavía. Al sacar los *fanfics* y hojear mis diarios, vi que había cierta seguridad en las palabras de aquella adolescente, en lo que quería, en quién era, en las partes a las que aún me aferraba, las partes de mi primer libro que a Ben le encantaron. Creía en los felices para siempre y en los grandes gestos románticos y en los amores verdaderos que iban más allá de los finales canónicos de sus historias. Yo ya no era esa chica… O eso me decía a mí misma. Pero puede que lo fuera.

Y puede que eso no fuera malo.

Lee Marlow me había dicho que las novelas románticas solo eran buenas porque se leían con una sola mano.

Se equivocaba. Me había robado las historias y las había reescrito para que encajaran en la clase de paja literaria que podía optar a ganar premios, pero yo tenía los recuerdos de mis padres bailando el vals por los salones, de Carver y Nicki besándose en el cementerio, de Alice poniéndose una flor silvestre en el pelo cuando pensaba que nadie miraba. Puede que él tuviese la trama, pero no tenía el corazón.

Ben se había ido, pero Alice tenía razón. Seguía allí y yo todavía tenía un libro por terminar. Y por fin sabía cómo. Aún desconocía cuál sería el final de Amelia y Jackson, pero sabía que podía escribirlo. Sabía que era capaz.

Creo que el hecho de saberlo habría hecho sentir orgulloso a Ben.

—¿Cómo me ha tocado una hermana tan lista? —le pregunté por fin.

Ella sonrió y me dio un puñetazo en el hombro.

—¡Ya era hora de que te dieses cuenta de lo lista que soy! Puedes llamarme santa Alice si quieres.

—Eso es pasarse un poco.

—Alice la Sabia.

—¿En serio?

—Y tienes que ponerle mi nombre a tu próxima protagonista.

—¡Ni pensarlo! —dije riendo.

Llamaron a la puerta de la casa y la voz de Rose resonó en el recibidor.

—¡Soy yo! Y necesito hacer pis. ¡Madre mía! ¿Eso es un escondite secreto? —preguntó cuando nos vio sentadas en el suelo del salón con mi caja, pero luego se fue corriendo al baño.

Alice y yo seguíamos en el suelo bebiendo cuando volvió.

—Mira cuántas guarradas. Igual tu editor te acepta alguna para tu próximo libro —bromeó Rose, echándole un ojo a un *fanfic* de *Expediente X*—. Aunque Ben no parece fan de Mulder y Scully.

Le lancé una mirada rara.

—¿Cómo?

—Tu editor..., quiero decir —dijo, mirando a Alice—, el editor de Ann.

Mi hermana hizo un gesto con la mano para quitarle importancia.

—Ya lo sé.

—Rose, no tiene gracia —repuse yo.

Que Ben se hubiera ido volvió a golpearme con fuerza, justo en el estómago, y tuve ganas de vomitar.

Mi mejor amiga se sacó el teléfono del sujetador.

—Erin me ha escrito cuando volvía del cementerio. Se acaba de despertar.

—Está muerto —dije.

—¿Qué? No… Juraría que te conté que lo atropelló un coche.

—¡Sí, y que había muerto!

Rose negó con la cabeza despacio y tres tipos de confusión diferentes le cruzaron la cara.

—Yo… no te dije eso.

¿No? Bueno, daba igual, Ben había estado ahí. Me había rondado. Estaba muerto. Tenía que estarlo. Pero, cuanto más pensaba en nuestra conversación, menos claro lo tenía, porque… no estaba segura de si Rose me había dicho que había muerto o yo lo había supuesto. Me había contado que lo habían atropellado y yo había dado por hecho el resto.

Porque, joder, era un fantasma.

Y ahora se había ido. Lo había visto fundirse con el viento, pero…

¿Y si no era porque había seguido adelante?

—Y… ¿Y se ha despertado? —pregunté con la voz frágil.

Me puse en pie y fui delante de Rose, sintiendo una opresión en el pecho por la ansiedad y la incredulidad y… la esperanza.

Era esperanza.

Rose me enseñó el mensaje de Erin: ¡EL SR. BUENORRO SE HA LEVANTADO! ¡¡Está despierto!!

—¿El señor Buenorro? —repetí, leyendo el mensaje una y otra vez.

Era muy cómico. Porque yo acababa de despedirme de él. Lo

había visto irse al otro mundo y alguien estaba hablando de él como si estuviera…

Como si estuviera…

—Está vivo.

Las veces que desaparecía sin previo aviso. Las voces que oía. Los sonidos. El dolor… Yo lo había ignorado casi todo porque no importaba. Estaba muerto porque mi cabezota lo decía. Pero no era así y, mientras estaba conmigo, una parte de él seguía volviendo a su cuerpo por algún tipo de atracción, algo la forzaba, aunque él intentaba quedarse conmigo, pensando que el otro sitio era peor.

Ojalá hubiese sido más perceptiva. Ojalá no hubiese ignorado sus extrañas experiencias. Ojalá hubiese pensado que las cosas no siempre eran iguales, que no todo era incuestionable.

Me puse la mano sobre la boca para ahogar un gemido.

Rose me cogió por los hombros.

—Florence, cariño, ¿estás bien?

Negué con la cabeza. El mundo estaba emborronado por las lágrimas.

—E-está vivo —dije entre sollozos—. B-Ben está vivo.

Alice levantó la cabeza desde su asiento en el suelo.

—¿Ben, tu novio fantasma?

Y a eso Rose respondió:

—¿Fantasma?

Y eso me hizo llorar más fuerte y Rose me atrajo hacia ella y me rodeó con los brazos, aunque no entendía nada. Ahora Ben podía volver a darle comida a su gato e ir a librerías y leer sus novelas favoritas y podía tomarse todas esas vacaciones que nunca se había tomado y conocer a gente nueva y encontrar otra familia y…

Y a mí. Podía encontrarme a mí.

Quería crear recuerdos con Ben. Quería verlo en el porche delantero y sentarme con él e inventarme historias tontas sobre la gente que pasaba por la acera. Quería compartir una cerveza en el IncomBARable y bailar con él, bailar de verdad, con las manos entrelazadas y el corazón agitado latiendo tan alto que me delatara.

Quería besarlo, claro, pero… Joder, quería muchísimo más que eso.

Cuando estaba con Lee, veía toda mi vida desarrollándose en torno a él. Sabía dónde encajaba, qué papel tenía que representar y cómo hacerlo. Tenía un lugar en su vida y me amoldé a él lo mejor que pude e intenté ser la novia perfecta para alguien que buscaba una santa.

En cambio, cuando pensaba en Ben, en su pelo despeinado, su sonrisa tímida y su voz dulce, algo tiraba de una fibra sensible que tenía en el pecho con tanta fuerza que casi se rompía y me dolía. Porque pensaba que podía…

Pensaba que podía quererlo.

Con su precaución, su orden y su estoicismo. Justo como era. No tenía que encajar en un sitio perfecto en mi vida. Solo tenía que existir.

Existía. Y el resto de mi mundo le había dejado espacio.

Al final, él tenía razón. El amor no había muerto después de todo.

35

Corazones agitados

Normalmente, cuando volabas a LaGuardia, te aferrabas al asiento y rezabas. A mí no me gustaba nada aterrizar allí: el aire turbulento, pasar justo por encima del agua y pensar que ibas a terminar ahí justo antes de que, en el último minuto, apareciese la pista y el avión se inclinara y…

No me gustaba volar.

Para nada. Pero lo afronté. De hecho, ni siquiera le di demasiadas vueltas. Porque iba a ver a Ben.

Después del funeral, había pensado quedarme unos días más, pero, en cuanto mi familia se enteró de lo que había pasado —por Alice, porque guardar secretos se le daba casi tan bien como a mi padre—, todos me dijeron que me fuera. Que cogiera el avión de vuelta a casa con Rose por la mañana y fuera al hospital… para reencontrarme con él.

«Las cosas buenas no esperan, y tú tampoco deberías», me dijo mi madre.

Puede que no fuera mi gran historia de amor, pero era la mía y no me importaba si era la norma o la excepción. Solo quería verlo. Asegurarme de que estaba bien.

El móvil de Rose sonó por unos mensajes. Seguramente de Alice. Habían tenido una cita la noche anterior en el IncomBARable y Rose no había sido capaz de dejar de hablar de mi hermana desde ese momento. Me encantaba… y me horrorizaba. ¿La caótica de mi mejor amiga y la listilla de mi hermana pequeña?

Una combinación que traería cola.

¿Qué éramos Ben y yo? ¿Éramos algo? Me lo preguntaba y no lo sabía. Pensé en mi última conversación con él y volví a morirme de vergüenza. Ann era su abuela… ¡Y él había leído todas mis escenas de sexo! ¡Me había visto desnuda!

No estaba segura de cuál era peor.

Todo era bastante malo.

Aunque ¿se acordaría de algo? ¿O al despertarse había sido todo como un sueño? Erin le había dicho a Rose que el daño que había sufrido era mínimo y que los médicos no sabían por qué no se despertaba. Porque no estaba ahí, por eso. Su alma, su espíritu o lo que fuera no estaba ahí. Yo no tenía claro qué era lo que nos había unido. ¿La memoria de nuestros electrones? ¿El viento en los pulmones? ¿El eco de nuestras palabras? Fuera lo que fuese, ahora estaba despierto y, aunque parecía una eternidad desde que había estado en su despacho y le había dado el cactus, para el resto del mundo solo había sido una semana.

—Oye. —Rose me dio un codazo en el costado. Los pasajeros empezaban a salir en fila del avión por el puente de embarque—. Erin me ha escrito mientras volábamos. ¡Ya puede recibir visitas!

—Oh.

Tenía ganas de vomitar.

Salir del aeropuerto era más fácil que entrar, pero LaGuardia siempre te lo ponía complicado. Era como si quien lo había diseñado hubiera querido que todo el mundo que pasara por allí sufriera el máximo posible. Todas las puertas estaban a un lado del aeropuerto, pero la cola para los taxis estaba al otro lado del aparcamiento, en una cuesta, en obras y junto a lo que parecía una parada de autobús. Llevaba treinta minutos llegar allí y llamar a un coche por una *app* nos habría costado el mismo tiempo porque la zona de recogida estaba justo al lado de la de los taxis.

Por fin conseguimos subirnos a uno y Rose le dijo al conductor que nos llevase al hospital New York Presbiterian, en Lower Manhattan, y que fuese por la ruta más corta posible. Por la escala que habíamos hecho en Charlotte, no conseguimos llegar a la ciudad hasta la hora punta, de modo que un trayecto que solía durar treinta minutos nos llevó una hora y pico. Eso era lo único que no había echado de menos de la ciudad. En Mairmont no había tantas personas como para que hubiera retenciones de una hora y media.

Para cuando llegamos al hospital —y al edificio correcto—, yo solo quería irme a casa, pero Rose estaba más que decidida.

—¿Es que no quieres verlo?

Claro que sí. Esa no era la cuestión. No era cosa de si quería verlo. Es que aquella semana había sido rara y sobrenatural. ¿Y si era él el que no quería verme a mí?

Rose pagó el taxi y tiró la bolsa de viaje en la acera al lado de una boca de incendios, apartada del camino de la mayoría de los transeúntes.

—Yo estaré aquí —dijo, haciéndome gestos para que entrase—. No me gustan mucho los hospitales.

—A mí tampoco… Ya sabes, por todo eso de los fantasmas —siseé.

—Y hay uno esperándote arriba. Quinientos treinta y ocho. ¡Que no se te olvide!

Como si pudiese olvidárseme. Había estado repitiendo el número en mi cabeza una y otra vez durante todo el trayecto en taxi. Pero una vocecita, una voz que había intentado ignorar, apartar, no dejaba de preguntarme: «¿Y si no se acuerda de ti?».

¿Qué haría en ese caso?

No lo sabía, pero tampoco lo pensé cuando me metí en el ascensor y apreté el botón de la quinta planta. Un momento después, una mujer mayor entró también. Llevaba el jersey más chillón que había visto en la vida: todos los colores del arcoíris vomitados y entretejidos. Solo había visto un jersey así una vez.

—¿Qué planta? —pregunté.

—Pues creo que es el momento de subir arriba del todo.

—Descuide. —Apreté el número más alto.

La mujer mayor se me acercó. Olía a perfume de lilas y a hojaldre de manzana.

—Gracias, Florence.

—De nad…

Cuando me volví para mirarla, había desaparecido. Un escalofrío me reptó por la columna. Habría jurado que estaba ahí un instante antes.

Y con ese jersey… se parecía a… Se parecía a Ann.

Las puertas del ascensor se abrieron con un ruido de campana en la quinta planta. Salí y volví la mirada una última vez para comprobar si la mujer estaba allí, pero no lo estaba, claro. Estaba muerta. Desde hacía cinco años.

No tuve tiempo para pensar en Ann, porque, mientras se cerraban las puertas del ascensor, oí que una voz familiar decía mi nombre. Y no era una voz que quisiera oír.

—¿Florence?

Me di la vuelta y en el pasillo, con su pelo rubio y su barba recortada, estaba Lee Marlow. Llevaba un ramo de flores amarillas en la mano con una tarjeta entre ellas que decía: ¡RECUPÉRATE PRONTO!

Sentí que empezaba a sudarme todo el cuerpo.

—Lee… Ho-hola.

—¡Qué sorpresa! —Parecía confuso—. ¿Qué haces aquí?

—Eh… He venido a ver a Ben.

Frunció el ceño como si intentase descubrir de qué lo conocía. Y yo no sabía por dónde empezar. Aunque tendría que haberlo sabido: resultó que a Lee no le importaba.

—Cómo no, es popular entre las mujeres.

¿Ben? Sí, claro. Seguro que eso era lo que él se decía a sí mismo porque nadie fue a verlo cuando le quitaron el apéndice en nuestro segundo aniversario.

—Me alegra ver que hiciste contactos en todas esas fiestas de editoriales a las que te llevé —añadió.

No era capaz de imaginarse que había vida más allá de él. Era fino y encantador y el mundo que conocía bailaba a su alrededor como los planetas en torno al sol.

Obligué a mis labios a sonreír mientras apretaba los puños. Solo un puñetazo. Solo uno…

«No, Florence. Tú estás por encima de eso».

—Acabo de preguntar a las enfermeras —continuó y señaló al final del pasillo—. Es por aquí. Podemos ir juntos.

Yo no quería, pero tampoco quería hacerlo sola. Empezaba a sentir una opresión en el pecho. Así no era como me había imaginado volver a ver a Ben, con Lee Marlow de testigo, pero empecé a darle menos importancia a cómo iba a ser el reencuentro y pensé solo en que íbamos a vernos de nuevo. Porque Ben estaba ahí y el pánico que me corría por las venas se iba transformando poco a poco, con cada paso, en emoción.

Estaba ahí. En ese edificio. Vivo.

Ben estaba vivo. Ben estaba vivo.

¡Ben estaba *vivo*!

Los hospitales no son muy diferentes de las editoriales o, por lo menos, de Falcon House. Unas paredes de cristal separaban a los pacientes del resto de las personas. A veces era esmerilado, pero nunca daba privacidad. La cacofonía de pitidos se fusionaba en una especie de ritmo roto sin ton ni son y mi corazón sonaba más alto que todos ellos, latiéndome en los oídos como una marcha fúnebre.

Lee nunca había sabido cómo hacer las cosas en silencio. No le gustaba la calma. Tenía que estar hablando o escuchando o haciendo algo. Así que, mientras avanzábamos a la vez por el pasillo, se puso a hablar.

—Me alegro de verte… ¿Te vas a algún sitio? —añadió cuando reparó en la maleta que llevaba detrás.

—Acabo de volver del pueblo.

—¿Del pueblo? ¿Qué dices? Si nunca lo has soportado.

—Se ha muerto mi padre —respondí y él levantó las cejas.

—Oh, Florence, lo s…

—¿Esa es su habitación? —lo interrumpí, mirando de frente, hacia el final del pasillo, la 538.

Vi el número en la placa. Y, a través del cristal esmerilado, percibí una sombra, una figura, sentada en la cama.

Conocía esa figura. Sabía que era él.

—Vaya, qué sorpresa, Laura sigue aquí —observó Lee.

Yo no vi a la mujer que estaba sentada en el sillón que había al lado de la cama de Ben hasta que él lo dijo. Melena de un pelirrojo apagado y cara en forma de corazón, acurrucada bajo una manta. La misma melena pelirroja que en las fotos de las redes sociales. Las mismas facciones suaves.

—¿Laura? —repetí.

—No se ha apartado de su lado desde el accidente —continuó y pensé que no podía decirlo con malicia porque era imposible que supiese por qué estaba yo ahí. O lo que sentía—. Le he dicho muchas veces que se vaya a casa, pero ya sabes cómo son estas cosas.

Me detuve.

A cinco metros, en la habitación 538, Ben se reía de algo que ella había dicho. Era una risa fuerte y luminosa y... y feliz. Estaba feliz. No me hacía falta verlo para saberlo.

—Creo que sigue echándolo de menos —me dijo Lee—. Quizá ahora él le dé una segunda oportunidad.

Una segunda oportunidad. Lo que Laura le había suplicado a Ben después de haberle sido infiel y lo que él había deseado. Una segunda oportunidad... Él pensaba que no se la merecía, porque ¿qué tipo de tío daba pie a que su novia le pusiera los cuernos? Pero era culpa de ella. Laura había tomado esa decisión.

Y él había tomado la suya.

Sin embargo, ella llevaba a su lado todo aquel tiempo. Esperando a que se despertase. Lo quería. Lo quería de verdad... Y compartían cosas que Ben y yo no podíamos haber llegado a compartir en los siete días que hacía que nos conocíamos.

Yo sabía muy poco sobre Ben. ¿Cuál era su comida favorita? ¿Su música preferida? ¿De qué tenía miedo? ¿Qué hacía los fines de semana? ¿Tenía uno de esos taburetes para subir los pies cuando te sientas en el váter? Eran preguntas que no había pensado en hacerle aquella semana.

Aunque lo cierto era que había estado llorando la muerte de mi padre. Todavía estaba pasando el duelo. Era difícil dejar espacio para otras cosas con una tristeza tan grande.

—¿Por qué no viniste detrás de mí? —le pregunté a Lee con brusquedad—. Cuando me fui.

Me lanzó una mirada extraña y yo deseé que me dijese que me echaba de menos. Y que se disculpase. Y yo habría podido contarle que mis historias eran reales y muy preciadas para mí y que quería contarlas yo algún día. Porque las historias de fantasmas eran solo historias de amor sobre el aquí y el pasado y el ahora, sobre momentos de felicidad y acontecimientos que resonaban en un lugar mucho después de su tiempo. Eran historias que nos enseñaban que el amor nunca era cuestión de tiempo, sino del momento oportuno.

Y aquel no era el mío.

De todo lo que podía decir, Lee Marlow se decantó por esto:

—No creo que lo nuestro hubiese funcionado, conejito. No me gusta salir con rivales, aunque a ti todavía te queda. No quería verte celosa...

Yo ya tenía la mano cerrada en un puño apretado.

Habría sido una pena desaprovecharlo.

Así que me volví y se lo estampé en toda la puta nariz.

Él soltó un aullido de dolor y se echó hacia atrás, sorprendido. No se la había roto, no sabía dar puñetazos con tanta fuerza, pero sí que me dolían los nudillos. Se me encaró con los ojos enfurecidos y salvajes.

—¿Qué cojones, Florence?

—No soy tu rival, Lee Marlow —le dije, sacudiendo la mano porque me dolía—, ni siquiera jugamos al mismo juego, pero ve con cuidado conmigo —añadí y volví a coger el asa de la maleta—, porque seré la escritora que tú nunca llegarás a ser.

Y me fui por el pasillo de vuelta a los ascensores. Y no miré atrás. Ni siquiera cuando me gritó que me parase y me dijo que llamaría a la policía y me denunciaría y... Me daba igual.

Me había sentido bien y se lo merecía.

Y no tenía intención de volver a pensar en Lee Marlow nunca más.

Rose seguía esperándome fuera y mi cara debió de decírselo todo. Se le juntaron las cejas y negó con la cabeza.

—Ay, cariño —susurró y tiró de mí para abrazarme con fuerza.

Le dije que no había podido hacerlo. No le dije por qué, pero, total, ya daba igual. No me tocaba a mí mover ficha y aquella no era la parte de la historia que me correspondía contar a mí. Lo había ayudado a recuperar su vida y él me había ayudado con la mía. Y, si eso era todo, pues era todo. Él era feliz y ya era hora de que yo también lo fuera.

Me fui a casa con mi mejor amiga del mundo entero, a nuestro pisito en Nueva Jersey, y terminé de escribir una historia de amor.

36

Una reunión maravillosa

Amelia Brown estaba bajo la lluvia y sabía que no quería estar sola.

—Lo siento —dijo Jackson y la miró a los ojos, sosteniéndole la mirada.

Tenía los ojos del azul subido de un día de verano en su pueblo y, por más enfadada que estuviera con él, se dio cuenta de que todavía anhelaba esos cielos cuando lo miraba.

—Fui un mierda y no tendría que haberte mentido sobre lo de Miranda, pero me dolía. Y pensé que, si me olvidaba de ella, el dolor se iría. Me equivocaba. Y, en lugar de eso, te hice daño a ti. Tenía miedo.

—¿De qué? —preguntó ella, obligándose a mantenerse firme. Con las luces tenues de la casa que ella tenía detrás, Jackson parecía un fantasma salido de sus sueños que había ido a rondarla. Amelia había deseado que volviera, pero pensaba que no lo haría—. ¿Creías que usaría tu pasado para ganar un poco de dinero y fama?

—¿No fue lo que intentaste?

Ella hizo una mueca de dolor.

—No mandé el artículo. No pude.

Porque se había dado cuenta, tras las cenas tranquilas en la *kitchenette* y rescatar aquel perro y las huidas de los *paparazzi*, de que no era eso lo que quería. No quería una vida ajetreada.

Solo quería una vida buena.

—Lo sé, gracias —dijo él.

Ella se abrazó a sí misma con más fuerza.

—Pues ya estamos en paz.

—Dicen que has alquilado la casa una semana más.

—Me encanta el tiempo que hace por aquí —respondió, temblando del frío.

—Muy bueno, sí. ¿Te...? ¿Te gustaría tener la compañía de un músico quemado y desastroso?

Ella ladeó la cabeza.

—Depende. ¿La guitarra viene incluida en el *pack*? —Señaló el instrumento que llevaba él colgado a la espalda.

—Iba a tocarte canciones desde la calle si no me escuchabas —admitió, algo avergonzado, y se secó los ojos. Estaba llorando, aunque a ella le diría que era la lluvia.

Dio un paso hacia él y estaban tan cerca que solo tenía que tender las manos y cogerle las suyas y tirar de él hacia la calidez de su casa en la isla de Ingary.

—¿Qué habrías tocado?

Él extendió las manos poco a poco, con suavidad, y se las cogió a ella.

—No te preocupes —respondió—, sería una canción solo con notas buenas.

Escribí. Y escribí. Durante tres meses, mientras abril pasaba a ser mayo y mayo daba paso a junio y julio, pulí y corregí y limpié el borrador sentada delante del ventilador bebiendo té con azúcar, y me enamoré una y otra vez de Amelia y Jackson y de su mágica isla de Ingary. Y miré los mensajes, aunque casi todos eran de Rose para ver cómo estaba, de Carver consultándome los planes para pedirle la mano a Nicki y ¡hasta de Alice algunas veces! Aunque, cuando me escribía, casi siempre era por Rose.

Veía venir el peligro a kilómetros de distancia. ¿Mi mejor amiga y mi hermana pequeña? Que Dios me ayudase.

Comí tailandés para llevar del restaurante de la esquina y me acosté tarde y me levanté a mediodía muchos días. Entonces me preparaba una jarra de café del cual tomaba un solo sorbo antes de abandonarlo y volver a perderme en la historia.

Hacía años que no escribía así, desde que empecé a trabajar para Ann.

Sentía que todo lo que había pasado el último año —todas mis frustraciones acumuladas, todos mis fracasos, todos mis deseos y esperanzas y sueños— salía de mí a borbotones. En la página, era capaz de entenderlo todo, moldearlo para que fuese un principio, un nudo y un desenlace... Porque todas las buenas historias de amor terminaban.

Y así, sin más, ya no estaba rodeada de noche oscura. Salía a la luz del día, a mi feliz para siempre, y me parecía bueno y completo y luminoso.

Me parecía algo de lo que estar orgullosa.

Una noche, Carver me llamó por videollamada junto a Nicki para decirme que le había dicho que sí y me enseñaron los anillos de compromiso dorados que llevaban los dos.

—Y la boda será dentro de unas semanas en la funeraria. Como ahora se podría decir que Alice es la dueña, he pensado que podía hacernos un hueco entre velatorios y un descuento familiar. Bruno la oficiará.

—¿ElBis? —pregunté, sorprendida—. No sabía que también hacía bodas.

Tres semanas después, el día más caluroso de julio desde que se tenían registros, terminé el último libro que escribiría para Ann Nichols.

Y era bueno.

Le mandé la novela en un correo electrónico a Molly y ella se la reenvió a la nueva editora adjunta de Ben, Tamara, que había llevado adelante gran parte del trabajo mientras él estaba de baja. Ella también sabía que yo era la escritora fantasma de Ann. Yo no esperaba recibir más noticias. Habían pasado tres meses y, si Ben se hubiese acordado de mí, si me hubiese echado de menos, ya me habría buscado. Sabía cómo encontrarme.

Unos minutos más tarde, me llamó Molly y se ofreció para ser mi representante.

—Sé que eres buena y, como se ha terminado el contrato, he pensado que lo mejor es cazarte antes de que venga otra persona —dijo con sinceridad—. ¿Qué me dices?

Le dije que me lo pensaría solo para hacerla sufrir un poco por haberse callado lo de la muerte de Ann (aunque fuese un secreto). Molly era una de las mejores representantes del sector y me gustaba trabajar con ella, así que no me hacía falta pensarlo en absoluto, pero, bueno, tenía tiempo para darle unas vueltas, dado que no sabía muy bien qué quería hacer después.

Al fin y al cabo, acababa de terminar un libro.

¿Le gustaría a Ben? Ya sabía que le encantaría. Le encantaría porque, durante unos días, en una primavera fresca en Mairmont, le había gustado yo y, como Jackson cantándole una canción solo con notas buenas a Amelia, el libro estaba lleno de solo las partes buenas de nosotros.

Esa noche, en lugar de pedir comida para llevar, decidí cocinar unos macarrones con queso de celebración mientras Rose pasaba por la licorería barata para comprar nuestro vino de piña preferido al volver del trabajo. Sonó una campanita en mi móvil mientras colaba los macarrones. Un e-mail.

Miré de quién era…

… y el corazón se me estampó contra la caja torácica. Casi se me cae el móvil en los macarrones.

Era de Ben.

> Señorita Day:
> Ha sido un placer trabajar con usted. Le deseo lo mejor en sus futuros proyectos.
> Un saludo,
> Benji Andor

Y eso era todo lo que decía.

Durante las cuatro horas siguientes, anduve de una punta a otra del piso intentando descodificar cada mensaje secreto que podía haber en esas veintiuna palabras con Rose y una botella de vino Riesling de piña.

—¡Ni siquiera llegamos a trabajar juntos! —grité, andando tan deprisa por el parquet que casi dejé una marca en el suelo—. ¿Qué quiere decir?

«¿Se acuerda?». No, no podía acordarse. Si se acordase, me habría buscado mucho antes. No podía ser.

Rose me observó andar desde su asiento en el centro del sofá mientras iba sorbiendo el vino.

—Puede que haya sido solo un mensaje de cortesía.

—¡Ni mi antigua editora me mandó uno!

—Deberías responder.

Dejé de andar.

—¿¡Qué!?

Tomó otro trago largo.

—Dile que te gustaría reunirte con él y zanjar tus asuntos pendientes.

—Yo no tengo…

—Florence.

—Rose.

—Te quiero, pero los tienes.

—Yo también te quiero, pero ¿qué esperas, que entre en su despacho tan tranquila y…? ¿Y qué le digo? ¿Que soy un caos? ¿Que en lugar de un ser humano soy siete hurones borrachos unos encima de otros dentro de una gabardina?

A modo de respuesta, Rose dejó con fuerza la copa de vino en la mesita de café y tendió la mano hacia la estantería que había detrás del sofá. Cogió un libro y me lo entregó.

—Lo firmas y se lo das.

Miré mi propio libro, *Tuya, con pasión*, el que Ben me dijo que era su favorito del mundo entero. Y solté un suspiro muy largo.

—¿Recuerdas la última idea que tuviste acerca de Ben? —le pregunté.

Se encogió de hombros.

—Pudiste pegarle un puñetazo a Lee, ¿no?

Tenía parte de razón.

Así que la mañana siguiente, con una buena resaca, mientras comía gachas casi sólidas, le escribí una respuesta.

Señor Andor:

El placer ha sido mío. Y tengo algo para usted. ¿Cree que podríamos programar una reunión?

Atentamente,

Florence Day

Señorita Day:

¿Le va bien este viernes a mediodía?

Un saludo,

Benji

Señor Andor:

A mediodía sería maravilloso.

Un afectuoso saludo,

Florence

Y eso fue todo.

Estuve dándole vueltas al correo toda la semana. ¿«Maravilloso» era una palabra demasiado fuerte? ¿Tendría que haber firmado como «señorita Day»? ¿Haberme dirigido a él como «Benji» en lugar de «señor Andor»? Rose me dijo el miércoles que si seguía dándole vueltas iba a hacer un agujero en el suelo y al final llegaría al centro de la Tierra.

Así que intenté darle vueltas con más disimulo.

Creo que me habría dado un ataque de pánico en toda regla si no fuera porque tenía que terminar de planear la boda de Carver y Nicki, que era ese fin de semana. Justo después de la reunión con Ben el viernes, tenía que coger un taxi para ir a Newark y subirme a un avión para llegar a casa y estar el sábado en la boda. El viernes eran la cena de ensayo y las despedidas de soltero y, como hermana mayor que no había hecho absolutamente nada para ayudar con los preparativos mientras estaba en las trincheras de la entrega, tenía que hacer, por lo menos, acto de presencia. Había reservado la habitación en la pensión (para gran alborozo de John y Dana) y había acompañado a mi madre en el confuso proceso de pensar «¡Qué contenta estoy!» y «¡Mi niño ya es mayor y sale de la morgue!». Y, por si fuera poco, conseguí convencer a Rose de que viniera conmigo solo porque era la mejor hermana mayor del mundo entero y sabía seguro que Alice nunca en la vida se lo pediría. Era valiente para todo, excepto cuando se trataba de su propia felicidad.

Supongo que era cosa de familia.

Así que me permití tener algo de piedad conmigo misma cuando me di cuenta, ya subiendo en el ascensor de Falcon House, de que no le había traído ninguna tarjeta para acompañar el regalo, donde dijera: ¡QUÉ BIEN QUE HAYAS VUELTO! O ¡ME ALEGRO DE QUE ESTÉS VIVO! Reboté sobre los talones, incapaz de parar quieta.

—Hace muy buen día —le comenté a un hombre que sudaba metido en su traje de Armani.

Él gruñó y se secó la frente.

Era verano en Nueva York y parecía que los hombres que subían en el ascensor estaban a punto de morirse de tanto sudar dentro de su traje bien planchado mientras que las mujeres vestían falda con volantes y tacones bajos.

Y yo llevaba lo que mejor me sentía llevando: una blusa grande, unos vaqueros rectos con un agujero en la rodilla izquierda y unas Converse rojas. No parecía encajar allí, pero las apariencias engañan. Y lo mejor de todo: ya me daba igual. No tenía importancia. Lo importante era adónde iba.

No me daba miedo que el número de planta fuera subiendo, amenazador. Hacía poco menos de un mes que el director editorial Benji Andor había vuelto a la oficina, pero empezaba a sospechar que había hecho bastante trabajo desde casa. Al parecer, por lo que Erin le había contado a Rose, todavía le quedaba mucho que hacer para ponerse al día, pero, en realidad, ¿cuándo no era así para los editores? Desde que conocía a Lee, siempre se había retrasado majestuosamente en todas las entregas. Aunque me daba la sensación de que, a diferencia de él, Ben tenía la intención de ponerse al día de verdad. Entonces ¿por qué había aceptado reunirse conmigo?

Estaba nerviosa. ¿Y si pensaba que era un bicho raro por regalarle su libro preferido? Suponía que no podía parecerle más rara que cuando le llevé un cactus.

Habían pasado tres meses y no voy a mentir: unas cuantas de esas noches las había pasado ahogándome en vino y preguntándome qué había pasado con Laura. Preguntándome si se había quedado con él. Si él había querido que se quedara. Si habían decidido intentarlo, empezar de cero.

Me había quedado sola en el ascensor cuando se paró en la planta de Falcon House y salí a la recepción blanca e inmaculada. Las estanterías acristaladas estaban iguales. Los best sellers de Ann Nichols tenían un estante para ellos solitos y el cristal me devolvió mi reflejo, con las mejillas llenas de pecas, los labios secos y el pelo rubio algo despeinado recogido en dos moños.

Erin estaba leyendo un libro cuando me acerqué al mostrador, pero enseguida le puso un post-it a la página y lo cerró. *Cuando los muertos cantan*, de Lee Marlow.

Se había publicado esa semana.

—¡Florence! ¡Buenos días! —me saludó—. ¿Cómo está Rose? ¿Sigue viva?

—Tenéis que dejar de ir a esa *vinoteca*, de verdad —contesté, acordándome de mi amiga entrando a tropezones en el piso la noche anterior y quedándose dormida al segundo en la alfombra peludita y suave de la sala de estar.

Erin me hizo un puchero.

—Es que tienen unas tablas de queso buenísimas.

Rose no iba a trabajar ese día. Ya había cogido el vuelo a Charlotte, donde la recogería Alice para llevarla a Mairmont. Después de la reunión, yo también me marcharía. Le pregunté a Erin si podía dejar la maleta detrás del mostrador y ella accedió encantada.

—Aviso a Benji y le digo que has llegado.

—Sí, genial, gracias.

Mientras llamaba al teléfono del despacho de Ben, me incliné sobre el mostrador para ver mejor la novela de Lee Marlow. Suponía que la portada era decente. Demasiado parecida a *La mujer en la ventana* para mi gusto. No había olvidado que el libro de Lee salía esa semana. Lo había visto por todas partes: en los anuncios del metro, en las revistas, en un artículo entero de la edición dominical del *New York Times* y hasta en mi librería independiente favorita. No era algo de lo que pudiera escaparme, pero había dejado de sentir que me cubría con su sombra.

Al final, Lee no me había denunciado por el puñetazo del hospital. Y pensé que era lo mejor que podía hacer, porque yo sabía secretos que harían que su vida fuese muy incómoda una temporada y a él no le venía bien esa mala prensa antes del lanzamiento de su best seller asegurado.

Al cabo de un momento, Erin colgó el teléfono y dijo:

—Qué raro, no ha contestado, pero debe de estar en su despacho. Puedes ir yendo si quieres. La puerta estará abierta.

Así que respiré hondo y fui hacia allí.

37

Resurrección

Me acordé de cuando recorrí ese mismo camino hacía tres meses. Me acordé de lo aterrada que estaba, de cuánto esperaba que quien fuese aquel editor nuevo tuviese un poco de manga ancha conmigo. Al final acabé consiguiendo el tiempo de más que necesitaba, pero no precisamente como lo había planeado. Pasé al lado de salas de reuniones separadas por cristales neblinosos y de editores adjuntos y comerciales y publicistas que trabajaban con diligencia para hacer que la maquinaria editorial siguiera funcionando.

Era todo un milagro que se publicase algo a tiempo. Bueno, un milagro alimentado por muchísima cafeína.

Al final del pasillo, la puerta del despacho de Ben estaba abierta, como había dicho Erin, y él estaba sentado como si nunca se hubiese marchado. Como si no hubiese sido espectador de la peor semana de mi vida. Llevaba el pelo algo más largo y ondulado; no lo tenía engominado hacia atrás, como la última vez que me había reunido con él, y se le rizaba con delicadeza sobre las orejas. Iba arremangado y debajo del cuello de la camisa asomaba la alianza de su padre. Una cicatriz poco profunda y torcida le bajaba por la mejilla izquierda, todavía algo roja y delicada, pero curándose. Llevaba unas gafas grandes de montura gruesa, aunque no parecía que lo ayudasen demasiado a ver mejor, porque, de todos modos, entrecerraba los ojos mientras leía algo en la pantalla del ordenador, con un boli colgándole de la boca.

Era una instantánea de su vida. Quise tomarle una foto, memorizar cómo lo enmarcaba la puerta en el escenario perfecto, con la ventana detrás y la luz del mediodía inundando de oro el despacho.

Me preparé y preparé a mi corazón.

No pasaba nada porque no me recordara. Todo iría bien, yo estaría bien.

Llamé al marco de la puerta con los nudillos.

Él dio un respingo cuando lo oyó. El boli se le cayó de la boca, pero lo atrapó y lo metió en un cajón organizador del escritorio.

—¡Señorita Day! —me saludó, sorprendido, y al ponerse de pie enseguida para hacerme pasar se golpeó sus largas piernas con la parte de debajo de la mesa. Se encogió de dolor—. Es un placer volver a verla.

Me tendió una mano por encima del escritorio y se la estreché. La tenía cálida y callosa y yo pensaba que me había preparado para esa reunión, pero en ese momento me di cuenta de que para nada. Porque estaba vivo después de pasar tanto tiempo siendo un espectro que aparecía y desaparecía en mi vida: primero un fantasma, luego un recuerdo y ahora...

Ahora lo tenía de pie delante de mí y, tanto si me recordaba como si no, estaba ahí. Sentir su mano contra la mía me puso feliz de un modo extraño y reconfortante.

Y esa felicidad, aunque agridulce, me llenó tanto el corazón que pensé que iba a estallarme.

Le apreté la mano con fuerza.

—Gracias por hacerme un hueco en su agenda —respondí, sonriendo—. Tengo que irme a Newark, así que no le quitaré mucho tiempo.

—¿Se va a algún sitio?

—¡A casa! —contesté, feliz—. Mi hermano se casa este fin de semana.

—¡Enhorabuena! Entonces no perdamos tiempo. Siéntese, por favor —dijo y señaló la silla de IKEA que había encarada a su escritorio, y yo me hundí en ella.

La última vez que estuve allí, le supliqué que volviese a posponer la fecha de entrega. Hasta le di el argumento de que el amor había muerto para poder escribir otro género. Nada funcionó.

La marea de música infinita habría sido una novela muy buena como fantasía de venganza. Pero era una novela romántica todavía mejor.

Para mi sorpresa, se había quedado el cactus de disculpa. Estaba sobre la mesa, al lado del monitor, y seguía vivo. Le había hecho un hueco en su escritorio ordenado, donde todo tenía su lugar.

Yo había cambiado mucho esos últimos meses y me había preguntado cuánto habría cambiado él sin saberlo. Si, en algún lugar profundo bajo la piel y los huesos, había algún eco de los paseos a la luz de la luna por el cementerio y los gritos bajo la lluvia y los campos de dientes de león y los funerales.

¿O ahora todo eso eran secretos míos? Fuera como fuese, los tenía siempre cerca, aunque no tanto como tenía en ese momento el bolso, que apretaba contra mí.

—Pues, señorita Day...

—Florence, por favor —lo corregí, apartando los ojos del cactus.

—Ah, Florence. Disculpa —añadió—. Cuando has entrado estaba releyendo el manuscrito de Ann y recopilando unos comentarios finales para ella. Creo que haremos algunos cambios menores y lo mandaremos a corrección de estilo. La verdad es que ya está muy bien.

—¿Ves lo que podía hacer Ann con unos meses más? —bromeé con ironía.

Él sonrió un poco.

—Tenías razón. ¿Y el título? *La marea de música infinita* es muy lírico y delicado. Está muy bien. Creo que es posible que lo usemos... Vaya modales... ¿Quieres beber algo? Estoy seguro de que en la sala de personal habrá té o café quemado, si lo prefieres.

—¿Ácido de batería a las doce? Uf, mejor no.

Sonrió.

—Sí, igual es lo mejor. Puede que el zumo zum-zum te lo haga pagar durante el vuelo.

Me sobresalté.

—¿El qué?

—Ah, eh…, el café —se corrigió y las orejas se le enrojecieron por la vergüenza.

Nos quedamos en un silencio incómodo durante un momento.

Entonces carraspeó. El rubor de las orejas le bajaba poco a poco hacia las mejillas y se miró el reloj.

—En fin, ¿querías que nos reuniéramos por algo en concreto?

Sí, pero, después de eso, no quería irme y seguir con mi vida. Quería quedarme en aquella silla incómoda todo lo humanamente posible, porque sabía que, cuando me fuera, no volvería nunca.

Mi padre me dijo una vez que todas las cosas buenas se acaban tarde o temprano.

Esa también.

Abrí el bolso y saqué un regalo envuelto en papel marrón que tenía forma de libro.

—Quería darte esto. Como agradecimiento. O…, no lo sé…, un regalo para la desearte una pronta recuperación. Pensaba comprarte una tarjeta, pero era raro escribir: «¡Me alegro de que no estés muerto!», ¿sabes?

Se rio. Se rio de verdad. Fue grave y ronco.

—Al parecer estuve cerca de la muerte unos días. Soñé que estaba muerto.

Empezó a constreñírseme la garganta.

—Bueno, menos mal que solo fue un sueño.

—A mí me pareció bastante real —respondió mientras aceptaba el regalo.

Lo abrió meticulosamente, esquina por esquina, sin apenas romper el papel. Frunció las cejas cuando por fin lo destapó y leyó el título. Los libros no siempre encontraban el éxito, pero sí el lugar donde los necesitaban, como me había dicho mi padre. Ben lo abrió por la portada y pasó los dedos por los trazos de rotulador negro que yo había usado para firmarlo. Solo había firmado un puñado de libros antes, así que no tenía un autógrafo ni una forma especial de firmar. Era solo mi nombre, así de simple, al lado del suyo.

Se quedó en silencio un rato largo. Demasiado largo.

Dios, ¿ahora iba a ser la rarita que le había regalado un cactus y, además, un libro? Aquello había sido muy mala idea. Supe que lo era desde el principio. Iba a pegarle ojitos saltones a todos los vibradores de Rose por haberme siquiera sugerido aquello.

—¡Mira qué tarde se ha hecho! —dije, recogí mis cosas y me puse en pie de un salto—. Tengo que irme. Espero que te guste el libro, bueno, dando por hecho que no lo has leído; por qué iba a dar por supuesto que sí, ¿no? Nadie lo ha leído y, eh, es de otra Florence Day, claro, y...

—Florence —susurró con la voz rota, pero yo ya estaba en la puerta—. Espera... Florence, por favor. Espera.

Me detuve, cogí fuerzas con una inspiración y me volví hacia él. Me miraba raro. Y luego se puso en pie con sus ojos marrones muy abiertos y, por cómo me observaba, el fantasma podía haber sido yo.

Puede que lo fuera.

—¿Cómo sería esta escena? —empecé a decir y la esperanza me dolía en el pecho, hecha un nudo apretado. Tal vez fuese aquella chica rara que le había regalado un cactus y un libro, pero tal vez, solo tal vez, fuese más—. Un editor refinado de un sello prestigioso de romántica... —dije.

—Una escritora fantasma caótica que da paseos por el cementerio a medianoche, grita bajo la lluvia, pide ron-cola porque le gusta en serio y se muerde la uña del pulgar cuando piensa que nadie la mira.

—Mentira —mentí yo con la voz rota mientras él se acercaba más todavía.

De pronto, lo tenía delante y me cogió la cara con las manos y el entendimiento le floreció en los ojos como dientes de león y el dolor que yo sentía en el pecho se convirtió en algo cálido y luminoso y dorado.

—Yo te conocí hace un tiempo —dijo con tanta pasión que se me desbocó el corazón.

—Creo que todavía me conoces —susurré.

Se inclinó y apretó los labios contra los míos. Los tenía cálidos y suaves y sabían vagamente a cacao protector y quise saborearlos. Porque se acordaba de mí. ¡Se acordaba de mí! Y quise besarlo para siempre, porque olía a ropa limpia y a chicle de hierbabuena y noté sus manos cálidas sobre la cara y me estaba besando. Benji Andor me estaba besando. Era tan feliz que podría morir.

En sentido metafórico.

—No fue un sueño —susurró contra mis labios.

Negué con la cabeza y el corazón me latía con tanta alegría que casi no podía aguantarlo.

—Soy cien por cien real. Creo. Pero… ¿puedes volver a besarme a ver si de verdad estoy aquí?

Se rio, grave y vibrante, y me besó de nuevo en aquel despacho tranquilo de Falcon House.

—Siento haberte hecho esperar. Siento no haberme dado cuenta antes.

—Espera, espera —me aparté despacio, pensando—. ¿Eso quiere decir que soy literalmente la chica de tus sueños?

Arrugó la nariz.

—¿Eso no sería un cliché?

—Tienes razón, seguro que me lo marcarías por ser muy poco realista.

—Sobre todo teniendo en cuenta que uno de los dos piensa que el amor ha muerto —coincidió.

—Vale, para ser justa, estabas prácticamente muerto. —Le pasé los dedos por la cara, por la mandíbula con algo de barba y la cicatriz rojiza, y los enrollé en su pelo suave como las plumas de un cuervo—. Pero ya no lo estás y yo no tenía razón.

—Me alegro —coincidió e inclinó la cabeza para volver a besarme.

Me rozó la mejilla con la barba, áspera y real, y quise beberme todo su cuerpo de metro noventa en una de esas jarras absurdas en forma de bota de vaquero que sirven en los bares de carretera. Entonces me agarró de la cabeza y me besó más profundo y, por un momento, supe que seguía en Falcon House, pero sentí que iba a toda velocidad entre estrellas, infinita, con el corazón latiéndome alegre.

Hasta que se me quitaron las estrellitas de los ojos y caí a la Tierra como el Armagedón.

—Ay, Dios… —dije, sin aliento, apartándome—. ¿Y Laura?

Él abrió los ojos de golpe y me miró extrañado.

—¿Laura? Solo quería mis libros de Nora Roberts si la palmaba, te lo aseguro.

Yo me relajé, aliviada.

—Tiene que ser una colección espectacular.

Soltó una risita.

—Estoy orgulloso de ella. ¿Quieres que salgamos a cenar esta noche?

—Me encant… —Me detuve, volviendo a la realidad—. Mierda, ¿qué hora es?

Ben le echó un vistazo al reloj analógico que había en el escritorio.

—Casi las doce y media… Un momento, ¿no tenías que coger un avión?

—Pues sí. A las tres. Y si lo pierdo Alice me mata, así que no puedo quedar para cenar esta noche porque estaré en Mairmont, pero…

No quería decirle que no. No quería irme. Y me puse a pensar en lo que vendría después. Citas y películas y vacaciones y años que pasarían en un abrir y cerrar de ojos. Él seguiría llevando el pelo suelto y yo me cortaría el mío y estaríamos en otro punto de la historia o puede que fuésemos personajes secundarios en la de otra persona. Y pensé en los años posteriores, cuando se hubiese acostumbrado a mi caos y yo a su prudencia y el mundo me pareciese algo borroso. No sabía dónde estaríamos, si él se cansaría de mí o si yo le rompería el corazón.

Pero pensé… Pensé que quería averiguarlo.

—Ven conmigo a mi casa.

Ni se lo pensó. No se paró a sopesar los pros y los contras. No se detuvo a buscar las palabras. Ya estaban ahí, con la misma presencia y seguridad que su sonrisa.

—¿Podemos pasar por mi piso primero de camino al aeropuerto?

—Solo si me presentas a Dolly Prrrton.

—A ella le encantará conocerte —me aseguró y volvió a besarme.

38

Un cuerpo de libro

—¡Florence! Me alegro de volver a verte —me saludó Dana con una sonrisa.

Aquella tarde norcarolina era de un calor abrasador, de modo que todas las ventanas estaban abiertas y dejaban que se colase el sol dorado. La única pensión que había en Mairmont estaba muy diferente en verano, con el viento rozando las cortinas translúcidas y el zumbido de los insectos resonando por la vieja casa. Todas las plantas y arbustos del jardín habían echado flores rojas, moradas y azules y la hiedra y el jazmín se encaramaban por los porches de los dos lados de la casa. Era pintoresco de una forma peculiar.

Abracé a Dana cuando salió de detrás del mostrador.

—¡Me alegro de verte! ¿Cómo está John?

—Insoportable, como siempre —respondió con cariño—. Está intentando convencerme de que deberíamos tener una cabra. ¡Una cabra! En el jardín trasero. Yo prefiero gallinas.

—Dinosaurios pequeños o un cortacésped, una decisión difícil —comentó Ben.

Me buscó la mano con tanta naturalidad que se me desbocó el corazón. Nunca pensé que sería una de esas a las que se les desboca el corazón, pero no estaba tan mal.

En el aeropuerto, Ben había usado los puntos acumulados tras años de viajar a conferencias editoriales y ferias de libros para comprarse un billete y le había cambiado el sitio a una mujer mayor muy amable que nunca había volado en primera clase, así que aceptó encantada. Ben se había apretujado en el asiento de pasillo que quedaba a mi lado y había entrelazado los dedos con los míos. Así de simple, como si siempre hubiese formado parte de mi vida y yo de la suya.

Le había dado por dibujarme círculos en el nudillo del pulgar con su pulgar y hacía que la piel de la zona me hormigueara. Hablamos de los lugares que más nos había gustado visitar; él había viajado mucho más gracias a las giras de presentación de Ann y odiaba volar casi tanto como yo, y coincidíamos en querer hacer un viaje en coche por todo el país. A él no le atraía nada esquiar, pero a los dos nos gustaba tirarnos en trineo por la nieve y las nubes de golosina quemadas. La comida que más le apetecía comer cuando estaba estresado eran las empanadas industriales calientes con salsa ranchera por encima y la mía eran los macarrones con queso, y a los dos nos parecía que ese bar hípster famoso por sus albóndigas de carne deconstruidas del SoHo no era para tanto. La playa no nos decía demasiado, pero nos encantaban los libros veraniegos. El vuelo de dos horas nos pareció de dos minutos.

En Charlotte, alquilamos un coche y él se arremangó y me dijo que claro que sabía conducir un SUV, pero después de poner punto muerto sin querer y de que casi chocásemos contra el autobús del aeropuerto nos cambiamos el sitio y yo conduje hasta Mairmont. Total, a él se le daba mucho mejor elegir la música.

En la pensión, yo también le apreté la mano con fuerza. Era una forma de asegurarme de que estaba allí de verdad. De que era real. La chica que veía fantasmas al lado del hombre que había sido un poco fantasmal. Que dijeran lo que quisieran las malas lenguas de Mairmont.

Dana volvió la mirada hacia Ben.

—¿A quién tenemos aquí?

—Soy Ben —le saludó él y le tendió la otra mano—. Encantado de volver a verte, Dana.

Elle le dio un apretón.

—¿Nos conocemos?

—Eh…, no —se corrigió él deprisa—. Es que… Yo…

—Lo que intenta decir es que le he hablado mucho de ti —lo excusé enseguida—. Preparas un ron-cola brutal, así que tenía que presumir.

Elle sonrió.

—¿Verdad que sí? —Nos registró en la pensión, cogió una llave del gancho que tenía detrás y la bamboleó colgada de un dedo—. Disfrutad.

La cogí.

—Gracias.

Volví a cogerle la mano a Ben. Desaparecimos escaleras arriba con las maletas detrás. Me gustaba sentirlo a mi lado. Me gustaba cómo nos hacíamos compañía. Y cuando me rozaba los nudillos con el pulgar sentía un escalofrío que me recorría desde los dedos de los pies hasta la cabeza y no podía soportarlo, pero no en el mal sentido, sino de una forma que me volvía loca.

Al final del pasillo estaba la habitación con el acónito en la puerta. Había vuelto a reservarla por los viejos tiempos antes de haberle pedido a Ben que me acompañara. Pensaba que me alojaría en ella sola. Qué fuerte, cómo puede cambiar todo en unas horas.

Abrí la puerta y él entró con las maletas de los dos. Unos rayos de sol se colaban a través de las cortinas translúcidas y nos dejaban ver las motas de polvo que flotaban en el aire. Me acordaba de muchas cosas de aquella habitación: desde el acónito artificial del jarrón hasta la cómoda, pasando por el nudo en la madera del parquet con el que me di mil veces con el dedo gordo del pie la noche que escribí el obituario de mi padre, porque me era imposible dejar de ir y volver del lado de la cama donde terminó durmiendo Ben la noche antes de que todo empezase a dar vueltas, la víspera del funeral de mi padre.

La habitación no había cambiado nada. Todavía le vendría bien algo más de lila, pero me importaba muy poco de qué color era. Lo único que veía era la sombra de Ben proyectada en la ventana, con destellos dorados del sol en el pelo oscuro. Yo ya había leído sobre el anhelo. Ya había vivido el anhelo.

Pero aquello era… Estaba…

Me acordé de la mañana que nos despertamos juntos y de las cosas que me dijo que me haría, que haría para mí, y volvió todo con tanto lujo de detalle que consiguió que el cerebro se me ralentizara. «Respira». Ya no era una adolescente rara y salida, era una mujer refinada con un gusto exquisito para el ron-cola, «muchas gracias», y…

¿A quién quería engañar?

—Por fin solos —dijo, volviéndose hacia mí. Se metió las manos en los bolsillos y las sacó, como si no supiese muy bien qué hacer con ellas.

—Creo que necesitamos una carabina —intenté bromear, poniéndome a su lado. Sentía que me ardía la piel.

«No te subas al hombre montaña —me dije a mí misma—. No te subas al hombre montaña. No te sub…».

—Florence, pienso…

—No pienses.

Entonces le cogí la parte delantera de la chaqueta, me acerqué a él y, para mi sorpresa, nos encontramos a medio camino. Nuestros labios chocaron y él se apartó, susurrando:

—Lo siento, es que eres tan guapa y por fin puedo tocarte y…

—Yo estoy igual —respondí.

Nuestros labios permanecieron cerca un segundo más antes de que él decidiera continuar con el beso, esta vez más salvaje, mordiéndome. Todo él ardía como si fuera un horno, y, cuando me rozó la mejilla con el pulgar, sentí su calidez. La de todo su cuerpo. Y se me formó un nudo en la garganta, porque ¿cuánto deseé aquel momento hacía unos meses, cuando estuvimos juntos en aquella misma habitación? ¿Cuánto quise que me besara en la mejilla, detrás de la oreja, que me recorriese la clavícula con los dientes, murmurándome cosas bonitas enredado en mi pelo?

Mucho.

Sin orden ni concierto, fuimos a tropezones hacia la cama, quitándonos los zapatos, dejando caer mi bolso sobre la alfombra, abandonando su corbata sobre el banco que había a los pies de la cama. Me levantó del suelo y me sentó en el colchón y me besó como si quisiera devorarme, con los dientes rozándome la piel, mordiéndome el labio, y yo también quería más de él.

Quería explorar la curva de su cuello con los dedos y preguntarle por la cicatriz que tenía justo encima de la clavícula, donde parecía que siempre se quedaba la alianza de su padre. Me besó la marca de nacimiento que tenía debajo de la oreja izquierda y que siempre escondía porque parecía un fantasma y era demasiado evidente. El contacto de nuestra piel era eléctrico, como si saltaran chispas entre nuestras células cada vez que nos tocábamos. Si nuestro pasado cantaba en el viento, nuestro presente estaba en el contacto de sus manos con mi cintura, la forma en que me recorría el cuerpo con los dedos, los besos sin aliento que me daba en la boca, como si quisiera guardarme en la memoria, grabarme en ella.

Encontré con los dedos, vacilantes, el camino al interior de su chaqueta de color gris carbón y empecé a quitársela. Él me ayudó encogiéndose de hombros. Cayó al suelo en un montón. Se inclinó hacia mí, profundizando los besos, y lo único que quería yo era hundirme en él y enterrarme en los recodos de su cuerpo y quedarme ahí para siempre.

Puse las manos en su pecho duro… y me detuve. Volví en mí por un momento muy muy breve.

—Espera. *Esperaesperaespera* —musité para mí misma y empecé a desabotonarle la camisa blanca inmaculada. No llevaba camiseta interior y yo estaba segura de que había sentido…—. Dios del amor buenorro. —Le pasé los dedos por su pecho duro y bajé hasta los abdominales y la «V» marcadísima que se adentraba en sus pantalones—. Pero ¿eres modelo de ropa interior o qué? ¿Te los has pintado con aerógrafo?

Se le pusieron las orejas rojas de vergüenza.

—Soy una persona ansiosa. Cuando tengo ansiedad, nado. Y eso quiere decir que nado mucho.

—Qué suerte la mía.

—Qué tonterías dices —me dijo, alegre, y me plantó un beso en la mandíbula—, pero me gusta eso de ti.

—Todavía te va a parecer una tontería más grande cuando te pregunte si puedo pegarte ojos saltones en cada uno de los abdominales...

Presionó la boca contra la mía, aún hambriento, y me hizo callar. Y, la verdad, fue sexy y a mí me pareció genial, porque lo que fuera que hubiera estado a punto de decir sucumbió a la parte de mi cerebro que siempre parecía desconectarse cuando me besaba con tanta fuerza. Y lo había tenido conectado demasiado tiempo, la verdad. Necesitaba reiniciar el sistema.

—Florence —dijo sin aliento—, ¿quieres...?

—Por favor —susurré y nos fundimos, explorando los suaves rincones escondidos del otro.

En algún momento, me desabrochó el sujetador y, en otro momento, yo le quité el cinturón con cuidado y, en otro, me estaba besando... por todos lados. Me dio un beso entre los pechos, luego justo debajo, luego en mi barriga blanda. Fue bajando más y más, murmurando cosas en un lenguaje amoroso ininteligible.

Como estudiante de lengua y literatura, había estudiado *crescendos* y había descrito clímax. Hacer el amor y crear historias eran dos actividades casi iguales. Eran algo íntimo, tú te mostrabas vulnerable y errante, viajabas por el paisaje del otro, aprendiendo. Contabas una historia con cada gesto, cada sonido. Cada beso era un punto y cada suspiro, una coma.

Y la forma que tenía Ben de tocarme, su manera de jugar con la lengua por mi piel y enterrar los dedos en mí, creaba una historia con mi cuerpo: cómo me mordía yo el labio para acallar un gemido, cómo me aferraba al edredón con los dedos... Quería que leyera en voz alta cada palabra hasta la última página, hasta que tuviéramos los labios hinchados y los cuerpos entrelazados invadiendo el espacio del otro. Él entrecruzó los dedos con los míos y los levantó para besarme los nudillos.

—Tengo una pregunta —dijo al cabo de un momento con una voz delicada y pensativa.

Yo me volví un poco para mirarlo mejor y aplané la esponjosa almohada de plumas.

—Pues puede que yo tenga una respuesta.

—¿Qué somos?

Levanté las cejas de repente.

—¿Ahora me lo preguntas?

—Pues… sí —respondió, un poco avergonzado, y las orejas empezaron a ponérsele rojas otra vez y el rubor le bajó por los pómulos—. Es decir, ¿cómo vas a presentarme a tu familia? Quiero empezar dando buena impresión. Significan mucho para ti y eso significa mucho para mí. Así que… ¿qué quieres que sea?

Lo pensé un momento.

—Pues esto es un poco raro. Nosotros somos un poco raros. En teoría nos conocemos solo de una semana y pico, pero…

—Parece que sea más —admitió mientras volvía a acariciarme el nudillo del pulgar con movimientos circulares—. Llevo pensando en ti desde el accidente, aunque estaba seguro de que había sido un sueño. Rebusqué por foros, hablé con otros supervivientes de coma, pero nada me servía. No podía quitárteme de la cabeza. Pensaba que me estaba volviendo loco.

—No más loco que una chica que ve fantasmas.

—No creo que estés loca, Florence. —Y lo dijo tan serio que tuve que apretar los labios para que no me temblasen. Apoyé la mejilla en su hombro.

—Bueno, entonces, ¿qué quieres tú que seamos? —pregunté.

Cerró los ojos y hubo un instante de pausa mientras buscaba las palabras adecuadas.

—Me gustas mucho, por no decir algo más fuerte, pero…

Ladeé la cabeza.

—¿Pero?

—Es un poco cliché tan pronto —admitió—, y si vamos a contarles esta historia a nuestros hijos dentro de diez años…

Me reí, porque, cómo no, el editor que llevaba dentro tenía que cuestionar esa parte de la historia.

—Pues yo lo diré primero —dije, incorporándome y acercándome a él, con el pelo cayéndome en cortina a nuestro alrededor, frente contra frente—. Te quiero, Benji Andor.

Sonrió tanto que la sonrisa le alcanzó sus ojos marrones y los volvió ocres, como si fuese lo mejor que había oído en su vida.

—Te quiero, Florence Day.

—En ese caso, creo que deberíamos ser amigos y nada más, de los que se intercambian contraseñas de plataformas de *streaming* y solo se ven una vez al año en una fiesta de Navidad.

Soltó un suspiro largo y se hundió más en su almohada.

—Vale, podemos ser eso...

—¡Era broma! —exclamé, volviendo a dejarme caer en la almohada—. ¡No iba en serio!

—Demasiado tarde, ya he perdido las ganas de vivir.

Le di un empujoncito en el hombro.

—¡Vale! Pues seamos compis de cuarto.

—¿Solo?

—¿Colegas de gimnasio? —sugerí. La luz empezó a abandonarle los ojos—. ¡Amigos por correspondencia!

—Eres ridícula.

—Tal vez podríamos ser pareja. En el sentido romántico —añadí. Todavía teníamos las manos entrelazadas y le apreté la suya con fuerza—. Puedes ser mi pretendiente. Mi amante. Mi cortejador. Mi segundo mejor amigo.

Levantó una ceja.

—¿Segundo?

—Rose siempre será la primera.

—¡Claro que soy la primera! —dijo una voz que venía de la puerta.

Me di cuenta una fracción de segundo antes de que mi hermana y Rose irrumpiesen en la habitación de que se me había olvidado cerrar con llave. Alice gritó y se tapó los ojos mientras mi amiga bebía un trago largo de la botella de champán. Era evidente que habían empezado la fiesta temprano.

—Tremendo —valoró Rose, haciéndome un gesto con el pulgar hacia arriba—. Qué oportunas somos. Muy buena escena, amiga.

—¡Nos vamos! —añadió Alice, cogiéndola del brazo y tirando

de ella hacia la puerta—. ¡La próxima vez pon un calcetín en el pomo!

Pensé que Ben iba a morirse (otra vez). Cuando cerraron la puerta, se tapó la cabeza con las sábanas y desapareció debajo de ellas.

—Mátame, por favor —se quejó con voz amortiguada—. Termina con mi sufrimiento.

Sonriente, aparté las sábanas. Parecía abatido y abochornado en aquel lecho de muerte de almohadas.

—Ni loca. Si yo tengo que vivir con ellas, tú también.

—Será una muerte rápida. Ahógame con tus pechos perfectos y ya está.

—No son tan grandes.

—Pero son perfectos.

—Eso es lo que no dejas de repetir. —Le pasé los dedos por el pelo unas cuantas veces más porque el pobre no sabía cómo gestionar la vergüenza y luego lo besé en los labios—. Vistámonos y ayudemos a mi madre a mantener a raya a esas salvajes.

Empecé a arrastrarme para salir de la cama, pero él me cogió por el brazo e hizo que me tragasen las sábanas como a él.

—Unos minutitos más —dijo y sentí su respiración en el cuello mientras me abrazaba con fuerza.

—Unos pocos —accedí.

En el fondo sabía que habría sido más feliz con todos los minutos del mundo, pero aquel rato me bastaba por el momento.

39

Historias de fantasmas

Terminamos por no ir a ninguna de las despedidas de soltero, pero estaba más que segura de que ni Carver ni Nicki se acordaban de la noche muy bien. Por lo que me contó la gente, había habido un concierto improvisado en el que Bruno casi se rompe la espalda aullando los lamentos de Dolly Parton; Carver le pegó fuego a la barra del bar sin querer, y Alice le hizo un calvo al agente Saget en medio de Main Street. Me daba pena haberme perdido esa última parte, pero me alegraba que al final no hubiésemos ido. Alguien tenía que estar entero el día de la boda.

Me puse a ayudar con los preparativos finales del acontecimiento, reorganizando las flores que había en los salones mientras iba robando bocaditos de los postres en la cocina. No sabía cómo había conseguido Carver convencer a Alice para que lo dejara casarse en la funeraria gratis, así que tomé nota mental de que tenía que preguntarle qué información secreta sabía para que estuviese tan dispuesta a todo.

La Funeraria Day parecía decorada con una corona de flores, con grandes girasoles en el porche y cinta blanca colgando de las viejas vigas del techo. Y el sofocante olor a flores y formaldehído había sido sustituido por el aroma de unos luminosos y bonitos rayos de sol. Las ventanas estaban abiertas, igual que las puertas, y, de vez en cuando, un viento astuto y feliz corría por la vieja casa victoriana y los cimientos crujían y gemían para saludar.

Ben parecía estar tan como en casa en el salón rojo, ayudándome a colocar los girasoles en los jarrones que guardamos del funeral de mi padre, que daba la impresión de que había estado allí todo aquel tiempo.

Alice me dio un codazo y me dijo con total sinceridad:

—Has tenido buen ojo, hermanita. No es mi tipo, pero buen ojo.

—Sí, yo también lo pienso.

—Las flores ya están —dijo Ben, terminando de llenar el jarrón con el que estaba ocupado. Se secó las manos en los pantalones y le dijo a Alice—: Encantado de conocerte oficialmente.

Ella lo miró de arriba abajo y le dijo:

—Cuida de mi hermana, ¿oyes?

—Sí, claro.

—Y ni una trampa más a las cartas.

Levantó las manos en señal de rendición.

—No me atrevería.

—Ajá. —Le vibró el teléfono, se lo sacó del bolsillo trasero y soltó un taco en voz baja—. Los del cáterin están aquí. Uf, ¿podéis terminar vosotros con la decoración?

Le hice un saludo militar.

—Sí, señora.

—Rarita —musitó y salió por la puerta de la casa gritándoles a los del cáterin que llevasen la furgoneta a la parte de atrás—. ¡Por encima del césped no, salvajes!

Cuando se fue, Ben sacó un girasol de uno de los jarrones y me dio un golpecito en la nariz con él.

—Tu hermana está llevando muy bien la empresa.

—Sí, ¿verdad? —Miré los salones, cubiertos de flores coloridas y cintas blanco perla y deseé que mi padre pudiera verlo. Una boda en una casa de muerte. Besé a Ben en la mejilla—. Gracias por estar aquí.

—Gracias por invitarme. No quisiera estar en otro sitio que no fuera a tu lado.

Puse los ojos en blanco y lo empujé de broma.

—No seas tan pasteloso —me quejé, esperando que no se diese

cuenta de que se me estaban poniendo las orejas rojas. Si me decía muchas más cosas así, iba a quedarme en un estado de sonrojo permanente.

Le gustaba. Todavía me costaba creerlo.

Le encantaba a Benji Andor.

Y, por primera vez desde que había muerto mi padre, todo me parecía casi perfecto. El cielo estaba de un carmesí que rozaba la perfección —el color del traje de mi padre cuando lo enterramos— y el sofocante calor de julio se había calmado y ahora era una humedad suave que, aun siendo pegajosa, era lo más cercano a la perfección que se podía tener en verano. Y todo el pueblo había ido a ver a mi hermano y a su marido pronunciar los votos, que sí que fueron perfectos.

Se pusieron los anillos mutuamente y se profesaron su amor bajo aquellas viejas vigas, entre las que habían resonado más sollozos que vítores, y la luz ya casi morada de la tarde entró con delicadeza por las ventanas, pintándolo todo de rosas sombríos y fue una boda muy adecuada para una funeraria.

A mi padre le habría encantado.

Después de la boda abrimos botellas de champán, pusimos el CD que más le gustaba de los que había grabado y bailamos por los salones en honor a las buenas despedidas, porque los finales solo eran nuevos comienzos. Y, en ese momento, éramos felices y Carver y Nicki bailaban juntos y Rose y Alice estaban tonteando de esa forma que presagiaba algo más.

(¿Qué clase de escritora de novela romántica sería si no viera cómo se estaban enamorando?).

Porque yo tenía la misma expresión en la cara cada vez que miraba a Ben. Cuando se fue para volver a llenarnos la copa de champán, mi madre se me acercó con disimulo y suspiró con fuerza.

—¿La gente me miraría mal si durante el baile de parejas yo también bailase?

Yo le ofrecí el brazo y le dije:

—No soy papá, pero puedo bailar contigo.

—Y me encantaría, cariño, pero estaba pensando en tu hombre.

Y justo cuando lo dijo Ben apareció ofreciendo la mano… ¡a mi madre! Fingí quedarme sin aliento, escandalizada.

—La paciencia hace el cariño —dijo Ben.

—¡Qué encanto! —dijo mi madre, riendo, y me miró subiendo y bajando las cejas mientras dejaba que la llevase hacia la multitud.

Él me guiñó un ojo.

(Pfff, lo hacía porque le había dicho que le pegaría ojos saltones en la tableta de chocolate de los abdominales, ¿no?).

Yo me quedé dando vueltas con cara mustia, solitaria, tragando ponche, al que no había duda de que le habían puesto alcohol. Todo el mundo tenía a alguien con quien bailar, hasta el alcalde. Y ahí estaba yo, sola, apoyada en una de las mesas altas con el dueño del IncomBARable y Bruno. Estaban fumando puros que me recordaron a los que le gustaban a mi padre. Fuertes y dulzones.

Bruno señaló a Ben y a mi madre bailando.

—Hacía mucho que no la veía tan feliz.

—Has tenido buen ojo —coincidió el dueño.

Yo me mordí el interior de la mejilla para esconder una sonrisa al ver a Ben tropezarse. Mi madre y él se rieron y sentí un tirón en el pecho. Me dolió, pero no como cuando mi padre murió. Era un dolor bueno que me recordaba que seguía viva y que todavía había vida por delante y recuerdos que crear y gente a la que conocer.

—¿Dónde os conocisteis? —me preguntó Bruno.

Ladeé la cabeza. La canción terminó y pensé en cómo explicarlo. Era un fantasma que me había rondado porque no le había entregado el último manuscrito de su abuela…

—En el trabajo —le dije al final—. Pensaba que era un gilipollas estirado al principio.

—Y ella era un gremlin caótico —replicó Ben, sobresaltándome. Me puso la mano en la parte baja de la espalda—. Al principio pensé que no querría nada conmigo ni muerta —dijo.

—Y tú estabas siempre tan serio que parecía que se hubiera muerto alguien.

—Y tú eres un espíritu libre, pero creo que eso es lo que más me gusta.

Me volví para mirarlo.

—¿Eso es lo que más te gusta?

Se le curvaron los labios.

—Que pueda decir en público, sí.

Entonces me tendió la mano y yo se la cogí. Me hizo dar una vuelta, alejándome de la mesa y llevándome a la pista.

—No sabía que bailabas —dije bromeando, porque ya habíamos bailado juntos.

Hacía toda una vida.

Se rio y me atrajo más hacia él.

—¿Qué prota de una historia de amor no baila?

Bailamos sobre el viejísimo parquet de roble, alrededor de mi madre y Alice y Seaburn y su mujer y Karen y el señor Taylor, aunque de eso me enteré más adelante, porque de lo único de lo que me acordaba era de Ben. La música estaba algo amortecida y la luz de la tarde se colaba por la ventana abierta en tonos perezosos de naranja y rosa y él estaba perfecto bañado en ella.

Bailamos despacio, sus manos en mis caderas, meciéndonos al ritmo de una canción lenta que no conocía, pero me gustaba. Era bonita, con violines, y con una letra sobre el deseo y el anhelo y todo lo que hacía falta para una buena canción de amor.

Un destello me llamó la atención por el rabillo del ojo. Miré hacia allí.

Una mujer mayor con unos ojos grandes y marrones muy bonitos estaba en la entrada del salón, con la mano tendida hacia un hombre mayor que llevaba un jersey naranja y pantalones marrones. Él la cogió de la mano con fuerza y le besó los nudillos. Brillaron como suelen hacerlo los espíritus, como si fuesen de purpurina. Ben miró hacia donde miraba yo.

—¿Puedes...? ¿Los ves también? —susurré, maravillada, mirando a la mujer mayor y luego a él.

Tenía las uñas sucias de tierra y sonreía satisfecha.

—Ahora puede darle los lirios él.

—¡Los ves! —Le apreté las solapas de la chaqueta con fuerza. Porque los veía. Había sido uno de ellos y ahora los veía y eso significaba…

Significaba que no estaba sola.

Cuando volví a girarme para ver a la pareja, ya se habían deshecho en un rayo de sol brillante y Heather entró al salón, discutiendo con su marido sobre la canguro como si allí no hubiera nadie.

—¿Te apetece dar un paseo por el cementerio? —me preguntó Ben, sacándome de mis pensamientos.

Le dirigí una mirada sorprendida.

—¿Me lo estás proponiendo en serio?

—Todavía no es de noche, así que, técnicamente, no es ilegal —respondió, responsable como era—. Y aquí hace algo de bochorno y, además, me gustaría ver a tu padre.

—A mí también.

Entrelacé los dedos con los suyos y nos escabullimos del convite y bajamos por las escaleras de la vieja casa de la muerte. Y de la vida.

La vida también ocurría en las viejas funerarias.

En el cementerio hacía calor y reinaba el silencio aquella tarde de verano. La verja de hierro ya estaba cerrada, pero conocíamos el trocito roto de muro perfecto por el que saltar y nos aguantamos la copa de champán el uno al otro mientras tanto. Parecía que mi familia había tenido trabajo desde el funeral de mi padre. Casi todas las lápidas estaban limpias, brillaban como esquirlas de hueso que salían de las colinas de hierba de un verde vivo.

Mi padre nos esperaba en su colina favorita del cementerio, en una tumba anodina cerca de su roble favorito, que se perdía en el mar de lápidas. La suya estaba como una patena y le habían quitado las malas hierbas. Mi madre había puesto orquídeas frescas en el jarrón y yo les quité las hojas secas con cuidado. En la placa había una sola palabra: AMADO. Mi madre dijo que era porque mi padre había sido muchas cosas para mucha gente: «amado hijo, amado un padre, amado marido, amado pesado …», pero yo sabía en el fondo que había pedido que le pusieran esa palabra porque era como ella lo llamaba. Su forma afectuosa de decirle: «Te quiero».

Su amado.

Quité con cuidado una mariquita de la lápida.

Algunos días me seguía pareciendo que el mundo todavía giraba y él estaba ahí. Y algunas partes de él todavía lo estaban.

Ben se puso en cuclillas al lado de la lápida y le di privacidad; recorrí el camino que llevaba al banco de debajo del roble y me senté. La noche refrescaba y el viento susurraba entre los árboles y una bandada de cuervos graznaba a lo lejos. Cerré los ojos y me imaginé que mi padre estaba sentado a mi lado, como antes, hablando del precio de los arreglos florales y del coste de los ataúdes y de la silla que acababa de hacer Carver y del último acontecimiento caótico de la vida de Alice. Respiré el aroma dulce del césped recién cortado.

Todo iría bien.

Ben vino a sentarse a mi lado al cabo de un rato.

—A ver, ¿de qué habéis hablado? —le pregunté.

—De esto y aquello —contestó, acariciando la alianza de su padre, que llevaba en la cadena alrededor del cuello—. Le he dicho que salude a Annie. Y que le dé las gracias. Si no te hubiese pedido que fueses su escritora fantasma…

—Un fantasma pidiéndole a una escritora que sea su fantasma. Tiene que ser la primera vez que pasa algo así. —Suspiré y apoyé la cabeza en su hombro.

—¿Qué harás ahora? —quiso saber. Tenía los dedos enlazados con los míos. Empezó a acariciarme en círculos el nudillo del pulgar, pensativo—. Ya has entregado el último libro de Annie. El contrato se ha terminado.

—Pues… —Reflexioné la respuesta. Todavía tenía que repasar los cambios del libro de Annie, las correcciones de estilo y las galeradas, pero todo eso Ben ya lo sabía. También tenía pendiente aceptar la oferta de representación de Molly, pero eso lo haría el lunes—. Creo… que voy a escribir otro libro.

—¿De qué irá?

—Ah, pues de lo de siempre: encuentros fortuitos y retozos y graves malentendidos y besos de reconciliación.

—¿Serán felices para siempre?

—Puede —dije bromeando—. Si juegas bien tus cartas.

—Te prometo que no haré trampas.

—A no ser que sea para ayudarme a ganar, claro.

—Siempre. Soy tuyo, Florence Day —me dijo y me besó los nudillos.

Esas palabras me llenaron el corazón.

—¿Con pasión?

—Tuyo, con fervor, con celo, con gusto, con deseo.

—Y yo soy tuya —susurré, y lo besé en un cementerio de tumbas inmaculadas y viejos robles.

Y fue un buen comienzo. Éramos una escritora de historias de amor y un editor de novela romántica tejiendo una historia sobre un chico que había sido un poco fantasmal y una chica que vivía con fantasmas.

Y puede que, si teníamos suerte, encontrásemos también nuestro felices para siempre.

Círculos excéntricos

En la Funeraria Day, en el rincón más alejado de la puerta del salón más grande, había una tabla del suelo suelta en la que hacía tiempo oculté mis sueños. Los tenía encerrados con llave en una caja, guardados como un tesoro hasta el día en que pudiera sacarlos y quitarles el polvo, como viejos amigos que se saludaban.

Yo ya no guardaba los sueños en una cajita debajo del parquet. No me hacía falta.

Pero había una chica algo alta y desgarbada para su edad, con el pelo negro y los ojos grandes, que escribía sus sueños en trozos sueltos de papel y los metía en un tarro de cristal como si fuesen luciérnagas, y, cuando encontró la vieja caja de metal de su madre y sus *fanfics* de *Expediente X* subidos de tono, decidió guardarlos allí también.

Y el viento que ululaba por la vieja funeraria cantó con dulzura, calma y seguridad.

Como tenía que ser el amor.

Agradecimientos

Igual que hace falta todo un equipo para levantar una casa, hizo falta todo un equipo para levantar a Benji Andor de entre los muertos. *El amor ha muerto* no sería posible sin muchas personas, la mayoría de las cuales seguramente se me olvidarán en estos agradecimientos, pero ya sabéis quiénes sois. Gracias por darles la vida a Florence y a Ben.

Este libro no sería posible sin el amor afectuoso y la necromancia de mi agente, Holly Root; mi fantástica editora, Manda Bergeron, y mi editora adjunta, Sareer Khader; mi correctora de estilo, Angelina Krahn; mi maravillosa publicista y todo el equipo, desde la gestión hasta la producción y el marketing, Christine Legon, Alaina Christensen, Jessica Mangicaro y todas las demás. Y a mis compañeras de crítica —Nicole Brinkley, Rachel Strolle, Ashley Schumacher, Katherine Locke y Kaitlyn Sage Patterson— por ser las Rose de mi Florence y animarme cuando estaba en mi peor momento.

Hablando de eso, también me gustaría mandar a la mierda con entusiasmo mi ansiedad. Gracias por ser lo peor, como siempre.

Y, por último, a todo el mundo que, en un bar, ha dicho tras unas copas de más que el amor había muerto: yo he sido una de vosotros y, creedme, el amor no ha muerto. Solo está durmiendo la mona. Dadle un par de analgésicos y decidle que os llame al día siguiente.

Gracias por leer este libro. Espero que encontréis un poco de felicidad dondequiera que vayáis.